# 古典文藝研究輯刊

## 十九編
曾永義 主編

## 第13冊

### 中國傳統戲劇鬧熱性研究（上）

王奕禎 著

國家圖書館出版品預行編目資料

中國傳統戲劇鬧熱性研究(上)／王奕禎 著 —— 初版 —— 新北市：
花木蘭文化出版社，2019〔民108〕
序 2+ 目 4+208 面 19×26 公分
（古典文學研究輯刊 十九編；第 13 冊）
ISBN 978-986-485-648-0（精裝）
1. 中國戲劇 2. 傳統戲劇 3. 劇評
820.8 　　　　　　　　　　　　　　　　　108000771

ISBN-978-986-485-648-0

9 789864 856480

古典文學研究輯刊
十九編　第十三冊　　　　　　ISBN：978-986-485-648-0

## 中國傳統戲劇鬧熱性研究（上）

作　　者　王奕禎
主　　編　曾永義
總 編 輯　杜潔祥
副總編輯　楊嘉樂
編　　輯　許郁翎、王筑　美術編輯　陳逸婷
出　　版　花木蘭文化出版社
社　　長　高小娟
聯絡地址　235 新北市中和區中安街七二號十三樓
　　　　　電話：02-2923-1455 ／傳真：02-2923-1452
網　　址　http://www.huamulan.tw 信箱 hml810518@gmail.com
印　　刷　普羅文化出版廣告事業
初　　版　2019 年 3 月
全書字數　384017 字
定　　價　十九編 33 冊（精裝）新台幣 64,000 元　　　版權所有·請勿翻印

# 中國傳統戲劇鬧熱性研究（上）

王奕禎　著

## 作者簡介

王奕禎，男，文學博士。1982 年 1 月出生於山西大同，2012 年畢業於上海師範大學人文學院中國古代文學專業（研究方向：中國戲曲與文化）。同年進入湖南科技大學工作，期間（2014 ～ 2016 年）赴美國克利夫蘭州立大學孔子學院任教兩年。目前爲湖南科技大學人文學院講師。

## 提　　要

　　熱鬧，是中國人的民俗文化心理，也是對於傳統戲劇藝術的直觀感受。本文以「鬧熱」爲切入，在「一縱一橫」——中國戲劇史、戲劇本體——兩條線索上展開論述，進而在東亞戲劇圈中「遊走」一程，將中國傳統戲劇的鬧熱性進行了全面發掘，並認爲鬧熱性是中國傳統戲劇的本質屬性。

　　全文分爲六章，解決三方面的問題：

　　鬧熱性與戲劇史。鬧熱性與戲劇史的發展相統一，是推動中國傳統戲劇發展的內在動力，在其作用下，中國傳統戲劇經歷了三個時期——原始宗教階段、民俗演藝階段、戲曲藝術階段，完成了娛樂、藝術的兩次轉型，並呈現出順序發展、辯證統一的三個形態——原始鬧熱性、民俗鬧熱性、戲曲鬧熱性。

　　鬧熱性與戲劇本體。鬧熱性具有普遍性的特點，並與戲劇本體相統一，其不僅通過傳統戲劇的不同形態與大量「鬧」字戲得以呈現，而且還存在於儀式、民俗、節日、文本、舞臺表演、觀演傳播、戲劇審美等諸多方面。

　　東亞戲劇的鬧熱性。東亞各國文化「同源異流」「同根異花」，其戲劇構成了東亞戲劇圈。由於中國傳統戲劇的影響，鬧熱性亦爲東亞戲劇的主要特徵，但又各具特點。日本戲劇鬧熱性「退而其次」，僅存一隅；韓國戲劇鬧熱性原始與民俗混雜，形成獨特的民俗鬧熱特徵；越南戲劇鬧熱性則頗具民間性特點。

本書獲「湖南省方言與科技文化融合研究基地」、湖南科技大學「中國古代文學與社會文化研究基地」、湖南科技大學博士科研啓動基金資助，爲湖南省社會科學「青年聯合基金」一般項目「中日傳統戲劇鬧熱形態比較研究」（13YBB242）、湖南省社會科學評審委員會一般自籌項目「中國戲曲『鬧熱』形態研究」（XSP18YBC252）研究成果。

# 自　序

　　2012 年博士畢業之後，我便將這本厚厚的、「鬧熱」標目的論文「冷」在一旁，如今已六年有餘。再讀起來，卻是文稿校訂的日子。說來奇怪，再讀它時，心情不算澎湃，只是冷靜中雜著些許感懷，不知不覺回憶起讀書寫作時的往事。

　　當初選題「鬧熱」，是恩師翁敏華教授的建議。入學後，按照讀碩士的經驗，我很早就開始探尋選題。在浩如煙海的故紙堆中苦思冥想，始終不得法門。倒是一日與導師的校園散步，幾句「閒談」給了我方向。那時她已在民俗與戲曲交叉研究的「通途」上另闢蹊徑，其中就有「鬧」劇。她對我說：「戲曲裡不乏『鬧』戲、『鬧』劇，中國人又多愛熱鬧生活，民俗、節日、儀式……統統都是要『鬧』的。小王，你感興趣嗎？如果感興趣，可以去找找看。」我素來是個聽話的學生，當時一口應允下來，如此，才有今天這本成書。

　　選題後，我便一頭紮進「鬧」戲的海洋裡遨遊。得空兒和同學、同門去劇院看戲，便算是偶爾露出頭來換口氣。期間，老師也會叫我們一起去開個會、聽場講座，其餘時間並不讓我做更多事情，許是怕干擾我寫作吧。不過還是能從很多方面得其關懷。博士論文從 2011 年 3 月動筆，至當年末 12 月寒假前初稿成，洋洋灑灑近 40 餘萬字，也頗有成就感。現在回念起那段日子，簡單而純粹。用日復一日來形容，一點不為過。可這樣的生活並不枯燥乏味，我一直樂在其中。工作之後，卻再難得那樣的時間和心境。到如今，總是懷戀過去，不免感慨歲月，也不由地感謝當年那段時光。

　　博士答辯時，學界前輩雲集。當時的答辯主席是華東師範大學譚帆教授——這個曾經最早出現於專業必讀書目中的「名字」正坐在我的對面。與其一起並坐的評審還有：齊森華、陳大康、董乃斌、孫遜等四位教授。答辯過程緊張而有序，現在回憶起來，只覺得上師大文苑樓的那間會議室裡滿滿的人。輪到我上場答辯時，教授們的頭一句便是：「你喜歡熱鬧嗎？」我先是一

愣，然後徐徐地回答：「其實，我並不是一個喜歡熱鬧的人。」「那你為何選擇該題？」評審老師接著又拋過來第二個問題。我仍舊慢條斯理地談了選題緣由，也始終認為個人喜好和學問、工作可以相對獨立存在，且並行不悖。答辯會是嚴肅的，整個過程雖已無法一一還原，但仍然記得一些細處。齊森華教授當時用八個字評價了我及其這篇論文——「本事很大，野心很大」。齊教授之名，如雷貫耳，早年我初入戲曲研究大門時就已聞其名。如今，他正坐在對面，評價著一個晚輩的學位論文，當時的心情，可想而知。我清楚地記得，當聽到「本事很大」四字的時候，自以為有八成是肯定的態度，心裡有些許愉悅之感。但當「野心很大」四字出來的時候，我的笑容基本是僵硬著的，但是就算再緊張、再忐忑，也唯有微笑可以尷尬地捱過去。齊教授當場做了解釋，他認為這篇論文以戲曲發展史為抓手，線索明晰，顯示了個人對於戲曲史的瞭解和一定的把握能力。而所謂「野心」則是欲以「鬧熱」統領戲曲的一切。沒錯，當時的我確有此「野心」。我想要找到傳統戲劇的一個點，而這個點是可以指向其任一方向的。因而，在此我仍然原封不變地袒露了當年的「野心」，即「鬧熱性是中國傳統戲劇的本質屬性」。

拙作集個人彼時之所學，故極盡發揮自我的狀態於字裡行間則處處可見。我引用了發表在《中華戲曲》的第一篇論文，也利用了戲曲文物研究的論證方法和文獻，更將碩士學位論文所寫的「蔚縣秧歌」當做了例證材料。由於導師在戲曲民俗學（尤其是節日民俗與戲曲藝術研究方面）、東亞戲劇比較研究等領域頗有建樹。因此，拙作也涉及了節日民俗和東亞戲劇之「鬧熱」比較的內容。這一切，姑且算浩瀚沙漠中的點點綠洲吧。另外，在校訂時，還補充了一條有關中國人熱鬧心理的觀點，出自潘英海《熱鬧：一個中國人的社會心理現象的提出》一文，為當年所缺，是為補漏。而在出版過程中，文字以簡轉繁，編輯老師們亦付出了辛苦，十分感激。

拙作即將付梓，談不上「著書立說」，確是自己的心血之作。然，面對學問，我始終堅持嚴謹的態度與虔誠的信念。最後，真心感謝翁老師對作序的婉拒和對我的鼓勵，從而成全了我自己的第一篇序文。

是為序。

王奕禎

2018 年 12 月 20 日

**目**

**次**

# 緒　論

## 一、選題緣起

> 拉大鋸，扯大鋸，
> 姥姥家唱大戲，
> 接閨女，請女婿，
> 小外孫子也要去。
> ……

　　一首北方兒歌，寥寥數語，其實也道出了舊時熱鬧的演劇活動。上世紀80 年代的城市，鮮有戲曲活動，故筆者並未有機會親身體會。只好在長輩們的回憶裏，體味「唱大戲」的熱鬧情形，便不時地欽羨著屬於他們的童年。

　　第一次到現場觀劇，心情十分激動。筆者驚歎著紅氍毹上演員優美的身段、精湛的表演，只聽得一聲「好」，便也隨著他們一起喝彩。在鑼鼓家什的伴奏下，梆子戲特有的高亢之音，衝進耳廓，終於體會到什麼是看戲的熱鬧。

　　碩士期間，經常跟隨老師一起下鄉考察，有時就趕上鄉村廟會。古戲臺上演著大戲，臺下就會被村民們圍得水泄不通。這裡不單單有戲迷票友，也有遊商小販，還有嬉笑玩鬧的孩童。隨口問問身旁的老鄉，這臺子上唱的是哪一齣？老鄉憨厚地笑著，搖頭說：「我們都是來看個紅火熱鬧！」

　　博士期間，在導師的帶領和指導下，筆者系統地梳理與學習了傳統節日、民俗與傳統戲劇的互動關係，也閱讀了相關的著作和文獻材料，對於傳統戲劇與節日、民俗的關係，有了新的體認——它們是熱鬧的。「熱鬧」勾連起傳統戲劇與傳統節日，也融二者於一體，成爲傳統民俗的有機組成。

　　記得小時候初學《社戲》，對於許多描寫，那時還無法完全想像與理解。如今看來，魯迅先生並非愛戲之人，只是如實地記錄了清末民初的戲劇觀演情狀：

> ……於是都興致勃勃的跑到什麼園，戲文已經開場了，在外面也早聽到冬冬地響。我們挨進門，幾個紅的綠的在我的眼前一閃爍，便又看見戲臺下滿是許多頭，再定神四面看，卻見中間也還有幾個空座，擠過去要坐時，又有人對我發議論，我因為耳朵已經喤喤的響著了，用了心，才聽到他是說「有人，不行！」〔註1〕

雖然魯迅先生和朋友這次最終沒看成戲，但戲場裏臺上臺下的熱鬧勁兒，已從文字間隙中躍了出來，讀來有如身臨其境。

　　熱鬧——不僅僅是筆者最直接的體會，也是千百年來，中國人對於傳統戲劇藝術的直觀感受。如果你無法用語言來確切地形容一齣戲的精彩，那麼就說它是「熱鬧」的，便足以讓人理解。這個最簡單不過的生活常用詞，卻涵蓋了傳統戲劇乃至諸多傳統民俗活動所蘊含的深刻含義。

　　傳統戲劇之熱鬧，與節日十分相似，它們二者的關係也最為緊密。如果說過節的內容是娛樂，那麼傳統戲劇之於節日的手段作用，就是通過演劇、觀劇的活動，增添過節的喜慶氣氛。簡言之，即熱鬧的氛圍。在喜慶的節日裏，如果沒有臺上演出悲歡離合的古今傳奇，沒有臺下伴著琴聲、笛聲、曲聲的談笑風生，就絕對算不上熱鬧。在國人的傳統觀念裏，不熱鬧就不是看戲，就稱不上是過節了。過節看戲的熱熱鬧鬧是我們為生活平添的調味料，理應與日常生活不同。正如，前蘇聯的文藝學家巴赫金在狂歡化詩學理論中講到的「第二個世界與第二種生活」〔註2〕，用以突出官方的祭祀慶典與民間的節日生活的區別。然而對於中國人「平平淡淡才是真」的生活觀來講，就算是「第二種生活」的民間節慶，也還是與西方民間的狂歡味道有所不同。倘若非要找一個詞與之對應的話，我想這個詞應該是「熱鬧」或「鬧熱」。「熱鬧」或「鬧熱」就是中國式的狂歡，這種狂歡不僅是來自物質的，更是來源於精神文化層面的。逢年過節，親朋好友相聚首，團圓的餐桌上，品味著中

---

〔註1〕 魯迅《社戲》，《吶喊》，載《魯迅全集》第一卷，北京：人民文學出版社，2005年版，第587頁。

〔註2〕 《弗朗索瓦·拉伯雷的創作與中世紀和文藝復興時期的民間文化導言》，載〔俄〕巴赫金著、李兆林、夏忠憲等譯《巴赫金全集》第六卷，石家莊：河北教育出版社，2009年版，第6頁。

國式的豐盛；觥籌交錯間，傳達著喜悅和溫情。而節日中的文化饗宴，即各種各樣的遊藝、演藝活動。在前工業文明時期，中國人最高層次的精神享受、最排場的集體活動，恐怕非傳統戲劇莫屬了。因而，節日的喜慶注定離不開傳統戲劇的熱鬧參與。

熱鬧也並非節日、傳統戲劇之專屬，而是中國人對生活的認知與理解。對於一種集體性的活動或生活來說，熱鬧就是最直接的呈現，也是最起碼的標準。諸如傳統戲劇，從廣義上來說，它作為一類民俗活動，在發展的過程中，逐漸從民俗生活中成長為一門藝術，其內涵和外延都逐層被民族文化所包裹，體現了民族審美要求的高度統一性。可見，「任何一個民族的藝術都是由它的心理所決定的」〔註 3〕，這樣的「熱鬧」，也就具有了超越其表的深層含義。它已經不僅僅是我們所看、所聞、所感的，而是與我們民族的文化和心理交融在了一起。中國人所追求的、傳統戲劇所給予的，正是深入我們骨髓和靈魂的文化滿足與心理期待。這是我們民族區別於他族的，是中國傳統戲劇活動最直觀，也是最本質的特點。

有時候生活中事物最常見、最表面的狀態，容易被我們所忽略。傳統戲劇的鬧熱就是如此。究竟什麼是傳統戲劇的鬧熱性？傳統戲劇又是如何鬧熱的？我們卻一時無法說清楚，前人也並未深究。但這個問題是客觀存在的，也實在有必要進行一番研究。翻開中國歷史，但凡與傳統戲劇相關聯的記錄文字，或多或少地會談到鬧熱，這樣的鬧熱是傳統戲劇在誕生之初就存在的，而且隨著其成長而發展。此外，在現代化生活中，我們也無法完全迴避傳統帶給我們的心理暗示與訴求。在心靈的深處，無意識地存在著祖先遺傳給我們的文化基因。這樣的基因是中華文明打在民族甚至每個個體身上的烙印。對於傳統戲劇的鬧熱性研究，不僅僅是對戲劇藝術本身的再探，更是從傳統戲劇的角度來窺看我們的民族性格和文化內涵。這樣的研究，其意義和價值，是不言而喻的。

歷史的經驗告訴我們，從一個最簡單的事項入手，也許更容易抓住事物的本質。這就是選擇該課題的一個初衷。

---

〔註 3〕　〔俄〕普列漢諾夫著、曹葆華譯《論藝術（沒有地址的信）》，北京：三聯書店，1964 年版，第 47 頁。

## 二、概念界定

### （一）戲劇、戲曲與中國傳統戲劇

「戲劇」與「戲曲」之概念關係，《宋元戲曲史》云：

> 後代之戲劇，必合言語、動作、歌唱以演一故事，而後戲劇之
> 意義始全。故眞戲劇必與戲曲相表裏。〔註4〕

可知，王國維先生所謂的「戲劇」與「戲曲」顯然不是等同概念。

葉長海先生則認爲王國維先生早年留學日本，而「戲曲」一詞在日語中則爲劇本之意，因此，其概念的確立極有可能受到了相關影響。葉先生在「導讀」中對概念進行了具體地辨析，得出：

> 「戲劇」是一個表演藝術概念，是指戲劇演出；「戲曲」則是一
> 個文學概念，是指文學性與音樂性相結合的曲本或劇本。〔註5〕

《宋元戲曲史》影響頗深，在此之後，這兩個概念都發生一些變化。到20世紀80年代，出現了較爲權威的說法，亦爲學界和大眾普遍接受，具有一定的代表性。

《中國大百科全書・戲劇卷》定義「戲劇」爲：

> 在現代中國，「戲劇」一詞有兩種涵義：狹義專指以古希臘悲劇
> 和喜劇爲開端，在歐洲各國發展起來繼而在世界廣泛流行的舞臺演
> 出形式，英文爲 drama，中國又稱之爲「話劇」；廣義還包括東方一
> 些國家、民族的傳統舞臺演出形式，諸如中國的戲曲、日本的歌舞
> 伎、印度的古典戲劇、朝鮮的唱劇等等。〔註6〕

《中國大百科全書・戲曲卷》將「戲曲」定義爲：

> 中國的傳統戲劇有一個獨特的稱謂：「戲曲」。歷史上首先使用
> 戲曲這個名詞的是元代的陶宗儀，他在《南村輟耕錄・院本名目》
> 中寫道：「唐有傳奇，宋有戲曲、唱諢、詞說，金有院本、雜劇、諸
> 宮調。」但這裡所說的戲曲是專指元雜劇產生以前的宋雜劇。從近
> 代王國維開始，才把「戲曲」用來作爲包括宋元南戲、元明雜劇、

---

〔註4〕 王國維撰、葉長海導讀《宋元戲曲史》，上海：上海古籍出版社，1998年版，第31頁。

〔註5〕 王國維撰、葉長海導讀《宋元戲曲史》，上海：上海古籍出版社，1998年版，第8頁。

〔註6〕 《中國大百科全書・戲劇卷》，北京／上海：中國大百科全書出版社，1989年版，第1頁。

明清傳奇，以至近世的京劇和所有地方戲在內的中國傳統戲劇文化的通稱。〔註7〕

　　以上概念，雖是權威之說，然仍有可補正之處：第一，「戲劇」「戲曲」二詞均在我國文獻中較早出現過，而且「戲曲」一詞最早出處應爲宋元間劉壎（1240～1319）的《水雲村稿》，而非《南村輟耕錄》〔註8〕。第二，「戲曲」近代以來被逐漸指稱爲「中國傳統戲劇」，成爲了「中國傳統戲劇藝術體系的泛稱」〔註9〕，是不爭之事實。然「戲曲」一詞並非可以概括整個中國上古以來，戲劇發展過程中的各類形態，其中如儺戲、少數民族戲劇等中國傳統戲劇類型就無法納入這一概念範疇。可見，其與「中國傳統戲劇」所指的範圍和內容都有所差別，實難稱爲「中國傳統戲劇文化的通稱」。

　　綜上，「戲劇」「戲曲」概念關係如下（見圖1）：

**圖1　「戲劇」「戲曲」概念關係圖**

〔註7〕　《中國大百科全書·戲曲曲藝卷》，北京／上海：中國大百科全書出版社，1983年版，第1頁。

〔註8〕　按，「戲劇」一詞，首見於杜牧《西江懷古》詩「魏帝縫囊眞戲劇，苻堅投箠更荒唐」，意爲詼諧可笑。以及杜光庭傳奇小說《仙傳拾遺》「有音樂戲劇，眾皆觀之。」爲詼諧笑鬧之表演，是與音樂並列的名詞。1989年胡忌先生發現了記載「戲曲」最早的文獻，即宋元間劉壎（1240～1319）《水雲村稿》的「詞人吳用章傳」：「至咸淳，永嘉戲曲出，潑少年化之。而後淫哇盛，正音歇。」此「戲曲」意爲「戲內之曲」，這與王國維先生所言「戲曲」之意相同。參見曾永義《戲曲源流新論》（增訂本），北京：中華書局，2008年版，第13～14頁。洛地《一條極珍貴資料的發現──「戲曲」和「永嘉戲曲」的首見》，載浙江《藝術研究》第十一輯（總第二十輯）。洛地《中國傳統戲劇研究中缺憾一二三》，載胡忌主編《戲史辯》（第二輯），北京：中國戲劇出版社，2001年版。

〔註9〕　王國維撰、葉長海導讀《宋元戲曲史》，上海：上海古籍出版社，1998年版，第15頁。另參見曾永義《戲曲源流新論》（增訂本），北京：中華書局，2008年版，第14頁。按，中華人民共和國成立後，「戲曲改進局」「文化部戲曲改進委員會」「全國戲曲工作會議」「中國戲曲研究院」「全國戲曲會演」「中國戲曲史」等名詞的出現，使得「戲曲」替代「戲劇」成爲「中國傳統戲劇」的代名詞。

　　1、「戲劇」是一個國際通用概念，其英文爲 drama，西方最早的戲劇形態是古希臘的悲、喜劇；「戲曲」是一個中國的戲劇概念，與之對應的英文爲 opera，其形態有戲文、雜劇、傳奇、地方戲等。因此，「戲劇」與「戲曲」在概念上並不對等，戲曲是戲劇的一個部分。諸多學者均持此觀點，如楊世祥《中國戲曲簡史》認爲：「戲曲是戲劇的一種。」〔註10〕張燕瑾也認爲「戲劇包括很多種類，⋯⋯戲曲只是戲劇的一種」〔註11〕。

　　2、戲劇作爲敘事文學的一類，情節性自不待言，而採取不同形式，演述故事情節，則可呈現不同的戲劇樣式，如話劇、歌劇、舞劇、啞劇等。戲曲爲戲劇的特殊形式——「一種歌舞劇型的戲劇藝術」〔註12〕，是中國戲劇的代表樣式。其特殊之處誠如王國維先生《戲曲考原》所說：「戲曲者，謂以歌舞演故事也。」〔註13〕

　　3、戲曲是一門「包含文學、音樂、舞蹈、美術、雜技等各種因素而以歌舞爲主要表現手段的總體性的演出藝術」〔註14〕。可見，戲曲作爲表演藝術，其綜合性（總體性）是以表演爲核心的，這是戲曲作爲戲劇藝術的根本特徵。

　　4、中國傳統戲劇是中國本土戲劇藝術的概稱，是近代西方戲劇藝術影響之前即已形成並流傳至今的，以戲曲藝術爲代表的中華民族戲劇藝術的總稱。這一概念既包括傳統漢族戲劇，也包括傳統少數民族戲劇；既包含戲曲藝術，也包含諸如儺戲等其他戲劇形式。因此，戲曲並非「中國傳統戲劇文化的通稱」，而是中國戲劇的傳統形式，也是中國戲劇的典型代表，是傳統戲劇的主流形態。

　　要之，本文論述中，「中國傳統戲劇」並非獨指戲曲藝術；「戲劇」概念也包含「戲曲」在內。如此界定，既是從概念歷史流變之考量出發，也符合當今對於「戲劇」「戲曲」「中國傳統戲劇」及三者關係的理解。

---

〔註10〕楊世祥《中國戲曲簡史》，北京：文化藝術出版社，1989年版，「緒論」，第1頁。

〔註11〕張燕瑾《戲曲形成於唐說》，載《中國戲曲史論集》，北京：燕山出版社，1995年版，第3頁。

〔註12〕楊世祥《中國戲曲簡史》，北京：文化藝術出版社，1989年版，「緒論」，第2頁。

〔註13〕王國維《戲曲考原》，載《王國維戲曲論文集》，北京：中國戲劇出版社，1957年版，第201頁。

〔註14〕齊森華、陳多、葉長海主編《中國曲學大辭典》，杭州：浙江教育出版社，1997年版，第3頁。

## （二）熱鬧、鬧熱、鬧熱性與「鬧」字戲

本文關注傳統戲劇的鬧熱性，核心在於「鬧」字。「鬧」，從市鬥，本意為不靜。「鬧」字在中國人的語言習慣中，涉及面甚廣，且還處處透露著民俗氣息，是一個十分生活化的日常語詞。好事、喜事講求「鬧」，如嬉鬧、笑鬧、逗鬧、鬧元宵、鬧花燈、鬧春耕、鬧新房、鬧戀愛、鬧洞房、鬧著玩兒等；不好的事情，也可稱之為「鬧」，如吵鬧、鬧喪、鬧事、鬧僵、鬧翻、鬧病、鬧災、鬧荒、鬧肚子、鬧脾氣、鬧彆扭、鬧情緒、鬧離婚、鬧性子、鬧亂子等。此外還有鬧市、喧鬧、熱鬧、鬧熱、打鬧、繁鬧、狂鬧、爭鬧、囂鬧、鬧騰、鬧劇、鬧戲、鬧場、鬧笑話、湊熱鬧、瞎胡鬧、鬧意見、鬧宗派、鬧革命、無理取鬧、鬧獨立性……

綜合來說，「鬧」字具有兩種詞性——形容詞和動詞。作為形容詞，即「鬧」之本意詞性，指的是市場上的爭吵和喧鬧，有嘈雜和喧擾之意。引申義則為濃盛，如宋代宋祁《玉春樓》：「綠楊煙外曉寒輕，紅杏枝頭春意鬧。」作為動詞，則有多種含義：（1）爭吵、吵鬧，如哭鬧等；（2）引起或發洩情感，如鬧矛盾、鬧情緒等；（3）遭受災害或不好的事情，如鬧蟲災、鬧水災等；（4）幹、進行，如鬧生產、鬧茶（沏茶）、鬧槍（拿槍打仗）等；（5）擾亂，如鬧亂子、鬧翻了天等；（6）〈方〉有毒、中毒或使中毒，如鬧耗子、鬧魚等〔註15〕。

總之，「鬧」字含義豐富，不僅說明其是日常性的，也體現出中華民族心理對於「鬧」的普適性。

現代漢語最常用的「鬧」字詞是「熱鬧」，古語則常用「鬧熱」一詞。具體而言，「熱鬧」「鬧熱」其實一也。《辭源》解「熱鬧」為兩個含義：一是同「熱惱」，如白居易《贈韋處士六年夏大熱旱》詩：「既無白旆檀，何以除熱鬧。」再則意為喧鬧，《朱子語類·論語七》：「季氏初心也須知其為不安，然見這八佾人數熱鬧，便自忍而用之。」〔註16〕「鬧熱」則意為繁盛，如白居易《雪中晏起偶詠所懷兼呈張常侍、韋庶子、皇甫》詩：「紅塵鬧熱白雲冷，好於冷熱中間安置身。」也作「熱鬧」〔註17〕。可見，「熱鬧」與「鬧熱」在含義和用法方面，是一致的。臺灣學者潘英海從心理學角度對「熱鬧」進行了分析，他認為「熱鬧是中國人日常生活中相當『特殊』的一種社會心理現

---

〔註15〕參見漢典「鬧」字條：http://www.zdic.net/zd/zi/ZdicE9Zdic97ZdicB9.htm。
〔註16〕參見《辭源》，北京：商務印書館，1983年版，第二冊，第1950頁。
〔註17〕參見《辭源》，北京：商務印書館，1983年版，第四冊，第3491頁。

象」，並且包含三個基本要素──「聲音」「人群」「活動」〔註18〕。這恰恰反映出中國人日常的民俗生活──「廟會」「市集」「年節慶典」「婚喪喜慶」，而這些熱鬧的活動，在傳統社會又怎麼會缺少傳統戲劇的參與呢？

本文將「熱鬧」與「鬧熱」進行區別使用。「熱鬧」主要指傳統戲劇的「鬧熱」表現，是傳統戲劇演劇、觀劇的熱鬧狀態；而「鬧熱」則是對傳統戲劇「熱鬧」狀態與性質的概括性描述，即傳統戲劇的本質屬性，亦可稱爲「鬧熱性」。就傳統戲劇所表現出的「熱鬧」性質而言，較之「熱鬧性」，用「鬧熱性」來表述，更符合學術習慣。

傳統戲劇的鬧熱，即傳統戲劇的鬧熱性，可從橫、縱兩個層面來看。一方面從中國傳統戲劇發展的歷史縱深來看，不同時期，鬧熱性具有不同的內涵和意義〔註19〕。進入戲曲藝術時代，其傳統戲劇的鬧熱性與前戲曲時代存在著差異。同時，從戲劇通史角度來看，後戲曲時代（即20世紀80年代以來的戲劇表演時代）隨著西方戲劇觀演模式逐步成爲主流形式，傳統鬧熱性也隨之式微。另一方面，從橫向來說，傳統戲劇的鬧熱性本身內涵頗豐。黃天驥、徐燕琳《鬧熱的〈牡丹亭〉──論明代傳奇的「俗」與「雜」》一文〔註20〕，將明代傳奇的鬧熱歸結爲兩個特徵──俗、雜，並主要分爲三個方面，即諧趣科諢的運用、戰爭場面的插入、民俗生活的呈現。這些都是傳統戲劇鬧熱性的具體表現，是演劇之鬧熱。另外，觀劇也呈現出鬧熱，如前文所引《社戲》片段，便可一目了然。總之，傳統戲劇鬧熱性之內涵，十分豐富。

最後，簡單談談「『鬧』字戲」。

進入戲曲時代，戲劇藝術鬧熱性的呈現，更加綜合、立體，各方鬧熱要素在這一時期，統統被整合於戲曲藝術的觀演活動中。戲曲鬧熱性直接表現爲，大量「鬧」字戲的存在。「鬧」字戲的出現，是戲劇藝術鬧熱性發展的特定產物，是鬧熱性在戲曲中最直接與集中的表現。

「鬧」字戲，顧名思義，就是標目中含有「鬧」字的戲曲劇目及劇本，如《神奴兒大鬧開封府》《鬧元宵》《鬧東京》《大鬧天宮》《鬧學》《書鬧》《一

---

〔註18〕潘英海《熱鬧：一個中國人的社會心理現象的提出》，載楊國樞主編《本土心理學研究（第一期）：本土心理學的開展》，臺北：桂冠圖書股份有限公司，1993年版，第331頁。

〔註19〕按，有關戲劇史的重新劃分，參見下節。

〔註20〕參見黃天驥、徐燕琳《鬧熱的〈牡丹亭〉──論明代傳奇的「俗」與「雜」》，《文學遺產》2004第2期。

夜鬧》等。這一類劇目，與「打」字戲，如《尉遲恭鞭打單雄信》《馬援撾打聚獸牌》；「殺」字戲，如《殺嫂》《殺廟》；「哭」字戲，如《孟姜女死哭長城》《漢元帝哭昭君》；「鬼」字戲，如《雙提屍鬼報汴河冤》《包待制判斷盆兒鬼》等；「醉」字戲，如《李太白醉寫定夷書》《呂洞賓三醉岳陽樓》等一樣，都在標目中反映出該劇作的核心關鍵詞。雖然這些戲也具鬧熱特徵，分別體現為打鬧（殺為打之最高級）、哭鬧、鬼鬧（或鬧鬼）、醉鬧，然「鬧」字戲的特點則在於其「鬧」字當頭，在內容上雖與其他戲目大同小異，但鬧熱性表現則更顯集中——戲劇衝突或情節高潮的邏輯中心均圍繞「鬧」字展開。因此可以說，「鬧」字戲是戲曲鬧熱性的直接體現，也是民族鬧熱心理在戲曲藝術中的綜合呈現。

在現有的戲曲存目中，「鬧」字戲佔有一定的比例，從宋金雜劇、院本，到南戲、元雜劇，再到明清雜劇、傳奇，以及地方戲，「鬧」字戲層出不窮。「鬧」字戲，也成為戲劇藝術鬧熱性在文本、文獻方面的最直接呈現。

### 三、戲劇發展史分期

《中國戲曲發展史》將中國戲劇的發展一分為二——宗教戲劇和世俗戲劇兩個階段。其認為，世俗戲劇是「後世在都市商業生活中產生的娛樂型戲劇，它完全（或主要）以娛人而非娛神為目的，以審美而非祭獻為動機」，並將兩個戲劇階段轉換的實現條件歸因於「宋朝的近代型都市興起」，及其「商業都市經濟的繁榮」〔註 21〕。王兆乾先生將中國戲劇分為儀式性戲劇與觀賞性戲劇兩大類，認為「儀式性戲劇原本是戲劇的本源和主流」，「觀賞性戲劇成為戲劇的主流在宋元時期」〔註 22〕。這恰好印證了廖、劉二先生的戲劇史「二分法」。

戲劇史「二分法」將戲劇發展歷程劃定了一個範圍，即以戲曲——中國戲劇成熟樣式的出現為基點，分為前戲曲時代和以戲曲為主的時代（可稱「戲曲時代」）兩部分〔註 23〕。戲劇史「二分法」突出地體現了中國戲劇的發生模

---

〔註 21〕 廖奔、劉彥君《中國戲曲發展史》第一卷，太原：山西教育出版社，2003 年版，第 40～41 頁。

〔註 22〕 王兆乾《儀式性戲劇與觀賞性戲劇》，載《戲史辨》第二輯，北京：中國戲劇出版社，2001 年版，第 24 頁。

〔註 23〕 按，若以通史視角觀之，中華人民共和國成立之後，尤其是 20 世紀 80 年代以來，話劇成為市場與藝術主導的戲劇形態，那麼當前可稱為「後戲曲時代」。

式和發展進程，並且將戲劇發展史視爲統一整體，一以貫之，這固然可取，但仍存幾點疑問。第一，「二分法」將時間節點確定爲宋代或宋元時期，並無異議，然由宋代向前看，漢魏百戲、唐代戲弄，此類表演形態，雖非戲曲表演，也並非儀式性戲劇。它們與世俗戲劇一樣具備娛樂性、世俗性，顯然不適合被排除在世俗戲劇階段之外。第二，如果將戲劇具有娛樂性表演的出現推至宋元，那麼中國人集體娛樂意識的發生，顯得太晚了些。第三，中國民俗活動起源甚早，兩漢時期民俗體系逐步形成〔註24〕，民俗活動對戲劇表演有深遠影響，是戲曲藝術的搖籃，而宋元之前存在於民俗活動中的演劇形態並非儀式性行爲，稱其爲儀式性戲劇似乎欠妥。

同時，汪曉雲先生提出應重構戲劇史。他認爲「嚴格意義上的戲劇可分爲三類，一類是作爲儀式的戲劇，一類是作爲藝術的戲劇，還有一類是從儀式向藝術轉換之中的戲劇。」〔註25〕而在此之前，黃竹三先生便已有類似論述，並將前戲曲時代與戲曲形成相關的表演和藝術形態，稱爲「泛戲劇形態」：

> 在這段時間裏（先秦到宋金戲曲成熟），社會生活中有種種類似戲劇但又不完全是戲劇的表演，它們具有某些戲劇的因子——人物裝扮和情節故事，具有某些戲曲的外觀系列如歌唱、舞蹈、說白、表演動作，但未融合爲一，因此未能認爲是眞正的戲劇，在探討戲劇發展歷史時常常提到它們，卻無以名之，這類表演，我們不妨稱之爲「泛戲劇形態」。〔註26〕

黃先生以戲曲作爲戲劇的固有形態，來觀照之前的表演形態。這裡的「泛戲劇形態」實指戲曲形態之外的其他戲劇形態和其他作爲戲曲形成因子的表演藝術形態，因此不妨理解其爲「準戲劇形態」。可見，如何將這一類「從儀式向藝術轉換之中的戲劇」納入戲劇史，顯得十分重要。

---

本文以戲曲爲基點來觀照戲劇發展史，研究範圍主要限定爲傳統戲劇範疇，故在此不涉及「後戲曲時代」這一名詞。

〔註24〕 按，「兩漢是中國封建社會發展的一個高峰，歷時約四百年之久，這是中國封建社會民俗體系形成的主要時期。」參見鍾敬文《民俗學概論》，上海：上海文藝出版社，1998 年版，第 36 頁。

〔註25〕 汪曉雲《重構戲劇史：從戲劇發生開始》，《文藝研究》2006 年第 9 期，第 102頁。

〔註26〕 黃竹三《論泛戲劇形態》，載《戲曲文物研究散論》，北京：文化藝術出版社，1998 年版，第 14 頁。按，原載《文學遺產》1996 年第 4 期。括號內文字爲筆者添加。

　　縱觀中國戲劇藝術發展歷程，將「泛戲劇」表演形態──既區別於原始宗教表演，又不同於戲曲藝術表演的形式──納入傳統戲劇發展的階段劃分，更易釐清中國戲劇發展之走勢，及戲曲之形成過程。如此，在原有戲劇史「二分法」基礎上，筆者提出中國傳統戲劇發展的「三段論」，即中國傳統戲劇的發展經歷了原始宗教階段、民俗演藝階段和戲曲藝術階段。

　　1、原始宗教階段。這是中國戲劇的發生階段，是宗教戲劇階段的起始時期，大致爲遠古時代到春秋之前。這一時期，儀式性表演占主導地位，表演無主觀娛樂性存在，而屬嚴肅的原始宗教儀式行爲，是完的儀式性戲劇。

　　2、民俗演藝階段。這是中國戲劇的發展、形成階段，是民俗戲劇表演時期，也是「世俗戲劇階段」的一部分，大致爲春秋到兩宋時期。民俗戲劇表演作爲一種民俗演藝活動而存在，是所謂的「從儀式向藝術轉換之中的戲劇」，亦屬「觀賞性戲劇」，同時也是民俗生活的重要內容和組成部分。其戲劇表演儀式性漸弱、娛樂性漸強，儀式性戲劇和觀賞性戲劇在這一階段逐漸分化，其中民俗性和鬧熱性起了關鍵作用。該時期還可分爲兩階段：前一階段爲先秦至兩漢時期，由於娛樂性作用，戲劇產生了從「娛神」到「娛人」之變革，民俗表演活動大盛，戲劇表演從儀式形態發展到娛樂形式；後一階段爲唐五代、兩宋、遼金時期，多種戲劇形態漸成，構成戲曲之因子成熟，戲曲藝術逐漸成熟，戲劇表演則從娛樂形式發展到藝術成型階段。

　　3、戲曲藝術階段。這是中國戲劇的成熟階段，是以戲曲藝術爲主要表演形態的戲劇發展階段，自宋元起到 20 世紀後半葉。戲曲藝術是以審美爲主要特徵的藝術戲劇，同時也是娛樂性的大眾文藝形式。這一時期可以分爲：戲文、雜劇、傳奇、地方戲四個階段，產生了相應的戲曲表演藝術形態和戲曲文學類型。

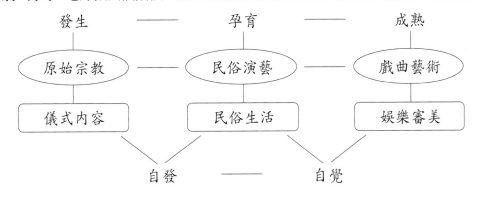

**圖 2　中國戲劇史發展階段關係對應圖**

　　由此可知，傳統戲劇發展的第二階段——民俗演藝階段是歷時較長，內容最爲紛繁複雜的時期。

　　首先，「民俗演藝」這一名詞是基於表演藝術與民俗之關係而提出的。《中國民俗通志・演藝志》有「演藝民俗」之概念：

> 演藝民俗是指表演藝術方面的民俗事象。
>
> 演藝民俗是特定的民俗現象，它不同於內容比較單一而專門的生活民俗（如衣、食、住、行等），是民俗活動與表演藝術的交叉。
>
> 演藝民俗所指應該是包括一切表演藝術行業在內的民俗事象，它屬於民俗學的一個分支。演藝民俗產生於演藝活動，它對演藝起著制約作用，也與廣大群眾有著密切的聯繫。〔註27〕

可知，「演藝民俗」指一類民俗事項的集合體，將表演藝術行業內的習俗作爲研究對象。因此，演藝民俗不僅屬於行業民俗之一，同時也包括有關表演藝術的生活民俗內容等。與生產民俗、商業民俗類似，演藝民俗是從演藝活動中總結、提煉的，故先有演藝活動，再有演藝民俗。

　　筆者根據「演藝民俗」概念，將那些對於戲曲藝術形成起直接作用的相關民俗表演活動，稱爲「民俗演藝活動」〔註28〕，簡稱「民俗演藝」。雖然同樣是表述民俗與表演藝術關係的名詞，「演藝民俗」與「民俗演藝」則是不同的概念。從語詞角度來說，「演藝民俗」中心語爲「民俗」，是有關表演藝術的民俗事項或活動；「民俗演藝」中心語爲「演藝」，則是民俗活動中的表演。因此，民俗演藝並非是行業民俗或生活民俗，而是針對戲劇史某一階段戲劇表現形態的概括表述。這一類表演混沌於民俗事項和民俗生活中，形成表演藝術與民俗的「無定型混同結構」〔註29〕。

　　其次，民俗演藝形態與「泛戲劇形態」，二者也並非完全相同。其一，「泛戲劇形態」指先秦以來至宋金時期所出現的以歌舞、假面、說白等爲主要形

---

〔註27〕齊濤主編、倪鍾之著《中國民俗通志・演藝志》，濟南：山東教育出版社，2005年版，第1頁。

〔註28〕按，「對於民俗中的藝術形態，返樸歸眞，即用『民俗文藝』概括之」，在此將民俗中的表演藝術活動，統稱爲「民俗演藝」，排除「民間」「世俗」等詞語所造成的概括偏差。參見陳勤建《文藝民俗學》，上海：上海文化出版社，2009年版，第183頁。

〔註29〕按，陳勤建將原始文藝所展現的狀態稱爲「無定型混同結構」，在此借鑒之。參見陳勤建《文藝民俗學》，上海：上海文化出版社，2009年版，第132頁。

式的表演樣式〔註 30〕，這與「民俗演藝活動」所界定的時間、內容、形式範圍相當。其二，「泛戲劇形態」所關注的還有另外一類表演形式，即作為戲曲藝術成熟所必需的因子，可見其出發點和落腳點均在於戲曲藝術。其三，民俗演藝活動將整個民俗活動視作一個整體，其戲劇表演部分併非完全成熟的審美藝術形式，而是一種民俗、娛樂的表演。因此，民俗演藝強調的是「泛戲劇形態」與民俗之血親關係，是戲劇在這一發展過程中的存在形態與變化趨勢，並且與戲劇發展的前後兩個階段——原始宗教階段、戲曲藝術階段，組成一個完整的中國戲劇發展線索和鏈條。

　　第三，民俗演藝活動是非宗教性的活動，起源晚於原始宗教，並且與原始宗教的儀式表演所具有的功利目的不同。民俗演藝活動是具有民俗生活價值、娛樂價值的表演活動，普遍存在於社會各個階層，內容主要包括俳優表演、節慶表演和祭祀儀式中的世俗性表演等；形式上則包括了語言表演、形體表演、特技雜耍表演等各類表演技藝。因此，與戲曲藝術相比，民俗演藝也並非完全的藝術活動，其民俗性和娛樂性更為突出。

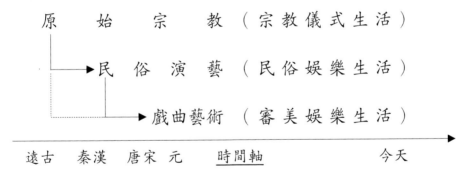

**圖 3　中國戲劇史發展階段時間座標圖**

　　第四，民俗演藝階段是中國戲劇藝術從發生到成熟的過渡與中堅階段，它的兩端分別指向了宗教儀式和戲曲藝術，是從宗教儀式到戲劇藝術的邏輯紐帶與橋樑。歷史時間大約是從先秦到元代戲曲文學成熟，這一千五百餘年漫漫發展之路，是一個漸變的過程，決非一蹴而就。故亦可視作戲曲的孕育期，是戲劇發展的重要時期。戲曲中的各種技藝、絕活等表演形式都可以在民俗演藝階段找到。民俗活動及其他藝術形式的發展，為戲曲的成熟充分地

〔註30〕　參見黃竹三《論泛戲劇形態》，載《戲曲文物研究散論》，北京：文化藝術出版社，1998 年版。按，原載《文學遺產》1996 年第 4 期。

做好了一切藝術上的準備，當然也包括諸多戲劇形態。因此，這一時期也是戲劇形成的時期，即在戲曲之先，諸多戲劇形式已經誕生了〔註31〕。

誠如康保成先生所言，中國戲劇史的發展「不是一條也不是兩條發展線索，而是一張巨大的網。」〔註32〕中國戲劇發展的三個歷史階段不僅是完整的網狀結構，還是一個立體結構。原始宗教階段是戲劇的發生階段；民俗演藝階段是連接原始宗教階段和戲曲藝術階段的樞紐，是戲劇的發展階段；戲曲藝術階段是戲劇的成熟階段。三者在時空關係上，具有歷時與共時的辯證統一性。即在發生上，三個階段先後出現：原始宗教——民俗演藝——戲曲藝術；在發展上，三個階段的藝術內容和形式在自身發展的同時，又同其他兩者的藝術內容與形式並存，且相互作用，共同構成人們的民俗與藝術生活。

戲劇作為「由文學、表演、音樂、美術等多種藝術成分有機組成的綜合藝術」〔註33〕，其綜合發展路徑也可從中國傳統戲劇發展「三段論」中得到體現。一直以來，關於中國戲劇綜合發展的路徑，前輩學者們主要有兩種看法。

首先，絕大多數學者認為，中國戲劇發展方式是「百川入海」式的綜合過程：文學、音樂、舞蹈、美術、雜技等諸多要素先獨立發展、成熟，進而在一些外部條件，如經濟的發展、城市的興起、宮廷的娛樂要求等影響與作用下，有機綜合在一起，成為戲劇藝術〔註34〕。

---

〔註31〕 按，《宋元戲曲史》將戲曲成熟之前的表演藝術形式謂之「戲劇」：「知我國戲劇，漢、魏以來與百戲合……南戲出而變化更多，於是我國始有純粹之戲曲」。《唐戲弄》首次「用『戲弄』二字專指唐五代的戲劇」。可見，戲曲成熟之前，戲劇已有其形式了。分別參見王國維《宋元戲曲史》，北京：中國書籍出版社，2006年版，第192頁。任半塘《唐戲弄》（上），上海：上海古籍出版社，2006年版，第3頁。

〔註32〕 康保成《中國戲劇史研究的新思路》，《湖北大學學報》（哲學社會科學版）2005年第5期，第503頁。

〔註33〕 《辭海》，上海：上海辭書出版社，1999年版，上冊，第1421～1422頁。

〔註34〕 按，王國維先生從文學角度認為戲曲是綜合而成的：「今日流傳之古劇，其最古者出於金元之間。觀其結構，實綜合前此所有之滑稽戲及雜戲、小說為之。又宋元之際，始有南曲、北曲之分，此二者，亦皆綜合宋代各種樂曲而為之者也。」鄭傳寅先生則以戲劇及其各個成分的起源時間不同，來說明戲劇綜合發展的方式：「以繁複為特徵的戲劇與以單純為特徵的單一成分——詩歌、音樂、舞蹈、美術的創生起源不可能同步。因為作為綜合藝術的戲劇，只有當它所要綜合的幾種成分降生之後，集眾美於一身的戲劇才有可能得以創生。」《元雜劇概論》認為，中國戲劇的綜合過程也是其晚出的原因：「我國

其次，田仲一成先生提出與中國學者相反的觀點——戲劇形成發展的「分化說」。他認為戲曲作為綜合藝術，其形成和發展過程應該是「要素分化的歷史，而不是要素綜合的歷史」，他將「百川入海」式的綜合過程反過來看，認為「先是有歌舞、科段、說白、故事等諸多要素融合在一起的一些表演動作，然後各個要素逐漸獨立而美化成為一種含有多種要素的藝術——『戲劇』」〔註35〕。

前一觀點，一直是學界對於戲劇綜合發展路徑的共識；而後者雖然未形成主流觀點，卻為戲劇史研究提供了新思考。

從中國戲劇發展「三段論」來看，戲劇藝術是一個不斷發展的有機整體。所以，戲劇藝術的發展路徑，應是以綜合、整體的方式發展，進而走向成熟。雖然不排除其他藝術形式對於戲劇藝術發展的影響，但馬克思主義哲學「內因決定論」強調，事物發展由內因決定，並受外因影響。由此可知，戲劇藝術發展的根本動力在於戲劇藝術的內部因素，即以代言體為核心的綜合性鬧熱表演-。這種鬧熱表演始終具有綜合性：扮演人物，就會有語言、動作；渲染情感，就少不了音樂、舞蹈；敷演故事，則應具情節、主題；吸引觀眾，便需超凡的技藝，這一切原本就綜合在一起，是戲劇藝術表演本身的要求。因而，戲劇藝術中各要素的分而有合、合而有分，也是在其內部完成的，它們的相互作用力就是戲劇藝術發展的內在動力〔註36〕。而諸如政治、經濟、社會的發展，以及城市的繁榮、市民階層的崛起等，這一切外部因素，對於戲劇藝術發展、成熟只能是第二位因素。因此，無論是「綜合說」，抑或「分化說」，都是戲劇藝術內部的分分合合，彼此觀點並不矛盾。正如任半塘先生所言：「戲劇原為一種綜合性之藝術，聲容諸伎，必按實際需要，靈活運用；

戲曲是包括歌舞、科白、故事、音樂、美術、雜技等多種因素的綜合藝術，這需要一個複雜的、長期的融合過程。因此，比較其他藝術形式，我國戲曲是成熟較晚的一個部門。」分別參見王國維《宋元戲曲史》，上海：上海古籍出版社，1998年版，第14頁。鄭傳寅《中國戲曲文化概論》，武漢：武漢大學出版社，1993年版，第42頁。許金榜《元雜劇概論》，濟南：齊魯書社，1986年版，「序言」，第1頁。

〔註35〕　〔日〕田仲一成《中國戲劇從祭祀中產生的條件及其發展過程》，載《中國祭祀戲劇研究》，北京：北京大學出版社，2008年版，第234～235頁。

〔註36〕　按，劉曉明先生運用「類群理論」，論述了雜劇形成的過程和邏輯。其中「劇核」憑藉吸附和兼容的能力，將平行的戲劇因子凝聚在一起的作用過程，其實就是在戲劇藝術內部完成的。參見劉曉明《雜劇形成史》，北京：中華書局，2007年版。

今日爲然，古代何嘗不然！」〔註37〕葉長海先生更將這種有機、高度的綜合性稱之爲「總體性」〔註38〕。

眾所周知，原始宗教的產生是人類發展的必然結果。在西方，具有表演性質的祭祀儀式直接催生了戲劇藝術。中國戲劇的演變過程雖更爲漫長，然衍生的原理卻有相似之處：

> 宏觀地看，戲劇無由從儀式中單獨發展而出，它受到當時社會的物質和精神文明和人類自身進化的發展程度的制約，因之它必然是各種相關因素在特定歷史條件下的產物。原始宗教僅僅是培養或孕育它的溫床而已。進一步講，如果沒有其他因素的刺激和推動，儀式仍然會停留在儀式階段。〔註39〕

可見，原始宗教之於戲劇發展的作用，僅僅還是一個胚胎階段，其眞正成爲戲劇藝術，是需要「其他因素的刺激和推動」。在中國戲劇發展過程中，這個因素應該具備怎樣的特徵呢？

首先，這一因素是相對穩定的，它不僅關係到中國戲劇的發生、發展與成熟，甚至成熟之後，中國戲劇的繼續發展仍然與之相關。

其次，這一因素也是不斷發展的，它存在於中國戲劇發展過程中，並且隨著戲劇的發展而發展。

第三，這一因素與戲劇是相互作用的，它在前期不斷地吸取其他藝術形式的豐富營養，對戲劇的形成與成熟起到了積極作用；後期則成爲戲劇的固有特徵，得到戲劇藝術的反哺。

謝克納教授在論述儀式與戲劇的二元關係時，提出無論是儀式性的宗教祭祀活動，還是具有娛樂審美特質的戲劇藝術，「表演是處於一個積極的穩定的狀態」〔註40〕。因此，縱觀中國戲劇發展三階段，表演是其中唯一不變的方式，這也是戲劇最本質的特點。

---

〔註37〕 任半塘《唐戲弄》（上），上海：上海古籍出版社，2006年版，第331頁。
〔註38〕 參見葉長海《中國傳統戲劇的藝術特徵》，《戲劇藝術》1998年第4期。
〔註39〕 鞠基亮《宗教與世俗的選擇——從中古歐洲戲劇引發出的思考》，《戲劇藝術》1989年第4期，第88頁。
〔註40〕 〔美〕理查德・謝克納撰、黃德林譯《從儀式到戲劇及其反面：實效——娛樂二元關係的結構／過程》，載《人類表演學系列：謝克納專輯》，北京：文化藝術出版社2010年版，第180頁。

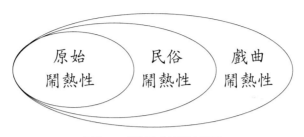

**圖 4　鬧熱性關係圖**

　　而表演中最為固有的性質又是什麼呢？從原始宗教到民俗演藝，再到戲曲藝術，儀式性、娛樂性、民俗性、藝術性、審美性這些特徵都隨著歷史的發展而出現，並隨著戲劇形態和內容的變化而不斷此消彼長。而其中起到穩定「刺激和推動」作用的因素，則是表演的鬧熱性。鬧熱性是中國戲劇發生的關鍵因素，也是中國戲劇的本質屬性。它在戲劇發展過程中一貫到底，與三個階段對應形成：原始鬧熱性——民俗鬧熱性——戲曲鬧熱性。戲曲鬧熱性是在原始鬧熱性和民俗鬧熱性基礎上，隨著戲劇藝術的成熟而生成的。戲曲鬧熱性不僅包含了原始鬧熱性的儀式內旨，也兼具民俗鬧熱性的娛樂和群眾特點，還具有自覺的藝術和審美特徵。

　　總之，中國傳統戲劇作為綜合藝術，其發展路徑並非從單個到綜合，也並非因綜合而分化，而是一個從原始的「無定型混同結構」，到民俗性、娛樂性的表演形態，再到戲曲藝術形態的發展演變過程。在此過程中，表演的鬧熱性是最為穩定的內在動力，推動著戲劇藝術的整體發展。

　　綜上所述，中國戲劇發展有三個階段——原始宗教階段、民俗演藝階段、戲曲藝術階段，其中表演的鬧熱性作為一個積極而穩定的角色，在這一過程中進行著自己的進化：原始鬧熱性——民俗鬧熱性——戲曲鬧熱性。首先，原始鬧熱性契合了宗教的儀式性和中國人的心理需求，為儀式到娛樂的轉化進程不斷助推；其次，在這一進程中，原始鬧熱性也逐漸被凸顯，並隨之轉化為民俗鬧熱性；再次，民俗鬧熱性也在民俗演藝活動中豐富著自身的娛樂性和審美性，為最終形成戲曲藝術本身的鬧熱特徵夯實著基礎。鬧熱性始終與戲劇發展的歷史同步：戲劇發生，鬧熱性發生；戲劇發展成熟，鬧熱性也發展成熟。鬧熱性和戲劇發生、發展是相互依存、相互影響的：戲劇在鬧熱性的推動下前進，鬧熱性也在戲劇的發展過程中蛻變成型，這也是鬧熱性發展的邏輯過程。可以說，一部戲劇史，就是一部戲劇鬧熱史。

## 四、傳統戲劇的自覺

中國傳統戲劇的發展歷來是學界研究的熱點，無論傳統戲劇的文學研究，抑或藝術研究、民俗研究，最終都要落腳於戲劇發展史。雖然百年來戲劇研究成果頗豐，然關於戲劇發展史的一系列關鍵問題仍未有定論，故中國傳統戲劇的發生和發展問題，也始終是常新的研究主題。

開中國戲劇史論近代研究先河的王國維先生，將元雜劇視為「有元一代之文學」。從此，傳統戲劇研究也大多沿著文學研究的道路行進。戲劇的自覺，亦多歸於文學自覺之範疇。

關於文學的自覺，日本學者鈴木虎雄早在 20 世紀 20 年代提出「魏的時代是中國文學的自覺時代」〔註 41〕。隨後魯迅先生《魏晉風度及文章與藥及酒之關係》做出同樣的強調：「用近代的文學眼光看來，曹丕的一個時代可說是『文學的自覺時代』，或如近代所說是為藝術而藝術（Art for Art's Sake）的一派。」〔註 42〕這一論斷，可謂風靡一時，影響深遠〔註 43〕。同時亦受到過諸多質疑和反思，出現過「漢代文學自覺說」「春秋文學自覺說」，甚至提出了以建安文學自覺為中心的「中國文學的三次自覺說」〔註 44〕。然而戲劇的文學形式──劇本，在魏晉時期顯然尚未生成，更難說是有所作為了。因此，關於中國戲劇之自覺，不能籠統地用文學自覺的歷史時間來簡單概括。

田同旭教授《論古代戲曲的自覺》一文，借鑒古代詩文和小說等文學類型的自覺模式，推導出戲曲自覺的標準：「曲家自覺地進行戲曲創作，確立明確的創作意圖和目的，有意識地進行戲曲理論的探討與建設，同時，被視為自覺的某種戲曲形式，應對後世戲曲發展有直接的影響等等。」進

---

〔註41〕 〔日〕鈴木虎雄著、許總譯《中國詩論史》，南寧：廣西人民出版社，1989年版，第 37 頁。

〔註42〕 魯迅《魏晉風度及文章與藥及酒之關係》，《而已集》，載《魯迅全集》第三卷，北京：人民文學出版社，2005 年版，第 526 頁。

〔註43〕 按，諸如章培恒主編《中國文學史》、袁行霈主編《中國文學史》、王運熙、楊明主編《魏晉南北朝文學批評史》等都接受了這一論說。

〔註44〕 按，這一類論文頗多，參看《「魏晉文學自覺說」反思》（《中國社會科學》2005年第 2 期）、《魯迅「文學自覺」說的現代性語境及其局限》（《西北大學學報》哲社版 2009 年第 1 期）、《論文學的獨立和自覺非自魏晉始》（《北京大學學報》哲社版 1996 年第 2 期）、《論「文學自覺」始於春秋》（《中南大學學報》社會科學版 2010 年第 2 期）、《論中國文學的三次自覺》（《學術研究》2010 年第 7期）。

而他認為「古代戲曲的自覺，應以元末明初之南戲為其藝術標誌，始以元末南戲《琵琶記》為開創，至明初南戲《伍倫全備記》《香囊記》而廣大，正好出現於南戲重新興盛後向傳奇演變的轉型時期。」〔註45〕而針對元雜劇的問題，他從作家的創作意願、戲曲理論與藝術表演的非成熟、欠完善等方面，闡述了其不能被列為戲曲自覺範疇的原因。可見，全文是從戲曲的文學本位角度，按照傳統的文學脈絡和觀念進行梳理，所得出的結論，僅為一家之言。

內蒙古大學葛麗英碩士論文《中國戲曲藝術的最早自覺──論李漁的戲曲理論的戲曲藝術本體論》，從戲曲理論發展切入，認為「李漁第一次站在了戲曲藝術本體的高度關注戲曲藝術實踐，其戲曲理論的誕生標誌著中國戲曲藝術的最早自覺。」〔註46〕

竊以為，此兩文對於中國傳統戲劇自覺的推論仍有偏頗。首先，無論劇作家的創作意願如何，並不能否定其自覺地創作事實，自覺是意識問題，並不能以曲論和表演上的不成熟、不完善來當作標準。而《琵琶記》作為「元代劇壇之殿軍，明代戲曲之先聲」〔註47〕，確實提高了戲曲的文學地位，其在戲曲史上固然是重要的，取得了巨大的文學成就，頗具影響力。但是，戲劇作為一門綜合藝術，不應僅以文學作為標準；其自覺性也並非幾部作品可以概括。其次，葛文通篇全為李漁的戲曲理論研究，並未有戲曲藝術其他方面的深入探究；況且學界一般認為，李漁的戲曲理論是「古代戲曲史上第一部比較完整、系統的曲論著作」〔註48〕，是戲曲理論的集大成之作。故以此來概括戲曲藝術的自覺，有待商榷；且用「最早」一詞加以限定，更顯不妥。

可見，探討中國戲劇的自覺問題，並非易事，若要在浩瀚的戲劇發展史中尋找到自覺點，更為困難。因此，筆者認為，戲劇的自覺應是一個過程，並非一蹴而就，需要從戲劇發生、發展到成熟的過程中去探尋。

戲劇史的首要問題就在於戲劇的發生，這也是困擾中國戲劇研究的一個

---

〔註45〕田同旭《論古代戲曲的自覺》，《文學評論》2004年第5期，第127頁。

〔註46〕葛麗英《中國戲曲藝術的最早自覺──論李漁的戲曲理論的戲曲藝術本體論》，內蒙古大學2006年碩士學位論文，第40頁。

〔註47〕袁行霈主編《中國文學史》第三卷，北京：高等教育出版社，1999年版，第346頁。

〔註48〕俞為民《李漁評傳》，南京：南京大學出版社，1998年版，第73頁。

重要問題〔註49〕。「戲劇的發生是戲劇從儀式向藝術轉換的關節點」〔註50〕。筆者認爲中國傳統戲劇發展經歷了三個階段——原始宗教階段——民俗演藝階段——戲曲藝術階段。而在民俗演藝階段上千年的歷史中，中國戲劇不僅完成了其發生的過程，形成了初步的藝術形態，而且朝著成熟樣式——戲曲的方向邁進。可見，中國戲劇史研究之關鍵在於民俗演藝階段。

大體來看，中國傳統戲劇的自覺也應在民俗演藝階段完成，並分兩步走。第一是戲劇的娛樂自覺，構成戲劇的諸多因子從原始宗教的「無定型混同結構」中脫離出來，逐漸形成民俗演藝形態，成爲民俗生活的一部分。在此過程中，民俗演藝活動的娛樂性、鬧熱性漸強，而原有的儀式性減弱，爲戲劇自覺的第二步打下基礎。第二是戲劇的藝術自覺，民俗演藝活動中的每個戲劇因子既獨立成長，在各自藝術領域內漸漸成熟，又相互交織發展，綜合演藝能力逐步增強，進而形成一定形式的戲劇表演模式。

在戲劇自覺的過程中，娛樂是先於藝術而產生的。一種藝術樣式的誕生，必先具有娛樂特徵，無論娛神、娛人，首先成爲集體性娛樂活動，進而演變爲民俗形式，才可能有進一步的藝術提升。當某一民俗事項朝著審美方向邁出一小步，其實也就完成了民俗活動向民族藝術的一大步，戲曲藝術就是如此。需要說明的是，雖然娛樂必先於審美藝術的發生而發生，但傳統戲劇的每一因子的娛樂與藝術審美發生的時間並不同步。

中國傳統戲劇的自覺過程分娛樂自覺和藝術自覺兩階段。戲劇自覺過程的最終完成，也使中國戲劇的成熟形式——戲曲，得以確立。

### （一）傳統戲劇的娛樂自覺

先秦到兩漢是中國歷史上重要的變革時代，周禮之確立，是自神禮到人禮的文化轉型，也是戲劇乃至一切藝術從娛神到娛人轉化的文化推動力。「娛人」成爲了禮制要求下的產物，這是娛樂自覺的標誌。

第一，娛樂意識的發生源於原始藝術中所蘊含的娛樂性。在原始生活中，原始藝術具有情感的宣洩功能，《呂氏春秋·古樂》載：「昔陶唐氏之始，陰

---

〔註49〕按，「中國戲劇的起源與形成問題，困擾了我們將近一個世紀。」參見周華斌《原生態戲劇與視覺符號》，載《中國戲劇史新論》，北京：北京廣播學院出版社，2003 年版，第 55 頁。

〔註50〕汪曉雲《重構戲劇史：從戲劇發生開始》，《文藝研究》2006 年第 9 期，第 102 頁。

多滯伏而湛積，水道壅塞，不行其原，民氣鬱閼而滯著，筋骨瑟縮不達，故作爲舞以宣導之。」〔註51〕可見，先民們利用樂舞進行自覺地情感宣洩，卻非自覺地娛樂。娛樂的自覺性，始於原始社會中集體的娛神祭祀活動，雖然這僅是爲了神靈娛樂，卻是娛樂自覺的開始。在階級社會中，統治者享樂的需求則體現了自我娛樂的自覺要求：

> 夏桀既棄禮義，淫於婦人，求美女積之後宮，收倡優、侏儒、狎徒能奇偉戲者，聚之於旁，造爛漫之樂。〔註52〕

> 夏桀、殷紂作爲侈樂，大鼓鍾磬管簫之音，以鉅爲美，以眾爲觀，俶詭殊瑰，耳所未嘗聞，目所未嘗見。務以相過，不用度量。〔註53〕

> 帝紂……好酒淫樂……於是使師涓作新淫聲，北里之舞，靡靡之樂……大冣樂戲於沙丘，以酒爲池，懸肉爲林，使男女倮相逐其間，爲長夜之飲。〔註54〕

這些文獻記載了夏商時期統治者的享樂生活，其中第一條更是提及夏桀時代的泛戲劇形態表演活動。雖然這些記錄帶有不滿的情緒和批判的態度，然正如《拾遺記》所言，商紂王厭古樂，喜淫聲，並命師延「更奏迷魂淫魄之曲，以歡修夜之娛」〔註55〕，客觀上則反映了統治者的享樂生活，是出於娛樂需要，即便荒淫無度的享樂令百姓不堪其苦，然這種娛樂要求是自覺的，表演的娛樂性是客觀存在的。

第二，娛樂是「人性的而且是文化的活動」，所「獲得精神上的喜悅，決不亞於人類的其他快樂，而且具有一定的普遍性」〔註56〕。這種普遍性體現於歲時節日及民俗活動。

隨著農業生產的提高，原始社會諸多宗教儀式內容，成爲農業生產、生

---

〔註51〕　《呂氏春秋・仲夏紀第五・古樂》，載陳奇猷校釋《呂氏春秋校釋》，上海：學林出版社，1984 年版，第 284 頁。

〔註52〕　《古列女傳・孽嬖傳・夏桀末喜》，載〔西漢〕劉向編撰、顧愷之圖畫《古烈女傳》，北京：中華書局，1985 年版，第 189 頁。

〔註53〕　《呂氏春秋・仲夏紀第五・侈樂》，載陳奇猷校釋《呂氏春秋校釋》，上海：學林出版社，1984 年版，第 265～266 頁。

〔註54〕　《史記》卷三，「殷本紀第三」，北京：中華書局，1959 年版，第 105 頁。

〔註55〕　〔東晉〕王嘉撰、孟慶祥、商嫩妹譯注《拾遺記譯注》，哈爾濱：黑龍江人民出版社，1989 年版，第 52 頁。

〔註56〕　熊志沖《娛樂文化》，成都：巴蜀書社，1990 年版，第 10 頁。

活的民俗信仰。較之宮廷大儺的儀式性、嚴肅性，民間「鄉人儺」既有相似，又略有不同。《論語‧鄉黨》載：「鄉人儺，朝服而立於阼階。」〔註57〕《禮記‧郊特牲》亦載：「鄉人禓，孔子朝服立於階，存室神也。」鄭玄注「『禓』，強鬼也，謂時儺索室驅疫、逐強鬼也。『禓』或為『獻』，或為『儺』。」〔註58〕可見，「鄉人儺」，可稱「鄉人禓」或「鄉人獻」，而「獻」之意更說明了儀式性。故方相氏行儺之時，連孔子都要嚴肅對待，不僅身著朝服，以顯正式，以示尊重；而且「立於阼階」，恭敬虔誠，表達歡迎之意。然方相氏頭戴面具，索室驅疫，雖顯猙獰，卻不乏嬉笑打鬧之動作，有潛在意義的娛樂性質。加之其「帥百隸而時儺」，這種集體性場面，更具鬧熱的互動性特點。此外，儺祭等祭儀，是在農業勞動之餘進行，因此，儀式活動客觀上則具有肌體放鬆功能和情感宣洩作用，才會有「一國之人皆若狂」的狂歡場面與熱鬧景象。

與民俗活動血脈相通的是歲時節日。節日是人民生活的一部分，卻是生活中非常態、特殊的部分——「第二種生活」〔註59〕；其形態、內容，都與日常生活有所別，卻又是人們平日物質與精神生活的集中體現——狂歡式的生活。中國人過節，目的是祈求吉祥平安，過程則要圖個熱熱鬧鬧。過節過得熱鬧，才能讓人心滿意足。傳統節日，最具鬧熱特點的，非元宵節莫屬，它離不開「鬧」字，是不折不扣的「鬧節」——「鬧元宵」「鬧社火」「鬧花燈」「鬧傘」〔註60〕「鬧秧歌」等。相比除夕，元宵節人們紛紛走到戶外，喧闐過節的鬧熱性更勝一籌。這種鬧熱不僅具有耳濡目染的感官效應，更具激蕩心頭的心理快感。元宵節是中國人的「狂歡節」，「體現了中國民眾特有的狂歡精神」〔註61〕，即節慶中呈現的鬧熱狀態，以及人們在狂歡過程中所體會的鬧熱感。如果說民俗節日的「我們感」體現了民族性的話，那麼「鬧熱

〔註57〕 〔清〕阮元校刻《十三經注疏》，北京：中華書局，1980年版，下冊，第2495頁。

〔註58〕 〔清〕阮元校刻《十三經注疏》，北京：中華書局，1980年版，下冊，第1448頁。

〔註59〕 《弗朗索瓦‧拉伯雷的創作與中世紀和文藝復興時期的民間文化導言》，載〔俄〕巴赫金著、李兆林、夏忠憲等譯《巴赫金全集》第六卷，石家莊：河北教育出版社，2009年版，第6頁。

〔註60〕 按，「張燈如雨蓋，名曰『鬧傘』。」參見〔清〕陳汝咸修、施錫衛再續纂修《光緒漳浦縣志》卷三，「風土上」，漳州古宋承印（鉛印本），民國二十五年（1936）版。

〔註61〕 蕭放《歲時——傳統中國民眾的時間生活》，北京：中華書局，2002年版，第132頁。

感」就是對這種民族性的詮釋。因此，節日的娛樂性、狂歡性，與其所具有的民俗鬧熱性是統一的。

隋代，元宵節之娛樂活動，達到登峰造極，其中不乏娛樂演劇的內容：「每歲正月，萬國來朝，留至十五日，於端門外，建國門內，綿亙八里，列爲戲場。百官起棚夾路，從昏達旦，以縱觀之。……大列炬火，光燭天地，百戲之盛，振古無比。自是每年以爲常焉。」〔註62〕可見，民俗生活是戲劇的娛樂沃土。

第三，娛樂的自覺是從娛神到娛人的過程。民俗演藝活動從原始宗教祭儀中逐漸蛻變，伴隨娛樂性生成而產生。人類表演學創始人——美國的理查德·謝克納教授〔註63〕，《從儀式到戲劇及其反面：實效——娛樂二元關係的結構／過程》認爲：「戲劇是娛樂和儀式的混合體。在某一時刻，儀式似乎是來源；而在另一時刻，娛樂被置於首位，它們是一個二元的體系，相互矛盾而又不可分割。」〔註64〕這就是戲劇轉化中的「儀式——娛樂」二元結構，其內涵即「從娛神到娛人」。

戲劇從原始形態走向民俗娛樂形態，是戲劇功能性的轉變，也是戲劇從祭祀儀式走向民俗活動的標誌。事實上，在當代戲劇發展到很高藝術水準的同時，仍然還有諸多儀式戲劇存在，其存在價值仍是「娛神」「樂神」的儀式目的和實用意義。因此，歷史上「從娛神到娛人」的過渡，並非全部的轉變。確切地講，應該是儀式內容中分化出一部分具有娛樂大眾功能的原始藝術形式，經歷了民俗活動的「摸爬滾打」之後，而形成所謂的大眾文藝。相應而言，今天我們可以看到諸多原始形態的儀式戲劇——池州儺戲、武安「捉黃鬼」、曲沃「扇鼓神譜」、貴州地戲……這些準戲劇形態，保留了戲劇在發生

---

〔註62〕《隋書》卷十五，「志第十·音樂下」，北京：中華書局，1973年版，第381頁。

〔註63〕按，人類表演學，學科起源於20世紀70年代末的美國紐約大學，1979年紐約大學將戲劇研究生部更名爲「人類表演學系」。理查德·謝克納（Richard Sehechner，1934～），美國戲劇思想家，於20世紀60年代開始關注人類表演學，在研究和總結前人理論成果的基礎上，1970年代創建了自己的人類表演學理論，代表作爲《人類表演理論》（1977年）、《人類表演學——導論》（2002年）。

〔註64〕〔美〕理查德·謝克納撰、黃德林譯《從儀式到戲劇及其反面：實效——娛樂二元關係的結構／過程》，載《人類表演學系列：謝克納專輯》，北京：文化藝術出版社，2010年版，第183頁。

轉變時期的狀態，是戲劇藝術從祭壇走向戲壇的縮影，從它們身上可以更直觀地感受戲劇藝術的這種分化與轉變。

　　河北蔚縣上蘇莊村每年元宵節都舉行「拜燈山」儀式〔註 65〕，這是具有生殖崇拜旨意的祈子儀式，已婚未孕的少婦可以「偷」取燈盞，以此求得子嗣。其中有一段笑鬧插演——「王八戲媽子」，極具娛樂性。一男一女，兩位丑角，分別扮演「老王八」和「老媽子」。「老王八」是玄武化身，「老媽子」為反串表演。表演中二人相互追逐、撲打，十分滑稽。當他們「追逐」至十字街口供奉火神處，撲打表演達到白熱化——老王八將老媽子擁倒在地，以示交媾狀，引得觀者大笑。可見，「王八戲媽子」不是隨意的插演，而是一種生殖崇拜的娛樂形式，是「娛樂其表，儀式其裏」的民俗演藝活動。

### （二）傳統戲劇的藝術自覺

　　唐宋以降，商業經濟的發展，社會政治的穩定，文化也進一步繁榮。戲劇的各方面因素，開始從民俗生活向藝術殿堂邁進。戲劇逐漸成為一門獨立的藝術形式。

　　第一，雜劇初現與競藝性表演發軔。

　　劉曉明《雜劇形成史》云：

> 唐代是「雜劇」初來乍現的時代，……唐人「雜劇」之名的特徵是此種伎藝屬於娛樂性質的俗樂而非雅樂，其形式多樣，雜七雜八。具體而言，唐代雜劇包括以下四種形態：歌舞戲、雜伎、博戲、諧戲。〔註 66〕

可見，雜劇範圍十分寬泛，具有「雜」的特性。雜劇在唐代初現，是學界定論，劉曉明教授則將雜劇發生時間前推至唐初〔註 67〕。雖然當時雜劇藝術性尚有不足，但唐代近三百年的歷史長度，給予了雜劇發展和蛻變以充分的時間。至 8 世紀前後，雜劇成為具有表演性質的真正戲劇，戲劇藝術在唐代初成〔註 68〕。同時，唐宋也成為了戲劇表演從娛樂到藝術的轉型時代。

---

〔註 65〕參見拙文《蔚縣秧歌調查與研究》，山西師範大學 2009 年碩士學位論文，第 159 頁。
〔註 66〕劉曉明《雜劇形成史》，北京：中華書局，2007 年版，第 93～94 頁。
〔註 67〕參見劉曉明《雜劇形成史》，北京：中華書局，2007 年版，第 43～57 頁。
〔註 68〕按，《古今圖書集成》本《教坊記》書名後列有小標題：「雜劇」。分別參見〔清〕陳夢雷、蔣廷錫等奉敕撰《欽定古今圖書集成・博物彙編・藝術典》第八百十六卷，「優伶部」，北京：中華書局影印，1934～1940 年版，第 488

　　唐散樂表演，「凡戲輒分兩朋，以判優劣，則人心兢勇，謂之熱戲。」〔註69〕熱戲的特徵即分朋競藝，這種具有競爭性的伎藝表演，對於藝術的提高大有裨益，且具深遠影響。唐代戲劇的競藝性表演主要表現在兩個方面——對臺戲與對手戲。

　　高宗時，戲謔性優戲表演就已採取分朋競藝的形式，《舊唐書·郝處俊傳》載：「上元元年（674），高宗御含元殿東翔鸞閣觀大酺。時京城四縣及太常音樂分爲東西兩朋，帝令雍王賢爲東朋，周王諱爲西朋，務以角勝爲樂。……今忽分爲二朋，遞相誇競。」〔註70〕可見，表演形式已初具對臺戲之雛形。

　　對手戲形式的成熟條件有二：一是具備兩個或兩個以上的角色人物，角色程式相對成型；二是具有一定的情節和場面因素，在情節統領下，角色之間具有一定的張力，並產生戲劇效果。唐代戲劇的主要特點是戲謔性表演，具有戲劇效果，角色上也多爲兩人對戲，二者相互爭鬥、辯難、嘲弄和戲謔，產生笑料用以娛樂大眾，如歌舞戲《踏謠娘》、參軍戲都是如此。對手戲在唐代已經成熟，並對後世戲曲表演形式產生了較爲深刻的影響。

　　要之，無論是對臺戲還是對手戲，競藝性形式對於表演本身的藝術性提高非常重要。正因爲有了競爭，戲劇才能夠逐漸從民俗活動中脫離，具備藝術審美特徵，發展爲獨立的藝術審美形態。

　　第二，敘事文學成長與戲劇文本誕生。

　　傳統戲劇藝術以「演」爲核心，歌舞表演是一種是外化形式與展現手段，故事情節則是戲劇表演的內容。然中國古典敘事文學向來是「短板」「軟肋」，不但沒有真正意義上的民族史詩，就連戲劇文學也大器晚成。即便如此，唐代敘事文學的發展仍具里程碑意義。唐人傳奇的興盛與講唱文學的流行，是古典敘事文學成長的重要標誌。

　　《中國文學史》云：

　　　　在唐傳奇中出現了較六朝志怪宏大的篇製，建立了比較完整的
　　　　小說結構，其情節較爲複雜，內容偏於反映人情世態，而人物形象

---

　　　　冊，第 22 頁。劉曉明《雜劇形成史》，北京：中華書局，2007 年版，第 49～
　　　　50 頁。
〔註69〕　〔唐〕崔令欽《教坊記》，載中國戲曲研究院編《中國古典戲曲論著集成》（一），
　　　　北京：中國戲劇出版社，1959 年版，第 21 頁。按，「朋」通「棚」，「分朋」
　　　　即「分棚」，後文皆同，不再出注。
〔註70〕　《舊唐書》卷八十四，北京：中華書局，1975 年版，第 2799 頁。

的塑造、人物心理的刻畫，也有了顯著的提高。由此，唐傳奇宣告
中國文言小說開始進入成熟階段。〔註71〕

雖然唐人傳奇的敘事性還顯不足，但在故事的增強與情節的完整，以及人物
形象的豐滿與情感的充實等方面，依然爲敘事文學的發展做出了重要貢獻，
也影響了後世戲劇文學與戲劇藝術的成熟和繁榮。尤其是唐人傳奇的題材類
型，後世戲劇藝術所承襲者甚多。魯迅先生云：「惟元明人多本其事作雜劇或
傳奇，而影響遂及於曲。」〔註72〕如雜劇《西廂記》取材於《鶯鶯傳》，《倩
女離魂》取材於《離魂記》，《曲江池》取材於《李娃傳》，傳奇《紫釵記》源
於《霍小玉傳》，《邯鄲記》本之《枕中記》，《南柯記》源自《南柯太守傳》等。

唐代講唱文學是中國通俗敘事文學發展的重要環節，對於古典敘事文學
的發展有著重要影響，對戲劇藝術發展之影響亦頗爲直接。

俗講在唐代甚爲流行。《入唐求法巡禮行記》卷三載，會昌元年（841）
長安「左、右街七寺開俗講。……正月十五日起首至二月十五日罷」〔註73〕。
姚合《聽僧雲端講經》詩云：「遠近持齋來來諦聽，酒坊魚市盡無人。」〔註
74〕韓愈《華山女》詩云：「街東街西講佛經，撞鐘吹螺鬧宮庭。」〔註75〕可
見，俗講吸引了眾多觀者前來，加之鐘、螺之聲，熱鬧情景可見一斑。這對
宋代講唱文學和戲劇藝術的鬧熱性有直接影響。

無獨有偶，唐代講唱文學的其他形式也對戲劇藝術頗有影響。如目連戲
題材直接源自《大目乾連冥間救母變文》；話本則在通俗、大眾的語言風格和
口語化、戲劇性的表演形式方面對戲劇藝術產生了更大影響。

相比唐代，宋、金時期的通俗文學則呈現出更爲繁榮的景象，話本小說、
講唱文學全面發展，直接影響戲劇的敘事性及文本的誕生。《東京夢華錄》卷
八載：

---

〔註71〕章培恒、駱玉明主編《中國文學史》（中），上海：復旦大學出版社，2004年
版，第208頁。

〔註72〕魯迅《中國小說史略》，載《魯迅全集》第九卷，北京：人民文學出版社，2005
年版，第73頁。

〔註73〕〔日〕圓仁撰、顧承甫、何泉達點校《入唐求法巡禮行記》，上海：上海古籍
出版社，1986年版，第147頁。

〔註74〕〔清〕彭定求等編、中華書局編輯部點校《全唐詩》（增訂本）卷五〇二，北
京：中華書局，1999年版，第八冊，第5754頁。

〔註75〕〔清〕彭定求等編、中華書局編輯部點校《全唐詩》（增訂本）卷三四一，北
京：中華書局，1999年版，第五冊，第3830頁。

　　　　構肆樂人，自過七夕，便般「目連救母」雜劇，直至五十日止，

觀者增倍。〔註76〕

北宋雜劇之目連故事可謂「中國戲曲第一個完整的劇目」〔註77〕。南宋時，「散
樂，傳學教坊十三部，唯以雜劇爲正色。」〔註78〕可知以雜劇爲代表的戲劇
藝術，已經成爲獨立的藝術樣式。又《都城紀勝》「瓦舍眾伎」條載：

　　　　教坊大使，在京師時，有孟角球，曾撰雜劇本子；又有萬守成

撰四十大曲詞；又有丁仙現捷才知音。〔註79〕

可知宋代已有「雜劇本子」出現。而做「雜劇本子」的則是些專職的社會團
體，如緋綠社〔註80〕。此外，宋代亦有創作劇本的書會存在，南戲《張協狀
元》就提及了「九山書會」：

　　　　【滿庭芳】……《狀元張叶傳》，前回曾演，汝輩搬成。這番書

會，要奪魁名。……

　　　　【燭影搖紅】……眞個梨園院體，論詼諧除師怎比？九山書會，

近目翻騰，別是風味。……〔註81〕

　　總之，戲劇文學的發展與自覺，尤其是戲劇文本在宋代的出現，是戲劇
走向藝術自覺的重要標誌。

　　第三，戲劇表演的專業化與制度化。

　　表演是戲劇藝術的核心，也是戲劇藝術呈現之重要手段。中國傳統戲劇
的藝術自覺，雖然在要素上最終完成於戲劇文學的確立，但就整體而言，最
終呈現爲戲劇的藝術性表演，具體表現爲表演的專業化與制度化。

　　在商業繁榮下，唐宋出現了專業化的戲劇表演人才與表演團體。與宮廷

---

〔註76〕　〔宋〕孟元老《東京夢華錄》，北京：中國商業出版社，1982 年版，第 55 頁。
〔註77〕　廖奔、劉彥君《中國戲曲發展史》第一卷，太原：山西教育出版社，2003 年
　　　　　版，第 134 頁。
〔註78〕　〔宋〕灌圃耐得翁《都城紀勝》，北京：中國商業出版社，1982 年版，第 8～
　　　　　9 頁。
〔註79〕　〔宋〕灌圃耐得翁《都城紀勝》，北京：中國商業出版社，1982 年版，第 9
　　　　　頁。
〔註80〕　按，《武林舊事》卷三「社會」條載：「緋綠社〔雜劇〕」。參見〔宋〕周密《武
　　　　　林舊事》，北京：中國商業出版社，1982 年版，第 45 頁。
〔註81〕　錢南揚《永樂大典戲文三種校注》，北京：中華書局，2009 年版，第 2、13
　　　　　頁。按，一般認爲《張協狀元》由九山書會編撰，完成於宋代，而楊棟則認
　　　　　爲該作完成於元代。參見楊棟《〈張協狀元〉編劇時代新證》，《文藝研究》2010
　　　　　年第 8 期。

倡優及教坊藝人不同的是，他們從事著專業的戲劇表演活動，並以此爲謀生手段。中唐時期，江浙一帶已經出現了演出「陸參軍」的家庭戲班，女優劉采春以超群的演技，獲得了大家的喜愛和追捧〔註82〕。他們遊走、巡演於江浙地區，並以此作爲生計，進行商業性演出。因此，他們一定會不斷地提高表演的藝術水平，保持和延續其藝術生命力。

兩宋時期的勾欄瓦舍，是文化藝術產業的聚集地，直接孕育了以伎藝表演爲業的大批藝人和團體，其中亦有雜劇的表演人才與團體。作爲藝人，他們穿梭於宮廷教坊和勾欄瓦舍之間，進行著營業性表演，因爲只有伎藝出眾者，才能不被遭到淘汰〔註83〕。作爲書會，他們不但編寫劇本，而且還組織演出，更像早期戲班〔註84〕。正是如此，他們才不斷地、有意識地提高自身的戲劇表演水平。這就是戲劇的藝術自覺，在表演層面的最初體現。

另外，戲劇表演在宋金時期逐步走向制度化，主要表現爲歲時節日、人生禮儀演劇的約定俗成性，及佛道聖誕等神廟演劇的重要性。這些活動均具有娛神、娛人的必要與自覺，戲劇演出在其中是不可或缺的，並逐步制度化。如宋代筆記中記載的元宵演劇、中元節的「目連救母」雜劇等。

神廟演劇情況，可據現存戲劇文物之戲臺建築來看。宋金時期神廟演出場所按時代發展進程，可爲三類：露臺建築——舞庭類建築——舞臺類建築。露臺對於演藝活動參與獻祭儀式，具有不可忽視的作用；舞庭類建築加蓋了頂蓋，使各種藝術演出得以順利展開，但二者所承載的演出形式均不夠純粹。直到舞臺類建築的出現，才「擺脫了四面通透的樣式，變爲三面規制的戲劇舞臺」〔註85〕。舞臺與正殿之間更爲開闊的場地，適於觀眾與神靈一同欣賞的要求。現存最早的神廟劇場——山西高平王報村二郎廟金代舞臺，就是一

---

〔註82〕 參見〔唐〕范攄《雲溪友議》卷下，「豔陽詞」條，上海：古典文學出版社，1957年版，第63～64頁。

〔註83〕 按，「名伶丁先現，入選教坊前就曾在勾欄內作營業演出」。又據《東京夢華錄》載：「教坊減罷並溫習：張翠蓋、張成弟子、薛子大、薛子小、俏枝兒、楊總惜、周壽奴、稱心等」。可見，藝人們的在宮廷教坊與民間瓦舍之間流動性很大，但這取決於其表演的藝術水平。因此在這樣的交流中，藝人們不斷提高戲劇表演藝術水平就是必然趨勢，且是自覺行爲。分別參見張發穎《中國戲班史》，北京：學苑出版社，2003年版，第58頁。〔宋〕孟元老《東京夢華錄》卷五，「京瓦伎藝」條，北京：中國商業出版社，1982年版，第32頁。

〔註84〕 參見吳戈「書會才人」考辨，《上海師範大學學報》，1988年第4期。

〔註85〕 曹飛《敬畏與喧鬧——神廟劇場及其演劇研究》，北京：中國戲劇出版社，2011年版，第51～52頁。

例〔註86〕。可知，至遲在 12 世紀，戲劇成為神廟獻藝中最主要的形式，其藝術的自覺也由此可見。

因此，一切戲劇的其他因素只有圍繞著表演的自覺，才能達到戲劇藝術的最終自覺。可以說，戲劇表演的專業化與制度化是中國傳統戲劇藝術自覺的核心標誌。

綜上，傳統戲劇的自覺與文學的自覺有較大差異，作為一門綜合藝術，戲劇有著獨特的發展道路。其自覺不是某一時間點，也並非某一部作品所能標誌，而是一個較完整的藝術進化過程——分戲劇的娛樂自覺與藝術自覺兩個階段。

傳統戲劇的自覺既與經濟、社會、文化等歷史進程的前行腳步相一致，也是自身內在動力推動的結果。

首先，在這一自覺過程中，兩次自覺階段都與思想界的洪流相伴隨——先秦和宋代都是思想史上的重要時期。前者是中國歷史上第一次人性解放的時代，經歷了由對周禮「禮崩樂壞」的恢復重構，到漢代的「獨尊儒術」，社會制度則由奴隸制向封建制轉變，彌漫著子學時代樸素主義的人本思潮；後者則是儒學傳統「禮崩樂壞」之後的「撥亂反正」時代，經濟與文化都極大繁榮，理學的確立可謂是對人本思想的一次挽救。

其次，以代言體為核心的綜合性鬧熱表演，是戲劇藝術發展的內因。在戲劇自覺的進程中，綜合性與鬧熱性始終是推動其發展的不竭動力。敘事性的文學因素的呈現，為戲劇的藝術自覺做了最終助推；而鬧熱性表演則處於一個積極的、穩定的狀態，是戲劇藝術發展的內在動力。

總之，中國傳統戲劇自覺的完成，標誌著其步入了戲曲時代。同時也為學界的一個疑問找到了答案——即為何戲曲藝術一登上歷史舞臺，便呈現出全面繁榮的景象。

## 五、研究綜述

縱觀國內外戲劇學研究，涉及傳統戲劇鬧熱的研究成果並不多，而直接針對傳統戲劇鬧熱性的研究成果更是少之又少，多數著作和文章只是牽涉「鬧熱」問題，並沒有進行深入和系統之研究。在此，筆者僅對古今傳統戲劇鬧

---

〔註86〕按，其建築年代為金大定二十三年（1183）。

熱問題的學術觀點，及「鬧」劇、趣劇等作品研究做一概述，有關具體問題之研究綜述，擇其要，置行文中，故在此不贅。

### （一）古代戲劇理論中的「鬧熱」觀點

有關傳統戲劇的鬧熱研究，主要散見於傳統戲劇的理論著作中。其中則以「鬧」「熱鬧」「鬧熱」或「鬧場」爲關鍵詞。

明代呂天成《曲品》認爲對於傳統戲劇的品評需要全面衡量，他接受了其舅父孫礦「南戲十要」的觀點：

> 我舅祖孫司馬公謂予曰：「凡南劇，第一要事佳，第二要關目好，第三要般出來好，第四要按宮調、協音律，第五要使人易曉，第六要詞采，第七要善敷衍——淡處做得濃，閒處做得熱鬧，第八要腳色派得勻妥，第九要脫套，第十要合世情、關風化。持此十要以衡傳奇，靡不當矣。」〔註87〕

這「十要」包括了內容、情節、人物、音律、語言、布局等多方面，是《曲品》之總綱，其品評就是依據並圍繞此標準展開。其中第七，作劇要「淡處做得濃，閒處做得熱鬧」，這是結構布局之要求。對於劇作的中心事件和人物，要做的突出，而次要的部分則依據需要，適當地施墨，更好地爲劇作主題服務，避免布局出現不協調的局面。

王驥德《曲律》「論插科」條，則提到插科打諢與「鬧場」的關係：

> 插科打諢，須作得極巧，又下得恰好。如善說笑話者，不動聲色，而令人絕倒，方妙。大略曲冷不鬧場處，得淨、丑間插一科，可博人哄堂，亦是劇戲眼目。若略涉安排勉強，使人肌上生粟，不如安靜過去。古戲科諢，皆優人穿插，傳授爲之，本子上無甚佳者。惟近顧學憲《青衫記》，有一二語咄咄動人，以出之輕俏，不費一毫做造力耳。黃山谷謂：「作詩似作雜劇，臨了須打諢，方是出場。」蓋在宋時已然矣。〔註88〕

可見，插科打諢之於戲劇表演的重要作用，即無論是哪一腳色之科諢，都可達到「鬧場」之目的。而其中淨、丑又是兩個更重要的科諢腳色，與傳統戲

---

〔註87〕〔明〕呂天成《曲品》，載《中國古典論著集成》（六），北京：中國戲劇出版社，1980 年版，第 223 頁。

〔註88〕〔明〕王驥德《曲律》，載《中國古典論著集成》（四），北京：中國戲劇出版社，1980 年版，第 141 頁。

劇之鬧熱十分緊密。

清代李漁《閒情偶寄》談到「劑冷熱」問題時，認爲觀眾所看、演員所演之舞臺戲曲「皆在熱鬧二字」：

> 今人之所尚，時優之所習，皆在**熱鬧二字**；冷靜之詞，文雅之曲，皆其深惡而痛絕者也。然戲文太冷，詞曲太雅，原足令人生倦，此作者自取厭棄，非人有心置之也。然盡有外貌似冷而中藏極熱，文章極雅而情事近俗者，何難稍加潤色，播入管絃？乃不問短長，一概以冷落棄之，則難服才人之心矣，予謂傳奇無冷熱，只怕不合人情。如其離合悲歡，皆爲人情所必至，能使人哭，能使人笑，能使人怒髮衝冠，能使人驚魂欲絕，即使鼓板不動，場上寂然，而觀者叫絕之聲，反能震天動地。是以人口代鼓樂，讚歎爲戰爭，較之滿場殺伐，鉦鼓雷鳴，而人心不動，反欲掩耳避喧者爲何如？豈非冷中之熱，勝於熱中之冷；俗中之雅，遜於雅中之俗乎哉？〔註89〕

李漁認爲，清代前期傳統戲劇觀演之「鬧熱」追求，是當時的一種流行趨勢和審美潮流。然利用鬧熱手法，調節戲劇表演之冷熱場面時，則要適度。如李漁所言，要「合人情」，否則過猶不及。而從反面可知，當時戲劇觀演脫離劇情而追求純粹的鬧熱狀況，已經過於氾濫了。

洪昇《〈長生殿〉例言》云：

> 棠村相國（梁清標）嘗稱予是劇乃一部鬧熱《牡丹亭》。〔註90〕

梁清標將《長生殿》比作鬧熱《牡丹亭》，是十分著名的結論，常被學人津津樂道。然一直以來卻未有學者對此眞正深入探索，直到黃天驥、徐燕琳《鬧熱的〈牡丹亭〉——論明代傳奇的「俗」與「雜」》一出，又有王永健《何謂「鬧熱〈牡丹亭〉」——與黃天驥、徐燕琳先生商榷》與之對答商榷。而從「鬧熱」入手對《長生殿》做系統研究者，當推上海師範大學陳勁松老師之《「鬧熱」及其背後的「冷清」——〈長生殿〉研究》。以上論作，皆由「鬧熱」而起，都屬今人之作，故下文詳說，此處不贅。

《〈三星圓〉例言》談到戲曲演劇的重要作用，認爲戲曲原本就應該是鬧

---

〔註89〕　〔清〕李漁《閒情偶寄》，載中國戲曲研究院編《中國古典戲曲論著集成》（七），北京：中國戲劇出版社，1959 年版，第 75～76 頁。

〔註90〕　吳毓華編《中國古代戲曲序跋集》，北京：中國戲劇出版社，1990 年版，第 345 頁。

熱的：

> 名手所製，原在意緒，不肯如《目蓮》、《西遊》、有《搜神記》、
> 《窮怪錄》之誚。然畢竟傳奇是戲耳，戲則何嫌鬧熱，以炫時人之
> 觀。茲集間以意緒運用鬼神，非以鬼神滅裂意緒也。故雖怪怪奇奇，
> 多所搬演，而不詭於正。〔註91〕

「戲則何嫌鬧熱」，一語道破天機——傳統戲劇原本就是鬧熱的，這是自打戲
劇萌芽伊始，從母胎中遺傳而來的基因。引文亦闡述了傳統戲劇的鬧熱表現
之一，即運用鬼神形象、情節，製造鬧熱氛圍，滿足觀眾的獵奇心理。另外，
《《三星圓》例言》中另一段記載雖未直接提到「鬧熱」，卻與之相關：

> 狐腋固以集爲美，豹斑□□分而窺，近見梨園之戲，好演撮劇，
> 茲集爲部，既大所包甚多，卿大夫及士庶之家，凡有喜慶、唱戲侑
> 酒，如祝壽也，析釁也，獲利也，得名也，施惠也，招婿也，薦友
> 與管事也，祈嗣與立繼也，出使與奏捷也，以迨耆老之長族，方外
> 之進院也。各項吉祥，種種俱備，任賞鑒者之擇焉可也。〔註92〕

無論是祝壽、析釁、招婿等人生儀禮，祈嗣、立繼等傳統民俗，抑或獲利、
得名、施惠等人生喜事，還是薦友、管事、出使與奏捷等重要大事，都離不
開傳統戲劇的參與。可見，傳統戲劇鬧熱特徵之呈現，是與人生儀禮、傳統
民俗緊密結合的。

　　當然還有一些著作或論述亦涉及了傳統戲劇鬧熱之內容，如《東京夢華
錄》《武林舊事》等歷史筆記資料，《教坊記》《花部農譚》等戲曲理論著作，
《古本戲曲叢刊》《綴白裘》等劇作選本或合集，以及各類戲曲序跋資料和地
方志資料等。這些將用於具體行文中，故在此不贅。

### （二）當代傳統戲劇的鬧熱研究綜述

　　當代傳統戲劇鬧熱研究文章，首推黃天驥、徐燕琳《鬧熱的〈牡丹亭〉》
——論明代傳奇的「俗」與「雜」。全文從洪昇《《長生殿》例言》「棠村相
國嘗稱余是劇乃一部鬧熱《牡丹亭》」一句生發開來，認爲湯顯祖《牡丹亭》
亦是「場上之曲」、鬧熱之作。著重分析了《閨塾》（《鬧學》)、《勸農》與《冥

---

〔註91〕吳毓華編《中國古代戲曲序跋集》，北京：中國戲劇出版社，1990 年版，第
　　　　551 頁。
〔註92〕吳毓華編《中國古代戲曲序跋集》，北京：中國戲劇出版社，1990 年版，第
　　　　550 頁。

判》三齣之鬧熱結構──《鬧學》在處理人物性格衝突方面採用了鬧熱方式，以「文戲武做」之寫法將「陳最良的迂腐，杜麗娘的婉雅，小春香的粗俗淘氣」等性格特徵淋漓地展現出來，「構成了諧趣鬧熱的喜劇性衝突」；《勸農》和《冥判》之鬧熱特徵則是體現於民俗儀典方面，前者以「田夫、牧童、桑婦、茶娘的四組歌舞」爲表演重點，意在「利用情節進行的空隙，展現爲群眾喜聞樂見的民俗」，後者則「場景氣氛瑰麗闊大，人物調度縱橫變化」，「作者搬演的意圖」，「在於突出鬼判們鬧熱的表演」。可見，《牡丹亭》的鬧熱程度絕不遜於《長生殿》。並由此得出，諧趣科諢的運用、戰爭場面的插入、民俗生活的呈現──是明代傳奇創作鬧熱手法使用的共同規律，而整個明代劇壇都呈現出「雜」「俗」「鬧」的特點。而這種世俗性特徵的體現，其實是對傳統戲劇承繼的結果。〔註93〕

　　與黃、徐之文相對的是王永健《何謂「鬧熱〈牡丹亭〉」──與黃天驥、徐燕琳先生商榷》一文。此文對「《牡丹亭》鬧熱程度不亞於《長生殿》」之觀點，有不同意見，因此就「何謂『鬧熱《牡丹亭》』」「《長生殿》是一部『鬧熱《牡丹亭》』」等問題與前文作者進行商榷、探究。作者認爲鬧熱是傳統戲劇的固有特徵，創作中「安排『鬧熱』內容」，「增加『鬧熱』氣氛」，是「中國古代戲曲家創作劇本的共識，也是舞臺藝術的需要，且已形成爲戲曲創作的藝術規律」。因此，《牡丹亭》之鬧熱是可以肯定的。然而，既然《長生殿》被稱作「鬧熱《牡丹亭》」，就說明其鬧熱程度在《牡丹亭》之上。作者認爲，「只有抓住《長生殿》和《牡丹亭》的大旨，才能正確地理解和解讀《長生殿》乃『鬧熱《牡丹亭》』的深刻內涵。」《長生殿》在「情至」觀念中含有「家國興亡之際的『臣忠子孝』」之內旨，是《牡丹亭》所不具備的。「《長生殿》中有關安史之亂的情節關目」，「不僅爲李、楊的『釵盒情緣』提供了一個時代背景，也是作者精心構思而關係到劇作大旨的重要組成部分。」因此，《長生殿》的大旨複雜而豐富，包括三個層次──「寫情」「談政」「探秘」，故《長生殿》「遠比《牡丹亭》複雜，劇中帶有『鬧熱』色彩的人物、情節、關目、場面」等，鬧熱程度更勝「牡丹」。〔註94〕

---

〔註93〕參見黃天驥、徐燕琳《鬧熱的〈牡丹亭〉──論明代傳奇的「俗」與「雜」》，《文學遺產》2004 年第 2 期。

〔註94〕參見王永健《何謂「鬧熱〈牡丹亭〉」──與黃天驥、徐燕琳先生商榷》，《中國古代小說戲劇研究叢刊》2008 年第 2 期。

　　較之王文，陳勁松《「鬧熱」及其背後的「冷清」──〈長生殿〉研究》，對於《長生殿》的鬧熱研究更爲具體和深入。全文分爲五個部分，有關鬧熱的章節爲前三部分。第一章作者從「鬧熱」與時代審美趣味入手，提出《長生殿》處在「鬧熱」時代，並進一步從洪昇對李、楊愛情素材的民俗化建構、對「才子佳人」和「老夫少妻」模式的大眾審美接受的把握、對劇作排場的冷熱相劑與敘事節奏的掌控等三方面，闡述了《長生殿》的鬧熱緣起。第二、三章則是將傳統戲劇與傳統節日的狂歡特點、人物形象的民俗積澱緊密聯繫起來，進行分析闡述。尤其是第二章，作者將《長生殿》中涉及的四大傳統節日作爲切入點進行分析，並談及了舞臺呈現的鬧熱效果，較之前人研究更顯全面。因此，他認爲「《長生殿》中的節日狂歡元素與民間世俗活力的釋放，也是《長生殿》熱演不衰的重要因素。《長生殿》中的四大節日，以及在節日中的民眾狂歡，無疑是《長生殿》的『鬧熱』在民間生活上的反映，和舞臺上《長生殿》的『鬧熱』之間相映成趣。」〔註95〕當然這篇論文與前面兩文一樣，並非通篇探討「鬧熱」，而是以一兩部作品作爲切入，重點仍以作品研究爲主。

　　此外，張蔚《鬧節──山東三大秧歌的儀式性與反儀式性》則是在其博士學位論文基礎上完成的一部著作。該書以非物質文化遺產山東秧歌爲研究對象，借助謝克納的人類表演學理論，在田野考察的基礎上，將山東從沿海到內陸的三大秧歌──膠州秧歌、海陽秧歌、商河鼓子秧歌，從傳統節慶民俗表演中融會的區域民俗與地方文化，情感宣洩、人性彰顯和人際交往的重要作用等方面，做了具體分析，並揭示出秧歌的儀式性和反儀式性（娛樂性）的二元關係。她認爲「秧歌中的反儀式性既滿足了他們（鄉民們）『鬧與樂』的身心需要，又滿足了人『扮演』的本能。因而，在鄉村特定的民俗秩序中，反儀式性與儀式並非水火不容，而是分層共存、和諧共生的。」此外，「鬧節」指節慶之「鬧秧歌」表演，作者將中國「鬧節」與西方狂歡做一比較，說明了二者的差別──「爲區別於西方傳統中的『狂歡現象』，把中國傳統節日中的慶典活動稱作『鬧節』更爲恰當，而且更有中國特點。」〔註96〕然秧歌性

〔註95〕參見陳勁松《「鬧熱」及其背後的「冷清」──〈長生殿〉研究》，上海師範大學 2011 年博士學位論文。按，該博士論文已由花木蘭文化出版社出版，出版時間 2014 年。

〔註96〕參見張蔚《鬧節──山東三大秧歌的儀式性與反儀式性》，北京：中國傳媒大學出版社，2009 年版，第 175 頁。

質複雜，既屬舞蹈範疇，也有戲劇形態；而該著作所言秧歌之「鬧」，更多是從民俗角度切入的舞蹈秧歌，而非傳統戲劇鬧熱之論。

### （三）「鬧」劇、笑劇、趣劇研究概述

在「鬧」劇、笑劇、趣劇的研究方面，翁師敏華先生的相關論文和專著是本課題研究的指路明燈。

「鬧」劇，不同於西方鬧劇，翁師敏華先生則特指「元宵『鬧』劇」，是針對戲曲中有關元宵節內容的劇作而特別使用的名詞。這也是本文「『鬧』字戲」之前身。《元宵節俗及其戲曲舞臺表述》一文認爲元宵節是「鬧騰」出來的節日，也是全年中最熱鬧的節日，而「以元宵節爲時間背景的劇作」有兩類，「一類是愛情劇，一類是『鬧』劇」，文章不僅對元宵節之「鬧」做了系統概述，而且分析了其中兩部水滸「鬧」劇。〔註97〕

《灘簧小戲與東亞滑稽笑劇傳統》將灘簧戲與韓國山臺雜戲、調戲、唱劇，及其日本猿樂、狂言，越南雜戲、嘲劇等並舉，以此分析東亞的笑劇傳統，並運用巴赫金狂歡化詩學理論，探究笑劇之狂歡、笑謔精神。文章認爲，「『笑劇』一詞，源於法文 farce 和拉丁文 farcio，有譯作『笑劇』的，也可以譯爲『鬧劇』。東亞笑劇的傳統源遠流長。遠古即有的『優』，『以樂爲職』的優，『樂人』、『以調謔爲主』的優，就是笑劇的源頭。」而中國傳統戲劇的「參軍戲」、宋金雜劇院本均延續了笑謔傳統，均可稱作「笑劇」。結論認爲，東亞笑劇是「幽默世界觀的產物，對世界取善意嘲諷的態度，體現了民間的狂歡精神和笑謔風格」。〔註98〕

《東亞「笑劇」的題材、風格和意義》對中、日、韓、越四國笑劇從題材、風格和意義三方面，展開細緻、系統地比較、分類，並結合巴赫金狂歡化詩學理論進行了分析，認爲「中國勾欄瓦舍的出現，日本狂言的登上能樂舞臺，上了城市劇場舞臺的越南嘲劇」，體現出戲劇藝術的進一步發展，與此同時，其狂歡意味卻減弱了。〔註99〕而《中日古代滑稽短劇比較淺論》一文〔註100〕，則系統地將中日滑稽劇進行了比較研究。

〔註97〕　翁敏華《元宵節俗及其戲曲舞臺表述》，《上海師範大學學報》（哲學社會科學版），2008 年第 5 期，第 81 頁。
〔註98〕　參見翁敏華《灘簧小戲與東亞滑稽笑劇傳統》，《中國比較文學》2009 年第 4 期。
〔註99〕　參見翁敏華《東亞「笑劇」的題材、風格和意義》，《中華戲曲》第 42 輯。
〔註100〕　參見翁敏華《中日古代滑稽短劇比較淺論》，《藝術百家》1990 年第 4 期。

　　另外,《試論〈西廂記〉笑謔性狂歡化的民間文化品格》則是對巴赫金狂歡化詩學理論的一次完美應用。文章將傳統名劇《西廂記》之三個主要人物形象——鶯鶯、張生、紅娘的話語體系和話語交往進行一番探究,在狂歡化理論之統領下,發掘劇作的笑謔性質,進而揭示其狂歡化民間文化品格。〔註101〕

　　《由幾部水滸劇看李逵「狂歡節小丑」形象》同樣運用了巴赫金狂歡化詩學理論,對李逵這一形象做了十分新穎的分析,認為「劇中的李逵形象,是民眾和劇作家根據狂歡節對於丑角的需要塑造成功的,他的語言,他的行為,他的故事情節,處處表現其作為狂歡節小丑的笑謔性格。」〔註102〕

　　著作方面,《中日韓戲劇文化因緣研究》從發生、源流和比較三方面,對中、日、韓三國傳統戲劇進行了細緻入微地梳理,勾勒出三國傳統戲劇之交流史線索,以及三者相互勾連、互為照影的發展脈絡。其中源流編第六章《中世——中日韓社會形態與戲劇形態的分道揚鑣》,分節探討了中、日、韓三國的社會形態變化,以及戲劇形態的逐步分化。時值中國宋、遼、金的南北對峙時期,城市經濟的繁榮,帶動了都市娛樂的發展,中、日、韓均產生了滑稽短劇,分別以宋雜劇、古猿樂、山臺雜戲為代表。也恰在這時,三國戲劇開始分道揚鑣。從此,中國戲劇極速文人化;日本戲劇則成為了武士階層的特殊藝術樣式,「成為具有『幽玄美』、悲劇美風格的武家『式樂』能樂」;韓國戲劇則貌似停滯不前,「躲」進了儺的外殼而延續發展。〔註103〕這種站在東亞高度,俯瞰傳統戲劇在笑劇階段的融合,以及之後的分道發展,對中國戲劇史乃至東亞戲劇交流史都有著十分特殊之意義。

　　要之,翁師敏華先生的研究頗具特點,主要表現在三方面:首先是東亞戲劇比較研究獨具角度,不僅在東亞戲劇發展的源流中辨析異同,而且出發點和落腳點始終立於中國傳統戲劇,從日韓等漢字文化圈中尋找我們自己,確有一種「中國失禮,求之四夷」之效果。其次,將純粹的西方理論——狂歡化詩學理論,完美地與東方戲劇文化相結合,如此「拿來」,則為中國傳統戲劇找到了較為合適的理論端口。第三,傳統節日、民俗、戲劇的「三結合」研究,在學界並不多見,這更是鬧熱研究不能不涉及之重要成果。

---

〔註101〕參見翁敏華《試論〈西廂記〉笑謔性狂歡化的民間文化品格》,《戲劇藝術》2008年第6期。

〔註102〕參見翁敏華《由幾部水滸劇看李逵「狂歡節小丑」形象》,《戲曲研究》第81輯。

〔註103〕參見翁敏華《中日韓戲劇文化因緣研究》,上海:學林出版社,2004年版。

此外，一些研究則涉及了傳統戲劇審美風格和屬性、歷史與理論、科諢與腳色、演出與民俗、傳播與接受等內容，加之東亞戲劇之比較研究，也都是本文需要關注的。

綜上所述，傳統戲劇鬧熱研究之現狀，呈現些許不足：

其一，對於傳統戲劇鬧熱特徵之體認不夠深入，沒有具體的、有針對性的研究成果。

其二，黃、徐文雖然對傳統戲劇的鬧熱表現進行了較爲細緻的分類與分析，由於其研究對象僅《牡丹亭》一劇，故並未將明代乃至全部中國傳統戲劇中的鬧熱劇作進行概述。而「鬧」字戲的專門研究，當前亦未見。

其三，從傳統戲劇的鬧熱審美來看，前人對於「笑樂」「滑稽」與「歡鬧」觀點一致，但並未發現傳統鬧熱的另一面——「悲鬧」。

## 六、研究內容與創新點

### （一）研究內容

雖然本課題是針對傳統戲劇的鬧熱特徵而展開，但所涉及的研究範圍十分廣泛，內容也較爲豐富。綜合來看，主要有以下幾點：

### 1、戲劇史相關問題的研究

戲劇學作爲一門學科，其研究出發點和落腳點均爲戲劇的歷史與理論。任何戲劇學研究課題，都不能獨立於二者之外。本課題首先將「傳統戲劇」「鬧熱」「鬧熱性」等概念進行梳理和界定，並在此基礎上進行立論。在前人研究基礎上，筆者提出戲劇史的「三段論」，即中國傳統戲劇的發展經歷了原始宗教階段、民俗演藝階段和戲曲藝術階段。傳統戲劇發展的根本動力在於戲劇藝術的內部因素，即以代言體爲核心的綜合性鬧熱表演。鬧熱性與傳統戲劇始終相隨。其次，從文學的自覺切入，分析了中國傳統戲劇自覺與文學自覺的不同在於——作爲一門綜合藝術，戲劇自覺的完成過程是較長的，這一過程在民俗演藝階段完成，並分兩步走——戲劇的娛樂自覺與藝術自覺。第三，理論方法方面，則除了中國本土的戲劇理論外，還借鑒了巴赫金狂歡化詩學理論、謝克納人類表演學理論等，對中國傳統戲劇的鬧熱特點進行比照分析。本課題旨在戲劇史及其理論方面有個別角度的嘗試性突破，如提出藝術的「回返」規律等。

### 2、傳統戲劇鬧熱性的梳理

本課題對於傳統戲劇鬧熱性的梳理和分析是最爲重要的內容，主要通過以下幾個方面來實現：（1）鬧熱性的發生；（2）鬧熱性的表現（即存在形式）；（3）傳統戲劇鬧熱性所反映的藝術特徵；（4）傳統戲劇鬧熱性在戲劇史中的地位。分別呈現在論文的第一、二、三、四、五章中〔註104〕。第一章探討鬧熱性的發生，將傳統戲劇鬧熱性與戲劇發展史聯繫起來一同梳理，分析其發生的邏輯原因、文化背景、直接原因，歷史時間主要界定於唐宋之前。第二章爲鬧熱性的表現，是橫向分析傳統戲劇的鬧熱性，從熱戲的表現形式到宋金笑劇的呈現，再到戲曲時代所能充分表現出戲曲鬧熱性的各類成分，逐一進行解析。第四章對傳統戲劇鬧熱性的藝術特徵進行探究，具體爲四個方面：腳色人物的類型化，傳統戲劇鬧熱性的悲喜風格，鬧熱性、戲劇性與民俗性之關係，以及傳統戲劇鬧熱性的美學原則。其中，從中國傳統美學——「中和之美」出發，將傳統理論中「哀而不傷」「樂而不淫」「怨而不怒」進一步完善，總結出「鬧而不亂、鬧而有序」的鬧熱性審美要求，以及與「中和之美」的高度統一性，這是對傳統美學理論的一次完善。

### 3、「鬧」字戲研究

「鬧」字戲，屬於鬧熱性的表現（即存在形式）之一。這是一類以「鬧」字標目的傳統戲劇作品。從性質上看，「鬧」字戲是以鬧熱性爲基本審美特徵的戲曲藝術作品，是獨特的藝術內容與形式的統一。現存「鬧」字戲劇目數量大約 400 有餘，歷史時間跨度從宋代到當代，包括戲文、院本、雜劇、傳奇，以及崑劇、京劇及其他地方戲等一系列戲曲藝術作品。劇目內容涉及範圍十分廣泛，既有著名傳統大戲《西廂記》中充滿戲劇衝突的「鬧」，如《鬧齋》《鬧柬》，也有無名小戲中輕盈歡娛的「鬧」，如《鬧瓜園》《鬧洞房》等；既有本戲，如《五鬧蕉帕記》《鬧東京》，也有單折戲《蕉帕記・鬧婚》《八義記・鬧朝》；既有體現喜劇性爲主的歡鬧、笑鬧，如《牡丹亭・鬧學》，也有表現悲劇性的悲鬧、苦鬧的《牡丹亭・鬧殤》；既有袍帶大戲，如《鬧齊廷》，也有秧歌小戲，如《鬧茶園》；既有表現節日的歡鬧場面的《鬧花燈》《鬧元

---

〔註104〕按，第三章「鬧」字戲研究，亦屬於鬧熱的表現之一，因內容較多，故單獨成章；第五章將鬧熱介入戲劇發展史，以較新穎的角度來看戲劇發展史中諸多歷史現象和歷史事件的成因、表現與性質，這是傳統戲劇鬧熱性的縱向分析，故也單獨視之。

宵》，也有表現戰爭、武打鬧熱場面的《哪吒鬧海》《大鬧天宮》。論文將所存劇目儘量搜集，並進行分類和概述，對於部分劇目進行必要的舉隅與考證。並在此基礎上，對「鬧」字戲的類型進行研究——形制、主題、風格、人物。這一章是第二章鬧熱性的表現之延續研究。

### 4、從戲劇發展史角度看傳統戲劇鬧熱性的存在意義

這是論文第五章——傳統戲劇鬧熱性在戲劇史上的地位與作用，亦為鬧熱性的表現之一。本章從鬧熱性與傳統戲劇的發生、發展，傳播接受，折子戲，地方戲的關係等四大方面，展開論述。此四方面，雖多見於前人研究，但均未從鬧熱角度著眼。因此，本章將傳統戲劇鬧熱性介入戲劇發展史，以全新角度對戲劇發展史中諸多歷史現象和歷史事件的成因、表現與性質等做一分析與觀照。

### 5、鬧熱性角度下的東亞戲劇比較研究

論文最後一章對東亞戲劇做一概覽性介紹，並依據東亞戲劇「同根異花」的特點，嘗試從鬧熱性角度來觀照，以期獲得新的發現。有關東亞戲劇比較研究，翁師敏華先生是這一領域的佼佼者，能夠將該部分納入本文研究範圍，也拜先生所賜，故可借鑒成果甚豐。然本文從鬧熱性角度的研究，應該說是一次有益的嘗試和拓展。具體來講，本章擬解決兩方面的問題：一是在東亞文化圈的基礎上，提出「東亞戲劇圈」概念；二是東亞戲劇的類同性研究，即從鬧熱性角度切入，看東亞戲劇之同根同源性及其發展嬗變。

### （二）創新點

縱觀本文的選題角度和主要研究內容，創新方面如下：

第一，當前傳統戲劇研究雖然碩果累累，成就斐然，但針對傳統戲劇鬧熱性之研究，幾乎是一片空白，本課題也是第一次從傳統戲劇的視角來界定「鬧熱性」這一概念，因此具有補白意義。

第二，釐清並界定當前「戲劇」「戲曲」「中國傳統戲劇」等混用已久之概念，將其內涵、外延進行辨析和梳理；並提出「鬧熱」「鬧熱性」「『鬧』字戲」等概念。

第三，從鬧熱性角度切入，考察中國傳統戲劇的發生和發展，對戲劇史的發生發展有新的體認，通過傳統戲劇鬧熱歷史的梳理，對傳統戲劇的鬧熱性做出一個較為客觀的戲劇史定位。尤其是對中國傳統戲劇的分期、自覺、

觀演傳播等方面的分析，較有創見。

　　第四，將「鬧」字戲作爲一個類別，進行單獨研究，並對其存目情況進行梳理，個別劇目有較獨特的考證。

　　第五，對於鬧熱性藝術特徵之分析。尤其是悲劇性鬧熱的提出，是與西方狂歡劇劃清界限的有力明證，是中國傳統戲劇鬧熱特徵的獨特之處。

　　第六，從鬧熱性角度，重新闡釋和解讀折子戲的形成及其特徵、「花雅之爭」的內涵、地方戲的崛起等戲劇史上的重要事件與戲劇形態，較有新意。

　　第七，提出「東亞戲劇圈」概念，並從鬧熱性角度對東亞戲劇進行比較研究，淺析了日、韓、越之傳統戲劇的鬧熱特點。

　　第八，對於戲劇及其藝術理論之探索。文章提出「鬧而不亂」，並闡釋了其與「中和之美」的關係，是對傳統美學理論的一個補充和完善。此外，在結語中提出藝術的「回返」規律，亦是對藝術規律的思索。

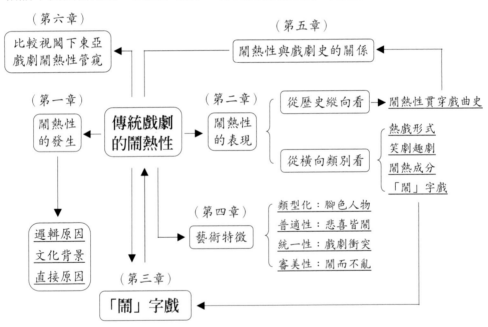

圖5　全書框架結構圖

# 第一章　傳統戲劇鬧熱性之發生

　　中國戲劇，源遠流長。在漫長的發展過程中，它植根於中華文明的肥沃土壤中，充分汲取傳統文化給予的養份，不斷融合其他藝術之優長，最終確立了自身的藝術特性和風格。傳統戲劇的鬧熱性，便是隨著戲劇的發生、發展、成熟這一過程，逐步完善並成型的。因而，鬧熱性在戲劇發生之初，便已存在。本章就這一問題，對傳統戲劇鬧熱性發生的可能、發生的背景，以及發生的直接原因，進行探究。在探討鬧熱性發生的同時，其實也涉及了戲劇的發生與起源問題，因而具有發生學意義。

　　起源與發生，是一對有著明顯區別的概念。追溯起源、探究發生，本是爲了探明事物緣何而來，然二者卻有本質不同。起源是歷史時間概念，要求探索至事物起源的歷史事件。而發生是邏輯推理概念，關注的是事物的邏輯發生狀態。由於歷史久遠，任何事物的起源都極難追溯到一個具體的歷史事件和時間點，因此，探討發生更顯客觀、合理。早在 1988 年 9 月的戲劇起源研討會上，學者已提出「戲曲發生學」這一課題，康保成先生認爲：「我們在討論起源時還應注意一個概念，這就是戲劇發生，發生與起源是不同的，有源必有流，發生則關係到另一個問題，就是泛戲劇形態或前戲劇形態問題。我覺得這幾個名詞如果正確區分的話，對中國戲劇起源就可以比較明確了。比如宗教說、模仿說、遊戲說……我覺得這幾個實際上屬於發生問題。它發生了但不屬於正式的戲劇形態。」〔註1〕因此，中國戲劇之探源問題，利用發生學原理，更易找到突破。

---

〔註 1〕　周安華記錄整理《論中國戲劇之起源——中國戲劇起源研討會紀實》,《戲劇藝術》1988 年第 4 期，第 15 頁。

# 第一節　發生的邏輯原因

　　鬧熱性是中國傳統戲劇的本質屬性，其發生、發展伴隨著戲劇的發展進程，同時也和中華文明的發展歷史形影相隨。在早期文明中，原始宗教與祭祀儀式的出現，以及向娛樂方向的轉化，直接孕育了原始鬧熱性，是傳統戲劇鬧熱性發生的邏輯起點；而從儀式到娛樂的轉化則是傳統戲劇鬧熱性發生的邏輯過程。

## 一、邏輯起點：原始鬧熱性

　　「當人類從動物界中獨立出來，為自己創造出人的世界的時候，人類也創造了一個神的世界。」〔註2〕原始先民面對熟悉而又陌生的自然界，產生了朦朧的靈魂觀念：

> 　　　神靈被認為影響或控制著物質世界的現象和人的今生和來世的
> 生活，並且認為神靈和人是相通的，人的一舉一動都可以引起神靈
> 高興或不悅；於是對它們存在的信仰就或早或晚自然地甚至可以說
> 必不可免地導致對它們的實際崇拜或希望得到它們的憐憫。這樣一
> 來，充分發展起來的萬物有靈觀就包括了信奉靈魂和未來的生活，
> 信奉主管神和附屬神，這些信奉在實踐中轉化為某種實際的崇拜。

〔註3〕

從自然崇拜到圖騰崇拜，從生殖崇拜到祖先崇拜，原始先民逐漸建立了原始信仰。當具有儀式性的原始信仰進入常態化，就誕生了原始宗教。

　　原始宗教，「是渾然一體的原始社會意識形態及其殘餘的一個居於主導和支配地位的因素，是人類社會血緣和地緣小群體（氏族、村社、宗族、家族、家庭、村寨）為自身現實生存和發展而引起的對『超自然力』的集體信念和相應實踐活動的統一體。」〔註4〕「原始宗教在發展過程中逐漸形成一些以謀

---

〔註2〕　王小盾《原始信仰和中國古神》，上海：上海古籍出版社，1989 年版，第 1 頁。

〔註3〕　〔英〕愛德華・泰勒著、連樹聲譯《原始文化：神話、哲學、宗教、語言、藝術和習俗發展之研究》，桂林：廣西師範大學出版社，2005 年版，第 349～350 頁。按，此為愛德華・泰勒之「萬物有靈」說，包括兩層含義：「第一條，包括各個生物的靈魂，這靈魂在肉體死亡或者消滅之後能夠繼續存在。另一條則包括各個精靈本身，上升到威力強大的諸神行列。」（第 349 頁）

〔註4〕　于錦繡、于靜《靈物與靈物崇拜新說》，北京：宗教文化出版社，2006 年版，第 19 頁。按，原書中此條為原始宗教定義的內涵。就外延而言，「原始宗教

求控制自然力為目標的儀式,這便是巫術。」〔註5〕雖然說,巫術與宗教是有區別的〔註6〕,然從心理學角度看,兩者卻都具有情感的宣洩功能。巫術和宗教,都是在人類面臨危機時,所能借助的一種方式。通過此方式(儀式活動),達到緩解或防止緊張情緒,降低生活所帶來的恐懼和焦慮,從而讓人更有希望地生活下去。因此,原始社會中,二者的功能與目的是一致的,原始宗教的目的是通過巫術儀式的手段來達到的。

「祭祀,敬事其神也。」〔註7〕祭祀之儀式性首先要「敬」,恭敬、虔誠、嚴肅。而「敬」非「靜」也,其儀式場面與氣勢,卻是「鬧」的。原始宗教祭儀,更突出呈現了鬧熱特點。這種鬧熱性為中國傳統藝術的鬧熱奠定了基礎,是傳統戲劇鬧熱性發生之遠由,同時也為儀式到娛樂之轉化,提供了必要條件。

綜觀上古以來各種原始祭儀所表現出的鬧熱特點,筆者現擇其要,分類敘述如下。

## (一)尸祭——鬼魂崇拜、祖先崇拜

早在舊石器時代晚期,距今約 18000 年的山頂洞人已有墓地存在。墓中死者身上均佩有裝飾品,身邊還有一些勞動工具的陪葬,在身體周圍有紅色的赤鐵礦粉灑成的圓圈。原始先民用紅色的赤鐵礦粉末來代表血液,寓意生命。表達了生者希望逝者的靈魂,能夠到另外一個世界中重生。可見,這種葬俗已達到了一定的文明水平。文明葬禮的誕生,代表了原始宗教及其祭祀儀式的萌出。

對亡靈樸素的祭祀形式,是後來尸祭的雛形。關於尸祭,何休注《公羊

---

是自發產生於原始社會並繼續流傳於階級社會的各種所謂原始宗教形式(如自然崇拜、祖先崇拜等)和原始宗教系統(如所謂『薩滿教』、『東巴教』等)的總稱。」本文僅在說明原始社會時期的原始宗教,故只選用內涵定義。

〔註5〕 馮天瑜、楊華、任放編著《中國文化史》(彩色增訂本),北京:高等教育出版社,2007 年版,第 58 頁。

〔註6〕 按,英國人類學家馬林諾夫斯基認為「巫術與宗教的區別就在於宗教儀式沒有進一步的目的,其目的是在諸如誕生禮、青春期禮和喪禮等儀式本身中達到的,相反,在巫術中,其目的的確被相信是通過儀式而達到的,而不是在諸如耕種儀式或捕魚儀式中達到的。」參見〔英〕E.E.埃文斯—普理查德著、孫尚揚譯《原始宗教理論》,北京:商務印書館,2001 年版,第 47 頁。

〔註7〕 《荀子·禮論》,載〔清〕王先謙撰、沈嘯寰、王星賢點校《荀子集解》,《新編諸子集成》第一輯,北京:中華書局,1988 年版,第 371 頁。

傳・宣公八年》云：「祭必有尸者，節神也。禮，天子以卿爲尸，諸侯以大夫爲尸，卿大夫以下以孫爲尸。夏立尸，殷坐尸，周旅酬六尸。」〔註8〕鄭玄注《儀禮・士虞禮》云：「尸，主也。孝子之祭，不見親之形象，心無所繫，立尸而主意焉。」〔註9〕可見，「尸」是尸祭的主角，是神靈的裝扮者，表演神靈生前的樣子，接受他人的祭拜，是溝通神靈和祭拜者的媒介。尸祭的形式在春秋時期就已經固定成法。《禮記・禮運》載：「故玄酒在室，醴盞在戶，粢醍在堂，澄酒在下。陳其犧牲，備其鼎俎，列其琴瑟、管磬、鐘鼓，修其祝嘏，以降上神與其先祖。」〔註10〕以禮器盛放祭祀用的香酒與犧牲，安排樂隊演奏祭祀的樂曲，尸在其中傳達祭告之辭與神祐之辭，來迎接天神與祖先的降臨。可見，這樣的祭祀形式，更像是一場具有規定性情節的表演活動，雖然是嚴肅的儀式，但卻不乏鬧熱。

### （二）雩祭——鬼神崇拜、自然崇拜

上古時期，以至先秦，巫風盛行。曾一度出現過「龜策是從，神巫用國」的時期〔註11〕。而掌握並主持宗教活動與祭祀儀式的人，就是巫覡。《國語・楚語下》云：

> 古者民神不雜。民之精爽不攜貳者，而又能齊肅衷正，其智慧
> 上下比義，其聖能光遠宣朗，其明能光照之，其聰能聽徹之，如是
> 則明神降之，在男曰覡，在女曰巫。〔註12〕

可見，巫覡是兼具崇高品德和相當才能的人，同時他們大多也是部族的政治首領，因此社會地位很高。在河南舞陽賈湖新石器時代文化遺址中，有一座隨葬多達60件的男性墓葬，隨葬品中有做占卜之用的龜甲和樂器骨笛，可知，這位男子是位部族首領兼巫師〔註13〕。

巫覡的主要職事是降神、驅鬼、占卜。《周禮・春官宗伯第三》「司巫」「男巫」「女巫」條云：

---

〔註8〕 〔清〕阮元校刻《十三經注疏》，北京：中華書局，1980年版，下冊，第2280頁。

〔註9〕 〔清〕阮元校刻《十三經注疏》，北京：中華書局，1980年版，上冊，第1168頁。

〔註10〕〔清〕阮元校刻《十三經注疏》，北京：中華書局，1980年版，下冊，第1416頁。

〔註11〕黃懷信《逸周書校補注譯》（修訂本），西安：三秦出版社，2006年版，第352頁。

〔註12〕上海師範大學古籍整理組校點《國語》，上海：上海古籍出版社，1978年版，下冊，第559頁。

〔註13〕參見石興邦《解讀〈舞陽賈湖〉》，《文博》2001年第2期。

　　　　司巫：掌群巫之政令。若國大旱，則帥巫而舞雩。國有大災，
　　則帥巫而造巫恒。祭祀則共匰主、及道布、及蒩館。凡祭事，守瘞。
　　凡喪事，掌巫降之禮。

　　　　男巫：掌望祀、望衍，授號，旁招以茅。冬堂贈，無方無算。
　　春招弭，以除疾病。王弔，則與祝前。

　　　　女巫：掌歲時祓除、釁浴，旱暵則舞雩。若王后弔，則與祝前。
　　凡邦之大災，歌哭而請。〔註14〕

確切地說，巫覡作為神職人員，是祭祀儀式的組織者和領頭人。女巫「舞雩」，
是指女巫率眾以載歌載舞的形式來進行的祈雨儀式。《說文》曰：「雩，夏祭
樂於赤帝以祈甘雨也。」〔註15〕何休注《公羊傳·桓公五年》曰：「雩，旱請
雨……使童男女各八人舞而呼『雩』，故謂雩。」〔註16〕《說文義證》曰：「雩，
籲也。」〔註17〕可見，雩祭儀式中載歌載舞的外在鬧熱特點十分明顯：眾人
在女巫的率領下，一邊手持羽毛跳著求雨的舞蹈——《皇舞》〔註18〕，一邊
口中發出的「籲、籲」歌聲。通俗地講，巫是雩祭儀式的主持者，如果將這
樣的儀式看作是一場歌舞演出的話，那麼巫可以被視為主唱兼領舞了！

### （三）儺祭——鬼神崇拜

　　鬧熱性具有集體性特點，這在原始祭儀中普遍存在。而且這種儀式程序
的固定性與常態化，更接近後世戲劇表演的特定情節。這一時期，出現了與
巫覡儀式有同樣驅除功能（驅鬼、驅災、驅病等）的祭祀儀式——儺祭。

　　「儺，是上古先民創造的一種驅逐疫鬼的原始宗教活動。」〔註19〕遠古

〔註14〕〔清〕阮元校刻《十三經注疏》，北京：中華書局，1980 年版，上冊，第 816
　　　　～817 頁。
〔註15〕〔清〕桂馥《說文解字義證》（下），北京：中華書局，1987 年版，第 1013 頁。
〔註16〕〔清〕阮元校刻《十三經注疏》，北京：中華書局，1980 年版，下冊，第 2216
　　　　頁。
〔註17〕〔清〕桂馥《說文解字義證》（下），北京：中華書局，1987 年版，第 1014 頁。
〔註18〕按，雩祭之舞蹈，持有象徵鳳凰羽毛的道具。《周禮·地官》「舞師」條載：「舞
　　　　師……教皇舞，帥而舞旱暵之事。」又注云：「『旱暵之事，謂雩也。暵，熱
　　　　氣也。』鄭司農云：『皇舞，蒙羽舞。』……玄謂：『皇析，五采羽為之，亦
　　　　如帔者。鍾氏染鳥羽象翟鳥鳳皇之羽，皆五采，此舞者所執，亦以威儀為飾。
　　　　言：皇是鳳皇之字。然帗舞、羽舞、皇舞，形制皆同也。』」參見〔清〕阮元
　　　　校刻《十三經注疏》，北京：中華書局，1980 年版，上冊，第 721 頁。
〔註19〕康保成《儺戲藝術源流》，廣州：廣東高等教育出版社，2005 年版，第 12 頁。

時期的狩獵驅趕活動是儺發生的根源，即驅獸——驅儺〔註 20〕。《事物紀原》「驅儺」條云：「按周禮有大儺，漢儀有侲子，要之雖原始於黃帝，而大抵周之舊制也。周官歲終命方相氏率百隸索室驅疫以逐之，則驅儺之始也。」〔註 21〕《禮記‧月令》載古代儺儀分春、秋、冬三季進行：

> 季春之月……命國難（儺），九門磔攘，以畢春氣。

> 仲秋之月……天子乃難（儺），以達秋氣。

> 季冬之月……命有司，大難（儺），旁磔，出土牛，以送寒氣。

〔註 22〕

圖 1-1　方相氏像

錄自〔宋〕聶崇義《新訂三禮圖》南宋淳熙二年（1175）刻本

---

〔註20〕曲六乙、錢茀《東方儺文化概論》，太原：山西教育出版社，2006 年版，第221 頁。

〔註21〕〔宋〕高承撰、〔明〕李果訂《事物紀原》，北京：中華書局，1989 年版，第439～440 頁。

〔註22〕〔清〕阮元校刻《十三經注疏》，北京：中華書局，1980 年版，第 1364、1374、1383 頁。按，文中「難」通「儺」，故筆者在括弧標注，以示醒目，原文獻中無。下同。

可見儺祭受到高度重視。和雩祭一樣，其與農業生產緊密相關。

儺祭活動的驅疫頭領被稱爲方相氏。《周禮·夏官》載：「方相氏掌蒙熊皮，黃金四目，玄衣朱裳，執戈揚盾，帥百隸而時難（儺），以索室驅疫。大喪，先柩，及墓，入壙，以戈擊四隅，驅方良。」〔註23〕可知，按照禮制之規定，方相氏的職責有二：一是索室驅疫，二是在喪禮上驅逐魍魎。儺祭儀式性極強，目的性明確；內容豐富，參與人員眾多。商周以來，歷代沿之，不斷演變，鬧熱的場面性非常突出。以東漢儺祭爲例，張衡《東京賦》就有如此描寫：

> 爾乃辛歲大儺，歐除群厲。方相秉鉞，巫覡操茢。侲子萬童，丹首玄制。桃弧棘矢，所發無臬。飛礫雨散，剛癉必斃。煌火馳而星流，逐赤疫於四裔。然後凌天池，絕飛梁。捎魑魅，斮獝狂。斬蜲蛇，腦方良。囚耕父於清泠，溺女魃於神潢。殘夔魖與罔像，殪野仲而殲遊光。八靈爲之震懾，況魁蜮與畢方。度朔作梗，守以鬱壘，神荼副焉，對操索葦。目察區陬，司執遺鬼。京室密清，罔有不韙。〔註24〕

方相氏率男巫、女巫、兒童及宮中人等，一同驅除瘟疫。他們各司其職，揮舞著驅疫之工具。兒童們手持桃木弓箭，向各個目標射箭，並且將五穀向空中各處拋灑，有如碎石飛舞，像密佈的雨花飛濺開來。宮中其他人手持火把，迅速傳遞著，並將捉住的「疫鬼」，趕到遠方。魑魅魍魎，無處躲藏，統統被趕走消光，撼神靈，震八方。「於是陰陽交和，庶物時育。」〔註25〕如此場面恢弘的描寫，讀來震撼、暢快。可見東漢時期的儺儀實在熱鬧。

### （四）蠟祭——農神崇拜

蠟祭，亦是伴隨農業生產而出現的祭祀活動。一年一度的蠟祭儀式是熱鬧的。《詩經·小雅·甫田》云：「農夫之慶，琴瑟擊鼓。以御田祖，以祈甘雨。」〔註26〕《禮記·郊特牲》載：

---

〔註23〕〔清〕阮元校刻《十三經注疏》，北京：中華書局，1980年版，上冊，第851頁。

〔註24〕〔梁〕蕭統編、〔唐〕李善注《文選》，上海：上海古籍出版社，1986年版，第一冊，第123～124頁。

〔註25〕〔梁〕蕭統編、〔唐〕李善注《文選》，上海：上海古籍出版社，1986年版，第一冊，第124頁。

〔註26〕〔清〕阮元校刻《十三經注疏》，北京：中華書局，1980年版，上冊，第474頁。

　　　　天子大蠟八。伊耆氏始爲蠟。蠟也者，索也。歲十二月，合聚
　　　　萬物而索饗之也。蠟之祭也，主先嗇而祭司嗇也。祭百種，以報嗇
　　　　也。饗農及郵表畷、禽獸，仁之至，義之盡也。古之君子，使之必
　　　　報之。迎貓，爲其食田鼠也。迎虎，爲其食田豕也。迎而祭之也。
　　　　祭坊與水庸，事也。曰：「土反其宅，水歸其壑，昆蟲毋作，草木歸
　　　　其澤。」皮弁素服而祭。素服，以送終也。葛帶榛杖，喪殺也。蠟
　　　　之祭，仁之至，義之盡也。黃衣黃冠而祭，息田夫也。野夫黃冠。
　　　　黃冠，草服也。〔註27〕

可知，國家舉辦大型蠟祭活動，是爲了祭祀與農業息息相關的神，這是農業
生產中最重大的祭祀儀式。儀式上，天子身穿素服，帶領著農夫，集體祭拜
這些神靈，口中念著祝禱之詞。而舉行大蠟是有講究的：「八蠟以記四方。四
方年不順成，八蠟不通，以謹民財也。順成之方，其蠟乃通，以移民也。既
蠟而收，民息已。故既蠟，君子不興功。」〔註28〕可見，蠟祭也是一種農業
生產的調節手段，是勞作了一年的農夫們放鬆身心的時候，如此一來，才能
以飽滿的精神再次投入到來年的農業生產之中。

### （五）社祭——土地崇拜

　　中國是傳統農業大國，土地崇拜信仰由來已久。「社」是土地神之名，《說
文解字》云：「社，地主也，從示土。」〔註29〕祭土地神之儀式，稱爲「社祭」
或「祭社」。據《史記·封禪書》：「自禹興而修社祀，后稷稼穡，故有稷祠，
郊社所從來尚矣。」〔註30〕可知，社祭最早出於夏禹時代。

　　社祭在中國古代尤其是先秦時期有很高的地位。《禮記·祭統》曰：「外
祭則郊、社是也，內祭則大嘗禘是也。」〔註31〕又《周禮·春官》載：「建國
之神位，右社稷，左宗廟。」〔註32〕可見這裡將社稷和國家、祖先一同並列，

---

〔註27〕〔清〕阮元校刻《十三經注疏》，北京：中華書局，1980年版，下冊，第1453
　　　　～1454頁。

〔註28〕〔清〕阮元校刻《十三經注疏》，北京：中華書局，1980年版，下冊，第1454
　　　　頁。

〔註29〕〔東漢〕許慎《說文解字》卷一（上），北京：中華書局，1963年版，第9
　　　　頁。

〔註30〕《史記》卷二八，「封禪書第六」，北京：中華書局，1959年版，第1357頁。

〔註31〕〔清〕阮元校刻《十三經注疏》，北京：中華書局，1980年版，下冊，第1607
　　　　頁。

〔註32〕〔清〕阮元校刻《十三經注疏》，北京：中華書局，1980年版，上冊，第766頁。

因此社祭也延伸出對於宗廟和國家的祭祀內容，在當時是極受重視的。

當然，社祭和儺祭、蠟祭一樣，也有民間形式。《禮記·月令》載：「仲春之月……擇元日，命民社。」鄭玄注：「社，后土也。使民祀焉，神其農業也，祀社日用甲。」〔註33〕而《詩經·周頌·載芟》就是一首周天子「春籍田而祈社稷」的勸農詩〔註34〕。詩中描繪了春季到來，集體勞作，開墾土地，進行春耕的場面。勞動者為了好收成，為了生活更美滿，男女老少齊上陣，好一派熱鬧的農忙景象：「載芟載柞，其耕澤澤。千耦其耘，徂隰徂畛。」〔註35〕

然「祭社有二時，謂春祈秋報。報者，報其成熟之功。」〔註36〕《周禮·春官》載：「社之日，蒞卜來歲之稼。」賈公彥疏：「此社亦是秋祭社之日也。」〔註37〕如此看來，周代就已有春祈秋報的兩次社祭活動了。《詩經·周頌·良耜》是描寫「秋報社稷」的詩歌：「百室盈止，婦子寧止。殺時犉牡，有捄其角。以似以續，續古之人。」〔註38〕辛勤耕耘了一年的人們，看著滿倉的積糧，攜著幸福安寧的妻兒，懷著豐收的喜悅，祭報著今天的幸福生活，祈盼連年好運。

社祭官方與民間之分野，要到漢代之後，那時的春祈秋報已經成為了一種民俗社火活動，其鬧熱性更勝一籌。

綜上所述，原始祭儀如今看來，也許是幼稚的、略顯可笑的，然其濃縮和代表了原始先民強烈的思想情感和信仰祈盼。「作為先民生命崇拜、祖先崇拜、自然崇拜之禮，最重要、最集中的群體文化活動和社交活動，原本就具有象徵性、程序性、週期性和狂歡性四大特色。」〔註39〕其中狂歡性是本文所關注的，只不過本文以「鬧熱」來替代「狂歡」，因為狂歡僅是鬧熱性表現

〔註33〕〔清〕阮元校刻《十三經注疏》，北京：中華書局，1980年版，上冊，第1361頁。

〔註34〕〔清〕阮元校刻《十三經注疏》，北京：中華書局，1980年版，上冊，第601頁。

〔註35〕〔清〕阮元校刻《十三經注疏》，北京：中華書局，1980年版，上冊，第601頁。

〔註36〕〔清〕阮元校刻《十三經注疏》，北京：中華書局，1980年版，上冊，第770頁。

〔註37〕〔清〕阮元校刻《十三經注疏》，北京：中華書局，1980年版，上冊，第770頁。

〔註38〕〔清〕阮元校刻《十三經注疏》，北京：中華書局，1980年版，上冊，第602～603頁。

〔註39〕馮俊傑《戲劇與考古》，北京：文化藝術出版社，2002年版，第31頁。

的一方面。原始宗教祭儀之鬧熱性，是功利性的，不同於後世戲曲藝術具有審美特徵和娛樂特徵的鬧熱性，這是原始宗教儀式賦予它的特點，可以稱之為「原始鬧熱性」。而它的特點，正如李澤厚先生所言：「後世的歌、舞、劇、畫、神話、咒語……，在遠古是完全揉合在這個未分化的巫術禮儀活動的混沌統一體之中的，如火如荼，如醉如狂，虔誠而蠻野，熱烈而謹嚴……。」〔註40〕可見，這種具有程序性和規律性的表演，場面十分宏大、參與人員眾多、儀式有聲有色，是極其鬧熱的。

原始宗教是原始先民生活的一部分，「是先民們憑幼稚的原始思維，以實踐——精神的方式對某一『現實』進行描繪和理解的產物，即使表層類同後世的藝術品，但從形成過程看，決不是作為藝術構思的形式而產生的。」〔註41〕因此，原始鬧熱性所反映出的，恰恰正是當時的生活。原來先民們的生活是如此熱鬧和豐富，這為我們民族藝術鬧熱特徵的產生提供了生活基礎。

總之，原始鬧熱性在原始宗教中萌芽，通過具體的祭祀儀式體現出來。並在發展過程中逐漸壯大，在一定條件下成為從儀式到娛樂轉化的重要因子，扮演著重要角色。原始鬧熱性隨著中華文化的發展，不斷被皴染著、提煉著，最終也為傳統藝術，尤其是古典戲劇藝術的鬧熱性提供了模板。

## 二、邏輯過程：從儀式到娛樂的轉化

傳統戲劇鬧熱性的發生，是在戲劇發生邏輯過程中完成的。在戲劇發生研究中，我們常用「從娛神到娛人」來表示戲劇功能狀態的轉變。「娛神」是儀式性祭儀的主旨之一，周代對於祭儀有著較為嚴格的要求，《禮記‧祭統》載：

> 夫祭有三重焉：獻之屬莫重於祼，聲莫重於升歌，舞莫重於《武宿夜》。〔註42〕

通過歌舞聲色，來博取神靈的歡心，用以達到消災祈福之目的。相對於犧牲的奉獻，樂舞則是對神靈精神需求的滿足。因此，「娛神」僅為神之樂而娛。

---

〔註40〕李澤厚《美的歷程》，北京：文物出版社，1981年版，第12頁。

〔註41〕陳勤建《文藝民俗學》，上海：上海文化出版社，2009年版，第148頁。按，陳勤建先生是針對原始文藝中的神話所講的。由於原始文藝也同樣混同於原始的宗教信仰和祭祀儀式活動中，故而在此套用之。

〔註42〕〔清〕阮元校刻《十三經注疏》，北京：中華書局，1980年版，下冊，第1604頁。

雖然享受娛樂的主體並非參與祭祀的人們，但客觀上人們卻也得到了相應的歡愉，可見「娛神」中有潛在的「娛人」因素。「娛人」則有兩層含義：一是借娛神而自娛，二是自娛自樂。自娛自樂是指人類自身的娛樂，而打著娛神的旗號來自娛的情況則普遍存在：

> 神廟劇場中的戲曲活動絕大多數情況下是以神爲幌子，以人爲主體。之所以造成以娛神爲主的原因，是因爲儘管人們在神之先取得娛樂，但這時人的自娛意識還不強，他們是爲神而選擇，而不是爲自己。娛神是主流，娛人是潛流。〔註43〕

當娛人的意識自覺之後，包含有娛樂性質的祭祀儀式便走向了民俗活動。因此，戲劇從娛神走向娛人，就是其功能形態從儀式性爲主的祭祀活動，走向娛樂性較強的民俗活動的過程。然而，從歷史角度來看，「從娛神到娛人」的過渡，並非是全部的轉變。確切地講，應是儀式內容中分化出了一部分具有娛樂大眾功能的原始藝術形式，經歷了在民俗活動中的「摸爬滾打」之後，進而形成後來的大眾文藝。事實上，在當代戲劇發展到很高藝術水準的同時，仍然還有諸多儀式戲劇的存在，它們的存在價值也仍然是「娛神」「樂神」的儀式目的和實用意義。因此，今天我們可以看到的諸多原始形態的儀式戲劇，保留了戲劇在發生轉變過程中的狀態，這是一種「在路上」的形態，從中我們可以更直觀地感受戲劇藝術當年的分化與轉變。

對於鬧熱性發生的邏輯原因和過程，需要首先考察戲劇本身發生的邏輯。馮俊傑先生《儺儀祭禮：戲劇發生的邏輯起點》談到，中國的戲劇邏輯爲「無扮不成戲」：「裝扮──扮演之象徵意向和行爲導向」〔註44〕，是戲劇形成過程之邏輯起點。其實，「裝扮──扮演」所指向的正是宗教──戲劇。而宗教作爲儀式活動的內容，戲劇作爲娛樂審美活動的內容，二者本質上是不同的。然從人類表演學的理論觀點看來，二者又是相通的，無論宗教儀式，還是戲劇藝術，都是一種表演形態，目的不同，方式卻類同，也爲兩者的轉化提供了可能性。

人類表演學是20世紀後半期興起於歐美的一種表演理論與實踐研究的學科，美國的理查德‧謝克納教授是該學科的創始人。他認爲「所有的客觀存

---

〔註43〕景李虎《神廟文化與中國古代劇場》，載周華斌、朱聯群主編《中國劇場史論》上卷，北京：北京廣播學院出版社，2003 年版，第 302 頁。按，原載臺灣《民俗曲藝》第 81 期（1993 年 1 月出版）。

〔註44〕馮俊傑《戲劇與考古》，北京：文化藝術出版社，2002 年版，第 30 頁。

在都是存在，所有的存在都在行動中，凡是自我指涉的行動就是表演」，「人類表演學要研究各種各樣的無邊無際的人類活動，還有藝術和各種行業中的表演，宗教運動、體育、遊戲甚至還研究動物的表演」，因此「為了探討表演的情景，任何東西都可以從人類表演學的角度研究」〔註45〕。在他看來，「表演性的行為包括經常會重疊的五大門類：審美表演、社會表演、大眾表演、儀式表演、遊戲表演。」〔註46〕可見，在人類表演學研究的範圍內，已經將中國戲劇發展三階段的表演形式——原始表演、民俗表演和藝術表演全部涵蓋（見表 1-1）。因此，雖然人類表演學理論和實踐，還在進一步發展和完善中，但我們不妨借用其相關研究成果，來考察中國現存的表演形態，尤其是明顯體現出「在路上」形態的儺儀祭禮。這種表演形態是我們探究鬧熱性發生的邏輯原因與過程，所無法忽視的對象。

表1-1　中國戲劇表演形式與人類表演學表演門類關係表

| 中國戲劇表演形式 | 主要特點 | 人類表演學表演門類 |
|---|---|---|
| 原始表演 | 原生態、遊戲性、集體性、儀式性 | 儀式表演、社會表演、大眾表演、遊戲表演 |
| 民俗表演 | 次生態、遊戲性、集體性、社會性、娛樂性 | 社會表演、大眾表演、遊戲表演 |
| 藝術表演 | 遊戲性、社會性、大眾性、娛樂性、審美性 | 審美表演、社會表演、大眾表演、遊戲表演 |

謝克納《從儀式到戲劇及其反面：實效——娛樂二元關係的結構／過程》一文，從新幾內亞策姆巴加人（Tsembaga）的原生態慶祝活動——宰牲節（Kaiko）的宰殺生豬慶賀（Konj Kaiko）儀式入手，分析了儀式與戲劇的內在因素——實效和娛樂的二元對立結構，及其相互的轉化過程，即「戲劇是娛樂和儀式的混合體。在某一時刻，儀式似乎是來源；而在另一時刻，娛樂被置於首位，它們是一個二元的體系，相互矛盾而又不可分割。」〔註47〕在

〔註45〕〔美〕理查德・謝克納撰、孫惠柱譯《什麼是人類表演學——理查德・謝克納教授在上海戲劇學院的講演》，載《人類表演學系列：謝克納專輯》，北京：文化藝術出版社，2010 年版，第 4 頁。原載《戲劇藝術》2004 年第 5 期。

〔註46〕〔美〕理查德・謝克納撰、孫惠柱譯《人類表演學的現狀、歷史與未來》，載《人類表演學系列：謝克納專輯》，北京：文化藝術出版社，2010 年版，第 10 頁。原載《戲劇藝術》2005 年第 5 期。

〔註47〕〔美〕理查德・謝克納撰、黃德林譯《從儀式到戲劇及其反面：實效——娛

此，筆者則以河北武安的大型儺戲表演活動「捉黃鬼」爲例〔註48〕，借用這篇文章的研究方法和相關研究成果，來探析從宗教到戲劇的轉化過程，及其二者相對應的「儀式——娛樂」的二元關係〔註49〕，以及蘊含在這種結構關係中的旨意。

「捉黃鬼」是河北省武安市固義村的大型儺戲表演活動，是上古儺文化活動的當代遺存，同時也是研究中國戲劇發生的鮮活史料。整個活動從正月十四到正月十七，歷時四天，以隊戲《捉黃鬼》爲核心，並配以臉戲〔註50〕、賽戲和社火表演等，因此全部儺戲演出活動也被統稱爲「捉黃鬼」〔註51〕。隊戲《捉黃鬼》又稱《十殿閻君大抽腸》《捉鬼》《跑鬼》等，於正月十五元宵節表演。

謝克納認爲：「轉化是戲劇的靈魂」，「是把眞實的行爲轉化爲象徵性的行爲」〔註52〕。黃鬼是虐待父母、忤逆不孝的總代表，整個演出活動通過對他的捉拿和處置，表達了老百姓對孝道的尊崇，以及對和睦美好生活的嚮往〔註53〕。因此，這恰恰符合戲劇的兩種轉化形式：黃鬼是「反社會的、有害的」不孝代表，將捉拿、處置他的行爲經由儀式動作逐漸演變成戲劇表演，此其一；其二，黃鬼雖是虛構的人物形象，卻是諸多眞實的不孝人物的集中代表，

---

樂二元關係的結構／過程》，載《人類表演學系列：謝克納專輯》，北京：文化藝術出版社，2010 年版，第 183 頁。

〔註48〕按，「捉黃鬼」表演錄像現存於山西師範大學戲曲文物研究所。

〔註49〕按，謝克納將儀式與戲劇的內在因素稱之爲「實效和娛樂」，其儀式就是指原始宗教遺留下來的儀式信仰活動，而儀式的價值則體現爲具有功利目的的實用性價值，即謝克納所謂的「實效」。爲了全文的表述具有一致性，以及按照通常的表達習慣，在此，我仍將沿用「宗教——戲劇」與「儀式——娛樂」的對應關係。

〔註50〕按，「臉戲，即戴面具扮演神靈和凡人的戲劇」。參見杜學德《固義大型儺戲〈捉黃鬼〉考述》，《中華戲曲》第 18 輯，第 148 頁。

〔註51〕按，儺戲表演活動「捉黃鬼」也叫「三爺聖會」「三老聖會」，「捉黃鬼」爲俗稱。本文只取其民間稱謂。參見陶立璠《河北武安固義村「三爺聖會」的儺文化意義》，載麻國鈞等主編《祭禮・儺俗與民間戲劇》，北京：中國戲劇出版社，1999 年版，第 89 頁。

〔註52〕〔美〕理查德・謝克納撰、黃德林譯《從儀式到戲劇及其反面：實效——娛樂二元關係的結構／過程》，載《人類表演學系列：謝克納專輯》，北京：文化藝術出版社，2010 年版，第 159 頁。

〔註53〕參見杜學德《固義大型儺戲〈捉黃鬼〉考述》，《中華戲曲》第 18 輯。按，本文中有關《捉黃鬼》表演方面的內容主要參考該文，如不特別出注，均出自該文。

整個表演即為「表現虛構的或真實但通過表演再現的故事」〔註54〕。隊戲《捉黃鬼》正處在這兩種轉化的進程中，其故事結局不言自明，表演過程卻十分重要，可見，這種表演是具有儀式性的。

表 1-2　儺戲表演活動「捉黃鬼」日程安排表

| 時間 | 正月十四 | 正月十五 | 正月十六 | 正月十七 |
|---|---|---|---|---|
| 儀式名稱 | 「亮腦子」 | 隊戲《捉黃鬼》 | 祭蟲螟儀式 祭冰雨儀式 | 完表儀式 |
| 主要內容 | 隊戲《捉黃鬼》的彩排活動。 | 分為五部分：踏邊迎神、村街擺道子、西場演出、南臺抽腸、村街慶賀。下午和晚上分別演出臉戲和賽戲。 | 早晨在村南地舉行祭蟲螟儀式，然後到村北地舉行祭冰雨儀式，上午為巡街的社火演出，下午和晚上為臉戲和賽戲的演出。 | 早晨由社首率領40餘人，到南山奶奶廟前舉行完表儀式，即宣告本年祭祀活動全部結束。 |

　　儺戲「捉黃鬼」是固義村特有的活動，是屬於這個部落的一項特定的文化內容。關於「部落文化」，謝克納認為：「部落社會在單一的、常常被延伸的複雜事件中把許多功能／表達方式結合起來。」〔註55〕綜觀「捉黃鬼」的表演流程與內容，可以明顯地看出，這一活動是以原始祭儀內容為主，穿插戲劇演出活動為輔的儀式性表演。整個活動在元宵節期間舉行，也保留了頗為豐富的農耕文明痕跡：祭告神靈、祈禱福瑞、慶祝豐收、驅除邪祟等。只不過，隊戲《捉黃鬼》在其中顯得尤為突出（其為主體，表演時間最長），而且將原本枯燥乏味的祭祀內容，用戲劇性、儀式化的情節串聯表達出來，這正是部落文化的內涵特點之一〔註56〕。因此，隊戲《捉黃鬼》不是簡單意義上的一次審判，而被賦予了孝道教化和警示的作用。

---

〔註54〕　〔美〕理查德‧謝克納撰、黃德林譯《從儀式到戲劇及其反面：實效——娛樂二元關係的結構／過程》，載《人類表演學系列：謝克納專輯》，北京：文化藝術出版社，2010年版，第159頁。

〔註55〕　〔美〕理查德‧謝克納撰、黃德林譯《從儀式到戲劇及其反面：實效——娛樂二元關係的結構／過程》，載《人類表演學系列：謝克納專輯》，北京：文化藝術出版社，2010年版，第179頁。

〔註56〕　按，謝克納認為部落文化的內涵特點之一，是「以戲劇性的、儀式化的情節取代普通的情節」。參見〔美〕理查德‧謝克納撰、黃德林譯《從儀式到戲劇及其反面：實效——娛樂二元關係的結構／過程》，載《人類表演學系列：謝克納專輯》，北京：文化藝術出版社，2010年版，第168頁。

　　此外，儺戲「捉黃鬼」的特殊性，在於貫穿其中的大量臉戲與賽戲表演。它們看似游離於具體的祭祀儀式之外，卻又被整個祭祀儀式所包裹，構成一個完整的儀式系統。在中國傳統祭祀活動中，戲劇表演始終是一種儀式性的呈現，爲祭祀儀式服務。可見，戲劇的娛樂性是從宗教的儀式性中分化而來的，且儀式與娛樂也並非完全背離，因爲「把一場特定的表演稱爲儀式還是戲劇要看表演傾向於實效（儀式）或娛樂的程度」〔註57〕。如此看來，隊戲《捉黃鬼》的性質如何，需考察其儀式性和娛樂性的程度。

　　隊戲《捉黃鬼》的表演，可以分爲三個順序部分——《捉黃鬼》表演前、表演中、表演後，以及三個在表演中的穿插部分——「四鬼驅疫」「娛樂表演」「敬請閻君」。

## 表 1-3　隊戲《捉黃鬼》演出流程分析表

| 順序部分 | | 穿插部分 | | 說明 | |
|---|---|---|---|---|---|
| 表演前 | 更夫打更 | 無 | | 催促化妝。 | |
| | 穀草烤火 | | | 取暖、避邪。 | |
| | 二鬼踏邊 | | | 驅逐邪祟。 | |
| | 探馬迎神 | | | 敬請玉帝和各路神靈。 | |
| | 村街擺道 | | | 角色分列道路兩邊，中間爲演出空間。 | |
| 表演中 | 三鬼捉黃鬼 | 四鬼驅疫 | | 驅邪、休息 | 《捉黃鬼》演出形態：行進中的前後往復。 |
| | | 娛樂表演 | 西場演出 | 娛神表演 | |
| | | | 村東社火 | 娛人表演 | |
| | | 敬請閻君 | | 判前完成 | |
| | 捉定黃鬼 | 無 | | 表演的高潮部分，即「南臺抽腸」。 | |
| | 宣判行刑 | | | | |
| 表演後 | 村街慶賀 | 無 | | 演出隊伍重新返回村街，進行慶祝表演。 | |

　　從表 1-3 可以看出，隊戲《捉黃鬼》的整個表演流程由表演前的一系列驅邪迎神儀式開始，中間爲隊戲《捉黃鬼》及其穿插部分的演出，末以「村街

---

〔註57〕〔美〕理查德・謝克納撰、黃德林譯《從儀式到戲劇及其反面：實效——娛樂二元關係的結構／過程》，載《人類表演學系列：謝克納專輯》，北京：文化藝術出版社，2010 年版，第 164 頁。按，括弧內文字爲筆者添加。

慶賀」——狂歡式的鬧熱民俗活動為結束。三大部分形成「儀式——娛樂與儀式交叉——娛樂」的模式，構成一個有機整體。

由於在行進中的前後往復表演形式較為單一，且從早上 7 點到中午 12 點，近 4 個多小時，難免會顯得單調，因此穿插部分的表演和儀式就起到了調劑和補充作用。

首先，「四鬼驅疫」和「娛樂表演」兩項內容是同時展開的。在寒冬進行戶外的表演，而且主要演員服裝單薄，如扮演黃鬼的演員，在過去就幾乎是全身赤裸，只穿一條土黃色的短褲，因此長時間表演，會覺得分外寒冷。穿插「四鬼驅疫」，可以到事先安排好的住戶家內，進行驅疫表演，事實上也是演員的中場休息。與此同時，戶外沒有了四鬼的表演，就需要有其他演出——「娛樂表演」進行補入，使得整個表演活動不會中斷。

圖 1-2　在玉帝神棚前的臉戲《弔四值》劇照

（錄自杜學德《固義大型儺戲〈捉黃鬼〉考述》一文）

**圖 1-3　《捉黃鬼》劇照**

（錄自杜學德《固義大型儺戲〈捉黃鬼〉考述》一文）

其次，「娛樂表演」分爲「西場演出」和「村東社火」，大約在 11 點開始，歷時近 1 小時。前者是行進表演隊伍走過玉皇大帝神棚後，隨隊伍之後的各種表演角色留守此地，由掌竹主持表演活動，獻戲酬神。後者則是同一時段，在村東由劉莊戶、東王戶和南王戶所組成的社火表演隊，演出武術、旱船、高蹺、秧歌等民俗表演。這兩場表演，一個娛神，一個娛人，體現出元宵節固義村「神人同樂」的場面，熱鬧非凡，此爲當天演出的第一個小高潮。

第三，穿插部分的第三項——「敬請閻君」，是在前兩個穿插部分進行過程中展開的。這是《捉黃鬼》表演的關鍵一環，需在「審判」之前完成。顯然這一項內容和整個表演前的請神儀式相仿，如若放在表演前開始，顯得尚早些；待兩地演出結束時，又會略顯倉促，從而影響整個演出的流暢性。故此時開始剛剛好，並可以順利銜接到「捉定黃鬼」——「宣判行刑」的演出高潮。

其實，整個表演過程所呈現的「儀式——娛樂與儀式交叉——娛樂」模式，恰與戲劇的成長之路不謀而合。由於《捉黃鬼》作爲儺戲表演，已然不如原始祭祀儀式那樣純粹了。同時從整體來看，它也並非成爲了真正的戲劇表演，仍然存在娛神的目的和儀式的過程。因此，《捉黃鬼》可以說是從宗教

儀式到戲劇藝術過渡階段的一種中間形態。那麼「在路上」的《捉黃鬼》又是如何聯繫宗教儀式和戲劇藝術的呢？在此，筆者選取了宗教儀式樣本——儺祭儀式，戲劇藝術樣本——清代花部戲《清風亭‧認子》，以這二者作爲邏輯轉換的兩端，來看《捉黃鬼》的邏輯聯結作用。

**圖 1-4　黃鬼被處以極刑**

(錄自秦佩《固義儺戲與賽戲研究》一文)

　　《清風亭》是清代花部戲曲中非常著名的一部作品，講述了張繼保忘恩負義，最終被雷擊而亡的故事。本事出自宋代孫光憲《北夢瑣言》記載的唐代張仁龜故事。到明代則有秦鳴雷《合釵記》傳奇（一名《清風亭》已佚），「弋優盛演之」﹝註 58﹞。清代花部崛起後，更被大眾所追捧。焦循《劇說》卷二云：「今村中演劇，有《清風亭‧認子》，爲張繼保忘義父之恩，爲雷殛。」﹝註 59﹞其《花部農譚》不僅敘說了整個故事的梗概，還提

﹝註 58﹞ 參見〔明〕祁彪佳《遠山堂曲品》，「能品」評秦鳴雷《合釵記》，載中國戲曲研究院編《中國古典戲曲論著集成》（六），北京：中國戲劇出版社，1959 年，第 49 頁。

﹝註 59﹞〔清〕焦循《劇說》，載中國戲曲研究院編《中國古典戲曲論著集成》（八），北京：中國戲劇出版社，1959 年版，第 124 頁。

及演出的震撼效果：「演《清風亭》，其始無不切齒，既而無不大快。鐃鼓既歇，相視肅然，罔有戲色；歸而稱說，浹旬末已。」〔註60〕悲劇力量，可見一斑。《清風亭》作爲戲劇作品在宣揚孝道、批判忤逆的宗旨上與儺戲《捉黃鬼》是一致的，因此這裡以《清風亭》中《認子》一折，與儺祭儀式、《捉黃鬼》，來做對照分析。

表1-4　「儺祭儀式──《捉黃鬼》──《清風亭・認子》」對照表

| 序號 | 儺祭儀式之要素 | 《捉黃鬼》之要素 | 《清風亭・認子》之戲劇表演要素 |
|---|---|---|---|
| 1 | 驅除邪祟、祈禱平安 | 驅除邪祟、祈禱平安、孝道教化 | 審美與教育意義（悲劇審美與孝道教化） |
| 2 | 「方相氏，狂夫四人。」〔註61〕 | 四鬼卒：大鬼、二鬼、跳鬼、黃鬼 | 主要角色（張元秀夫婦、張繼保） |
| 3 | 十二神獸〔註62〕 | | 次要角色（周小哥、雷神、閃電神） |
| 4 | 侲子〔註63〕 | 手持柳棍的村民 | |
| 5 | 宋代宮廷儺禮中的將軍、判官、鍾馗、小妹、土地、灶神等千餘人。〔註64〕 | 臉戲、賽戲所扮演的角色：壽星、財神、灶君、土地、四尉、五道神、武判官、小鬼等。 | 其他參與表演的角色（無） |

---

〔註60〕　〔清〕焦循《花部農譚》，載中國戲曲研究院編《中國古典戲曲論著集成》（八），北京：中國戲劇出版社，1959年版，第229頁。

〔註61〕　《周禮・夏官司馬》，載〔清〕阮元校刻《十三經注疏》，北京：中華書局，1980年版，上冊，第831頁。

〔註62〕　按，十二神獸爲：甲作、肺胃、雄伯、騰簡、攬諸、伯奇、強梁、祖明、委隨、錯斷、窮奇、騰根。《後漢書》云：「方相氏黃金四目，蒙熊皮，玄衣朱裳，執戈揚盾。十二獸有衣毛角。……『甲作食凶，肺胃食虎，雄伯食魅，騰簡食不祥，攬諸食咎，伯奇食夢，強梁、祖明共食磔死寄生，委隨食觀，錯斷食巨，窮奇、騰根共食蠱。凡使十二神追惡凶，赫女軀，拉女幹，節解女肉，抽女肺腸。女不急去，後者爲糧！』因作方相與十二獸儺。……」參見《後漢書》，志第五「禮儀中」，北京：中華書局，1965年版，第3127～3128頁。

〔註63〕　〔東漢〕張衡《東京賦》李善注云：「侲子，童男童女也。」《後漢書》李賢注云：「侲子，逐疫之人也，音振。」分別參見〔梁〕蕭統編、〔唐〕李善注《文選》，上海：上海古籍出版社，1986年版，第一冊，第123頁。《後漢書》卷十（上），「皇后紀」，北京：中華書局，1965年版，第425頁。

〔註64〕　參見〔宋〕孟元老《東京夢華錄》，北京：中國商業出版社，1982年版，第70頁。

| | | |
|---|---|---|
| 6 | 竹崇拜〔註65〕——巫覡（竹竿爲溝通神靈之儀物） | 掌竹（手執竹竿） | 主持人、導演：如北宋樂舞教坊雜劇之參軍色〔註66〕（無） |
| 7 | 「朝服立于阼階」的孔夫子 | 道子旁的其他角色與村民 | 觀者 |
| 8 | 大鞀、鞞角、桃弧棘矢〔註67〕（避邪之用） | 柳木棍〔註68〕（避邪之用，有孝順的含義） | 砌末（清風亭、銅錢等） |
| 9 | 驅鬼逐疫 | 踏邊、四鬼入室驅疫 | 演出的主要內容（張元秀夫婦在清風亭認其養子，不料已成狀元的張繼保忘恩負義，將二老逼死，自己也被雷擊而亡。） |

---

〔註65〕 參見黃竹三《掌竹·前行·竹崇拜·竹竿子——河北武安固義賽祭「掌竹」考述》，載麻國鈞等主編《祭禮·儺俗與民間戲劇》，北京：中國戲劇出版社，1999年版。

〔註66〕 按，參軍色手執「竹竿子」（或稱作「竹竿拂子」）充當指揮和調度的角色。《東京夢華錄》卷九「宰執親王宗室百官入內上壽」條載：「第五盞御酒，獨彈琵琶。……百官酒，樂部起三臺舞，如前畢。參軍色執竹竿子作語，勾小兒隊舞。……樂部舉樂，小兒舞步進前，直叩殿陛。參軍色作語，問小兒班首近前，進口號，雜劇人皆打和畢，樂作，群舞合唱，且舞且唱，又唱破子畢，小兒班首入進致語，勾雜劇入場，一場兩段。」參見〔宋〕孟元老《東京夢華錄》，北京：中國商業出版社，1982年版，第60頁。

〔註67〕 按，大鞀、鞞角、桃弧棘矢均爲避邪之用。《後漢書》云：「先臘一日，大儺，謂之逐疫。其儀：選中黃門子弟年十歲以上，十二以下，百二十人爲侲子。皆赤幘皁制，執大鞀。」《隋書》云：「齊制，季冬晦，選樂人子弟十歲以上，十二以下爲侲子，合二百四十人。一百二十人，赤幘、皁褠，執鞀。一百二十人，赤布袴褶，執鞞角。」《左傳·昭公四年》載：「桃弧棘矢，以除其災。」分別參見《後漢書》，志第五「禮儀中」，北京：中華書局，1965年版，第3127頁。《隋書》卷八，志第三「禮儀三」，北京：中華書局，1973年版，第168～169頁。〔清〕阮元校刻《十三經注疏》，北京：中華書局，1980年版，下冊，第2034頁。

〔註68〕 按，「在北方，特別是在太行山兩側，有一種喪葬習俗，即父母和本家親屬去世後，作爲『孝子』，在哭喪和送葬時，要手拄『孝棍』，這種『孝棍』必須是新砍伐的柳木。……柳木具有辟邪功用。我國古代在清明節，不論南北都有『戴柳圈』和『插柳』的習俗。武安風俗亦然，『是月清明節，士女挈盒提壺，入塋祭掃，小兒以柳葉簪珥』。」參見延保全《〈捉黃鬼〉：中原古儺的遺存與衍化》，載麻國鈞等主編《祭禮·儺俗與民間戲劇》，北京：中國戲劇出版社，1999年版，第271～272頁。

| | | | |
|---|---|---|---|
| 10 | 「命國人儺，索宮中區隅幽暗之處，擊鼓大呼，驅逐不祥。」〔註69〕（搜儺） | 行進中的前後往復表演：大鬼在前，二鬼殿後，跳鬼前後跳走，欲捉拿黃鬼，黃鬼不願束手就擒。 | 戲劇衝突（張元秀夫婦上前與養子相認，哭訴養育之恩，但張繼保狠心拒絕，欲以二百銅錢將其打發。） |
| 11 | 「方相四人……口作『儺、儺』之聲，以除逐也。」〔註70〕 | 大抽腸表演：二鬼弄刀開始動刑，同時持柳棍村民和各莊戶所有節目角色，把斬鬼臺團團圍住。煙霧起，黃鬼被抽腸剝皮。 | 戲劇高潮（二老含恨碰死在清風亭前，不孝的張繼保也遭到天譴，雷擊而亡。） |
| 12 | 「諸祝師執事，預副牲胸，磔之於門，酌酒禳祝。舉牲並酒埋之。」〔註71〕 | 村街開始歡慶表演 | 受眾反饋（「其始無不切齒，既而無不大快。鐃鼓既歇，相視肅然，罔有戲色；歸而稱說，浹旬未已。」） |

　　在謝克納教授提出的二元結構關係中，二者對立僅僅是「實效（儀式）與娛樂之間的對立，而非儀式（宗教）與戲劇之間的對立。把一場特定的表演稱爲儀式（宗教）還是戲劇要看表演傾向於實效（儀式）或娛樂的程度。沒有純粹是實效（儀式）或娛樂的表演。」〔註72〕的確，《捉黃鬼》正體現了在這種對立統一中的轉化。

　　從表1-4看，第1條爲表演的目的和意義；第2-7條爲表演的參與人員；第8條爲表演所用的道具；第9-11條爲表演的內容和過程；第12條爲受眾對於表演的反饋。整個活動既是全民參與的民俗活動，也是一個兼具觀與演的互動演出過程。可見，《捉黃鬼》不僅基本承繼了以儺祭爲主的祭祀儀式要素，同時也具備了戲劇演出所需要的最基本條件。《捉黃鬼》可以說是從儀式到娛樂轉化的典型代表。它既是儀式性的，又具有相當的鬧熱性，而且這種鬧熱性已經注入了娛樂成份。在隊戲的演出過程中，人們沿途爭相觀看，隨著表演隊列的推進而行，鬧熱氣氛從圍觀的群眾中也得窺見。這裡的鬧熱性已非

〔註69〕　按，此爲高誘之注，參見陳奇猷校釋《呂氏春秋‧季春紀第三‧季春》，上海：學林出版社，1984年版，第132頁。

〔註70〕　參見〔唐〕段安節《樂府雜錄》，「驅儺」條，載《中國古典戲曲論著集成》（一），北京：中國戲劇出版社，1959年版，第43頁。

〔註71〕　《隋書》卷八，志第三「禮儀三」，北京：中華書局，1973年版，第169頁。

〔註72〕　〔美〕理查德‧謝克納撰、黃德林譯《從儀式到戲劇及其反面：實效——娛樂二元關係的結構／過程》，載《人類表演學系列：謝克納專輯》，北京：文化藝術出版社，2010年版，第168頁。按，括弧內文字爲筆者添加，用以前後文表達一致。

原始鬧熱性，而成爲了民俗鬧熱性。民俗鬧熱性是戲曲鬧熱性發生的直接來源，戲曲藝術就是從民俗演藝活動中分化演變而來的。

綜上所述，在從儀式到娛樂轉化過程中，存在一個中間形態，以《捉黃鬼》爲例的民間儺戲就是這一代表，它由原始祭儀發展而來，植根於民俗生活之中，成爲了民俗演藝活動的一種類型。這就好比動物界的「卵生哺乳動物」——鴨嘴獸，十分具有活化石的意義。可以說，民俗演藝活動階段就是介於「宗教——戲劇」之間的過渡階段，它同自身前後所連接的宗教、戲劇一併，構成了中國戲劇發展邏輯過程的「儀式——娛樂與儀式交叉——娛樂」關係模式。三者的關係是統一於鬧熱性表演中的，所不同的是，它們呈現出何種形態，完全取決於儀式性和娛樂性的目的傾向。同樣，鬧熱性表演也植根於這個體系，無論表演呈現何種目的和形態，鬧熱性則始終處於一種積極的、穩定的向前發展態勢。

# 第二節　發生的文化背景

「破與立」是永恆的時代旋律。一切形式的立新都始於對所謂落後過去的批判；然而所有的「維新」主義，也並非一味求新，事實上它們始終無法完全脫離對過去的依賴與承繼。因爲，新的愈新，舊的則跟得愈緊，這種束縛和反抗是此消彼長的兩儀關係。在新舊的碰撞和摩擦中，思想與文化的發展一定燦如夏花，文明就會在批判地繼承中一步步前進。

從先秦到兩漢，中國經歷了第一次思想大變革，同樣也經歷了第一次社會大一統。從紛繁複雜的百家爭鳴，到高度集權的皇權統治，這一切都爲中華文明這座大廈奠定了堅實的基礎，影響深遠。傳統戲劇的文化內涵即從這裡緣發，其鬧熱性的文化背景也可從此處找到淵源。

## 一、契機：「禮崩樂壞」

經歷了人類發展的變遷，擁有了奴隸文明的輝煌——先秦，已然成爲一個即將獲得突破的時代——社會各方面都在重新經歷著變革。這是一個戰亂不堪，民不聊生的世界，老百姓苦不堪言。這也是一個偉大的時期，思想的閃電一道道地襲來，披荆斬棘式地扯開黑暗的長空。一個個在歷史中閃耀的人物，他們用思想文明之光，照亮了中華文明的卓越前程。

　　文化的自覺肇始於人類的理性崛起。西周開國後，特別是經過「周公制
禮」〔註73〕，將殷禮與之前的上古之禮逐步整合、完善，使周代禮制到達了
一定的理論高度，中華文明開始閃耀著理性的光芒，文化從此走向自覺。周
禮雖然是在繼承夏、殷之禮的基礎上發展成型的，卻有著自己的特點——「如
果說殷禮是以宗教禮儀為主，那麼周禮則是以人際禮儀為主要內容，人禮開
始重於鬼神之禮。」〔註74〕禮制作為國家意志，不僅規定出森嚴的等級；而
且作為行為和生活準則，也規範了人們的日常生活。「西周的禮樂文化創造的
正是一種『有條理的生活方式』，由此衍生的行為規範對人的世俗生活的控制
既深入又面面俱到。」〔註75〕因此，從某種意義上來說，周禮的確立，是自
神禮到人禮的文化轉型，這也是戲劇乃至一切藝術從娛神到娛人轉化的文化
推動力。「娛人」成為了禮制要求下的產物，這是娛樂自覺的理論基礎。

　　從神禮到人禮——周禮建構的成熟，是對前代禮制的顛覆、反撥與重組。
就連周代的祭禮，都被認為是「『人道』而非『鬼事』」〔註76〕。《國語·魯語
上》載：

> 黃帝能成命百物，以明民共財，顓頊能修之。帝嚳能序三辰以
> 固民，堯能單均刑法以儀民，舜勤民事而野死，鯀鄣洪水而殛死，
> 禹能以德修鯀之功，契為司徒而民輯，冥勤其官而水死，湯以寬治
> 民而除其邪，稷勤百穀而山死，文王以文昭，武王去民之穢。……
> 凡禘、郊、祖、宗、報，此五者國之典祀也。加之以社稷山川之神，
> 皆有功烈於民者也。〔註77〕

可見，周禮之於前代禮制的「破與立」，其最重要的結果，是將人擺在了核心
位置，凸顯了人本主義的內涵——「惟人是保」（《孫子兵法·地形篇》）、「以

〔註73〕按，《左傳·文公十八年》載「先君周公制周禮」。參見楊向奎《宗周社會與
　　　　禮樂文明》下卷第二，北京：人民出版社，1992年版，第277頁。另《禮記·
　　　　明堂位》載：「武王崩，成王幼弱，周公踐天子之位以治天下。六年，朝諸侯
　　　　於明堂，制禮作樂，頒度量，而天下大服。」參見〔清〕阮元校刻《十三經
　　　　注疏》，北京：中華書局，1980年版，下冊，第1488頁。
〔註74〕張自慧《禮文化的價值與反思》，上海：學林出版社，2008年版，第64頁。
〔註75〕陳來《古代宗教與倫理：儒家思想的根源》，北京：三聯書店，1996年版，第
　　　　9頁。
〔註76〕馮友蘭《中國哲學史》，重慶：重慶出版社，2009年版，上冊，第42頁。
〔註77〕上海師範大學古籍整理組校點《國語》，上海：上海古籍出版社，1978年版，
　　　　上冊，第166頁。

人為本」(《管子‧霸言》),都是這一時期的人本主義體現。而具體來說,這裡的「人」又專指百姓,是民本思想的表現。後來孟子所提出的「民貴君輕」觀點,都是這一思想路徑下的產物。然周禮的主要內容又是「親親」「尊尊」,十分注重等級和倫理,因此這必然要求一切的「以人為本」,都要在等級和倫理的基礎上來獲得實現〔註78〕。

「禮」「樂」二者就像是一個蹺蹺板的兩端——「『禮』對『樂』的鉗制和異化,與『樂』追求自身獨立、追求個性自由、彰顯個體生命意識的藝術本質間,形成一對不可調和的矛盾。」〔註79〕這種矛盾關係,表現為一種「禮樂張力」〔註80〕,不斷調整著「禮」「樂」自身的平衡關係,並推動其發展。當「以人為本」與「親親尊尊」和諧共處時,周禮就是平衡、完美的,但當這種等級束縛成為人性、人情抒發的障礙時,就會導致所謂的「禮崩樂壞」了。

春秋以來,新樂產生,不斷衝擊著舊禮。一面是統治階級極力維護著舊有的周禮體系,一面是新樂潮流正在社會生活的各個方面和階層被接受。甚至,民間的祭祀活動也都已經逐漸褪去了儀式的光環,顯得更加人性化和娛樂化,熱鬧程度及其內涵亦非儀式的莊重和大型場面所能比。作為周禮捍衛者的孔子,面對日益深入人心的民間蠟祭,有著新的詮釋。《禮記‧雜記》載:

> 子貢觀於蠟。孔子曰:「賜也樂乎?」對曰:「一國之人皆若狂,賜未知其樂也。」子曰:「百日之蠟,一日之澤,非爾所知也。張而不弛,文、武弗能也;弛而不張,文武弗為也。一張一弛,文武之

---

〔註78〕按,「周禮的內容包括兩個方面,一是『親親』,一是『尊尊』。『親親』,就是親其所親,反映這個社會的血緣關係方面。『尊尊』就是尊其所尊,反映這個社會的政治關係,即階級關係方面。在親親和尊尊中,貫徹著嚴格的等級制的原則。」「可以說,離開等級制度就沒有周禮。這表明了周禮的本質。」參見金景芳《中國奴隸社會史》,上海:上海人民出版社,1983年版,第151、152頁。

〔註79〕李宏鋒《禮崩樂盛——以春秋戰國為中心的禮樂關係研究》,北京:文化藝術出版社,2009年版,內容提要,第1頁。

〔註80〕按,禮樂張力表現為:「禮的本質屬性,要求將包括樂在內的一切事物吸納到它的體系之中,用作現實政治的工具;音樂自身的藝術屬性,又以其對生命價值的追求與禮排斥,要求擺脫禮制等級化、制度化、一般化、共性化束縛,為藝術獨立生存爭取自由空間。」參見李宏鋒《禮崩樂盛——以春秋戰國為中心的禮樂關係研究》,北京:文化藝術出版社,2009年版,第63頁。

道也。」〔註81〕

如果說國家舉行的大蠟是一種純粹的祭儀，那麼民間的蠟祭活動則更像是慶祝豐收的活動。這「一國之人皆若狂」的情景，想一想都覺得熱鬧非凡。辛勤勞作了一年，終於有這麼一天可以放鬆身心、享受豐收與生活的喜悅，怎能不好好地縱情作樂一番？民間蠟祭，「已經演變爲一種盛大的民俗活動」〔註82〕，少了些祭祀味道，卻突出了娛樂性質。

如此熱鬧的民俗活動，更是引得王侯將相都神往。《國語·魯語上》載：

> 莊公如齊觀社。曹劌諫曰：「不可。夫禮，所以正民也。是故先王制諸侯，使五年四王、一相朝。終則講於會，以正班爵之義，帥長幼之序，訓上下之則，制財用之節，其間無由荒怠。夫齊棄太公之法而觀民於社，君爲是舉而往觀之，非故業也，何以訓民？土發而社，助時也。收攟而蒸，納要也。今齊社而往觀旅，非先王之訓也。天子祀上帝，諸侯會之受命焉。諸侯祀先王、先公，卿大夫佐之受事焉。臣不聞諸侯相會祀也，祀又不法，君舉必書，書而不法，後嗣何觀？」公不聽，遂如齊。〔註83〕

魯莊公要去齊國觀看民間社祭，曹劌以禮制相勸。他說的有條有理，頭頭是道，依然白費口舌，阻止不成。莊公看民社，固然是自己心之所往，更是因爲民社活動熱熱鬧鬧，絕不單調、乏味。

《禮記·樂記》載：「樂者，音之所由生也。其本在人心之感於物也。」〔註84〕「樂」緣出於人類的內心，是情感的抒發途徑和表達方式。正所謂「情動於中，而行於言；言之不足，故嗟歎之；嗟歎之不足，故詠歌之；詠歌之不足，不知手之舞之足之蹈之也。」〔註85〕這是進入文明時代後，人性自然要求的體現，是最基本的情感釋放和需求。

---

〔註81〕〔清〕阮元校刻《十三經注疏》，北京：中華書局，1980年版，下冊，第1567頁。
〔註82〕廖奔、劉彥君《中國戲曲發展史》第一卷，太原：山西教育出版社，2003年版，第23頁。
〔註83〕上海師範大學古籍整理組校點《國語》，上海：上海古籍出版社，1978年版，上冊，第153頁。
〔註84〕〔清〕阮元校刻《十三經注疏》，北京：中華書局，1980年版，下冊，第1527頁。
〔註85〕〔清〕阮元校刻《十三經注疏》，北京：中華書局，1980年版，上冊，第270頁。

「鄭衛之音」是與雅樂相對立的民間音樂形式，當時被稱爲「淫聲」「亂世之音」〔註86〕，爲禮制所不容。然如此「亂世之音」亦是統治者之所愛。齊宣王曾曰：「寡人今日聽鄭、衛之聲，嘔吟感傷，揚《激楚》之遺風。」〔註87〕梁惠王更直言不諱道：「寡人非能好先王之樂也，直好世俗之樂耳。」〔註88〕《禮記・樂記》載：

> 魏文侯問於子夏曰：「吾端冕而聽古樂，則唯恐臥；聽鄭衛之音，
> 則不知倦。敢問古樂之如彼，何也？新樂之如此，何也？」〔註89〕

雖然子夏對於魏文侯的回答，僅從演奏情況而言，且還以此辨別「音」與「樂」之區別。但「鄭衛之音」作爲新樂、俗樂的現實存在和流行程度，都是不爭之事實，更重要的是，新樂更符合人性的要求，因此易被接受。

事實上，春秋以來的「禮崩樂壞」並非是一場災難，只不過，維護奴隸主階級地位的周禮被打破了。禮制的重新整合，給「樂」的繁榮發展帶來了新契機，以《詩經》中十五國《風》爲代表的時代藝術成就，其實就是所謂「禮崩樂壞」的結果和表現〔註90〕。「因時變而制禮樂」對於社會的進步和文化的發展具有重要的意義〔註91〕。

新樂興起，標誌著一個新禮樂時代的到來。這正是後周禮時代所謂的「禮崩樂壞」。其實不過是周禮中固有的人本主義內涵再一步發展罷了。

「禮崩樂壞」與新樂時代的到來，對於戲劇的成長環境是一次革命性的變化，爲藝術的發展、成熟提供了難得一遇的契機。其標誌著以原始宗教爲主流的儀式生活被撼動，人們開始進入了以娛樂鬧熱性爲主要特點的民俗生活時代。這一重要的轉變，是民俗鬧熱性形成的關鍵一環。

---

〔註86〕按，《禮記・樂記》載：「鄭衛之音，亂世之音也。」《論語・陽貨》載：「子曰：『惡鄭聲之亂雅樂也』」。參見〔清〕阮元校刻《十三經注疏》，北京：中華書局，1980年版，下冊，第1528、2525頁。

〔註87〕〔西漢〕劉向撰、趙仲邑注《新序詳注》，北京：中華書局，1997年版，第68頁。

〔註88〕〔宋〕朱熹《孟子集注》，濟南：齊魯書社，1992年版，第15頁。

〔註89〕〔清〕阮元校刻《十三經注疏》，北京：中華書局，1980年版，下冊，第1538頁。

〔註90〕參見陳軍科《中國奴隸社會禮樂關係及孔子禮樂思想探究》，《文藝研究》1990年第2期，第63頁。

〔註91〕按，《淮南子・氾論訓》載：「故五帝異道而德覆天下，三王殊事而名施後世，此皆因時變而制禮樂者。」參見劉文典《淮南鴻烈集解》，北京：中華書局，1989年版，第425頁。

## 二、沃土：百戲雜陳

　　春秋以來的「禮崩樂壞」和新樂興起，標誌著人們進入到了以娛樂鬧熱性爲主要特點的民俗生活時期。自秦一統天下，到漢代政治、經濟方面獲得極大發展；思想上獨尊儒術，更爲文化帶來了新鮮空氣。從秦漢到魏晉，再到隋代，除了固有的儀式之外，人們生活中還出現了形式紛繁的民俗活動。這些民俗活動在兼顧實用價值的同時，更具「娛耳目樂心意」之用〔註92〕。

　　百戲是秦漢以來最爲典型的民俗形式，不僅包括宮廷的倡優表演，還包括了各種雜耍伎藝等表演形式。可以說，百戲是從民俗娛樂到戲劇藝術過程中，鬧熱性生長的文化沃土。

　　春秋戰國，優戲極盛，各諸侯國宮中均可見到〔註93〕。最主要的原因，在於倡優本身演出內容與形式的趣味性、娛樂性和鬧熱性。各類優人的活動，逐漸在宮廷演出活動中成爲與儀式性表演相對立的娛樂性活動，然這種娛樂性表演並不單純，從表演過程來說，也不具備完善的戲劇性。任半塘先生云：

　　　　優職必有語，語責必有諫。〔註94〕

　　　　古俳優或優伶之所爲，應分三種：曰優笑、優諫、優戲。優戲
　　　　內有優笑、優諫；優笑、優諫，不必皆爲優戲。笑與諫之伎重在說
　　　　話，縱有簡單化裝與表演，卻無故事。〔註95〕

可見，優人表演肩負有更實際的政治功用——優諫。事實上，直到今天，我們所看到的優人活動之記載，大都與諷諫政治相關。無論是優孟諫莊王，還是優旃諫始皇帝、秦二世，雖「談言微中」〔註96〕，卻不乏戲謔風格。對嚴肅政治的戲謔嘲弄，本身就製造了鬧熱效果。試想朝堂之上、帝王面前，在

---

〔註92〕　按，司馬相如《上林賦》：「俳優侏儒，狄鞮之倡，所以娛耳目樂心意者，麗靡爛漫於前，靡曼美色於後。」參見〔梁〕蕭統編、〔唐〕李善注《文選》，上海：上海古籍出版社，1986年版，第一冊，第375頁。

〔註93〕　按，齊襄公「優笑在前，賢材在後」；鄭桓公「侏儒戚施，實御在側，近頑童也」；齊桓公「近優而遠士」等。分別參見《國語·齊語》、《國語·鄭語》，載上海師範大學古籍整理組校點《國語》，上海：上海古籍出版社，1978年版，上冊，第223、518頁。〔戰國〕韓非著、陳奇猷校注《韓非子新校注》，上海：上海古籍出版社，2000年版，下冊，第901頁。

〔註94〕　任二北《優語集》，上海：上海文藝出版社，1981年版，弁言，第2頁。

〔註95〕　任半塘《唐戲弄》（下），上海：上海古籍出版社，2006年版，第1003頁。

〔註96〕　《史記》卷一百二十六，「滑稽列傳第六十六」，北京：中華書局，1959年版，第3197頁。

眾大臣官員都畢恭畢敬、阿諛諂媚之時，突然來這麼一位優人，以其智慧詼諧的優語，博得滿堂歡喜，氣氛怎能不鬧熱？

至於優戲，這一時期最富代表性的就是「優孟衣冠」〔註97〕。優孟裝扮的孫叔敖以假亂真，被廣為流傳。若追溯演員表演，這段絕對經典。然宮廷優戲最早可以追溯到夏朝：

> 夏桀既棄禮義，淫於婦人，求美女積之後宮，收倡優、侏儒、
> 狎徒能奇偉戲者，聚之於旁，造爛漫之樂。〔註98〕

雖然這通常被認作荒淫無度的亡國之兆，幾成眾矢之的，但從中亦可窺見：其一，夏朝就已經存在優戲，可見優戲的源頭遠遠不僅在此；其二，夏桀主動收倡優、侏儒等優戲演員，並且以觀看他們的表演為樂，可知當時娛樂已經成為自覺要求；其三，我們雖難知曉其表演的具體內容和形式，但從寥寥數語可以清楚發現，「積」「聚」——表演活動的場面之大，「奇偉」「爛漫」——表演形式與內容的新奇不羈，宮廷優戲的鬧熱情形便可一目了然。

「百戲，正式的名詞為散樂，其制出於周代。」〔註99〕漢代以來，表演活動十分活躍，不僅種類多雜，且鬧熱程度更進一步，正所謂「百戲雜陳」。東漢張衡《西京賦》描寫到：

> 大駕幸乎平樂，張甲乙而襲翠被，攢珍寶之玩好，紛瑰麗以侈
> 靡，臨迴望之廣場，程角抵之妙戲。烏獲扛鼎，都盧尋橦。衝狹燕
> 濯，胸突銛鋒。跳丸劍之揮霍，走索上而相逢。華嶽峨峨，岡巒參
> 差。神木靈草，朱實離離。總會僊倡，戲豹舞羆。白虎鼓瑟，蒼龍
> 吹箎。女娥坐而長歌，聲清暢而蜲蛇。洪涯立而指麾，被毛羽之襳
> 襹。度曲未終，雲起雪飛。初若飄飄，後遂霏霏。復陸重閣，轉石
> 成雷。礔礰激而增響，磅礚象乎天威。巨獸百尋，是為曼延。神山
> 崔巍，欻從背見。熊虎升而挐攫，猿狖超而高援。怪獸陸梁，大雀
> 踆踆。白象行孕，垂鼻磷囷。海鱗變而成龍，狀蜿蜿以蝹蝹。含利
> 颬颬，化為仙車，驪駕四鹿，芝蓋九葩。蟾蜍與龜，水人弄蛇。奇
> 幻倏忽，易貌分形。吞刀吐火，雲霧杳冥。畫地成川，流渭通涇。

---

〔註97〕 按，參見《史記》卷一百二十六，「滑稽列傳第六十六」，北京：中華書局，1959年版，第3201～3202頁。

〔註98〕 《古列女傳‧孽嬖傳‧夏桀末喜》，參見〔西漢〕劉向編撰、顧愷之圖畫《古烈女傳》，北京：中華書局，1985年版，第189頁。

〔註99〕 周貽白《中國戲劇史長編》，上海：上海書店出版社，2004年版，第21頁。

　　東海黃公，赤刀粵祝。冀厭白虎，卒不能救。挾邪作蠱，於是不售。
爾乃建戲車，樹修游。俳僮程材，上下翩翩。突倒投而跟絓，譬隕
絕而復聯。百馬同轡，騁足並馳。橦末之技，態不可彌。彎弓射乎
西羌，又顧發乎鮮卑。〔註100〕

可見，漢代之百戲如此繁榮，不僅有「扛鼎」「尋橦」「衝狹」「燕躍」「跳丸」
「走索」「俳僮程材」等雜技雜藝的表演；還有「易貌分形」「吞刀吐火」等
奇異幻妙、驚心動魄的魔術表演；甚至還有被學界所認定的準戲劇表演──
「總會仙唱」和「東海黃公」。這一廣場表演，規模之宏大，形式之繁多，堪
比當代的大型演出。而且整體過程安排合理，娛樂性極強：競技表演──雜
技表演──準戲劇表演──魔術表演──準戲劇表演──雜技表演。表演雖
類型不同，卻個個精彩，絕無雷同，氣勢磅礡，熱鬧非凡。「於是眾變盡，心
醒醉。般樂極，悵懷萃」〔註101〕，演出結束，人們依依不捨地沉醉於鬧熱表
演中，那種快樂極致的感受，實難忘懷。總之，百戲表演是十足的娛樂性、
鬧熱性活動。

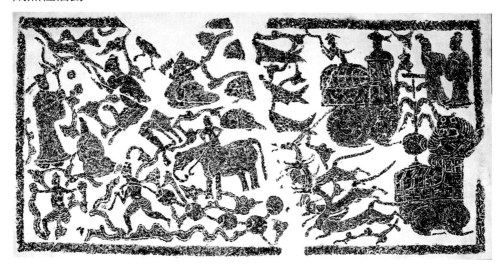

**圖 1-5　漢代畫像石之百戲圖（現存徐州市畫像石館，邵振奇提供）**

　　此外，漢代百戲的活躍程度，亦有實物可證。現存出土的漢代畫像石中，

〔註100〕〔梁〕蕭統編、〔唐〕李善注《文選》，上海：上海古籍出版社，1986 年版，
　　　　第一冊，第 75～77 頁。
〔註101〕〔梁〕蕭統編、〔唐〕李善注《文選》，上海：上海古籍出版社，1986 年版，
　　　　第一冊，第 77 頁。

有大量關於百戲表演的內容。圖 1-7 所反映的百戲內容就有吐火表演（左上角第一人）、大力士表演（左下角第二人）、車技表演（右側）等〔註 102〕。其中車技表演的兩輛花車，一為三魚駕車、一為三龍駕車，簡直就是「魚龍曼衍」的車戲版〔註 103〕。而諸如此類的百戲畫像石還有很多。

　　從魏晉到隋代，隨著生產力的提高，散樂愈盛，娛樂性、鬧熱性也愈強。隋煬帝時百戲展演達到史上之最：

> 及大業二年，突厥染干來朝，煬帝欲誇之，總追四方散樂，大集東都。初於芳華苑積翠池側，帝帷宮女觀之。有舍利先來，戲於場內，須臾跳躍，激水滿衢，黿鼉龜鼈，水人蟲魚，遍覆於地。又有大鯨魚，噴霧翳日，倏忽化成黃龍，長七八丈，聳踴而出，名曰《黃龍變》。又以繩繫兩柱，相去十丈，遣二倡女，對舞繩上，相逢切肩而過，歌舞不輟。又為夏育扛鼎，取車輪石臼大甕器等，各於掌上而跳弄之。並二人戴竿，其上有舞，忽然騰透而換易之。又有神鼇負山，幻人吐火，千變萬化，曠古莫儔。染干大駭之。自是皆於太常教習。每歲正月，萬國來朝，留至十五日，於端門外，建國門內，綿亙八里，列為戲場。百官起棚夾路，從昏達旦，以縱觀之。至晦而罷。伎人皆衣錦繡繒綵。其歌舞者，多為婦人服，鳴環佩，飾以花毦者，殆三萬人。……百戲之盛，振古無比。自是每年以為常焉。〔註 104〕

隋煬帝集全國之力，將百戲的盛大場面推向至極，成為民俗活動的全部內容。至此，百戲的民俗性也隨之達到了頂峰，可謂「為鬧熱而鬧熱，為娛樂而娛樂」。

　　總之，鬧熱性極強的百戲是孕育中國戲劇的文化土壤，是傳統戲劇鬧熱性的母體，給予了鬧熱性之先天性基因。值得注意的是，百戲入唐之後逐漸轉化，雖喪失了民俗娛樂的主角地位，但取而代之的卻是更具戲劇性的藝術

---

〔註 102〕邵振奇《徐州地區漢樂舞百戲畫像石考略》，《中華戲曲》第 40 輯，第 79～80 頁。按，該畫像石最早由王德慶於 1958 年公佈，參見王德慶《江蘇發現的一批漢代畫像石》，《文物》1958 年第 4 期。

〔註 103〕按，漢武帝時有「魚龍曼衍」之戲：「設酒池肉林以饗四夷之客，作巴俞都盧、海中碭極、漫衍魚龍、角抵之戲以觀視之。」參見《漢書》卷九十六（下），「西域傳」，北京：中華書局，1962 年版，第 3928 頁。

〔註 104〕《隋書》卷十五，志第十「音樂下」，北京：中華書局，1973 年版，第 381 頁。

形式——雜劇。因此，唐代是開啓中國戲劇從民俗走向藝術的時代。

綜上，民俗演藝階段的前期是鬧熱性從原始儀式形態轉化爲民俗娛樂形態的時期，春秋以來的「禮崩樂壞」爲這種轉變提供了契機，而秦漢以來的百戲又是傳統戲劇鬧熱性生長的文化土壤。這一時期，鬧熱性伴隨民俗活動的娛樂性發展而漸強，爲傳統戲劇成熟提供了必要的基礎條件。

# 第三節　發生的直接原因

如果說原始鬧熱性是傳統戲劇鬧熱性的遠源，那麼民俗活動則爲戲曲鬧熱性發生之沃土，其具有娛樂特質的民俗鬧熱性成爲戲曲鬧熱性的直接源動力。民俗演藝階段的後期，即唐、宋、金時期，是戲劇藝術的形成階段，同時也是戲劇成熟（戲曲藝術誕生）的關鍵階段。這一時期，傳統戲劇鬧熱性的直接成因，來自鬧熱的民俗生活——既有平日的市井生活，也有節日的鬧熱民俗活動，這一切奠定了傳統戲劇鬧熱的審美需求。

## 一、鬧熱的市井生活與賽社演劇

唐宋以來，經濟社會不斷進步，物質方面較之前代，已極大豐富；城市的發展、市民階層的形成，又爲休閒娛樂文化的發展提供了必要條件，這也是戲劇藝術發展的絕好良機。另一方面，傳統的民間祭儀仍然存在，並且注入了更多的民俗內涵，純粹的儀式性程序成爲外殼，而其中的賽社演劇卻成爲了活動的主要內容，正所謂「儀式其表，娛樂其裏」。

### （一）鬧熱的市井生活

有唐一代，社會經濟發展，物質生產豐富，人民生活殷實。杜甫《憶昔二首》之二寫道：

憶昔開元全盛日，小邑猶藏萬家室。
稻米流脂粟米白，公私倉廩俱豐實。
九州道路無豺虎，遠行不勞吉日出。
齊紈魯縞車班班，男耕女桑不相失。……〔註105〕

商品經濟的發展，使得唐代出現了以「東西二京」「揚益二州」爲代表的

---

〔註105〕〔清〕彭定求等編、中華書局編輯部點校《全唐詩》（增訂本）卷二二〇，北京：中華書局，1999年版，第四冊，第2328～2329頁。

商業大都市。消費市場也伴隨而來，娛樂行業遂興。王建《夜看揚州市》詩，就寫出了揚州娛樂行業的繁榮與熱鬧：

> 夜市千燈照碧雲，高樓紅袖客紛紛。
>
> 如今不似時平日，猶自笙歌徹曉聞。〔註106〕

晚唐至五代時期，「坊市制」逐步瓦解，到北宋仁宗時期徹底廢除。商業貿易在時間、空間上的障礙不復存在，因而宋代的市井繁榮程度更勝唐一籌，出現了「夜市直至三更盡，才五更又復開張。如要鬧去處，通曉不絕」的鬧熱生活景象〔註107〕。北宋東京更是成為了空前繁榮的大都市──「八荒爭湊，萬國咸通。集四海之珍奇，皆歸市易；會寰區之異味，悉在庖廚。花光滿路，何限春遊，簫鼓喧空，幾家夜宴。伎巧則驚人耳目，侈奢則長人精神。」〔註108〕隨著市民階層的崛起，消費活動更加豐富，在東京不僅有各種美食，如「鶉兔鳩鴿野味」「螃蟹」「蛤蜊」「酥蜜食」「棗錮」「澄砂團子」「香糖果子」「蜜煎雕花之類」等；還有大小瓦舍供人娛樂，如桑家瓦子、朱家橋瓦子、州西瓦子、梁門大街亞其裏瓦、保康門瓦子、襖廟斜街州北瓦子等〔註109〕。瓦舍規模不一，《東京夢華錄》卷二「東角樓街巷」載：

> 街南桑家瓦子，近北則中瓦，次裏瓦。其中大小勾欄五十餘座。
>
> 內中瓦子蓮花棚、牡丹棚；裏瓦子夜叉棚；象棚最大，可容數千人。
>
> 自丁先現、王團子、張七聖輩，後來可有人於此作場。瓦中多有貨藥、賣卦、喝故衣、探搏、飲食、剃剪、紙畫、令曲之類。終日居此，不覺抵暮。〔註110〕

南宋臨安的瓦舍數量更多一些，城內五大瓦市，以北瓦最大；城外更是林立了二十座瓦子〔註111〕。這也足以看出當時百姓的娛樂需求之高。

瓦舍之內，應有盡有，娛樂活動繁多。有小唱、嘌唱、小說、講史、散

〔註106〕〔清〕彭定求等編、中華書局編輯部點校《全唐詩》（增訂本）卷三〇一，北京：中華書局，1999年版，第五冊，第3425頁。

〔註107〕〔宋〕孟元老《東京夢華錄》，北京：中國商業出版社，1982年版，第22頁。

〔註108〕〔宋〕孟元老《東京夢華錄》，北京：中國商業出版社，1982年版，「夢華錄序」，第1頁。

〔註109〕參見〔宋〕孟元老《東京夢華錄》卷二、卷三，北京：中國商業出版社，1982年版。

〔註110〕〔宋〕孟元老《東京夢華錄》，北京：中國商業出版社，1982年版，第15頁。

〔註111〕參見〔宋〕西湖老人《西湖老人繁勝錄》，「瓦市」條，北京：中國商業出版社，1982年版，第16～17頁。

樂、弄蟲蟻、諸宮調、商謎、合生、叫果子等曲藝雜技類的娛樂遊戲項目；
還有搬雜劇、雜扮、傀儡、影戲等準戲劇表演內容〔註112〕。南宋時，聚於瓦
舍的諸種伎藝愈加多了。其中「散樂，傳學教坊十三部，唯以雜劇爲正色。」
〔註113〕可見，這時的雜劇已經成爲了獨立的戲劇藝術樣式。

　　瓦舍之外，各種表演，仍舊異彩紛呈。《武林舊事》卷六「瓦子勾欄」載：
「或有路歧，不入勾欄，只在要鬧寬闊之處做場者，謂之『打野呵』，此又藝
之次者。」〔註114〕這些路歧藝人，多爲外地進城謀生計的表演者，無法進駐
勾欄演出，多選於來往行人聚集之處，隨時作場，有的演技甚高，也吸引了
諸多觀者圍看，故勾欄之外的表演也異常熱鬧。《都城紀勝》「市井」條載：「如
執政府牆下空地，諸色路岐人，在此作場，尤爲駢闐。」〔註115〕

　　要之，兩宋時期的市井生活，相對於前朝，是變革性的突破。表演伎藝
繁多，演出場面鬧熱，昭示了戲劇藝術與民俗生活的關係，也可以十分明確
地斷定，戲曲鬧熱性是由民俗鬧熱性發展而來的。

**圖 1-6　岩山寺壁畫（左為「酒樓市井圖」，右為「孩童戲耍圖」）**

〔註112〕參見〔宋〕孟元老《東京夢華錄》卷五，北京：中國商業出版社，1982 年版。
〔註113〕〔宋〕灌圃耐得翁《都城紀勝》，「瓦舍眾伎」條，北京：中國商業出版社，
　　　　1982 年版，第 8～9 頁。
〔註114〕〔宋〕周密《武林舊事》，北京：中國商業出版社，1982 年版，第 118 頁。
〔註115〕〔宋〕灌圃耐得翁《都城紀勝》，北京：中國商業出版社，1982 年版，第 3
　　　　頁。

　　遼金與南宋在政治和地理上形成對峙，文化方面卻承襲北宋。在北中國黃河流域，大量反映樂、戲等藝術的文物，印證了這一時代市井生活的鬧熱特徵。

　　1、壁畫藝術。寺觀、墓葬中存有大量的壁畫，不僅是繪畫藝術，更反映了作畫年代的社會生活。

　　現存山西省繁峙縣岩山寺的金代壁畫，同山西永樂宮元代壁畫一起，被譽爲山西壁畫的「雙璧」〔註116〕。其中西壁南部有一幅「酒樓市井圖」：跨河而建的酒樓、隨風而飄的酒幌；酒樓外喧囂的集市、來往的行人；酒樓內滿座的賓客、表演中的說唱藝人。這一切與《清明上河圖》中熙熙攘攘的街景、鬧市，如出一轍。另，東壁北隅有一幅關於影戲的「孩童戲耍圖」：一群嬉笑耍鬧的天眞孩童中，其中一位手持皮影，在亮子的一側表演影戲，而對面則有三位小觀眾，正在興趣盎然地觀看。《東京夢華錄》卷六「十六日」條云：「諸門皆有官中樂棚。萬街千巷，盡皆繁盛浩鬧。每一坊巷，無樂棚去處，多設小影戲棚子，以防本坊遊人小兒相失，以引聚之。」〔註117〕山西省孝義市1980年發現的兩座墓葬，均有幾個孩童戲耍影戲的壁畫——「有的吹著嗩吶，有的手操影人一起在草坪上鬧玩。」〔註118〕可見，影戲因其形象性和趣味性受到了孩子們的喜愛。

　　2、墓葬戲雕。中國喪葬儀俗，遵循「事死者如事生」的原則〔註119〕，因此在大量墓葬中都可以看到逝者生前生活的場景。在山西、河南、陝西等地，眾多的宋金墓葬中都有伎樂、雜劇、社火等有關戲劇藝術的雕刻，也說明戲劇藝術在當時的市井生活中根植頗深了。

　　以現存金代墓葬中的戲劇雕刻爲例，據車文明先生《20世紀戲曲文物的發現與曲學研究》附表D，共計有墓葬戲雕44組。其中山西31組，河南11組，遼寧1組，黑龍江1組〔註120〕。每一組戲雕都展現了戲劇表演的凝固瞬

〔註116〕拙文《山西繁峙岩山寺戲曲文物考》，《中華戲曲》第38輯，第91頁。

〔註117〕〔宋〕孟元老《東京夢華錄》，北京：中國商業出版社，1982年版，第41頁。

〔註118〕按，孝義新城東北側維修公路時發現了兩座古墓，時間分別爲北宋末期與元大德二年（1298），其中均有孩童戲耍影人的壁畫。分別參見張思聰、王萬萬《金斗山澗藏古花——孝義皮影概述》，載《山西劇種概説》，太原：山西人民出版社，1984年版，第486頁。《中國戲曲志·山西卷》，北京：中國ISBN中心出版社，2000年版，第136、7頁。

〔註119〕《禮記·祭禮》，載〔清〕阮元校刻《十三經注疏》，北京：中華書局，1980年版，下冊，第1592頁。

〔註120〕參見車文明《20世紀戲曲文物的發現與曲學研究》，北京：文化藝術出版社，

間，人物顯得活靈活現，表演極具神韻。這些正在表演的內容，是墓主人生前的最愛。因此，戲雕「一般多在墓室主壁之對面，以示爲主人獻演」〔註121〕。戲雕的表演情狀，也部分地還原了金代市井演劇的鬧熱場面。

山西稷山馬村段氏金墓 M2 墓室中，有一組特別的雜劇觀演浮雕（圖1-9）。墓室北壁爲墓主人夫婦宴飲浮雕：墓主人分坐在擺有茶果、點心的桌子兩側。正對面的南壁，則爲雜劇浮雕：演員四人，正在作場。墓主人夫婦一邊飲食茶品佳餚，一邊觀看戲劇表演，顯然是一幀市井生活畫面。

在段氏墓群中，九座墓室有六座出土了戲雕，這實屬罕見。而且段氏家族在金代早期，戲劇形成之際，就總結出「孝養家、食養生、戲養神」的「三善」之理〔註122〕。將戲劇與孝道、飲食並舉，認爲戲劇在日常生活中具有滋養和豐富精神世界的功用〔註123〕。這種民俗觀顯然不同於一直以來官方之於戲劇的觀念與態度，卻代表了民間對於戲劇功用的特殊體認。「戲養神」也從側面印證了在金代早期，戲劇已經完成了從娛神到娛人的過渡。

**圖 1-7　稷山馬村段氏 M2 磚雕（左爲墓主人宴飲圖，右爲雜劇作場圖）**

---

2001 年版，第 205～213 頁。

〔註121〕車文明《20 世紀戲曲文物的發現與曲學研究》，北京：文化藝術出版社，2001年版，第 17～18 頁。

〔註122〕按，2004 年 8 月 31 日在山西省稷山縣發現了金代末期鐫刻有銘文的方磚兩塊——「段氏刻銘磚」。其中 I 號銘磚頂側刻有「段氏善銘：孝養家、食養生、戲養神」字樣。參見延保全《戲養神：金代北方民間的戲曲觀——山西稷山金代段氏「戲養神」磚銘論》，《文藝研究》2005 年第 12 期，第 77～78 頁。

〔註123〕參見延保全《戲養神：金代北方民間的戲曲觀——山西稷山金代段氏「戲養神」磚銘論》，《文藝研究》2005 年第 12 期，第 77～85 頁。

此外，這組磚雕亦呈現了市井生活的另一事實，即飲食與觀劇是同時進行的。飲食發展與戲劇演進之關係，翁師敏華先生早在 20 世紀 80 年代末，就從史料記載中做出了總結。她認爲「兩宋在中國飲食史與戲劇史上，都具有特殊的意義」，「劇演當宴，邊看邊吃」——飲食與娛樂的時空結合，是中國戲劇觀演活動的一大特點，也是世界戲劇史上絕無僅有的〔註124〕。觀劇與宴飲，並行不悖；臺上與臺下，鬧熱同步——也成爲後世戲曲鬧熱性的具體表現。直至今日，逢年過節，美食、娛樂亦時空合一，歡樂鬧熱之情狀，自不待言。

### （二）鬧熱的賽社演劇

賽社是由上古農業祭儀活動發展而來的，是儀式活動的民俗化、世俗化產物，民間通常稱之爲「春祈秋報」。賽社有諸多別稱，如「賽會」「賽神」「酬神」等，涵蓋範圍極廣，祭祀儀禮、儺戲儺舞、歲時與神誕節日的慶祝活動都在其中。在賽社活動中，民俗娛樂性最強的莫過於各種表演內容，謂之「社火」。社火在祭祀和節慶活動中佔據十分重要的地位，其內容龐雜，規模很大，「是把一社之內的家家戶戶都『鬧』遍的一種活動，一種把社區內全體人員都調動起來、都牽連進去的活動。」〔註125〕因此，其最大特點是群眾性和鬧熱性，是百姓喜聞樂見的民間活動。賽社演劇，是社火表演內容中的狹義部分，主要指賽社活動中的戲劇演出，及其裝扮角色的其他表演行爲〔註126〕。

早在魏晉時期，寺廟的佛誕慶典就有了百戲表演的參與，《洛陽伽藍記》載：

長秋寺……四月四日，此像常出，辟邪獅子，導引其前。吞刀吐火，騰驤一面；彩幢上索，詭譎不常。奇伎異服，冠於都市。像停之處，觀者如堵。迭相踐躍，常有死人。〔註127〕

---

〔註124〕翁敏華《論兩宋的飲食習俗與戲劇演進》，《戲劇藝術》1988 年第 1 期，第 114 頁。

〔註125〕趙世瑜《狂歡與日常——明清以來的廟會與民間社會》，北京：三聯書店，2002 年版，第 247 頁。

〔註126〕按，車文明先生將賽社演劇定義爲：「以祈福禳災爲目的的宗教祭祀活動中的戲劇演出。」事實上，戲曲藝術誕生之後，更多地參與到賽社活動中，成爲了主要表演藝術形式。社火中仍然有很多其他形式的表演，如高蹺、抬閣、秧歌、賽舟、拔河等，此外河北蔚縣元宵節有諸如「打樹花」的絕活表演。在這些內容中，有些表演雖不演戲劇情節，只爲節日鬧熱，增添節日氣氛，但也裝扮了相關的戲劇角色，理應屬於演劇範疇。因此，本文的演劇概念範圍較「戲劇演出」的涵義更廣泛一些。

〔註127〕〔北魏〕楊炫之撰、徐高阮重別文注並校勘《重刊洛陽伽藍記》卷一，載杜潔祥主編《中國佛寺史志匯刊》第二輯、第二冊（202・203），臺北：明文書

宗聖寺……此像一出，市井皆空，炎光輝赫，獨絕世表。妙伎
雜樂，亞於劉騰。城東士女，多來此寺觀看也。〔註128〕

景明寺……四月七日……梵樂法音，聒動天地。百戲騰驤，所
在駢比。名僧德眾，負錫爲群，信徒法侶，持花成藪。車騎塡咽，
繁衍相傾。〔註129〕

佛誕活動，熱鬧非凡，這一畫面堪稱洛陽版「上河圖」。佛誕盛世，民間雜耍
伎藝表演亦來助興──「吞刀吐火」「彩幢上索」「奇伎異服」「妙伎雜樂」，
可謂「百戲騰驤」。鬧熱充斥其間，表演得精彩，看熱鬧的人自然也會很多
──「觀者如堵」「車騎塡咽」，可謂萬人空巷。

宋金時期，賽社演劇更爲盛大，演劇內容愈加多樣。《東京夢華錄》卷八
「六月六日崔府君生日二十四日神保觀神生日」條載：

六月六日州北崔府君生日，多有獻送，無盛如此。二十四日州
西灌口二郎生日，最爲繁盛。廟在萬勝門外一里許，敕賜神保觀。
二十三日御前獻送後苑作與書藝局等處製造戲玩，如球杖、彈弓、
戈射之具，鞍轡、銜勒、樊籠之類，悉皆精巧，作樂迎引至廟，於
殿前露臺上設樂棚，教坊均容直作樂，更互雜劇舞旋。太官局供食，
連夜二十四盞，各有節次。至二十四日，夜五更爭燒頭爐香，有在
廟止宿，夜半起以爭先者。天曉，諸司及諸行百姓獻送甚多。其社
火呈於露臺之上，所獻之物，動以萬數。自早呈拽百戲，如上竿、
趯弄、跳索、相撲、鼓板、小唱、鬥雞、說諢話、雜扮、商謎、合
笙、喬筋骨、喬相樸、浪子、雜劇、叫果子、學象生、倬刀、裝鬼、
砑鼓、牌棒、道術之類，色色有之。至暮呈拽不盡。殿前兩幡竿，
高數十丈，左則京城所，右則修內司，搭材分占上竿呈藝解。或竿尖
立橫木列於其上，裝神鬼，吐煙火，甚危險駭人。至夕而罷。〔註130〕

局，1980 年版，第 34 頁。

〔註128〕〔北魏〕楊炫之撰、徐高阮重別文注並校勘《重刊洛陽伽藍記》卷二，載杜
潔祥主編《中國佛寺史志匯刊》第二輯、第二冊（202・203），臺北：明文書
局，1980 年版，第 44 頁。

〔註129〕〔北魏〕楊炫之撰、徐高阮重別文注並校勘《重刊洛陽伽藍記》卷三，載杜
潔祥主編《中國佛寺史志匯刊》第二輯、第二冊（202・203），臺北：明文書
局，1980 年版，第 61〜62 頁。

〔註130〕〔宋〕孟元老《東京夢華錄》，北京：中國商業出版社，1982 年版，第 52〜
53 頁。

此番景象，實乃「百戲騰驤」。北宋東京，立春、元宵、清明、中元、天寧、除夕等節日裏都有鬧熱的演劇活動。

南渡偏安後，南宋臨安的賽社演劇較之東京，熱鬧程度不僅未減，還出現了專門的行會組織——「社會」。「諸寨建立聖殿者，具有社會，諸行亦有獻供之社。……每遇神聖誕日，諸行市戶，俱有社會迎獻不一。」〔註131〕《武林舊事》卷三「社會」條按照伎藝分類記載如下：

> 二月八日爲桐川張王生辰，震山行宮朝拜極盛，百戲競集，如緋綠社（雜劇）、齊雲社（蹴球）、過雲社（唱賺）、同文社（耍詞）、角觝社（相撲）、清音社（清樂）、錦標社（射弩）、錦體社（花繡）、英略社（使棒）、雄辯社（小說）、翠錦社（行院）、繪革社（影戲）、淨髮社（梳剃）、律華社（吟叫）、雲機社（撮弄）。而七寶、濟馬二會爲最。……若三月三日殿司眞武會，三月二十八日東嶽生辰社會之盛，大率類此，不暇贅陳。〔註132〕

這樣的「社會」組織，一直到民國時期，都是賽社活動的主要組織形式，其活動也成爲了「鬧熱」之代名詞。

圖 1-8　二郎廟金代戲臺（左圖現存山西師大戲曲文物博物館，右爲筆者 2007 年攝）

現存的戲劇文物中也可以反映出宋金時期賽社演劇的鬧熱情狀。雖然北

---

〔註131〕〔宋〕吳自牧《夢粱錄》卷十九，「社會」，北京：中國商業出版社，1982 年版，第 167～168 頁。

〔註132〕〔宋〕周密《武林舊事》，北京：中國商業出版社，1982 年版，第 45 頁。按，括弧內爲作者原注。

宋有露臺〔註133〕、舞亭〔註134〕，供以演劇酬神，卻無典型實例遺存。而金代戲臺卻有2座，均在山西〔註135〕。其中，我國現存最早的神廟舞臺建築──山西高平市王報鄉王報村二郎廟戲臺，其建築年代爲金大定二十三年（1183）確鑿無疑〔註136〕。這些都是當時賽社演劇活動的有力證據。

此外，戲劇磚雕也反映出賽社演劇的鬧熱態勢。如河南洛寧縣上村墓雜劇社火雕磚將「社火表演與雜劇表演混合在一起雕出」，說明「這種戲劇與雜技、把戲合演的方式，能夠增加熱鬧紅火的氣氛，故爲民間所歡迎，而在墓葬雕刻中也體現出來。」〔註137〕這恰反映了雜劇與社火的相互依存關係，也印證了戲劇鬧熱與社火鬧熱的一致性，而且亦爲文獻記載之實物補證。

總之，戲劇文物與戲劇藝術的發展相表裏，戲劇文物發掘越多，說明演劇活動越繁盛。宋金時期的戲臺建築、戲劇磚雕等遺存，正是當年賽社演劇活動繁榮鬧熱的最佳證明。

## 二、鬧熱的節日生活──以元宵節爲主要例證

節日是在社會發展中所形成的特有的文化現象，同時也是民俗生活中包容性極強，且占主導地位的一項重要內容。節日作爲「古代信仰物化形態的一種遺留」，是具有儀式性的；「最早的節俗活動，意在敬天、祈年、驅災、避邪」，然經過歷史的發展與沉澱，節日與其他民俗活動一樣，逐漸脫離最初

---

〔註133〕按，《東京夢華錄》卷七「駕登寶津樓諸軍呈百戲」條曰：「繼而露臺弟子雜劇一段」。參見〔宋〕孟元老《東京夢華錄》，北京：中國商業出版社，1982年版，第43頁。

〔註134〕按，北宋天禧四年（1020）裴僅撰《河中府萬泉縣新建后土聖母廟記》碑陰云：「修舞亭都維那頭李廷訓等」，這是「目前國內所見神廟劇場大體成型的最早記載」。參見馮俊傑《戲劇與考古》，北京：文化藝術出版社，2002年版，第350～357頁。

〔註135〕按，兩座金代戲臺分別爲：山西高平市王報村二郎廟金大定二十三年（1183）戲臺、山西陽城縣下交村成湯廟金大安三年（1211）戲臺。參見馮俊傑《山西神廟劇場考》，北京：中華書局，2006年版。

〔註136〕按，馮俊傑先生曾於1998年6月30日和2001年5月3日兩次前往二郎廟進行前期考察，並在戲臺的須彌座臺基上發現了記錄年代和建造者的銘文。先生撰文《中國現存時代最早的神廟戲臺》，並發出「這座戲臺正面臨倒塌的危險，希望有關部門趕快搶救」的呼籲。2006年國務院公佈第六批全國重點文物保護單位，二郎廟名列其中。

〔註137〕廖奔《宋元戲曲文物與民俗》，北京：文化藝術出版社，1989年版，第427頁。

的信仰外衣，轉而成爲生活中不能缺失的部分。生活意味愈濃，人情味也愈濃，儀式遂退卻其尊，演變成一種「有意味的形式」。在這個過程中，傳統節日以滿足人們物質和精神生活需要爲目的，對與其相關、相似的民俗活動和事項兼收並蓄，「集信仰的、經濟的、社交的、娛樂的等多種功能於一身，成爲中國廣大民眾生活必不可少的組成部分」。〔註138〕

節日是人民生活的一部分，卻是生活中非常態、特殊的部分——「第二種生活」〔註139〕；「節慶活動（任何節慶活動）都是人類文化極其重要的第一性形式。」〔註140〕因此，其形態、內容，都與日常生活有所區別，卻又是人們平日物質與精神生活的集中體現——狂歡式的生活。中國人過節，目的是祈求吉祥平安，過程則要圖個熱熱鬧鬧。過節過得熱鬧，才能讓人心滿意足。中國的傳統節日，均具鬧熱特徵，很多被冠以「鬧」名，如「鬧元宵」「鬧清明」「鬧中秋」等，其所特有的，即節慶中呈現的鬧熱狀態，以及人們在狂歡過程中所體會的鬧熱感。如果說民俗節日的「我們感」體現了民族性的話，那麼「鬧熱感」就是對這種民族性的詮釋。因此，節日之狂歡與其所具有的民俗鬧熱性是統一的。

元宵節是中國人的「狂歡節」，「體現了中國民眾特有的狂歡精神」〔註141〕，是鬧熱性節日的典型代表。元宵節也稱「燈節」，張燈放燈、觀燈賞燈，是其中重要的節俗。有詩云——「今宵閒殺團團月，多少遊人只看燈」〔註142〕；「誰家見月能閒坐，何處聞燈不看來」〔註143〕。這與上古火祭不無關聯，可

〔註138〕鍾敬文《民俗學概論》，上海：上海文藝出版社，1998 年版，第 152～153 頁。

〔註139〕《弗朗索瓦·拉伯雷的創作與中世紀和文藝復興時期的民間文化導言》，載〔俄〕巴赫金著、李兆林、夏忠憲等譯《巴赫金全集》第六卷，石家莊：河北教育出版社，2009 年版，第 6 頁。

〔註140〕《弗朗索瓦·拉伯雷的創作與中世紀和文藝復興時期的民間文化導言》，載〔俄〕巴赫金著、李兆林、夏忠憲等譯《巴赫金全集》第六卷，石家莊：河北教育出版社，2009 年版，第 10 頁。

〔註141〕蕭放《歲時——傳統中國民眾的時間生活》，北京：中華書局，2002 年版，第 132 頁。

〔註142〕按，清代梁同書（字元穎）《元夕前門觀燈》詩：「細馬輕車巷陌騰，好春又是一番增。今宵閒殺團團月，多少遊人只看燈。」轉引自葉大兵、烏丙安主編《中國風俗辭典》，歲時·節日類「元宵節」條，上海：上海辭書出版社，1990 年版，第 16 頁。

〔註143〕按，出自崔液《上元夜六首》之一，參見〔清〕彭定求等編、中華書局編輯部點校《全唐詩》（增訂本）卷五四，北京：中華書局，1999 年版，第一冊，第 669 頁。

見起源甚早〔註144〕。原始先民認爲「火是一尊神，或至少是神的顯靈」〔註
145〕，能帶給人們溫暖、光明、健康、力量，代表了一種希望。火在儺祭儀式
中具有驅除邪惡的功能，所謂「煌火馳而星流，逐赤疫於四裔」〔註146〕。而
火本身又具生活之用，無論是取暖、烹食、照明，都離不開它。再則，火之
色彩，燃燒之性狀，又令其包含有紅紅火火、興旺發達之美好涵義。因此，
在多日寒冷的夜晚，元宵節慶活動，必然少不了火的參與。人們將所有關於
火的積極色彩，都浸入其中，節日被賦予了更豐富的意義，也就愈加顯得紅
火熱鬧了。總之，元宵節離不開一個「鬧」字，是一個不折不扣的「鬧節」
——「鬧元宵」「鬧社火」「鬧花燈」「鬧傘」〔註147〕「鬧秧歌」等等。相比除
夕，元宵節人們走到戶外，喧鬧過節的鬧熱性更勝一籌。這種鬧熱不僅具有
耳濡目染的感官效應，更具有激蕩心頭的心理快感。

　　元宵節在漢魏以後逐漸成爲真正的民俗節日〔註148〕，民俗演藝進入元宵
節俗肇始於隋代，元宵節的民俗鬧熱性也由此奠定，「今人元宵行樂，蓋始盛
於此。」〔註149〕《隋書》卷六二「柳彧傳」載：

　　　　見近代以來，都邑百姓每至正月十五日，作角抵之戲，遞相誇
　　競，至於糜費財力，上奏請禁絕之，曰：「臣聞昔者明王訓民治國，
　　率履法度，動由禮典。非法不服，非道不行。道路不同，男女有別，

---

〔註144〕按，元宵節起源眾說紛紜，莫衷一是，一般而言，有三種較爲權威的說法
　　　　——漢武帝太一神祭祀起源說、佛教起源說、道教起源說。此外，另有一新
　　　　說認爲「元宵節的節期和民俗活動都與上古時期的農業祭祀活動『孟春元日
　　　　祈穀』有著淵源關係，」並認定「『孟春元日祈穀』爲後世『元宵節』的濫觴」。
　　　　參見韓梅《元宵節起源新論》，《浙江大學學報》（人文社會科學版）2010 年
　　　　第 4 期，第 102 頁。
〔註145〕〔美〕斯蒂芬·J·派因著、梅雪芹等譯、陳蓉霞校《火之簡史》，北京：三
　　　　聯書店，2006 年版，第 34 頁。
〔註146〕〔東漢〕張衡《東京賦》，載〔梁〕蕭統編、〔唐〕李善注《文選》，上海：上
　　　　海古籍出版社，1986 年版，第一冊，第 123 頁。
〔註147〕按，「張燈如雨蓋，名曰『鬧傘』。」參見〔清〕陳汝咸修、施錫衛再續纂修
　　　　《光緒漳浦縣志》卷三，「風土上」，漳州古宋承印（鉛印本），民國二十五年
　　　　（1936）版。
〔註148〕按，南北朝就有諸多節俗產生，如祭門、迎紫姑的風俗。參見蕭放《歲時——
　　　　傳統中國民眾的時間生活》，北京：中華書局，2002 年版，第 123 頁。
〔註149〕〔宋〕司馬光編著、〔元〕胡三省音注、「標點資治通鑒小組」點校《資治通
　　　　鑒》卷一百八十一，「隋紀五」，北京：中華書局，1956 年版，第十二冊，第
　　　　5649 頁。

防其邪僻，納諸軌度。竊見京邑，爰及外州，每以正月望夜，充街
塞陌，聚戲朋遊。鳴鼓聒天，燎炬照地，人戴獸面，男為女服，倡
優雜技，詭狀異形。以穢嫚為歡娛，用鄙褻為笑樂，內外共觀，曾
不相避。高棚跨路，廣幕陵雲，袨服靚妝，車馬填噎。肴醑肆陳，
絲竹繁會，竭貲破產，竟此一時。盡室並孥，無問貴賤，男女混雜，
緇素不分。穢行因此而生，盜賊由斯而起。浸以成俗，實有由來，
因循敝風，曾無先覺。非益於化，實損於民。請頒行天下，並即禁
斷。康哉《雅》、《頌》，足美盛德之形容，鼓腹行歌，自表無為之至
樂。敢有犯者，請以故違敕論。」詔可其奏。〔註150〕

由於元宵節活動大盛，隋開皇十七年（597），御史柳彧向隋文帝上奏，認為
這類活動，不循禮教，傷風敗俗，有礙風化，請求禁止元宵習俗。

隋文帝雖准其奏章，但對於元宵節俗活動的抑制卻並未持續太久。隋煬
帝登基之後，元宵節娛樂活動，遂又大興，規模空前，登峰造極：「每歲正月，
萬國來朝，留至十五日，於端門外，建國門內，綿亘八里，列為戲場。百官
起棚夾路，從昏達旦，以縱觀之。……大列炬火，光燭天地，百戲之盛，振
古無比。自是每年以為常焉。」〔註151〕隋煬帝的好大喜功，客觀上也為元宵
節及其習俗確立了合法地位。

隋代元宵節之鬧熱，不僅影響後世元宵節俗的性質，而且准戲劇演藝活
動進入元宵節俗，也直接為戲曲鬧熱性框定了輪廓，具有突破意義。

第一，元宵節之鬧熱表現為一種「節慶性」〔註152〕，而非生活中的小熱
鬧。它既是「充街塞陌，聚戲朋遊」的全民的狂歡性活動，也是「無問貴賤，
男女混雜」的反傳統性、非生活常態性活動。

第二，元宵節之鬧熱是有聲有色的，具有感官效應。它既有「鳴鼓聒天」
的「聲之喧」，也有「燎炬照地」的「色之炫」。

第三，元宵節之鬧熱是娛樂身心的，具有心理快感。「以穢嫚為歡娛，用

---

〔註150〕《隋書》卷六十二，列傳第二十七「柳彧」，北京：中華書局，1973 年版，
第 1483～1484 頁。
〔註151〕《隋書》卷十五，志第十「音樂下」，北京：中華書局，1973 年版，第 381 頁。
〔註152〕按，巴赫金將「節慶性」概括為歐洲「中世紀一切詼諧的儀式——演出形式的
本質特點」，認為「節慶性成為民眾暫時進入全民共享、自由、平等和富足的烏
托邦王國的第二種生活形式。」參見〔俄〕巴赫金著、李兆林、夏忠憲等譯《巴
赫金全集》第六卷，石家莊：河北教育出版社，2009 年版，第 10～11 頁。

鄙褻爲笑樂」的笑鬧，給人以放鬆之快。

第四，元宵節之鬧熱，既少不了「角抵之戲」的競技性表演，也不乏「人戴獸面，男爲女服，倡優雜技」，一路歡鬧的巡演。

總之，元宵節的民俗鬧熱性之於戲曲鬧熱性的直接影響，由隋開始，並爲後世所傳承。

唐代有嚴格的「宵禁」政策〔註153〕，然元宵節卻不在限制之內。《西都雜記》「金吾禁夜」條云：「西都京城街衢，有金吾曉暝傳呼，以禁夜行；惟正月十五日夜，敕許金吾弛村，前後各一日。」〔註154〕這種「對規範著日常生活的規則的逆轉」〔註155〕，爲元宵節之鬧熱提供了必要條件。《大唐新語》就記錄了中宗時期，京畿內外，舉國若狂之象：

> 神龍之際，京城正月望日，盛飾燈影之會。金吾弛禁，特許夜
> 行。貴遊戚屬，及下隸工賈，無不夜遊。車馬駢闐，人不得顧。王
> 主之家，馬上作樂以相誇競。〔註156〕

元宵三日「金吾不禁」，遊人如織，火樹銀花，夜如白晝，好不熱鬧！文人騷客，用詩歌來描摹元宵之「鬧」。蘇味道《正月十五夜》云：

> 火樹銀花合，星橋鐵鎖開。暗塵隨馬去，明月逐人來。
> 遊伎皆穠李，行歌盡落梅。金吾不禁夜，玉漏莫相催。〔註157〕

盧照鄰《十五夜觀燈》則描繪了元宵節璀璨的燈火：「縟彩遙分地，繁光遠綴天。接漢疑星落，依樓似月懸。」〔註158〕長安之外，亦熱鬧非凡。《集異

〔註153〕按，《唐律疏議·雜律十八》「犯夜」條云：「『諸犯夜者，笞二十；有故者，不坐。』《疏》議曰：《宮衛令》：『五更三籌，順天門擊鼓，聽人行。晝漏盡，順天門擊鼓四百搥訖，閉門。後更擊六百搥，坊門皆閉，禁人行。』違者，笞二十。故注云『閉門鼓後、開門鼓前，有行者，皆爲犯夜』。」參見〔唐〕長孫無忌等撰、劉俊文點校《唐律疏議》，北京：中華書局，1983 年版，第 489～490 頁。

〔註154〕〔唐〕葛述《西京雜記》，見《說郛一百二十卷》卷六十，載〔明〕陶宗儀等編《說郛三種》，上海：上海古籍出版社，1988 年版，第 2794 頁。

〔註155〕〔美〕約翰·費斯克著、楊全強譯《解讀大眾文化》，南京：南京大學出版社，2001 年版，第 148 頁。

〔註156〕〔唐〕劉肅撰、許德楠、李鼎霞點校《大唐新語》，北京：中華書局，1984 年版，第 127～128 頁。

〔註157〕〔清〕彭定求等編、中華書局編輯部點校《全唐詩》（增訂本）卷六五，北京：中華書局，1999 年版，第二冊，第 750 頁。

〔註158〕〔清〕彭定求等編、中華書局編輯部點校《全唐詩》（增訂本）卷四二，北京：中華書局，1999 年版，第一冊，第 526 頁。

記》載江陵一帶之元宵舊俗：「孟春望夕，尚列彩燈。其時士女緣江，駢闐縱觀。」〔註159〕元宵賞燈，人山人海，燈下踏歌的表演活動，則更顯鬧熱。《舊唐書‧睿宗紀》載：「（先天）二年春正月……上元日夜，上皇御安福門觀燈，出內人連袂踏歌，縱百僚觀之，一夜方罷。」〔註160〕張鷟《朝野僉載》則記載更為具體：

> 睿宗先天二年正月十五、十六夜，於京師安福門外作燈輪高二
> 十丈，衣以錦綺，飾以金玉，燃五萬盞燈，簇之如花樹。宮女千數，
> 衣羅綺，曳錦繡，耀珠翠，施香粉。一花冠、一巾帔皆萬錢。裝束
> 一妓女皆至三百貫。妙簡長安、萬年少女婦千餘人，衣服、花釵、
> 媚子亦稱是，於燈輪下踏歌三日夜，歡樂之極，未始有之。〔註161〕

節日燈火，絢麗奪目，流光溢彩，讓人應接不暇。千餘女子在巨大的燈輪下踏歌三日夜，這般歡娛，甚是空前，鬧熱至極。

宋代元宵節較之前朝，不僅場面規模越來越大，而且節俗內容越來越豐富。其鬧熱特點主要體現為：

第一，宋代元宵節狂歡時間更長，從唐代的三天延至五天。《燕翼詒謀錄》卷三曰：

> （北宋）太祖乾德五年正月甲辰，詔曰：「上元張燈，舊止三夜，
> 今朝廷無事，區宇乂安，方當年穀之豐登，宜縱士民之行樂，其令
> 開封府更放十七、十八兩夜燈。」後遂為例。〔註162〕

第二，元宵遊藝玩賞之規模更為宏大。《春明退朝錄》卷中載：

> 唐明皇先天中，東都設燈，文宗開成中，建燈迎三宮太后。是
> 則唐以前歲不常設。本朝太宗時，三元不禁夜，上元御乾元門，中
> 元、下元御東華門，後罷中元、下元二節，而初元遊觀之盛，冠於
> 前代。〔註163〕

〔註159〕〔唐〕薛用弱《集異記》補編，「李子牟」條，北京：中華書局，1980 年版，
　　　　第 29 頁。

〔註160〕《舊唐書》卷七，北京：中華書局，1975 年版，第 161 頁。

〔註161〕〔唐〕張鷟撰、趙守儼點校《朝野僉載》卷三，北京：中華書局，1979 年版，
　　　　第 69 頁。

〔註162〕〔宋〕王栐撰、誠剛點校《燕翼詒謀錄》卷三，北京：中華書局，1981 年版，
　　　　第 25 頁。

〔註163〕〔宋〕宋敏求撰、誠剛點校《春明退朝錄》卷中，北京：中華書局，1980 年
　　　　版，第 29 頁。

第三，宋代元宵不僅觀燈，亦觀看鬧熱的準戲劇表演。

宋時燈種繁多，花樣時新。《武林舊事》「燈品」條記載有無骨燈、魚燈、珠子燈、羊皮燈、羅帛燈、蠟紙燈、走馬燈、沙戲影燈、絹燈等〔註164〕。燈飾美觀出新，則吸引了眾多遊人觀賞，「通夕不絕」〔註165〕。

宋代元宵燈品工藝精湛，且頗具科技含量，被稱作「鰲山」的「巨無霸」式燈山就是典型代表。鰲山其實是一座巨大的臨時建築，搭建極為繁複：

> 山沓上皆畫群仙故事，左右以五色彩結文殊、普賢，跨獅子白
> 象，各手指內五道出水。其水用轆轤絞上燈棚高尖處，以木櫃盛貯，
> 逐時放下，如瀑布狀。又以草縛成龍，用青幕遮草上，密置燈燭萬
> 盞，望之蜿蜒，如雙龍飛走之狀。〔註166〕

鰲山的搭建，是宋代機械技術與藝術結合的完美典範。鰲山上甚至還搭建有供藝人表演的舞臺——「中架鵬臺，集俳優、娼妓、大合樂其上」〔註167〕。如此創意，甚為絕妙。現今，韓國也仍有在鰲山前所進行的戲劇表演〔註168〕。

宋時元宵，遊人賞燈，也是為看到更為熱鬧的準戲劇表演。《淳熙三山志》「觀燈」條載：

> 舊例太守以三日會監司，命僚屬招郡寄居者，置酒臨賞。既夕，
> 太守以燈炬千百，群妓雜戲，迎往一大剎中以覽勝，州人士庶，卻
> 立跂望，排眾爭觀以為樂。〔註169〕

各類雜戲與燈炬一樣，都能引來遊人的圍看，然表演活動則更具活力，更添鬧熱。《夢粱錄》載：

> 姑以舞隊言之，如清音、遏雲、掉刀、鮑老、胡女、劉袞、喬
> 三教、喬迎酒、喬親事、焦錘架兒、仕女、杵歌、諸國朝、竹馬兒、

---

〔註164〕 參見〔宋〕周密《武林舊事》卷二，北京：中國商業出版社出版社，1982年版，第39～40頁。

〔註165〕 〔宋〕梁克家《淳熙三山志》，「燈球」條，載《宋元方志叢刊》第八冊，北京：中華書局，1990年版，第8248頁。

〔註166〕 〔宋〕吳自牧著《夢粱錄》卷一，北京：中國商業出版社，1982年版，第2～3頁。

〔註167〕 〔宋〕梁克家《淳熙三山志》，「彩山」條，載《宋元方志叢刊》第八冊，北京：中華書局，1990年版，第8248頁。

〔註168〕 翁敏華《元宵習俗及其戲曲舞臺表述》，《上海師範大學學報》（哲學社會科學版）2008年第5期，第80頁。

〔註169〕 〔宋〕梁克家《淳熙三山志》，「觀燈」條，載《宋元方志叢刊》第八冊，北京：中華書局，1990年版，第8248頁。

> 村田樂、神鬼、十齋郎各社，不下數十。更有喬宅眷、旱龍船、踢
> 燈、鮑老、駝象社、官巷口、蘇家巷二十四家傀儡，衣裝鮮麗，細
> 旦戴花朵□肩、珠翠冠兒，腰肢纖嫋，宛若婦人。〔註170〕

舞隊之表演，均以笑鬧爲主。如「鮑老」這類傀儡戲或假面戲〔註171〕，就是以動作取鬧的。如《水滸傳》第三十三回：「那跳鮑老的，身軀扭得村村勢勢的，宋江看了，呵呵大笑。」〔註172〕「喬三教」「喬迎酒」「喬親事」「喬宅眷」則爲喬扮表演，是一類代言體的準戲劇表演形式。元宵節俗表演，令遊人們沉醉在鑼鼓喧天、燈火通明之中。他們看得盡興、玩得痛快、喝得醺醉，直到金雞報曉，仍覺意猶未盡，不肯散去，須等到正月十六元宵收燈、舞隊散場，方肯作罷。可知，宋代元宵節之民俗演藝，成爲了更令人著迷的節俗活動；而後，也漸成元宵節鬧熱的主體要素。可以說，宋代元宵民俗演藝活動爲即將到來的戲曲時代奠定了鬧熱基礎，拉開了鬧熱的帷幕。

　　總之，在前戲曲時代，元宵節及其民俗鬧熱性是戲曲鬧熱性的「培養基」和直接來源之一。而隨著戲曲時代的到來，演劇、觀劇就成爲了元宵節鬧熱的重要組成部分，對於製造節日的鬧熱氛圍，是功不可沒的。而關於戲曲時代的節日鬧熱情形，以及戲曲藝術中的鬧熱的節日民俗描寫，則詳見後文。

　　綜上所述，原始宗教祭儀直接孕育了原始鬧熱性，是傳統戲劇鬧熱性發生的邏輯起點，而從儀式到娛樂的轉化則是其發生的邏輯轉換過程。在民俗演藝階段前期，「禮崩樂壞」爲傳統戲劇鬧熱性的發展提供了轉變的重要契機；而秦漢以降之百戲，則是其生長和發展的文化沃土。民俗演藝階段後期，民俗鬧熱性成爲傳統戲劇發展的直接源動力，是戲曲鬧熱性的母體。這一時期，傳統戲劇鬧熱性的直接成因，來自鬧熱的民俗生活──既包括平日裏鬧熱的市井生活，也有節日的鬧熱民俗活動。

---

〔註170〕〔宋〕吳自牧著《夢粱錄》卷一，北京：中國商業出版社，1982年版，第3頁。

〔註171〕參見翁敏華《中日韓戲劇文化因緣研究》，上海：學林出版社，2004年版，第206頁。

〔註172〕〔明〕施耐庵著《水滸傳》，北京：人民文學出版社，1997年版，第432頁。

# 第二章 傳統戲劇鬧熱性之表現

　　傳統戲劇鬧熱之表現，是我們得以感知傳統戲劇鬧熱性存在的外現形態和呈現方式。漢代以降，傳統戲劇是以民俗鬧熱性為主要特徵的。進入隋唐，鬧熱性則逐漸由民俗鬧熱性向戲曲鬧熱性演變。

　　唐代熱戲形式之鬧熱性，是從競藝性表演的對臺戲與對手戲兩種形式體現出來的。競藝性表演不僅是宋金雜劇鬧熱性的直接源頭，也開啓了中國戲劇表演的鬧熱形式。宋金雜劇是戲曲藝術成熟前最重要的戲劇形態，繼承了前代優戲笑鬧、滑稽之風格，對戲曲藝術的鬧熱性產生了極其深遠的影響。宋元以降，中國傳統戲劇進入了戲曲時代，戲曲鬧熱性成為傳統戲劇的鬧熱主流，具體體現在四方面：鬧熱的民俗場面呈現、鬧熱的科諢戲謔表演、鬧熱的武打戰爭場面、鬧熱的戲曲觀演活動。此外，「鬧」字戲亦是傳統戲劇的鬧熱表現之一，由於章節篇幅所限，此問題將在下一章討論。

## 第一節　熱戲：戲曲鬧熱形式之濫觴

　　有唐一代，國力強大，經濟繁榮，文化大盛。宗教、藝術、文學的全面繁榮，為戲劇成熟加力助推。這一時期的戲劇活動主要處於民俗生活之中，如節日、廟會、慶典等。與此同時，傳統節日、廟會的民俗鬧熱性，成為了戲曲鬧熱性生成的重要環境因素。唐代，傳統戲劇的鬧熱性是通過熱戲這一形式來體現的。

## 一、民俗鬧熱性的投影：熱戲形式的出現

　　熱戲是唐代散樂的主要表演方式。散樂一詞最早見於《周禮·春官宗伯第三》：「（旄人）掌教舞散樂、舞夷樂。」〔註1〕散樂是相對「正聲」雅樂而言的，是一種以娛樂性爲主的民間樂舞，即俗樂。漢代流行的百戲與散樂同義，宋代郭茂倩《樂府詩集》曰：「秦漢已來，又有雜伎，其變非一，名爲百戲，亦總謂之散樂。自是歷代相承有之。」〔註2〕可見百戲是散樂形式的一種。而任半塘先生認爲「散樂歷代皆有，至隋而盛。唐散樂內，包含百戲與戲劇兩部分，均於舞蹈以外之表演也。並非單純音樂；必有表演，方得雲散樂。」〔註3〕

　　我們亦可將熱戲看作是唐代戲劇的一種表演方式。「熱戲」一詞最早見於《教坊記》：

　　　　玄宗之在藩邸，有散樂一部，戡定妖氛，頗借其力，及膺大

　　位，且羈縻之。嘗於九曲閱太常樂，卿姜晦，孾人楚公皎之弟也，

　　押樂以進。凡戲輒分兩朋，以判優劣，則人心兢勇，謂之熱戲。

　　〔註4〕

這裡的「朋」通「棚」，「分朋」實爲「分棚」。而這次分朋鬥伎在正史中也有記載，《新唐書·禮樂志》云：

　　　　玄宗爲平王時，有散樂一部，定韋后之難，頗有預謀者。及即

　　位，命寧王主藩邸樂以亢太常，分兩朋，以角優劣。〔註5〕

由此可知，熱戲是唐代散樂的主要表演方式，更是唐代雜劇的表現形式，是一种競技性或競藝性的鬥戲活動，主要內容爲競技性百戲和競藝性表演，其形態爲分朋競技或分朋競藝。〔註6〕

〔註1〕　〔清〕阮元校刻《十三經注疏》（上冊），北京：中華書局，1980年版，第754頁。

〔註2〕　〔宋〕郭茂倩《樂府詩集》卷五十六，北京：文學古籍刊行社，1955年影宋本，第819頁。

〔註3〕　任半塘《教坊記箋訂》，北京：中華書局，1962年版，第46頁。

〔註4〕　〔唐〕崔令欽《教坊記序》，載中國戲曲研究院編《中國古典戲曲論著集成》（一），北京：中國戲劇出版社，1959年版，第20～21頁。

〔註5〕　《新唐書》卷二十二，中華書局1975年版，第475頁。

〔註6〕　參見劉曉明《雜劇形成史》，北京：中華書局，2007年版，第107頁。按，本文在重新理解的基礎上有一定的改動。論述主要涉及和戲劇相關的競藝性表演問題。

## 二、從競技到競藝：熱戲形式的類型特徵

以競技性百戲爲主要內容的熱戲在唐代頗爲流行，張祜《熱戲樂》詩便是最鮮明的反映：「熱戲爭心劇火燒，銅槌暗執不相饒，上皇失喜寧王笑，百尺幢竿果動搖。」〔註7〕可見，熱戲的競技場面異常火爆，表演現場十分鬧熱，相互爭伎的表演者互不相讓，對於觀者而言，表演的競爭越激烈，看點越突出，場面才越發吸引眼球。

競技性百戲古已有之，可以上溯至秦漢之際的角抵戲。角抵之名最初見於《史記・李斯列傳》：

> 是時二世在甘泉，方作觳抵優俳之觀。
>
> 〔集解〕應劭曰：「戰國之時，稍增講武之禮，以爲戲樂，用相誇示，而秦更名曰角抵。角者，角材也；抵者，相牴觸也。」文穎曰：「案：秦名此樂爲角抵，兩兩相當，角力，角伎藝射御，故曰角抵也。」駰案：「觳抵即角抵也。」〔註8〕

可見，角抵是來源於戰國時期的一種軍事訓練方式——「講武之禮」，秦朝一統之後，便成爲了具有觀賞性與競技性的娛樂活動——「角抵」。而「用相誇示」與「兩兩相當」則充分說明角抵戲的形式是兩人的相互對抗，唐代熱戲的分朋競技形式與之十分相似。

角抵戲從最初單純角鬥形式的競技，逐漸脫去了軍事訓練的外衣，演變成具有觀賞性的競技活動，進而發展爲有一定故事內容的表演項目，成爲一種競藝形式的表演。漢代角抵戲代表——《東海黃公》就已是具有固定故事情節的表演了，其中人與虎搏鬥之競技性還是頗爲明顯的，不過其情節套路帶有巫祭儀式的痕跡，競藝性尚不充分。

從單純的競技到帶有表演特徵的競藝，需要經歷一段過程。熱戲的出現是百戲的分朋競技到表演的分朋競藝之重要環節：具有觀賞性的競技性百戲（熱戲形式）——具有一定故事情節的競技性表演（熱戲形式）——具有一定情節的競藝性表演（熱戲形式）。可見，這一轉變是在熱戲形式中完成的，導致這一變化需要具有表演性內容的出現——即從政治性意味較強的佛道論衡，到娛樂性色彩突出的嘲弄戲謔的轉化。

---

〔註7〕　〔清〕彭定求等編、中華書局編輯部點校《全唐詩》（增訂本）卷二七，北京：中華書局，1999 年版，第一冊，第 392 頁。

〔註8〕　《史記》卷八十七，北京：中華書局，1959 年版，第 2559～2560 頁。

　　唐高祖、太宗時期，佛道論議的內容和形式尚屬一種政治活動，而到高宗時，卻發生了較大變化——佛道論議多具娛樂性質〔註9〕。其中最著名、最具娛樂色彩的是「李可及戲三教」：

> 　　　　咸通中，優人李可及者，滑稽諧戲，獨出輩流，雖不能託諷匡正，然巧智敏捷，亦不可多得。嘗因延慶節緇黃講論畢，次及倡優爲戲。可及乃儒服險巾，褒衣博帶，攝齊以升崇座，自稱三教論衡。其隅坐者問曰：「既言博通三教，釋迦如來是何人？」對曰：「是婦人。」問者驚曰：「何也？」對曰：「《金剛經》云：『敷座而坐』。或非婦人，何煩夫坐然後兒坐也？」上爲之啓齒。又問曰：「太上老君何人也？」對曰：「亦婦人也。」問者益所不喻，乃曰：「《道德經》云：『吾有大患，是吾有身。及吾無身，吾復何患！』倘非婦人，何患於有娠乎？」上大悅。又曰：「文宣王何人也？」對曰：「婦人也。」問者曰：「何以知之？」對曰：「《論語》云：『沽之哉，沽之哉，我待價者也。』向非婦人，待嫁奚爲？」上意極歡，寵錫甚厚。翌日授環衛之員外職。〔註10〕

優人李可及對「三教」之「弄」，娛樂色彩鮮明，已成爲一种競藝性表演。正是諸如此類大量的嘲弄戲謔進入佛道論衡，才使得論辯從政治手段轉化爲娛樂方式，故唐代也多有「弄三教」「弄孔子」「弄婆羅門」等優戲。優戲演出的嘲弄和戲謔手法，對宋雜劇、金院本、元雜劇、明清傳奇等戲劇表現內容有較深刻的影響。總之，分朋競藝的形式在唐代最終確立，並成爲了唐代戲劇的主要表現方式。

## 三、競藝性表演形式與影響

　　唐代戲劇競藝性表演形式主要表現在兩方面：首先是分朋競藝的直觀體現——對臺戲；其次是分朋競藝的戲內表現——對手戲。

### （一）分朋競藝的直觀體現——對臺戲。

　　對臺戲一般來講是指兩個或兩個以上的戲班，在同一時間、同一地點（相

---

〔註9〕　參見王小盾《敦煌論議考》，載《中國古籍研究》第一卷，上海：上海古籍出版社，1996年版，第84頁。

〔註10〕　〔唐〕高彥休《唐闕史》，載王雲五主編《叢書集成初編》，上海：商務印書館，1936年版，第25頁。

鄰的戲臺），表演相同的劇目，以演技爭奪觀眾，決定勝負，也稱「打臺戲」。這是典型的戲曲藝術競爭的表演方式，多在節日、廟會上出現，符合節日和廟會的鬧熱特質，用以增強氣氛。

　　唐高宗時，優戲就已採取分朋競藝的表演形式，雖沒有冠以「熱戲」之名，但具「熱戲」實質。《舊唐書‧郝處俊傳》載：

　　　　上元元年（674），高宗御含元殿東翔鸞閣觀大酺。時京城四縣及太常音樂分爲東西兩朋，帝令雍王賢爲東朋，周王譚爲西朋，務以角勝爲樂。處俊諫曰：「臣聞禮所以示童子無誑者，恐其欺詐之心生也。伏以二王春秋尚少，意趣未定，當須推多讓美，相敬如一。今忽分爲二朋，遞相誇競。且俳優小人，言辭無度，酣樂之後，難爲禁止，恐其交爭勝負，譏誚失禮。非所以導仁義，示和睦也。」

　　　　高宗瞿然曰：「卿之遠識，非眾人所及也。」遂令止之。〔註11〕

文中「分爲二朋，遞相誇競」的形式已初具對臺戲之雛形。當然，一旦競藝爭勝失度，就會被禁止。

　　民間的分朋競藝活動，場面更加宏大，鬧熱程度更甚。《樂府雜錄》記載了貞元年間（785～805）的一次祈雨鬥樂比賽：

　　　　貞元中有康崑崙，第一手。始遇長安大旱，詔移兩市祈雨。及至天門街，市人廣較勝負，及鬥聲樂。即街東有康崑崙琵琶最上，必謂街西無以敵也，遂請崑崙登彩樓，彈一曲新翻羽調《綠要》。其街西亦建一樓，東市大誚之。及崑崙度曲，西市樓上出一女郎，抱樂器，先云：「我亦彈此曲，兼移在楓香調中。」及下撥，聲如雷，其妙入神。崑崙即驚駭，乃拜請爲師。女郎遂更衣出見，乃僧也。

　　〔註12〕

在這次長安大旱中的祈雨鬥樂比賽，是東西二市自發打起的擂臺，還分別建起彩樓，決心一爭雌雄。雖然文中並未談及觀者，但現場定是一派人山人海的熱鬧景象。這裡，彩樓和樂棚的作用十分類似，樂棚是民間「搭臺作棚演戲角勝的熱鬧場所」〔註13〕，競藝性表演的開展，少不了觀眾的圍觀叫好。

〔註11〕《舊唐書》卷八十四，北京：中華書局，1975年版，第2799頁。
〔註12〕〔唐〕段安節《樂府雜錄》，「琵琶」條，載中國戲曲研究院編《中國古典戲曲論著集成》（一），北京：中國戲劇出版社，1959年版，第50頁。
〔註13〕丁淑梅《中國古代禁燬戲劇史論》，北京：中國社會科學出版社，2008年版，第75頁。

唐代文人元稹《哭女樊四十韻》詩云：「騰躑遊江舫，攀緣看樂棚。」〔註14〕

宋代優戲的競藝性表演已十分接近成熟戲劇時期的對臺戲表演，《雞肋編》記載了西南地區鬧熱性十足的演劇競賽。比賽以觀者被科諢逗笑的次數爲評判標準，對臺競藝的過程顯得十分有趣：

> 成都自上元至四月十八日，遊賞幾無虛辰。使宅後圃名西園，春時縱人行樂。初開園日，酒坊兩戶各求優人之善者，較藝於府會。以骰子置於合子中撼之，視數多者得先，謂之「撼雷」。自旦至暮，唯雜戲一色，坐於演武場，環庭皆府宅看棚。棚外始作高凳，庶民男左女右，立於其上如山。每渾一笑，須筵中哄堂眾庶皆噱者，始以青紅小旗各插於墊上爲記。至晚，較旗多者爲勝。若上下不同笑者，不以爲數也。〔註15〕

元宵節作爲傳統節日中鬧熱性最強的狂歡性佳節，類似對臺戲的競藝性演出在北宋時期實在不少。《東京夢華錄》卷六「元宵」條云：「……教坊鈞容直、露臺弟子，更互雜劇。」〔註16〕其中官方的「教坊鈞容直」和民間的「露臺弟子」恰好爲「兩朋」，在舞臺上的演出也是交互進行的，達到了一種無形的競藝。另外「十六日」條也描述了元宵節表演分朋競藝的鬧熱情形：「諸幕次中，家妓競奏新聲，與山棚露臺上下，樂聲鼎沸。」〔註17〕而如此比拼在卷七「駕登寶津樓諸軍呈百戲」條也有提及：「諸軍繳隊雜劇一段，繼而露臺弟子雜劇一段，是時弟子蕭住兒、丁都賽、薛子大、薛子小、楊總惜、崔上壽之輩，後來者不足數。」〔註18〕上述演出可謂是「你方唱罷我登場」，爲原本就十分鬧熱的節日，平添了更多歡鬧。

明末清初，文學家侯方域的《馬伶傳》，描寫了「興化」「華林」兩班演出《鳴鳳記》的鬥藝情況：

> 一日，新安賈合兩部爲大會，遍徵金陵之貴客文人，與夫妖姬靜女，莫不畢集。列「興化」於東肆，「華林」於西肆，兩肆皆奏《鳴鳳》，所謂椒山先生者。迨半奏，引商刻羽，抗墜疾徐，並稱善也。

〔註14〕 〔清〕彭定求等編、中華書局編輯部點校《全唐詩》（增訂本）卷四〇四，北京：中華書局，1999 年版，第六冊，第 4525 頁。

〔註15〕 〔宋〕莊綽《雞肋編》卷上，北京：中華書局，1983 年版，第 20～21 頁。

〔註16〕 〔宋〕孟元老《東京夢華錄》，北京：中國商業出版社，1982 年版，第 38 頁。

〔註17〕 〔宋〕孟元老《東京夢華錄》，北京：中國商業出版社，1982 年版，第 40 頁。

〔註18〕 〔宋〕孟元老《東京夢華錄》，北京：中國商業出版社，1982 年版，第 48 頁。

當兩相國論河套，而西肆之爲嚴嵩相國者曰李伶，東肆則馬伶。坐客乃西顧而歎，或大呼命酒，或移座更近之，首不復東。未幾，更進，則東肆不復能終曲。詢其故，蓋馬伶恥出李伶下，已易衣遁矣。

馬伶者，金陵之善歌者也。既去，而興化部又不肯輒以易之，乃竟輟其技不奏，而華林部獨著。去後且三年，而馬伶歸，遍告其故侶，請於新安賈曰：「今日幸爲開宴，招前日賓客，願與華林部更奏《鳴鳳》，奉一日歡。」既奏，已而論河套，馬伶復爲嚴嵩相國以出。李伶忽失聲，匍匐前，稱弟子。興化部是日遂凌出華林部遠甚。〔註19〕

文章進一步說明了馬伶失利後，輾轉去做了顧秉謙的差役，體驗觀察了三年，提高了演技，方才得勝。可見，對臺戲一方面增添了鬧熱氣氛，喚起群眾看戲的熱情；另一方面也是名伶們切磋技藝、一展才華的舞臺，使演員的演技得到提高。

潮劇中將對臺戲稱爲「鬥戲」「拍臺戲」，不僅演出內容包含了插科打諢的笑料，而且有很多即興的滑稽表演，表演之鬧熱可見一斑。在鬥戲過程中，兩個不分上下的戲班要從晚上 8 點前後一直鬥到第二天早上 8 點。足見激烈的鬥戲，深受群眾喜愛。爲了獲勝，各個戲班也是苦練技藝，鉚足了勁，拿出了最好的本領。比如表演「過山」排場，兩班演員在「上山」「下山」時各有特色，雙方演至在「山頂」起單腳唱完一個唱段後，更是施展渾身解數，相持一小時，誰也不肯先下山，可見競爭激烈。如果對臺戲惡性發展，便成了「拆臺戲」；而良性發展，則是相互合作的「聯誼戲」。潮劇之「拍臺戲」，是由一班演出一臺戲，演變爲兩班合演一臺戲，演員多達 80 至 100 人，這種活動具有藝術上取長補短的交流性質，所以亦稱「聯誼戲」〔註20〕。

總之，對臺戲是熱戲發展到元代之後，戲曲藝術競藝的最直接表現方式。近代以來「花雅之爭」、地方戲崛起，都是通過不同劇種、戲班之間的對臺競藝，通過不同演員的搭班演出，如「兩下鍋」「風攪雪」等，來爭奪市場和吸引觀眾，以至於使本劇種、戲班能夠在激烈的競爭中勝出。這不僅是經濟利

〔註19〕鄔國平《侯方域散文集》，天津：百花文藝出版社，2005 年版，第 216～217頁。

〔註20〕參見《中國戲曲志·廣東卷》，「鬥戲」條，北京：中國 ISBN 中心出版社，2000年版，第 441 頁。

益的爭勝,更促進了藝術提高。熱戲競藝的影響一直延續到今天,雖然形式不斷變化,但內涵不變,鬧熱的實質不變。

### (二)分朋競藝的戲內表現——對手戲

對手戲是當代戲劇影視表演的常用詞彙,是指戲劇或影視表演中,兩個演員相互配合表演的情節和內容,與獨角戲相別。傳統戲劇「對子戲」,則主要指表演中的「二小戲」。一男一女表演的為「單對子戲」,兩男兩女為「雙對子戲」;又有單折表演的「散對子戲」,數折連演的「本頭對子戲」等。可見,「對子戲」主要強調演員人數、演出長度等形式方面因素。而「對手戲」在這裡著重說明戲劇表演角色間的相互作用。

唐代熱戲的競藝性表演在戲內角色之間的表現方式,類似今天通常所指的對手戲。對手戲形式,可以追溯到先秦時期的「講武之禮」和先秦諸子散文中的對答形式。前文已經敘述了關於角抵戲的內容,這裡只略談先秦諸子散文的對答形式是對手戲之雛形的問題。

眾所周知,先秦諸子散文的形式分別為語錄體、對話體、論說體,並依次發展到論說的高級階段。其中包含有眾多對答內容,如師生論學之對答(《論語‧八佾》),君臣論政之對答(《孟子‧梁惠王上》),士人論辯之對答(《墨子‧公孟》)——以上為實錄式對答,有著較為真實的背景。另外還有虛構性對答,是一種論辯藝術,多見於論說性散文中,「虛擬對話故事,藉口言事以提高論辯或游說的趣味性、有效性」〔註21〕。這類虛構性對答具有一定的修辭方式,有些則為寓言,具有敘事性、假定性、場面性和代言性。如《莊子‧漁父》中的孔子並非儒家之聖人,而化為一個傳播道學思想的角色,並虛構一「客」與之對答。全文用三段對答,首尾銜接構成完整故事。整部故事畫面感極強,人物語言也十分貼合身份,為代言體。其中有「笑而還」「推琴而起」「愀然而歎,再拜而起」等動作和表情提示語。與其說這是一篇蘊含哲理的小小說,毋寧看作是一段完整的表演臺本。總之,先秦諸子散文中的對答形式已經初具對手戲模式,其中的虛構性對答,不僅有特定的故事情節,而且具有代言體性質,可謂後世戲劇的對手戲之源。

對手戲形式的成熟條件有二:一是具備兩個或兩個以上的角色人物,角色程式相對成型;二是具有一定的情節和場面因素,在情節統領下角色之間

---

〔註21〕寧登國《先秦諸子散文對話研究》,西南師範大學 2003 年碩士學位論文,第13頁。

具有一定的張力，並產生戲劇效果。唐代是中國傳統戲劇走向成熟的關鍵階段，有優戲（以參軍戲爲代表）和歌舞戲兩大類，主要內容是戲謔性表演，具有戲劇效果，角色上也多爲兩人對戲，二者相互爭鬥、辯難、嘲弄和戲謔，產生笑料用以娛樂大眾，是宋金雜劇之先聲。對手戲在唐代已經成熟，並對後世戲曲表演形式產生了較深刻之影響。

　　唐代參軍戲影響範圍頗廣，不僅在宮廷有演出，連民間兒童也仿傚。李商隱《驕兒詩》寫道：「忽復學參軍，按聲喚蒼鶻。」〔註22〕其中參軍與蒼鶻是參軍戲的兩個角色，對戲曲腳色有頗深的影響，由於他們初具戲曲腳色的形制，故可稱爲「類腳色人物」。雖然目前我們實難找到關於唐代參軍戲表演程式之史料，但從其他的優戲形式，可以推出唐代參軍戲「應該是參軍與蒼鶻兩個角色作一主一僕的搭配，進行滑稽問答辯難等富含戲劇性動作的表演。」〔註23〕這種演出形式與特點，是對手戲的典型範式，有明顯的競藝性特點，是宋代副末與副淨鬧熱表演的摹本。後世戲曲中也多有一對搭檔演出的對手戲，構成了官與從、主與賓、正與偏、貴與賤，小姐與丫環、秀才與書童等搭配關係。這樣的搭配也極易出戲，成爲角色間相互闡發並推進故事情節發展的關鍵所在，如《西廂記》之紅娘，她與鶯鶯、張生、老夫人的對手戲是聯結整部戲的關鍵。

　　作爲唐代歌舞戲的代表作──《踏謠娘》也是典型的對手戲。《教坊記》載：

> 　　踏謠娘──北齊有人姓蘇，䶨鼻，實不仕，而自號爲郎中，嗜飲酗酒，每醉輒毆其妻。妻銜悲，訴於鄰里。時人弄之。丈夫著婦人衣，徐步入場。行歌，每一疊，旁人齊聲和之云：「踏謠和來，踏謠娘苦和來！」以其且步且歌，故謂之「踏謠」；以其稱冤，故言苦。及其夫至，則作毆鬥之狀以爲笑樂。〔註24〕

劇中一男一女兩個角色分別爲夫妻二人，戲劇性衝突源於酗酒後的家庭暴力。然而一個悲劇性起因的故事，卻有著鬧劇般的表演與結局。首先劇中的

〔註22〕〔清〕彭定求等編、中華書局編輯部點校《全唐詩》（增訂本）卷五四一，北京：中華書局，1999 年版，第八冊，第 6299 頁。

〔註23〕廖奔、劉彥君《中國戲曲發展史》第一卷，太原：山西教育出版社，2003 年版，第 102 頁。

〔註24〕〔唐〕崔令欽《教坊記》，載中國戲曲研究院編《中國古典戲曲論著集成》（一），北京：中國戲劇出版社，1959 年版，第 18 頁。

妻子角色，即踏謠娘，由男性扮演，是「弄假婦人」之表演，如此反串，極具鬧熱特點；而丈夫角色，相貌醜陋，具有丑腳的特點。其次，該劇有兩部分，前為妻子的悲訴，後為丈夫出場後兩人的毆鬥，動作誇張、場面調笑，雖未看其表演，但想來也是十分鬧熱的。《踏謠娘》的表演形式頗類於後世的丑、旦小戲，其角色也具有類腳色的特徵。可見，後世的鬧熱戲劇表演，如社火表演中常有的兩小、三小戲，與唐代鬧熱的對手戲不無關聯。

　　總之，對手戲在唐代業已成熟，相互鬥戲的表演形式增強了戲劇衝突，使得故事更好看，場面更鬧熱。雖然唐代的競藝性表演只是純粹的娛樂手段，但對宋元成熟後的戲劇形式卻產生了深遠的影響。今天舞臺上或熒幕、熒屏中的演出，觀眾們依舊喜歡看到演員之間的對手戲表演。那些令我們難忘的經典橋段，無不是一個個的對手戲場面。

　　綜上所述，唐代熱戲之鬧熱特點，可以從競藝性表演的對臺戲和對手戲兩種形式中充分體現出來。從分朋競技到分朋競藝，競藝性表演在唐代得以最終形成。它是宋金雜劇的直接源頭，開啟了中國戲劇表演的鬧熱形式。雖然分朋競藝形式在元代之後逐步淡化，但並未消失，競藝性表演更多地被保留在社火等民間表演中。因此，賽社演劇就是一種競藝活動，在藝術展演的過程中，既提高了藝術水平，傳承了文化，同時也使民族個性得到張揚。這不僅體現著戲劇與節日社火、廟會活動的血緣關係，也再次印證了熱戲形式的鬧熱本質。熱戲具有一種藝術表演的競爭意識，時至今天，我們仍能看到國家或地區舉行的戲曲藝術展演活動，這都是熱戲競藝性精神的遺存。

## 第二節　宋金笑劇：戲曲鬧熱內容之奠基

　　雜劇自唐代始出現、初成〔註25〕，至宋金則有較大發展。宋雜劇、金院本是傳統戲劇成熟前，最重要的戲劇形態，無論內容、形式，對後世的表演藝術均有較大影響。由於前輩學者對宋金雜劇、院本的各方面研究已卓有成

〔註25〕雜劇形成於唐宋之際，在唐代已經出現。關於唐代雜劇的史料，一直以來都是以 20 世紀 50 年代葉德均先生發現的晚唐《李文饒文集》中「雜劇丈夫二人」的記載為依據。而劉曉明先生《雜劇形成史》又提出三則新材料：1、初唐《量處輕重儀本》之「雜劇戲具」；2、《古今圖書集成》本《教坊記》之「雜劇」；3、《俄藏黑水城文獻》所收《蒙學字書》之「雜劇」。故雜劇在唐代業已初成，是為定論。參見劉曉明《雜劇形成史》，北京：中華書局，2007 年版，第 3、43～57 頁。

績，故本文僅選取「鬧熱」作爲切入點，以觀宋金戲劇。宋金戲劇的「鬧熱」是從「笑鬧」開始的。

## 一、笑劇與宋金雜劇院本

笑劇，是「喜劇」概念下的一支，源於法文 farce 和拉丁文 farcio，又稱爲鬧劇，是通過逗樂的舉動和愚笨的戲謔而引人發笑的一種戲劇形式，故名「笑劇」〔註26〕。

中國笑劇的傳統源遠流長，翁師敏華先生認爲「『以樂爲職』的優，『樂人』、『以調謔爲主』的優，就是笑劇的源頭。中國戲劇史上的『參軍戲』、雜劇院本」都是笑劇「陣營」的一分子，「是幽默世界觀的產物，對世界取善意嘲諷的態度，體現了民間的狂歡精神和笑謔風格。」〔註27〕其中「雜劇院本」是指宋雜劇、金院本。由於「院本、雜劇其實一也」〔註28〕，其所展現的內容與表演形式大多具有笑劇（鬧劇）的鬧熱性特徵，因此統稱爲宋金笑劇。

宋金笑劇，沒有劇本遺存，卻有近千個劇目保留下來。現存宋雜劇名目，主要見於宋周密《武林舊事》卷十「官本雜劇段數」，其中載 280 個存目；加之卷一載《君聖臣賢爨》等 8 個劇目，以及卷八載《堯舜禹湯》等 4 個劇目〔註29〕。現存金院本名目，主要見於元末陶宗儀《南村輟耕錄》卷二五《院本名目》載 706 個劇目。其中，我們還可發現諸多以「鬧」字爲標題的劇目，共計 21 個。其中官本雜劇段數 4 個，分別爲《鬧五伯伊州》《鬧夾棒爨》《鬧八妝爨》《三教鬧著棋》；金院本 17 個，分別爲《鬧學堂》《鬧浴堂》《鬧旗亭》《鬧酒店》《鬧結親》《鬧巡捕》《鬧平康》《鬧棚闌》《鬧文林》《鬧芙蓉城》《鬧元宵》《鬧夾棒六么》《鬧夾棒法曲》《滕王閣鬧八妝》《截紅鬧浴堂》《小鬧摑》和《軍鬧》。雖然我們無法從劇本中一窺究竟，但根據宋金笑劇的主要表演形

〔註26〕參見《中國大百科全書·戲劇卷》，北京／上海：中國大百科全書出版社，1989年版，第 428 頁。

〔註27〕翁敏華《灘簧小戲與東亞滑稽笑劇傳統》，《中國比較文學》2009 年第 4 期，第 131～132 頁。

〔註28〕〔元〕陶宗儀《南村輟耕錄》，「院本名目」條，載俞爲民、孫蓉蓉主編《歷代曲話彙編——新編中國古典戲曲論著集成》（唐宋元編），合肥：黃山書社，2006 年版，第 436 頁。

〔註29〕參見胡忌《宋金雜劇考》（訂補本），北京：中華書局，2008 年版，第 137～138 頁。

式及特點，可以認定，這些是具有鬧熱性的戲劇表演形式，也是宋金笑劇的代表劇目。有關這一部分，詳見第三章。

宋雜劇、金院本的研究成果頗豐，自王國維先生以來，鄭振鐸、李嘯倉、譚正璧、胡忌、趙山林、薛瑞兆、劉曉明等諸位先生均在這一領域有所發現和突破。尤其是胡忌先生《宋金雜劇考》，可謂宋金戲劇研究領域的重要著作。劉曉明先生《雜劇形成史》，則將宋金戲劇置於雜劇形成的歷史過程中來觀照，也是重要的學術力作。縱觀前輩之研究成果，多就名稱、發展、體制、流變、劇目考證等方面進行探究和論證，研究範圍不可謂不廣。然本章主要從筆記資料等文獻記載，以及戲劇文物所呈現的表演形態出發，截取其表演的鬧熱片段，對宋金笑劇的鬧熱性進行一番體味。

## 二、宋金笑劇的鬧熱性

美國人類學家魯思·本尼迪克特的《菊與刀》，從比較文化和比較哲學的角度入手，將西方文化與日本文化的主要特徵高度概括爲「罪感文化」和「恥感文化」〔註30〕。據此，李澤厚先生將中國文化的特徵概括爲以「情本體」爲核心的「樂感文化」〔註31〕。「樂感文化」充滿了人文精神，體現著民族文化的特質，其關鍵在於「樂」字。李澤厚先生云：「中國人很少真正徹底的悲觀主義，他們總願意樂觀地眺望未來」〔註32〕，可見，樂觀是吾國之民族精神。這在中國傳統戲劇中亦有體現，喜劇傳統的悠久就是例證。

從娛樂角度看，戲劇作爲一種「戲樂」活動，是「演述者（協同劇作家）在劇場中『召喚』觀眾一同參與娛樂消閒，回歸民族文化之根的審美遊戲。」〔註33〕因此，「戲樂」活動之目的，就是讓觀者能夠喜樂、笑樂。漢代史游《急就篇》云：「倡優俳笑觀倚庭」，顏師古注曰：「倡，樂人也；優，戲人也；俳，謂優之藝狎者也；笑，謂動作云爲，皆可笑也」〔註34〕。「笑」不僅是觀者之

---

〔註30〕 參見〔美〕魯思·本尼迪克特著、呂萬和、熊達雲、王智新譯《菊與刀——日本文化的類型》，北京：商務印書館，1990 年版。

〔註31〕 李澤厚《實用理性與樂感文化》，北京：三聯書店，2005 年版，第 55 頁。

〔註32〕 李澤厚《中國古代思想史論》，北京：人民出版社，1985 年版，第 311 頁。

〔註33〕 陳建森《戲曲與娛樂》，上海：上海人民出版社，2003 年版，第 18 頁。按，原文是指「戲曲」，鑒於本文釐清的「戲劇」「戲曲」概念關係，故此用「戲劇」。

〔註34〕 〔漢〕史游撰、〔唐〕顏師古注《四部叢刊·集部·急就篇》，上海涵芬樓借海鹽張氏涉園藏明鈔本影印，上海：商務印書館，1934 年版，第 43 頁。

笑樂，更是優人所演內容與形式之笑鬧。宮廷俳優歷來以言語的笑謔、滑稽取勝，其「一談一笑之功」〔註35〕，不僅是逗笑君主的法寶，也昭示出優戲表演中笑樂與言語的關係。《太平廣記》卷二百四十九「高崔嵬」條云：

> 唐散樂高崔嵬善弄癡，太宗命給使捺頭向水下，良久出而笑之。
> 帝問，曰：「見屈原云，『我逢楚懷王無道，乃沉汨羅水。汝逢聖明主，何為來？』」帝大笑，賜物百段。〔註36〕

高崔嵬用機智的言語，令聖上大悅。然正所謂「動作云為，皆可笑也」，優戲表演的鬧熱性不僅需要言語的滑稽，更需動作的鬧熱幫襯。《三國志‧許慈傳》載「許胡克伐」劇：

> （許）慈、（胡）潛並為學士，與孟光、來敏等典掌舊文。值庶事草創，動多疑議，慈、潛更相剋伐，謗讟忿爭，形於聲色；書籍有無，不相通借，時尋楚撻，以相震撼。其矜己妒彼，乃至於此。先主愍其若斯，群僚大會，使倡家假為二子之容，效其訟鬩之狀，酒酣樂作，以為嬉戲，初以辭義相難，終以刀杖相屈，用感切之。
>
> 〔註37〕

許慈、胡潛二人相爭，最終成為了倡優的仿傚表演，成為了群僚大會酒酣之餘的嬉戲笑料。這樣的對手戲形式，既有言語又有動作，且「初以辭義相難，終以刀杖相屈」，先「初」再「終」，實為表演的情節順序〔註38〕。

　　宋金笑劇承襲了優戲的政治諷諫之風，同時其笑鬧傳統亦被發揚光大。《都城紀勝》云：「（雜劇）大抵全以故事世務為滑稽」〔註39〕。《夢梁錄》亦

---

〔註35〕〔宋〕司馬光編著、〔元〕胡三省音注、「標點資治通鑑小組」點校《資治通鑑》卷二百八十五，「後晉紀六」，北京：中華書局，1956年版，第二十冊，第9296頁。按，原文之本意是桑維翰認為俳優以薄伎受到重賞，如此會渙散軍心，故向皇帝諫言。引用在此，是從客觀上說明優人語言上的滑稽能力可以達到「一談一笑」的水平。

〔註36〕〔宋〕李昉等編《太平廣記》，北京：中華書局，1961年版，第五冊，第1929～1930頁。

〔註37〕《三國志》卷四十二，「蜀書第十二」，北京：中華書局，1959年版，第1023頁。按，括弧內文字為筆者添加。

〔註38〕按，任半塘先生認為：「自初至終，既見層次，便是情節，其全伎之演故事，又無待言。」參見任半塘《唐戲弄》（上），上海：上海古籍出版社，2006年版，第333頁。

〔註39〕〔宋〕灌圃耐得翁《都城紀勝》，「瓦舍眾伎」條，北京：中國商業出版社，1982年版，第9頁。

云:「(雜劇)大抵全以故事,務在滑稽」〔註40〕。這裡的「滑稽」不僅是原意所指的言辭流利、能言善辯,更涵蓋了雜劇表演的言語、動作及其事態內容的戲謔、笑鬧之意。

因此,宋金笑劇與上古以來的優戲有直接的承繼關係,其最大的特點為滑稽、戲謔與笑鬧,故又被稱作「笑樂院本」〔註41〕。明人胡應麟謂宋雜劇「僅足一笑云」〔註42〕,揭示了宋金笑劇的笑鬧特點,其鬧熱性亦主要表現於言語、動作兩個方面。喜劇性的笑鬧、滑稽、戲謔在宋金笑劇的表演中,比比皆是,可參見以下諸條:

(1)御宴值雨

太祖大宴。雨暴作,上不悅。趙普奏曰:「外面百姓望雨,官家大宴,何妨只是損得些陳設,濕得些樂官衣裳。但令雨中作雜劇,更可笑。此時雨難得,百姓快活時,正好引酒。」太祖大喜,宣令:「雨中作樂,宜助滿飲。」盡歡而罷。〔註43〕

(2)我國有天靈蓋

金人自侵中國,惟以敲棒擊人腦而斃。紹興間,有伶人作雜戲,云:「若要勝其金人,須是我中國一件件相敵,乃可。且如金國有黏罕,我國有韓少保;金國有柳葉槍,我國有鳳凰弓;金國有鑿子箭,我國有鎖子甲;金國有敲棒,我國有天靈蓋。」人皆笑之。〔註44〕

(3)拍戶

袁彥純尹京,專一留意酒政。煮酒賣盡,取常州宜興縣酒、衢州龍游縣酒,在都下賣。御前雜劇,三個官人,一曰京尹,二曰常州太守,三曰衢州太守。三人爭座位,常守讓京尹曰:「豈宜在我二州之下?」衢守爭曰:「京尹合在我二州之下。」常守問曰:「如何有此說?」衢守云:「他是我二州拍戶。」寧廟亦大笑。〔註45〕

---

〔註40〕〔宋〕吳自牧《夢梁錄》卷二十,「妓樂」,北京:中國商業出版社,1982年版,第177頁。

〔註41〕任半塘《唐戲弄》(上),上海:上海古籍出版社,2006年版,第325頁。

〔註42〕按,胡應麟云:「唐、宋所謂雜劇,至元而流為院本,今教坊尚遺習,僅足一笑云。」參見〔明〕胡應麟《少室山房筆叢》卷四十一,辛部「莊嶽委談」(下),北京:中華書局,1958年版,第558頁。

〔註43〕〔宋〕曾慥《類說》卷十五,《晉公談錄》「御宴值雨」條,北京:文學古籍刊行社,1955年版,第1019頁。

〔註44〕〔宋〕張知甫《可書》,北京:中華書局,1985年版,第12頁。

〔註45〕〔宋〕張端義《貴耳集》卷下,北京:中華書局,1985年版,第62頁。

（4）不笑所以深笑

東坡嘗宴客，俳優者作技萬方，坡終不笑。一優突出，用棒痛打作技者曰：「內翰不笑，汝猶稱良優乎？」對曰：「非不笑也，不笑者所以深笑之也。」坡遂大笑。蓋優人用東坡「王者不治夷狄論」云：「非不治也，不治者，所以深治之也。」見子由五世孫奉縣尉懋說。〔註46〕

（5）與餛飩不熟同罪

宋高宗時，饔人淪餛飩不熟，下大理寺。優人扮兩士人，相貌各異。問其年，一曰「甲子生」，一曰「丙子生」。優人告曰：「此二人皆合下大理。」高宗問故，對曰：「餃子、餅子皆生，與餛飩不熟者同罪！」上大笑，赦原饔人。〔註47〕

（6）在錢眼內坐

紹興間，內宴，有優人作善天文者云：「世間貴官人，必應星象，我悉能窺之。法當用渾儀，設玉衡，若對其人窺之，見星而不見其人。玉衡不能卒辦，用銅錢一文亦可。」乃令窺光堯，云：「帝星也。」秦師垣，曰：「相星也。」韓蘄王，曰：「將星也。」張循王，曰：「不見其星。」眾皆駭，復令窺之，曰：「中不見星，只見張郡王在錢眼內坐。」殿上大笑。俊最多資，故譏之。〔註48〕

以上六條演出實例，均以笑鬧為主。第一條御宴演出，適逢大雨，在雨中作雜劇表演，獨具特殊的觀演氛圍與效果；而二至六條則體現出嘲謔特徵。第二條諷刺了那些只會領軍餉，卻禦敵無能的軍士們。第四、五條，是用「不笑者，所以深笑之也」與「不治者，所以深治之也」的文形、文意替代；以及用「甲子」「丙子」與「餃子」「餅子」的同音替代，「生」與「不熟」的同義替代等一系列諧意、諧音的手段，來達到最終的諧趣效果。當然，從第四條還可看出，宋金戲劇就是以逗笑為目的，如果不能使觀眾發笑，那麼演出注定不能成功。第六條嘲諷了張郡王是鑽在錢眼兒裏的財迷。而這些諷刺、

〔註46〕任二北《優語集》卷四，「北宋」，上海：上海文藝出版社，1981年版，第104頁。

〔註47〕任二北《優語集》卷五，「南宋」，上海：上海文藝出版社，1981年版，第121～122頁。

〔註48〕〔明〕田汝成《西湖遊覽志餘》卷二十一，「委巷叢談」，杭州：浙江人民出版社，1980年版，第337～338頁。

嘲謔也都寓於諧謔、笑鬧之中。總之，宋金笑劇在表演形態中，言語所具有的諧謔、滑稽、笑鬧特點，是其鬧熱性表現之一。

　　宋代周南《山房集》卷四記載了一路歧雜劇戲班，其表演內容與形式不可謂不鬧熱：

> 　　市南有不逞者三人、女伴二人，莫知其為弟兄妻姒也，以謔丐錢。市人曰：「是雜劇者。」又曰：「伶之類也。」每會聚之衝、填咽之市、官府廳事之旁、迎神之所，畫為場，資旁觀者笑之。自一錢以上皆取焉，然獨不能鑿空。其所仿傚者，譏切者，語言之乖異者，巾幘之詭異者，步趨之傴僂者、兀者、跛者，其所為戲之所，人識而眾笑之。〔註49〕

由此可見：首先，這裡所提到的是，宋代五人制的路歧雜劇戲班。其次，「以謔丐錢」說明了這一營利性戲班的表演風格具有戲謔性，而戲謔是戲劇鬧熱性的表現之一。再次，戲班的演出地點大多在要衝、鬧市、神廟場所等，這些也均為人群聚集之地，原本就十分熱鬧。第四，表演內容體現於言語和動作兩個方面，動作表演為「裝其似像」〔註50〕，內容主要是模仿傴僂、禿頂、跛足之人的滑稽式表演。第五，演出效果是不言而喻的，笑鬧的雜劇表演令觀者笑樂不止。可見，宋金笑劇鬧熱性的表現之二是動作的鬧熱表演。

　　自先秦角抵戲開始，競技性打鬥就成為了雜伎、準戲劇表演的鬧熱表現因素。三國時「許胡克伐」劇中二人以「刀杖相屈」，亦是鬧熱的動作表演。至唐代《踏謠娘》二人「作毆鬥之狀以為笑樂」，打鬥則具有了調笑性質。參軍戲出現以擊打來侮弄官員的表演，大致源於五代後唐時期〔註51〕：

> 　　莊宗嘗與群優戲於庭，四顧而呼曰：「李天下，李天下何在？」新磨遽前以手批其頰。莊宗失色，左右皆恐，群伶亦大驚駭，共持新磨詰曰：「汝奈何批天子頰？」新磨對曰：「李天下者，一人而已，

〔註49〕　〔宋〕周南《山房集》（二）卷四，「劉先生傳」，載《涵芬樓秘笈》第八集，1919 年據永樂大典本排印，第 10 頁。

〔註50〕　按，《東京夢華錄》卷九「宰執親王宗室百官入內上壽」條云：「內殿雜戲，為有使人預宴，不敢深作諧謔，惟用群隊裝其似像，市語謂之『拽串』。」參見〔宋〕孟元老《東京夢華錄》，北京：中國商業出版社，1982 年版，第 60～61 頁。

〔註51〕　按，「參軍戲中有撲擊的表演大致可溯源於五代的後唐時期。」參見黎國韜《唐五代參軍戲演出形態轉變考》，《民族藝術》2008 年第 4 期，第 64 頁。

復誰呼邪！」於是左右皆笑，莊宗大喜，賜與新磨甚厚。〔註52〕
這不僅是唐代參軍戲以言語戲謔的新變，也是宋雜劇副末撲打副淨的直接源頭。

而後，遼代也出現了優戲中以擊打來達到笑鬧的演出方式，《邵氏見聞錄》載：

> 潞公會溫公，曰：「某留守北京，遣人入大遼偵事回，云見虜主大宴群臣，伶人劇戲，作衣冠者，見物必攫取懷之，有從其後以挺撲之者，曰：『司馬端明耶？』君實清名在夷狄如此。」溫公愧謝。〔註53〕

這樣的表演形式，大約不晚於北宋元豐五年（1082）。而宋金笑劇中，以杖擊或挺撲優人的動作，體現表演的鬧熱效果，已經形成了一種表演模式，可謂蔚爲大觀。且看下面幾例：

（1）元來也只好錢

> 俳優侏儒，固技之下且賤者，然亦能因戲語而箴諷時政，有合於古矇誦工諫之義，世目爲雜劇者是已。崇寧初，斥遠元祐忠賢，禁錮學術，凡偶涉其時所爲所行，無論大小，一切不得志。伶者對御爲戲，推一參軍作宰相據坐，宣揚朝政之美。一僧乞給公憑遊方，視其戒牒，則元祐三年者，立塗毀之，而加以冠巾。一道士失亡度牒，問其披戴時，亦元祐也，剝其羽衣，使爲民。一士人以元祐五年獲薦，當免舉，禮部不爲引用，來自言，即押送所屬屏斥，已而主管宅庫者附耳語曰：「今日於左藏庫請得相公料錢一千貫，盡是元祐錢，合取鈞旨。」其人俯首久之，曰：「從後門搬入去。」副者舉所持挺扶（一作「挺杖」）其背曰：「你做到宰相，元來也只好錢。」是時至尊亦解顏。〔註54〕

（2）好個神宗皇帝

> 宣和間，徽宗與蔡攸輩在禁中自爲優戲，上作參軍趨出。攸戲

---

〔註52〕　〔宋〕歐陽修《新五代史》卷三十七，「伶官傳第二十五」，北京：中華書局，1974 年版，第 399 頁。

〔註53〕　〔宋〕邵伯溫撰、李劍雄、劉德權點校《邵氏見聞錄》卷十，北京：中華書局，1983 年版，第 105 頁。

〔註54〕　〔宋〕洪邁撰、何卓點校《夷堅志》，「支乙卷第四」，北京：中華書局，1981 年版，第二冊，第 822～823 頁。按，括弧內文字爲筆者添加。

上曰：「陛下好個神宗皇帝。」上以杖鞭之云：「你也好個司馬丞相。」
是知公論在人心，有不容泯者如此。〔註55〕

（3）只少四星兒裏

偽齊劉豫既僭位，大饗群臣，教坊進雜劇。有處士問星翁曰：「自
古帝王之興，必有受命之符，今新主有天下，抑有嘉祥美瑞以應之
乎？」星翁曰：「固有之。新主即位之前一日，有一星聚東井，真所
謂符命也。」處士以杖擊之曰：「五星非一也，乃云聚耳，一星又何
聚焉？」星翁曰：「汝固不知也，新主聖德比漢高祖，只少四星兒
裏。〔註56〕

（4）二勝鐶放腦後

秦檜以紹興十五年四月丙子朔，賜第望仙橋。丁丑，賜銀絹萬
匹兩，錢千萬，彩千縑，有詔就第賜燕，假以教坊優伶，宰執咸與。
中席，優長誦致語，退，有參軍者前，褒檜功德。一伶以荷葉交椅
從之，詼語雜至，賓歡既洽，參軍方拱揖謝，將就椅，忽墜其幞頭，
乃總髮為髻，如行伍之巾，後有大巾鐶，為雙疊勝。伶指而問曰：「此
何鐶？」曰：「二勝（一作聖）鐶。」遽以樸擊其首曰：「爾但坐太
師交椅，請取銀絹例物，此鐶掉腦後可也？」一坐失色，檜怒，明
日下伶於獄，有死者。〔註57〕

從言語戲謔、「手批其頰」的笑鬧動作手段，發展到上述一類以梃、杖等道具
進行擊打，來製造鬧熱場的表演形式，不僅是宋金笑劇演出形態的特點，同
時也是宋金笑劇體現鬧熱性的重要手段。

除文字記載外，戲劇文物則更加直觀地體現了雜劇演出時的笑鬧動作。
圖2-1，是現藏於故宮博物院的南宋絹畫，兩位演員正在演出宋代雜劇《眼藥
酸》。左側人物為女性裝扮眼科郎中，頭戴黑色高冠，身穿橙色袍褂，正伸出
手來，向病人推薦自己的眼藥。其帽、袍、口袋上布滿了眼睛，造型顯得十
分誇張，為副淨色。右側人物頭戴軟巾諢裹，身穿青色圓領短衫，雙臂露出，
下穿白褲。其身後腰間插一團扇，左手持木杖，扛搭於肩頭，右手則指向自

〔註55〕〔宋〕周密《齊東野語》卷二十，北京：中華書局，1983年版，第381頁。
〔註56〕〔宋〕沈作喆《寓簡》卷十，北京：中華書局，1985年版，第81頁。
〔註57〕〔宋〕岳珂撰、吳企明點校《桯史》卷七，「優伶詼語」，北京：中華書局，
1981年版，第81頁。

己的眼睛，扮演了一名眼疾患者，爲副末色。其中，副末左手中的木杖，正是副末打副淨，用於調笑、鬧熱表演場面的重要砌末。

圖 2-1　宋雜劇絹畫《眼藥酸》

　　總之，宋金笑劇的鬧熱特點主要體現在言語與動作兩方面，因此而構成的鬧熱表演形態——插科打諢，更對成熟戲劇的鬧熱性、程式化都產生了直接且深遠之影響。

## 三、宋金笑劇鬧熱的表演形態及其深遠影響

　　宋金笑劇是傳統戲劇發展的重要階段，其形態可見《都城紀勝》：

> 　　雜劇中，末泥爲長，每四人或五人爲一場，先做尋常熟事一段，名曰豔段；次做正雜劇，通名爲兩段。末泥色主張，引戲色分付，副淨色發喬，副末色打諢，又或添一人裝孤。其吹曲破斷送者，謂之把色。大抵全以故事世務爲滑稽，本是鑒戒，或隱爲諫諍也，故從便跣露，謂之無過蟲。……雜扮或名雜旺，又名紐元子，又名技

和，乃雜劇之散段。〔註58〕

這段文字記載所包含的內容十分豐富，表明了宋金笑劇的基本形態與特點。其一，傳統戲劇的腳色行當已經初步形成，主要有五類：末泥、引戲、副淨、副末、裝孤。其二，戲劇長度有所增加，從優戲的幾句滑稽言語，唐戲弄對手戲所表現的簡單情節，到北宋雜劇的「豔段」「正雜劇」，南宋出現的「雜扮」，戲劇表現形式更趨完善，敘事性則在這樣的結構中逐步增強；其三，傳統戲劇的綜合性（總體性）初步顯現，宋金雜劇不僅突破了角抵戲單純的動作性，也打破了優戲、參軍戲單純的語言性，而在雜劇中增添了音樂性元素；其四，宋金雜劇最主要的特點是滑稽——以言語的戲謔、諷刺，及動作的笑鬧為主要形式的鬧熱性，故也被稱為宋金笑劇。可見，宋金笑劇是傳統戲劇發展過程中的進步形式，其鬧熱性的表演形態也是影響戲曲鬧熱性最直接的因素。

宋金笑劇鬧熱的表演形態，主要體現在以下兩方面：

第一，戲劇腳色增加，音樂性因素的融入，標誌著演出規模與內容的擴展。在宋金戲劇文物中，涉及到表演腳色的，主要有磚雕、石雕、線刻、石刻、戲俑、壁畫、絹畫等，共計 34 組。（見表 2-1）

### 表 2-1　現存宋金戲劇文物中腳色情況表〔註59〕

| 編號 | 名稱 | 發現地 | 腳色人數 | 腳色排序 | 公佈情況及資料出處 | 時間 |
|---|---|---|---|---|---|---|
| 1 | 洪洞英山舜帝廟雜劇碑趺線刻 | 山西省洪洞縣萬安鎮東圈頭村 | 2 | （存疑） | 1998 年發現。見馮俊傑《金〈昌寧宮廟碑〉及其所言「樂舞戲」考略》，《文藝研究》1999 年第五期。另見金小明《宋代樂舞雜劇碑趺線刻的新發現》，《中華戲曲》第 31 輯，文化藝術出版社 2004 年。 | 宋天聖七年（1029） |

〔註58〕〔宋〕灌圃耐得翁《都城紀勝》，「瓦舍眾伎」條，北京：中國商業出版社，1982 年版，第 9、10 頁。
〔註59〕黃竹三、延保全《戲曲文物通論》，臺北：國家出版社，2009 年版，第 329～331、354～356 頁。按，此表格是將原作中宋、金兩表按時間排序合一而作；表格中的年代均換用阿拉伯數字表示。

| 2 | 禹縣白沙墓雜劇磚雕 | 河南省禹州市白沙村 | 4 | 副末 副淨 裝孤 引戲 | 1952年春發現。見宿白《白沙宋墓》，文物出版社1957年；參見周貽白《北宋墓葬中的人物雕磚研究》，《文物》1961年第十期；徐蘋芳《白沙宋墓中的雜劇雕磚》，《考古》1960年第九期；山西師大戲曲文物研究所《宋金元戲曲文物圖論》（以下簡稱《圖論》），山西人民出版社1987年。 | 北宋 |
| 3 | 偃師酒流溝墓雜劇磚雕 | 河南省偃師市酒流溝水庫 | 5 | 副末 副淨 裝孤 末泥 引戲 | 1958年發現。見董祥《河南省偃師縣酒流溝水庫宋墓》，《文物》1959年第九期；參見徐蘋芳《宋代的雜劇雕磚》，《文物》1960年第五期；廖奔《宋元戲曲文物與民俗》，文化藝術出版社1989年。另見《圖論》。 | 北宋 |
| 4 | 滎陽東槐西朱氏墓石棺雜劇線刻 | 河南省滎陽市東槐西村 | 4 | 副淨 副淨 副末 末泥 | 1978年發現。見呂品《河南滎陽北宋石棺線畫考》，《中原文物》1983年第四期。參見周到《滎陽宋代石棺雜劇圖考》，《戲曲藝術》（豫）1983年第四期。另見《圖論》。 | 宋紹聖三年（1096） |
| 5 | 溫縣王村墓雜劇磚雕 | 河南省溫縣王村 | 5 | 副淨 副末 引戲 裝孤 末泥 | 1982年發現。張思清、武永政《溫縣宋墓發掘簡報》，《中原文物》1983年第一期。參見廖奔《溫縣宋墓雜劇雕磚考》，《文物》1984年第八期。周到《溫縣宋墓中散樂形式的研究》，《戲曲藝術》（豫）1983年第一期。 | 北宋 |
| 6 | 溫縣博物館藏雜劇磚雕之一 | 河南省溫縣 | 5 | 副淨 引戲 副末 裝孤 末泥 | 「文革」中出土。現藏溫縣博物館。見周到《溫縣宋雜劇雕磚摭談》，《戲曲藝術》（豫）1984年第二期。張新斌、王再建《溫縣宋代人物雕磚考略》，《考古與文物》1988年第三期。另見《圖論》。 | 北宋 |

| 7 | 溫縣西關墓雜劇磚雕 | 河南省溫縣西關 | 5 | 引戲<br>末泥<br>裝孤<br>副淨<br>副末 | 1990 年發現。見羅火金、王再建《河南溫縣西關宋墓》,《華夏考古》1996 年第一期。另見延保全《溫縣西關宋墓雜劇雕磚敘考》,《中華戲曲》第 28 輯,文化藝術出版社 2003 年。 | 北宋 |
| 8 | 洛寧縣上村墓雜劇磚雕之一 | 河南省洛寧縣小界鄉上村 | 5 | 副末<br>引戲<br>裝孤<br>末泥<br>副淨 | 1973 年發現。見李獻奇、王興起《洛寧縣宋代雜劇雕磚試析》,《中原文物》1988 年第四期;廖奔、楊健民《河南洛寧上村宋金社火雜劇磚雕敘考》,《文物》1989 年第二期。另見楊健民《中州戲曲歷史文物考》,文物出版社 1992 年;廖奔《中國戲劇圖史》,河南教育出版社 1996 年。 | 宋末金初 |
| 9 | 洛寧縣上村墓雜劇磚雕之三 | 同上 | 5 | 副末<br>副淨<br>裝孤<br>引戲<br>末泥 | 同上。分屬於兩墓。 | 同上 |
| 10 | 蒲縣河西村媧皇廟雜劇石雕財盆 | 山西省蒲縣河西村 | 6 | 裝孤<br>末泥<br>引戲<br>副淨<br>副末<br>把色 | 1998 年發現。見延保全《山西蒲縣宋雜劇石刻的新發現與河東地區宋雜劇的流行》,《文學前沿》2000 年第二期;參見延保全《蒲縣河西村媧皇廟及其戲曲文物考》,臺灣《民俗曲藝》第 139 期,2003 年。 | 北宋 |
| 11 | 新安李村宋氏雜劇壁畫 | 河南省新安縣石寺鄉李村 | 5 | ?<br>副淨<br>副淨<br>副末<br>拍板色 | 1983 年發現。見楊健民《中州戲曲歷史文物考》,頁 57,文物出版社 1992 年。參見廖奔《中國戲劇圖史》,頁 56,河南教育出版社 1996 年。 | 宋宣和八年（1126） |
| 12 | 宋雜劇《眼藥酸》絹畫 | 藏北京故宮博物院 | 2 | 副末<br>副淨 | 周貽白《南宋雜劇的舞臺人物形象》,《文物精華》第一集,文物出版社 1959 年。另見《兩宋名畫冊》,文物出版社 1963 年。 | 南宋 |

| 13 | 宋雜劇絹畫 | 同上 | 2 | 副末<br>副淨 | 同上 | 同上 |
|---|---|---|---|---|---|---|
| 14 | 鄱陽殷家村洪氏墓戲俑 | 江西省鄱陽縣磨刀石鄉殷家村 | 5 | （存疑） | 1975 年發現。見唐山《江西鄱陽發現宋代雜劇俑》，《文物》1979 年第四期。參見劉念茲《南宋饒州瓷俑小議》，《文物》1979 年第四期。 | 南宋景定五年（1264） |
| 15 | 廣元 401 醫院墓雜劇石刻之一 | 四川省廣元市 401 醫院（原名爲 072 醫院） | 2 | 末泥<br>裝孤 | 1975 年發現。見李成渝《廣元市南宋墓伎樂石雕管見》，《川劇藝術》1986 年第三期。參見廖奔《廣元南宋墓雜劇·大曲石刻考》，《文物》1986 年第十二期。 | 南宋嘉泰四年（1204） |
| 16 | 廣元 401 醫院墓雜劇石刻之三 | 同上 | 2 | 副末<br>副淨 | 同上 | 同上 |
| 17 | 廣元 401 醫院墓雜劇石刻之四 | 同上 | 2 | 裝孤<br>裝孤 | 同上 | 同上 |
| 18 | 垣曲坡底墓雜劇磚雕 | 山西省垣曲縣坡底（一說後窯村） | 5 | 副淨<br>副末<br>裝孤<br>引戲<br>末泥 | 1973 年發現。見楊生記、呂輯書、韓樹偉《垣曲古墓雜劇磚雕探微》，《戲友》1987 年第四期。 | 金大定三年（1163） |
| 19 | 稷山馬村段氏 M2 雜劇磚雕 | 山西省稷山縣馬村 | 4 | 末泥<br>副末<br>裝孤<br>副淨 | 1973～1979 年間發現。見山西省考古研究所《山西稷山金墓發掘簡報》，《文物》1983 年第一期。 | 金初 |
| 20 | 稷山馬村段氏 M3 雜劇磚雕 | 同上 | 5 | 裝孤<br>末泥<br>引戲<br>副末<br>副淨 | 同上 | 同上 |

| 21 | 稷山馬村段氏 M4 雜劇磚雕 | 同上 | 4+1 | 裝孤<br>引戲<br>（副末）<br>副淨<br>末泥 | 同上 | 同上 |
|---|---|---|---|---|---|---|
| 22 | 稷山馬村段氏 M5 雜劇磚雕 | 同上 | 4+1 | （引戲）<br>副淨<br>副末<br>末泥<br>裝孤 | 同上 | 同上 |
| 23 | 稷山馬村段氏 M8 雜劇磚雕 | 同上 | 5 | 引戲<br>裝孤<br>副淨<br>副末<br>末泥 | 同上 | 同上 |
| 24 | 稷山化峪 M2 雜劇磚雕 | 山西省稷山縣化峪鎮 | 5 | 裝孤<br>引戲<br>副淨<br>副末<br>末泥 | 1979 年發現。見山西省考古研究所《山西稷山金墓發掘簡報》，《文物》1983 年第一期。 | 金代 |
| 25 | 稷山化峪 M3 雜劇磚雕 | 同上 | 5 | 裝孤<br>末泥<br>副淨<br>副末<br>引戲 | 同上 | 同上 |
| 26 | 稷山苗圃 M1 雜劇磚雕 | 山西省稷山縣城西南 | 4 | 裝孤<br>副末<br>副淨<br>末泥 | 同上 | 金代 |
| 27 | 侯馬董明墓戲俑 | 山西省侯馬市 | 5 | 副末<br>引戲<br>裝孤<br>末泥<br>副淨 | 1959 年發現。見楊文齋、楊富斗、張守中《侯馬金代董氏墓介紹》，《文物》1959 年 6 月。 | 金大安二年（1210） |

| 28 | 侯馬晉光 M1 雜劇磚雕 | 同上 | 5 | 裝孤<br>副淨<br>引戲<br>副末<br>末泥 | 1995 年發現。見山西省考古研究所侯馬工作站《侯馬兩座金代紀年墓發掘報告》 | 金大安二年（1210） |
|---|---|---|---|---|---|---|
| 29 | 侯馬 104 號金墓雜劇俑 | 同上 | 4 | 副淨<br>裝孤<br>副淨<br>末泥 | 1965 年發現。見楊富斗《山西侯馬 104 號金墓》，《考古與文物》1983 年第六期。 | 金代 |
| 30 | 義馬墓雜劇磚雕 | 河南省義馬市新市區南郊 | 4 | 裝孤<br>副淨<br>副末<br>末泥 | 1988 年發現。見三門峽市文物工作隊、義馬市文物管理委員會《義馬金代磚雕墓發掘簡報》，《華夏考古》1993 年第四期。 | 金代 |
| 31 | 焦作西馮封墓雜劇俑 | 河南省焦作市西馮封村 | 5 | 副末<br>副淨<br>引戲<br>裝孤<br>末泥 | 1965 年發現，1973 年清理。見河南省博物館、焦作市博物館《河南焦作金墓發掘簡報》，《文物》1979 年第八期。 | 金代 |
| 32 | 垣曲古城墓雜劇磚雕 | 山西省垣曲縣古城村 | 5 | 拍板色<br>副末<br>末泥<br>引戲<br>大鼓色 | 1954 年（一說 1958 年）發現。見常之坦《垣曲宋墓雜劇雕磚考證》，《晉陽學刊》1958 年第四期。該墓無紀年，和垣曲坡底金墓磚雕相似，故斷爲金代。 | 金代 |
| 33 | 修武大位墓雜劇磚雕 | 河南省修武縣郇封鄉大位村 | 5 | 引戲<br>副末<br>副淨<br>末泥<br>裝孤 | 1992 年發現。見馬正元等《河南修武大位金代雜劇磚雕墓》，《文物》1995 年第二期。 | 金代 |
| 34 | 平定西關墓雜劇壁畫 | 山西省平定縣城關鎮西關村 | 5 | 末泥（兼司鼓）<br>裝孤<br>副淨<br>副末<br>副淨 | 1994 年發現。見商彤流、袁盛慧《山西平定宋、金壁畫墓簡報》，《文物》1996 年第五期。 | 金代 |

　　上表中可知：其一，1-11 號為北宋文物，12-17 號為南宋文物，18-34 號為金代文物。其二，除編號 1 與 14 的戲劇腳色存疑之外，其他文物之戲劇腳色基本與《都城紀勝》的記載相符。其三，腳色的演變，是隨著宋金戲劇的發展而逐步完善的，然無論腳色數量是兩個、四個還是五個，其中副淨、副末都佔據了較為主要的位置，這是由宋金笑劇滑稽、笑鬧的鬧熱特徵所決定的。其四，音樂性因素在戲劇腳色中直接呈現，如 10 號之「把色」，11 號之「拍板色」，32 號之「拍板色」「大鼓色」，34 號之「末泥兼司鼓」。而表演中涉及的音樂元素遠不止這些，如 1 號整個線刻圖上有七個人物，其中樂隊 5 人，依左至右分別執有的樂器為大鼓、長笛、拍板、杖鼓、篳篥；雜劇腳色 2 人，一男一女，正在作場。裝扮女子的演員，有一雙大腳，便可知其為「弄喬婦人」，具體表演內容雖不可考，但整個表演是在樂隊伴奏下進行的〔註60〕。再如，21、22 號兩組磚雕，是將雜劇腳色與樂隊分列於兩排，前排站立四個雜劇腳色，後排則為一架樂床，上面並排坐有樂隊成員，進行著演奏。在這裡樂隊與腳色是一同進行雜劇演出的，因此，金代戲劇音樂性與情節性在演出中是合一呈現的。總之，無論是宋金戲劇的分段演出，還是音樂性因素與敘事性表演的結合，都說明戲劇發展到宋金時期，其藝術包容度更大，所表現的內容也愈加廣泛。

　　戲劇腳色的增加，最為直接的變化是戲劇表演的容量增大，主要表現在兩方面：群戲表演的出現與演劇時長的增加。

　　群戲，原指集體遊戲、嬉戲玩鬧，《隋書·尒朱敞傳》：「見童兒群戲者」〔註61〕。進而又為百戲、雜伎的指稱或代稱，《文獻通考·散樂百戲》將「角力戲」解釋為：「壯士裸袒相搏，而角勝負。每群戲既畢，左右軍雷大鼓而引之，豈亦古者習武而變歟！」〔註62〕

　　在中國傳統戲劇中，群戲是相對於獨角戲、對手戲而言的，一般「有三名以上並重主角的稱為『群戲』」，其特點是「角色紛紜，行當齊全，熱鬧火爆」，在喜慶堂會、名角薈萃、義演募捐等情況下，均有群戲的演出，是觀眾們喜聞樂見的戲劇藝術表演形式〔註63〕。

---

〔註60〕參見馮俊傑《金〈昌寧宮廟碑〉及其所言「樂舞戲」考略》，《文藝研究》1999年第 5 期，第 117～118 頁。

〔註61〕《隋書》卷五十五，北京：中華書局，1973 年版，第 1375 頁。

〔註62〕〔元〕馬端臨《文獻通考》卷一百四十七，北京：中華書局，1986 年版，上冊，第 1288 頁。

〔註63〕孫煥斌《談「群戲」》，《中國京劇》1994 年第 5 期，第 20 頁。

　　當代，群戲不僅指戲劇中眾多角色並重的表演形式，更成爲電影、電視劇等新型表演藝術的類型、模式與風格，如奧斯卡獲獎影片《撞車》（「Crash」）（2004），中國的《英雄》（2002）、《建國大業》（2009）、《建黨偉業》（2011）、《辛亥革命》（2011）等爲代表的群戲類型電影。

　　當然，本文之「群戲」，屬於傳統戲劇概念範疇，然宋金時期的群戲，與京劇時代明星薈萃的熱鬧群戲相比，在規模、形制上亦有所差別。這一時期的群戲主要表現爲腳色的增加、齊備，敘事手法日趨成熟，表演中角色的相互配合。

　　宋金笑劇的腳色類型已突破了前期對手戲表演形式的兩個腳色行當（如唐代參軍戲的參軍與蒼鶻），不僅腳色增加，而且各個腳色可同臺進行演出。南宋周密《武林舊事》卷一「聖節」條載理宗（1225～1264）時端午節宮廷獻樂和雜劇演出的盛況：

> 雜劇，吳師賢已下，做《君聖臣賢爨》，斷送《萬歲聲》。
>
> 第五盞，……雜劇，周朝清已下，做《三京下書》，斷送《繞池遊》。
>
> ……
>
> 再坐第一盞，觱篥起《慶芳春慢》，楊茂。
>
> ……
>
> 第四盞，……雜劇，何晏喜已下，做《楊飯》，斷送《四時歡》。
>
> ……
>
> 第六盞，……雜劇，時和已下，做《四偌少年遊》，斷送《賀時豐》。
>
> ……〔註64〕

由引文可知，所獻演的雜劇分別爲《君聖臣賢爨》《三京下書》《楊飯》《四偌少年遊》。這四個劇目內容雖不可考，但可推知其具有笑鬧特徵，如《四諾少年遊》，「諾」即雜扮藝人所進行的「似像」表演〔註65〕。「雜扮」又稱爲「雜班」，《雲麓漫鈔》卷十曰：「近日優人作雜班，似雜劇而簡略。」〔註66〕

〔註64〕〔宋〕周密《武林舊事》，北京：中國商業出版社，1982年版，第16～21頁。
〔註65〕參見劉曉明《雜劇形成史》，北京：中華書局，2007年版，第277～281頁。
〔註66〕〔宋〕趙彥衛撰、傅根清點校《雲麓漫鈔》卷十，北京：中華書局，1996年版，第166頁。

而雜扮所承擔的就是笑鬧表演——「多是借裝爲山東、河北村叟，以資笑端。」〔註67〕可見，這樣的雜劇演出「均具有一定的故事情節，加上宮廷獻樂的規模和排場以大爲美，顯然非一兩個演員所能完成。」〔註68〕因此，這次端午節宮廷演劇中有袛應的雜劇色15人：

> 吳師賢　趙　恩　王太一　朱　旺（豬兒頭）
> 時　和　金　寶　俞　慶　何晏喜
> 沈　定　吳國賢　王　壽　趙　寧
> 胡　寧　鄭　喜　陸　壽〔註69〕

這15人雖然不可能同時登臺演出，但這場演出突破了兩人對手戲演出形式，形成群戲表演形態，是可以肯定的。這一點從表2-1也可以看出，其中4號、11號、34號戲劇文物分別有兩個副淨色。重複添置的副淨，一定是爲了表現藝術包容性更強的戲劇內容，在表演中兩個副淨極有可能同時登場，與其他腳色進行群戲表演。否則，如果副淨單獨和副末或其他腳色一同作場，那麼也就不必如此添置腳色了。

再如圖1-9的「雜劇作場圖」，左面三個腳色同時面向右邊正襟危坐的似裝孤色，其右手前指，貌似有所言語，其他三者似作聆聽狀，又似用言語和眼神與之交流，可知這四個腳色同時登臺，是一場整體演出的一幀定格畫面，他們在同樣的戲劇故事中扮演著不同角色，這是群戲表演的典型例證。

總之，中國的群戲表演濫觴於宋金時期。而戲劇表演從先秦以來的角抵戲、優戲、參軍戲等獨腳戲、對手戲，發展到宋金笑劇中的群戲表演形態，也是一脈相承的。

此外，宋金時期戲劇表演在時間方面，已經有了相當的長度。一方面，演出分段進行，是表演時長增加的表現之一。北宋雜劇演出，主要由豔段、正雜劇兩段構成其表演結構，而兩段內容可以由不同的演員進行表演，如「諸軍繳隊雜劇一段，繼而露臺弟子雜劇一段」〔註70〕。到南宋時，雜劇表演呈

---

〔註67〕〔宋〕吳自牧《夢粱錄》卷二十，北京：中國商業出版社，1982年版，第177頁。

〔註68〕延保全《從戲曲文物看宋金元雜劇的腳色行當》，《中華戲曲》第34輯，第123頁。

〔註69〕〔宋〕周密《武林舊事》，北京：中國商業出版社，1982年版，第21頁。

〔註70〕〔宋〕孟元老《東京夢華錄》卷七，「駕登寶津樓諸軍呈百戲」條，北京：中國商業出版社，1982年版，第48頁。

現為豔段、正雜劇、雜扮的三段式表演結構，均超越了宋以前的戲劇獨段表演形式。這種「多場連續演出方式顯示出一種結構張力，是社會對於戲劇擴大含容量要求的反映，它導致戲劇從獨唱戲向多場戲的跨越」〔註71〕。

另一方面，儀式演劇的時長有突破性發展。《東京夢華錄》卷八記載了北宋時期中元節盂蘭盆會的鬧熱活動：

> 七月十五日中元節。先數日，市井賣冥器靴鞋、幞頭、帽子、金
> 犀假帶、五綵衣服。以紙糊架子盤遊出賣。潘樓并州東西瓦子，亦如
> 七夕。耍鬧處亦賣果食、種生、花果之類，及印賣《尊勝目連經》。
> 又以竹竿斫成三腳，高三五尺，上織燈窩之狀，謂之「盂蘭盆」。掛
> 搭衣服、冥錢，在上焚之。構肆樂人自過七夕，便般《目連救母》雜
> 劇，直至十五日止，觀者增倍。中元前一日，即賣練葉，享祀時鋪襯
> 卓面。又賣麻穀窠兒，亦是繫在桌子腳上，乃告祖先秋成之意。又賣
> 雞冠花。謂之「洗手花」。十五日供養祖先素食，纏明即賣穄米飯，
> 巡門叫賣，亦告成意也。又賣轉明菜花、花油餅、餕䭔、沙䭔之類。
> 城外有新墳者，即往拜掃。禁中亦出車馬詣道者院謁墳。本院官給祠
> 部十道，設大會，焚錢山，祭軍陣亡歿、設孤魂之道場。〔註72〕

七月十五——中元節，是中國古老的秋嘗節俗，與佛、道等宗教習俗的疊加混合，進而形成的多元複合式民俗節日。從引文可知，北宋中元節民俗活動內容豐富，民俗事項繁多，其中「目連救母」雜劇，更要連演八天，這是戲劇史上的首例。

關於北宋目連戲演出時間之長，學者們有不同的看法。王季思先生認為：「根據《東京夢華錄》，在北宋汴京演出的《目連救母》雜劇連續演了八天，而且觀眾愈來愈多。這當然不是一本雜劇的重複演八次，而只能是多本連演性質的，它才能收到觀眾倍增的效果。」〔註73〕周貽白先生則估計到了幾種可能：

> 如果中元節上演的《目連救母雜劇》，連臺演出七八天，或者為
> 三四天一次，而以七八天作為兩次，甚至每天情節相同而連演七八

---

〔註71〕廖奔、劉彥君《中國戲曲發展史》第一卷，太原：山西教育出版社，2003 年
　　　　版，第 224 頁。
〔註72〕〔宋〕孟元老《東京夢華錄》，北京：中國商業出版社，1982 年版，第 55 頁。
〔註73〕王季思《關於「西廂記」作者問題的進一步探討》，《光明日報》1961 年 7 月
　　　　9 日。

次，那麼，至少也是以一天或一夜的時間只演這一個故事。單憑這
一點，已經和雜在歌舞雜技中的短暫演出不同。這是中國戲劇成為
一個獨立藝術部門的重要關鍵。〔註74〕

無論何種可能性，演出時長增加、故事性延展，對於戲劇成為獨立藝術部門
的重要性不言而喻。此外，朱恒夫先生也認為該劇有相當的表演長度，「是個
能夠演出一天的雜劇」，「自過七夕，直至十五日止，是每天演出相同的內容」
〔註75〕。然曹廣濤先生則認為，「不能排除《目連救母》雜劇連演七、八天兒
每天情節都不同的可能性」，「只有從儀式戲劇的角度來分析，才能揭開《目
連救母》雜劇連演七天的秘密。」〔註76〕

　　筆者認為，「目連救母」雜劇原本就是中元節民俗活動的組成部分，是特
殊的表演形式。中元節除了「目連救母」雜劇外，還有諸多儀式習俗，如獻
先祖、祭父母、拜新墳、設素食、告秋成、罷觀燈、感詐鬼、除蟒妖等〔註77〕。
作為儀式戲劇，「目連救母」雜劇的演出「是與儀式同時進行的，以儀式程序
貫穿始終」〔註78〕，且「融入節日祭祀禮儀、民俗風情的活動之中，增加了節
日的熱鬧氣氛」，展現了極強的生命力，並「始終保持一種蓬勃的朝氣」〔註79〕。

　　總之，戲劇表演時長增加，說明戲劇結構擴大，所承載的戲劇內容也隨
之增加。其中戲劇演出包含了民俗內容，而其本身也是民俗的一部分，二者
「你中有我，我中有你」，可見，民俗鬧熱性是傳統戲劇鬧熱性的重要組成。

　　第二，宋金笑劇中動作戲具有笑鬧性。

　　宋金笑劇的「撲打」，主要指副末打副淨，以營造笑鬧的戲劇氛圍。元代
陶宗儀《南村輟耕錄》云：「一曰副淨，古謂之參軍；一曰副末，古謂之蒼鶻，
鶻能擊禽鳥，末可打副淨」〔註80〕。「擊」「打」，並非徒手進行，杜仁傑《莊

---

〔註74〕　周貽白《中國戲曲發展史綱要》，上海：上海古籍出版社，1984 年版，第 89 頁。

〔註75〕　朱恒夫《目連戲研究》，南京：南京大學出版社，1993 年版，第 32 頁。

〔註76〕　曹廣濤《北宋〈目連救母〉雜劇的表演形態芻議》，《韶關學院學報》（社會科
　　　　學版）2008 年第 7 期。

〔註77〕　參見〔宋〕陳元靚《歲時廣記》卷三十，「中元下」，北京：中華書局，1985
　　　　年版，第 341～347 頁。

〔註78〕　王兆乾《儀式性戲劇與觀賞性戲劇》，載《戲史辯》第二輯，北京：中國戲劇
　　　　出版社，2001 年版，第 47 頁。

〔註79〕　劉禎《中國民間目連文化》，成都：巴蜀書社，1997 年版，第 35 頁。

〔註80〕　〔元〕陶宗儀《南村輟耕錄》，「院本名目」條，載俞為民、孫蓉蓉主編《歷
　　　　代曲話彙編——新編中國古典戲曲論著集成》（唐宋元編），合肥：黃山書社，
　　　　2006 年版，第 436 頁。

家不識構欄》曰：「太公心下實焦懆，把一個皮棒槌則一下打做兩半個。我則道腦袋天靈破，則道興詞告狀，劃地大笑呵呵。」〔註81〕這是院本《調風月》的一段笑鬧表演，其中張太公裝扮副末，小二哥則爲副淨，太公用皮棒槌朝著小二哥的腦殼打去，是爲了笑鬧的演劇效果。

### 圖2-2　副末與砌末

（左爲：河南溫縣西關宋墓雜劇磚雕之副末

右爲：河南省洛寧縣上村金樂舞雜劇磚雕）

皮棒槌又稱「磕瓜」或「檑瓜」，《太和正音譜》載：「『副末』執檑瓜以撲『靚』」〔註82〕。李伯瑜【越調·小桃紅】《磕瓜》小令這樣寫道：

木胎氎觀（一作襯）要柔和，用最軟的皮兒裹。手內無他煞難過，得來呵，普天下好淨也應難躲。兀的般砌末，守著個粉臉兒色

---

〔註81〕〔元〕杜仁傑《【般涉調·耍孩兒】〈莊家不識構欄〉》，載俞爲民、孫蓉蓉主編《歷代曲話彙編——新編中國古典戲曲論著集成》（唐宋元編），合肥：黃山書社，2006年版，第213頁。

〔註82〕〔明〕朱權《太和正音譜》，載中國戲曲研究院編《中國古典戲曲論著集成》（三），北京：中國戲劇出版社，1959年版，第53頁。按，「副末」即副末，「靚」即副淨。

　　末，諢廣笑聲多。〔註83〕

可見，副末用碡瓜擊打副淨只是手段，為的是打諢調笑，讓戲演得熱鬧，讓觀者看得開懷。

　　副末利用砌末擊打副淨，是宋金笑劇典型的鬧熱表演程式，在現存的宋金文物中也有體現。如圖2-1，左為副末單像磚雕，其面帶笑容，髮裏高髻，頭戴簪花，上穿圓領窄袖衫，下著窄腿褲。右手持一副棒槌，左手則在口中打呼哨，左小腿後翹，樣貌體態顯得十分滑稽。右圖為樂舞社火表演磚雕，上刻二人，分別為副末（左）與副淨（右），副末上穿窄袖短衫，下著窄腿褲，腦後背負似行囊物，雙手持一棒槌在身前，做驅趕狀；副淨身穿長衫，左手持扇在胸前，右手甩袖在身側，扭動腰肢，做趨避狀。二人動作表明，副末用手中的砌末正欲驅打副淨。可見，這是一副雜劇表演磚雕圖。

　　此外，宋金戲劇文物的副末色，執砌末者居多。（見表 2-2）砌末除了皮棒槌之外，還有木刀和各類形狀的板片，作用與皮棒槌相同。

## 表2-2　現存宋金戲劇文物中副末色執砌末情況一覽表

| 砌末類型 | 現存的文物例證 | 備註 |
|---|---|---|
| 執棒槌或皮棒槌者 | 河南溫縣西關宋墓雜劇磚雕<br>河南溫縣博物館藏單人宋雜劇磚雕<br>河南洛寧縣金墓Ⅰ號雜劇磚雕<br>河南洛寧縣金墓Ⅱ號雜劇磚雕<br>河南義馬金墓雜劇磚雕<br>河南焦作市金墓雜劇磚雕<br>山西新絳縣北王馬村金墓雜劇磚雕<br>山西蒲縣河西村媧皇廟宋代雜劇石雕<br>山西稷山縣化峪鎮三號金墓雜劇磚雕<br>山西侯馬市金代董明墓雜劇磚俑<br>山西侯馬市晉光製藥廠金墓雜劇磚雕 | 下垂置於左側。<br><br>一半置於袖筒中。 |
| 執似為皮棒槌者 | 河南溫縣博物館藏宋墓雜劇磚雕<br>山西垣曲縣後窯金墓雜劇磚雕<br>山西稷山縣馬村三號金墓雜劇磚雕<br>山西稷山縣馬村四號金墓雜劇磚雕<br>山西稷山縣東段金墓雜劇磚雕 | 此五例形狀較之上一類，均略小一些。 |

---

〔註83〕隋樹森《全元散曲》，北京：中華書局，1964年版，第1222頁。

| | | |
|---|---|---|
| 持木刀者 | 河南溫縣前東南王村宋墓雜劇磚雕 | |
| 持梯形板刀者 | 河南新安縣宋墓雜劇壁畫 | |
| 持中間分瓣之器物者 | 河南榮陽市東槐西村宋墓雜劇線刻 | |
| 持矩形大板者 | 山西稷山縣馬村八號金墓雜劇磚雕<br>山西襄汾縣荊村溝金墓雜劇磚雕 | |
| 持彎形大板者 | 山西稷山縣馬村二號金墓雜劇磚雕 | |

可見，副末擊打副淨用以製造笑料，吸引觀眾，進而在表演中呈現出笑鬧性，是十分常見的。

綜上所述，宋金戲劇繼承了前代優戲的笑鬧、滑稽風格，成為中國傳統戲劇中具有代表性的笑劇形態，並對戲曲的鬧熱性產生了極其深遠的影響。

# 第三節　戲曲時代的開啓與戲曲鬧熱性

中國傳統戲劇的成熟，一般有三種認識：一是以元代雜劇的繁盛為時代標準〔註 84〕；二是兩宋之交，以南戲的出現為標誌〔註 85〕；三是金代晚期，以北曲雜劇的誕生為基準〔註 86〕。這些標準，均是以戲曲這一藝術形態為參照的。其實無論是兩宋還是金元，都是傳統戲劇發展的重要時期。由於戲曲是中國傳統戲劇最具代表性的藝術形態，因此，戲曲時代是古代中國戲劇藝術最為輝煌的發展時期。在此，不如將「傳統戲劇的成熟」之提法，改為「戲曲時代的開啓」。

從歷史時間來看，戲曲時代肇始於兩宋之交南戲的出現，到金代北曲雜劇則為全面開啓，繼以元雜劇的繁榮而進入全盛，直至 1949 年中國人民共和

---

〔註 84〕按，馮健民先生從王國維先生的「戲曲大成於元代」說出發，認為「元雜劇乃是中國戲曲完全成熟的時期」。參見馮健民《論中國戲曲成熟之標誌——王國維「戲曲大成於元代」說補正》，《藝術百家》2000 年第 1 期，第 23 頁。按，這是一種誤讀，王國維先生的「戲曲」概念指的是戲劇文學，故「戲曲大成於元代」是指戲曲文學在元代的成熟，具體可參見前文所述。

〔註 85〕按，《中國戲曲發展史》認為南戲是中國歷史上第一種成熟的戲曲形態。參見廖奔、劉彥君《中國戲曲發展史》第一卷，太原：山西教育出版社，2003 年版，第 322 頁。

〔註 86〕按，張大新先生認為戲曲成熟的時間「至遲在金代末年」，「金雜劇（院本）實現了歷史性的跨越，進入了成熟——『眞戲劇』——階段。」參見張大新《金政權南遷與北雜劇的成熟》，《文藝研究》2005 年第 5 期，第 86 頁。

國成立為止〔註 87〕。戲曲時代是中國戲劇史上最重要的時期，處在戲劇發展史的第三階段——戲曲藝術階段。這是傳統戲劇的藝術時代，是其大眾傳播時代，戲曲鬧熱性也隨之而來。

戲曲是傳統戲劇的主流形態和代表形式，進入戲曲時代之後，劇作家和劇本大量湧現，使戲劇藝術的承載能力和表現能力進一步提高，因此，文學性為戲曲整體藝術性的提升，發揮了重要作用。此外，戲曲鬧熱性也是傳統戲劇的本質屬性，體現為表演的內容、形式與觀演互動的鬧熱性。具體來說有四方面：鬧熱的民俗場面呈現、鬧熱的科諢戲謔表演、鬧熱的動作爭鬥場面、鬧熱的戲曲觀演活動。

## 一、鬧熱的民俗場面呈現

民俗活動是孕育傳統戲劇的溫床，民俗鬧熱性也是戲曲鬧熱性的直接來源，即便是進入戲曲時代，鬧熱性的內涵仍舊包含有民俗特點，這是戲曲的基因所致，也是戲曲時代傳統戲劇與民俗活動血緣關係的體現。

戲曲時代的鬧熱民俗場面呈現主要體現在戲內、戲外兩方面。戲內為「戲曲中的民俗」，是指戲曲表演內容和形式所涉及的民俗內容，或所受到的民俗影響；戲外為「民俗中的戲曲」，則指在民俗生活中的戲曲表演活動。

### （一）戲曲中鬧熱的民俗呈現

藝術表現著生活，也是生活情景的再現。現存劇作中，有諸多作品反映出民俗生活、民俗信仰等內容，其中以信仰與節日為背景的居多。

門神作為春節節神，活躍在戲劇舞臺上。戲曲藝術中的門神表演，可分為無形和有形兩種〔註 88〕。元雜劇《竇娥冤》《生金閣》《盆兒鬼》中均提及了門神，卻不見其舞臺形象，為無形的門神表演。三部劇作之主角都做了鬼魂——竇娥、無頭鬼、盆兒鬼在進入公堂時，均遇到了門神的阻擋，這一情節看似簡單，卻必不可少。驅鬼除祟是門神最初的職能，因此其在掌管住宅和殿堂的出入時，對於鬼魂的阻擋是不可避免的。當鬼魂進入公堂申訴冤情

---

〔註 87〕按，將戲曲時代截止於 1949 年中華人民共和國成立，有兩點考慮：其一，1949
　　　　年是當代史的起點，與本文所涉及的研究對象時間界限和範圍相去較遠；其
　　　　二，1949 年至今的傳統戲劇發展由於時間相對較短，尚未形成一定的藝術發
　　　　展規律，故不做系統全面研究。
〔註 88〕參見翁敏華《門神信仰及戲曲舞臺上的門神形象》，《中華戲曲》第 35 輯。

時，門神履行職責，既成為阻礙，又是人鬼溝通的媒介。只不過完成溝通，竇娥需要「自報身份」、強行闖入，無頭鬼和盆兒鬼則借助包公的咒語和燒紙。這一切不但使劇情發展有了一定張力，而且也借助民俗手段避免了劇情推進過程中的常識性缺陷。

有形的門神表演，是通過演員的扮演而展現在舞臺上的，南戲《張協狀元》中出現了戲劇舞臺上第一個有形的門神形象。第十齣《張協古廟避難》，末扮判官與丑扮小鬼臨時客串了一回門神，演出了一段調笑的鬧熱戲。事實上，這是早期戲劇程式化虛擬動作形成之前的「實擬」表演，即「以人擬物」之表演，屬於滑稽表演的藝術形式〔註 89〕。另外，明雜劇《鬧門神》則將門神信仰與年節結合起來，主角為門神。這部作品的戲劇衝突發生在新門神的赴任與舊門神的不願卸任之間，進而敷衍了一齣鬧熱小戲。

張燈放燈、觀燈賞燈是元宵節的重要節俗，元宵之「鬧」，大多發生在觀燈、賞燈的掩映之下，以元宵節為背景的戲劇，更具鬧熱性。

《紫釵記》是一部融季節感與生命意識為一體的劇作〔註 90〕，將諸多節日作為劇情發展的背景，而其中最為重要的就是元宵節。第五齣《許放觀燈》、第六齣《墮釵燈影》就是元宵節的描寫，男女主人公李益和霍小玉也結緣在此時。第五齣以京兆府尹的【點絳唇】開場，唱出了元夕月夜的歡騰景象——「聖主傳宣，風調雨順都如願，慶豐賞年，世界花燈現。」〔註 91〕接著，霍小玉、母親和丫鬟輪唱、合唱，把元夕之景與歡娛心情一併唱出，好不熱鬧——「風柔夜煖笑聲喧」「趁著笙歌引，笑聲喧，怎放卻百花中漏聲閒箭？」第六齣《墮釵燈影》是整個劇作的關鍵，關係到劇情發展與主人公命運，其中元宵「身影」處處可見。生、旦先後上場。由於南天門附近最為熱鬧，燈花最佳，於是霍小玉一家前往觀燈。元宵節的熱鬧是遊人「湊」出來的，哪裏熱鬧，哪裏就是關注的焦點。此時，「黃衫大漢」騎著白馬登場，「人高馬大」擋住了遊人觀燈的視線。而這也為下文「黃衫俠客」埋下了伏筆。接著，生、旦依次到達南天門觀燈，二人相遇在此，四目相視，脈脈含情，一時間慌亂，小玉掉釵，李益拾釵，兩人就這樣結緣了。合唱【江水兒】則點明了

---

〔註 89〕 翁敏華《中國戲曲》，上海：上海古籍出版社，1996 年版，第 80～81 頁。
〔註 90〕 參見翁敏華《〈紫釵記〉的季節感與生命意識》，《上海戲劇》2009 年第 3 期。
〔註 91〕 〔明〕毛晉編《六十種曲》，北京：中華書局，1958 年版，第四冊，第 9～15 頁。按，本節中劇本內容均出自《六十種曲》，下同，並不再出注。

旨意：「手撚玉梅低說，偏咱相逢，是這上元時節。」上元佳節，李益與小玉二人的緣逢，以「梅」做「媒」，以千金之「釵」相遇「千金一笑」。情定元夕，這是何等有「緣」啊！將二人的緣分與節日完美地結合，是《紫釵記》的最大特點，也是使鬧熱情節得以展開的最佳手段。

圖 2-3　上海崑劇團《紫釵記》演出舞臺美術與主演劇照
（黎安飾李益，沈昳麗飾霍小玉）

（圖片為 2009 年該作品的首演，由新浪微博網友元味非物志提供）

　　文本書寫已具備十足的鬧熱魅力，舞臺呈現則更是如此。2008～2009 年之交，上海崑劇團推出了《紫釵記》的全球首演，由青年演員黎安和沈昳麗擔綱主演。2010 年 4 月，筆者有幸在上海天蟾逸夫舞臺觀看了「臨川四夢」的主題演出，第一天即演出該劇。開場並未按照湯顯祖的原本進行，而是以元宵觀燈鬧熱開場。如此一齣郎才女貌的愛情大戲，由鬧熱的觀燈、舞龍等元宵節俗拉開帷幕，再加之色彩、燈光、舞美等烘托，將整個劇場的觀演氛圍推向了鬧熱。總之，這是一個較為成功的鬧熱開場，其背後的支撐就是節日民俗的鬧熱性。

　　除節日習俗外，戲劇藝術還涉及了飲食習俗、人生禮儀習俗等民俗內容，亦展現了生活的鬧熱情形。

### （二）民俗中鬧熱的戲曲活動

　　戲曲時代，傳統戲劇一方面呈現在審美藝術生活中，另一方面也在民俗生活中以高級形態繼續生存和發展著。這既是民俗生活的重要意義，也是戲劇本身與民俗淵源關係的體現。

　　中國人的民俗生活講究熱鬧，無論大事小事、紅事白事都如此，故少不了戲曲在其中參與。民俗中鬧熱的戲曲活動不僅有歲時節令的節日演劇、神誕廟會的賽社演劇，還有生辰壽誕、婚喪嫁娶等人生禮儀民俗中的演劇活動。

　　「觀戲場」〔註92〕，是我國歲時節俗的一項重要內容。不同節日，有著不同的戲劇演出內容，被稱為「節令戲」。如前所述，元宵演劇最盛〔註93〕，中元節則演出「目連戲」。以湖南為例，三月清明唱採茶、五月端陽演《白蛇傳》、七夕上演《鵲橋會》、中秋則演出《天香慶節》《唐明皇遊月宮》等戲碼〔註94〕。另據史料載，早在唐代武德元年（618）的端午節，就上演過百戲散樂：「近太常於民間借婦女裙襦五百餘襲以充妓衣，擬五月五日玄武門遊戲……」〔註95〕而時至今日，在山西繁峙縣，當地百姓在端午節當天，玄帝廟廟會仍然進行著演劇活動；在晉中壽陽縣也會在這日舉辦「陽坡廟會」，其中亦有戲劇觀演活動〔註96〕。此外，明代最為著名的中秋演劇活動，非「虎丘曲會」莫屬。晚明時，「虎丘中秋曲會以其參加人員之眾、唱曲水平之高、氣氛之熱烈、場面之火爆」〔註97〕，聲勢雄壯的鬧熱情狀示人。張岱《陶庵夢憶》卷五《虎丘中秋夜》就記載了一次曲會盛大而鬧熱的場面：「天暝月上，鼓吹百十處，大吹大擂，十番鐃鈸，漁陽摻撾，動地翻天，雷轟鼎沸，呼叫不聞。」〔註98〕

　　「春祈秋報」中鬧熱的演劇活動，與節氣、農業生產之關係甚密，多在農曆二、八月左右。焦廷琥《先府君事略》載：「湖村二、八月間賽神演劇，鐃鼓喧闐，府君（焦循）每攜諸孫觀之，或乘駕小舟，或扶杖徐步，群坐柳陰豆棚之間。花部演唱，村人每就府君詢問故事，府君略為解說，莫不鼓掌

---

〔註92〕 參見鄭傳寅《節日民俗與古代戲曲文化的傳播》，《東南大學學報》（哲學社會科學版）2004 年第 1 期。

〔註93〕 按，彭恒禮《元宵演劇習俗研究》是在其博士學位論文基礎上完成的著述，可參考。參見彭恒禮《元宵演劇習俗研究》，廣州：廣東高等教育出版社，2011年版。

〔註94〕 參見《中國戲曲志·湖南卷》，「節令戲」條，北京：中國 ISBN 中心出版社，2000 年版，第 519 頁。

〔註95〕 〔宋〕司馬光編著、〔元〕胡三省音注、「標點資治通鑑小組」點校《資治通鑑》卷一百八十五，「唐紀一」，北京：中華書局，1956 年版，第十三冊，第5796 頁。

〔註96〕 參見翁敏華《端午節與端午戲》，《中華戲曲》第 38 輯，第 296 頁。

〔註97〕 劉召明《晚明虎丘曲會摭談》，《中華戲曲》第 38 輯，第 174 頁。

〔註98〕 〔明〕張岱著、彌松頤校注《陶庵夢憶》，杭州：西湖書社，1982 年版，第64 頁。

解頤。」〔註99〕又光緒《壽陽縣志・風土志》載：「三月一日起鄉賽，以祈穀實雨澤，其備肴饌、演雜劇，費輒不貲。」〔註100〕另外，江南的春臺戲，也是飽含「春祈」之意的演劇活動之一。《清嘉錄》卷二云：「二三月間，里豪市俠，搭臺曠野，醵錢演劇，男婦聚觀，謂之春臺戲，以祈農祥。」〔註101〕可見，其融入了迎神賽社活動中，儀式性、民俗性、藝術性三者交織，顯得場面鬧熱火爆。

神誕廟會演劇，是指在諸神誕辰日或紀念日舉行的迎神賽社或廟會儀式中，所進行的演劇活動，屬於特定節日的「香火戲」，是廟會活動的重要組成。廟會是「群體性的信仰活動」〔註102〕，祭祀獻禮是其主要內容，然而隨著時代發展，廟會逐漸成為「具有慶祝、娛樂意義的祭祀活動」，充滿了「歡快、熱鬧、有趣、詼諧的世俗氣氛」〔註103〕。進而，廟會「獻供的典禮時間」越來越短，「而戲曲演出的時間則較長，有的通宵達旦，有的長達數天」〔註104〕。

山西運城池神廟，供奉河東鹽池之神，為唐大曆十二年（777）敕建〔註105〕，廟中現存一座過路式三連戲臺，名為「奏衍樓」。每年六月初一為常祭廟會，會期三天，除了有大型的社火表演，「奏衍樓」上也要唱戲三日。三連戲臺可以同時容納三個戲班，因此池神廟廟會期間，常會有三個戲班同臺演出、競爭觀眾的鬧熱場景。此外，池神廟也有特祭儀式，如萬曆三十五年（1607）《侍御康公特祭鹽池諸神碑記》記載：「先一日，報池上鹽生，蓋十月二十九日也。……英英乎玄冬生鹽，神之貺也。……於丁未歲正月二十一日親詣設祭五壇，秉恭虔告如例，賽神三日。」〔註106〕這一次廟會祭獻儀式，是由於1606年冬日鹽湖出鹽甚為豐厚，為報天之所賜，故於1607年正月二十一日舉

---

〔註99〕〔清〕焦廷琥撰《先府君事略》，第47頁，載《叢書集成三編》第86冊，臺北：臺灣新文豐出版公司，1997年版，第26頁。按，括弧內文字為筆者添加。

〔註100〕〔清〕張嘉言等纂《壽陽縣志》卷十，「歲時」條，清光緒八年（1882）版。

〔註101〕〔清〕顧祿撰、王邁點校《清嘉錄》，南京：江蘇古籍出版社，1999年版，第54頁。

〔註102〕高有鵬《中國廟會文化》，上海：上海文藝出版社，1999年版，第3頁。

〔註103〕蔡豐明《江南民間社戲》，上海：百家出版社，1995年版，第8頁。

〔註104〕高有鵬《中國廟會文化》，上海：上海文藝出版社，1999年版，第145頁。

〔註105〕參見唐建中二年（781）張濯《寶應靈慶池神廟記》碑文，載光緒《山西通志》，「金石記四」，第13冊，第6558頁。

〔註106〕《侍御康公特祭鹽池諸神碑記》，載薛衛榮《山西運城鹽池神廟祀神演劇活動研究》，附錄A「碑文十」，山西師範大學2009年碩士學位論文，第76頁。

賽酬神，接連三日的廟會，固然也少不了戲班的競藝表演〔註107〕。

圖2-4　山西運城池神廟三連戲臺——奏衍樓

　　揚州二月二土地會，亦十分鬧熱。費軒《夢香詞・調寄望江南》：「揚州好，二月二初頭。土地祠前燈似錦，淮鹽店裏酒如油。歌吹不曾休。」〔註108〕

　　另外，酬神演劇亦有名爲「還願戲」者，是爲了求福求壽、襄災避禍，而對神靈獻演的一種演劇形式。與神誕演劇頗爲類似，娛神、娛人兩相宜，熱鬧非凡。

　　人生禮儀演劇，既有喜慶的壽慶演出，也有喪禮演劇。「壽慶演出有著多方面的民俗文化功能」，其「圍繞祝壽而展開，或爲祝壽場面增添熱鬧氣氛，或爲之招待親友，當然最主要的是爲壽星祝福、祈福。」〔註109〕因此，劇目多選擇喜慶、團圓和祝福性內容，如《大拜壽》《郭子儀上壽》《富貴堂》《王母上壽》《五子登科》《雙龍上壽》等。壽慶演出時需要熱鬧、喜慶的氛圍，《檮杌閒評》第二回描寫了戲班子祝壽的堂會演出：「吹唱的奏樂上場，住了鼓樂，開場做戲，鑼鼓齊鳴，戲子扮了八仙上來慶壽。看不盡行頭華麗人物清標，唱一套壽域婺星高。」〔註110〕

〔註107〕參見薛衛榮《山西運城鹽池神廟三連臺及演劇活動考》，《中華戲曲》第40輯。
〔註108〕劉文忠主編《揚州歷代詩詞》（二），北京：人民文學出版社，1998年版，第605頁。
〔註109〕李躍忠《壽慶與中國戲曲的演出》，《東疆學刊》2011年第1期，第19頁。
〔註110〕佚名原著、沈悦苓點校《檮杌閒評》，載《明清佳作足本叢刊》（第一輯），北京：人民中國出版社，1993年版，第20頁。

喪禮演劇，多稱爲「喪葬戲」（「門喪戲」）〔註111〕、「孝戲」等〔註112〕，是「一種純粹的民間習俗，它源於喪禮上人們本能的歌哭撆踴和用樂。」〔註113〕漢代有「喪家之樂」〔註114〕，而喪葬活動最早有成熟戲曲演出的活動，則在明初〔註115〕。以至於明清兩代，發展爲固定的民間習俗。然喪禮演劇有時成奢靡之風，而屢被禁止。如雍正二年（1724），就曾下令「嚴禁兵民等，出殯時前列諸戲，及前一日，聚集親友，設筵演戲。」〔註116〕喪禮演劇的民俗功能首先是具有喪儀之能，即「敬獻亡者，並超薦亡靈升入天堂」，其次則呈現一種「『熱鬧』場合」，招待前來弔唁的親明〔註117〕。因此，鬧熱也是喪禮演劇的重要特徵。乾隆五十四年（1789）河北《大名縣志·風土志》載：「四鄉有力之家，好作佛事，甚至演戲、作雜劇，遠近聚觀，若觀勝會。」〔註118〕雲南地區將出喪時被邀請演出的大詞戲，稱爲「鬧花喪」〔註119〕。可見喪禮演劇之「鬧」。

綜上所述，戲劇表演與民俗活動關係十分緊密，鬧熱性在其中相互呈現，因此，有時戲曲鬧熱性就是民俗鬧熱性，反之亦然。

## 二、鬧熱的科諢戲謔表演

科諢，是插科打諢的簡稱，是傳統戲劇的重要表現手法。《中國大百科全書·戲曲曲藝卷》云：

> 「科」是指滑稽動作（與一般劇本中代表舞臺指示的「科」意

〔註111〕參見《中國戲曲志·甘肅卷》，「喪葬戲」條，北京：中國 ISBN 中心出版社，2000 年版，第 598 頁。
〔註112〕參見《中國戲曲志·湖南卷》，「節令戲」條，北京：中國 ISBN 中心出版社，2000 年版，第 519 頁。
〔註113〕孔美豔《民間喪葬演戲略考》，《民俗研究》2009 年第 1 期，第 145 頁。
〔註114〕按，《後漢書》援引《風俗通義》的記載。參見〔晉〕司馬彪撰、〔梁〕劉昭注《後漢書·五行志》，北京：中華書局，1973 年版，第 3273 頁。
〔註115〕參見孔美豔《民間喪葬演戲略考》，《民俗研究》2009 年第 1 期，第 145 頁。
〔註116〕《清實錄》，北京：中華書局，1986 年版，第七冊，第 402 頁。
〔註117〕李躍忠《論喪儀中的戲曲演出特點及其民俗文化功能》，《青島大學師範學院學報》2009 年第 4 期，第 104～105 頁。按，共有四項民俗功能，本文只選擇主要的兩項。
〔註118〕〔清〕張維祺、李棠編纂《大名縣志》卷二十，乾隆五十四年版（1789）。
〔註119〕《中國戲曲志·雲南卷》，「其他演出習俗」條，北京：中國 ISBN 中心出版社，2000 年版，第 492 頁。

> 義不同），「諢」是滑稽語言。它來自以滑稽、戲謔爲主的宋雜劇，
> 但在戲曲中只作喜劇性的穿插。〔註120〕

可見，戲曲藝術中的科諢普遍存在，直接源於宋金笑劇。其風格主要爲滑稽與戲謔，具有鬧熱性，是戲劇藝術表演中最爲直觀的鬧熱形式。作爲戲曲藝術的「喜劇性穿插」，科諢體現了喜劇藝術笑鬧、歡鬧之鬧劇風格，悲劇作品中科諢作爲插演，則具有一定的調節功用。

科諢的鬧熱性呈現主要有兩個方面。一則曲文、賓白之「諢」，再則動作表演之「科」。

### （一）以戲謔曲白為主的科諢

戲曲藝術，曲白相生，二者難以分割，然打諢則多以說白爲主，唱曲爲輔。

首先，利用上場詩打諢在戲曲藝術中頗爲常見，現存元雜劇作品幾乎每劇都有以此打諢的情形〔註121〕。《呂蒙正風雪破窯記》第一折，左尋上云：

> 柴又不貴，米又不貴，兩個傻廝，恰好一對。〔註122〕

「一對傻廝」指的就是左尋和他的搭檔──右躲，這其實是左尋對二人的自嘲。再如《張孔目智勘魔合羅》第二折，雜扮河南府縣令和丑扮令史各自的上場詩，均以打諢的方式亮明身份和角色性格：

> 我做官人單愛鈔，不問原被都只要。若是上司來刷卷，廳上打
> 的雞兒叫。

> 官人清似水，外郎白如麵；水面打一和，糊塗成一片。〔註123〕

四句上場詩，前者七言，後者五言，將貪財縣官和糊塗令史的可笑形象，呈於觀眾面前。《臨江驛瀟湘秋夜雨》第二折，淨扮試官上場詩亦是展現了一個貪財試官的形象：

> 皆言桃李屬春官，偏我門牆另一般。何必文章出人上，單要金

---

〔註120〕《中國大百科全書·戲曲曲藝卷》，「科諢」條，北京／上海：中國大百科全書出版社，1983 年版，第 174 頁。

〔註121〕參見郭偉廷《元雜劇的插科打諢藝術》，北京：中國社會科學出版社，2002年版，第 137 頁。

〔註122〕王季思主編《全元戲曲》卷二，北京：人民文學出版社，1990 年版，第 351頁。

〔註123〕王季思主編《全元戲曲》卷三，北京：人民文學出版社，1990 年版，第 687～688 頁。

銀滿秤盤。〔註124〕

其次，其他賓白中亦有諸多形式的打諢，有獨白、對白、同白、帶白、插白、旁白、分白、內白、外呈答云等〔註125〕。如明傳奇《金蓮記》第四齣《郊遇》，開場丑扮佛印做了一番打諢式的獨白：

> 自家叫做佛印，生來有些靈性。只為了悟一心，因此削光兩鬢。漫言衹樹有緣，落得浮萍無定。不逞花柳風騷，不圖利名僥倖。但曉理會玄詮，也曾透明佛證。三昧上真咒已全，百鍊中凡心俱淨。縱然遊戲塵寰，不落腥膻陷阱。筆管中有譴浪的文章，舌頭上有詼諧的高興。縉紳行裏，也去伴食銜杯。羅綺筵中，偏要猜拳行令。堪笑世人懵懂，不識菩提路徑。〔註126〕

佛印本出家人，先言自己「凡心俱淨」，卻又說文字「譴浪」、語言「詼諧」，且還喜歡「伴食銜杯」，觥籌交錯間「猜拳行令」，顯然不應是出家人所為。而下文則有佛印與蘇東坡、秦觀等人的酒令打諢，這也是對白形式的打諢：

> 〔佛〕豪懷不淺，莫負山靈。悶飲何當，須頒酒政。〔黃〕行什麼令？〔佛〕要行個忙令，說得好者，必登上第。就是魯直說起。〔黃〕佔了。舉子進科場，全無字半行，燭已相將盡，問君忙不忙？〔坡〕我有十筐蠶，全無一葉桑，春已相將半，問君忙不忙？〔穎〕我有百畝田，全無一寸秧，夏已相將半，問君忙不忙？〔秦〕自造數間房，全無瓦一張，大雨相將至，問君忙不忙？〔章〕駕艇入長江，中流櫓楫亡，大風相將至，問君忙不忙？〔佛〕和尚養婆娘，相攜正上床，夫主門外叫，問君忙不忙？〔註127〕

飲酒中，每人一首酒令詩，以「忙」為題。他人都以科場、養蠶、種秧、造房等日常之事為題，而佛印的詩則以葷為諢。

第三，除了賓白，戲劇作品中的唱曲打諢，亦十分常見。

其一是元雜劇中的插曲打諢。由於元雜劇體制較為嚴格，每折一套曲子，

---

〔註124〕王季思主編《全元戲曲》卷二，北京：人民文學出版社，1990年版，第386頁。

〔註125〕參見郭偉廷《元雜劇的插科打諢藝術》，北京：中國社會科學出版社，2002年版，第140～150頁。

〔註126〕〔明〕毛晉編《六十種曲》，北京：中華書局，1958年版，第六冊，第9頁。

〔註127〕〔明〕毛晉編《六十種曲》，北京：中華書局，1958年版，第六冊，第10～11頁。

只能由正末或正旦一人獨唱，其他腳色大多只說不唱。而例外的是，其中也有插曲，即在體制之外，有一些配角來演唱的曲子，由於這些曲是插入性的，因此多帶有插科打諢、胡鬧調笑的性質。現存元雜劇中的插曲，有 11 支用作打諢〔註128〕。如《關大王獨赴單刀會》第二折末尾魯肅與道童的插曲打諢：

> （道童云）魯子敬，你愚眉肉眼，不識貧道。你要索取荊州，不來問我？關雲長是我的酒肉朋友，我交他兩雙手送與你那荊州來。（魯云）道童，你師父不去，你去走一遭去罷。（童云）我下山赴會走一遭去，我著老關兩手送你那荊州。（唱）【隔尾】我則待拖條藜杖家家走，著對麻鞋處處遊。（云）我這一去，（唱）惱犯雲長歹事頭，周倉哥哥快爭鬥，掄起刀來劈破了頭，唬的我恰便似縮了頭的烏龜則向那汴河裏走。（下）〔註129〕

在此，道童既有說白打諢，也用插曲打諢。前說自己與關雲長如何相熟，關係鐵到只要道童他一出馬，就可叫關羽主動雙手送出荊州；且以「老關」稱關羽，誇飾二人的熟識程度，此為說白之諢。接著一首小曲，道出道童自己如若前去索城，則定將惹惱關羽，周倉也要掄刀來劈，只嚇得連忙逃竄了。聽罷此曲，不免要笑他是個「大話王」，其滑稽形象也躍然而出，此為插曲之諢。

其二是傳奇中利用腳色的上場曲打諢，這與元雜劇的上場詩打諢相類。如《春蕪記》第十三齣《定計》開場：

> 【字雙雙】（丑扮王小四上）我每無恥又無知，放肆；不怕府縣與三司，惹事；打拳賭力我為師，把勢；有人問咱姓名時，王四。
>
> 〔註130〕

王四形象，上場即定型。這是個無恥、無知，到處惹事生非，亂耍把式的地痞形象，故而自稱「楚國中一個潑皮破落戶」〔註131〕。此外，《玉合記》第四齣《宸遊》，淨、丑扮兩宮女上場唱道：

---

〔註128〕參見張啟超《元雜劇的「插曲」研究》，載清華大學（臺北）中國語文學系主編《小說戲曲研究》第 1 集，臺北：聯經出版事業公司，1988 年版，第 257～259 頁。

〔註129〕王季思主編《全元戲曲》卷一，北京：人民文學出版社，1990 年版，第 62 頁。

〔註130〕〔明〕毛晉編《六十種曲》，北京：中華書局，1958 年版，第五冊，第 32 頁。

〔註131〕〔明〕毛晉編《六十種曲》，北京：中華書局，1958 年版，第五冊，第 32 頁。

【字字雙】〔淨〕調脂弄粉學宮妝，〔丑〕嬌養；〔淨〕掃地金蓮
尺八長，〔丑〕加兩；〔淨〕尋來個內監摸空湯，〔丑〕不長；〔淨〕
好風揭起繡裙香，〔丑〕白養。〔註132〕

兩位宮娥，係爲反串，搖曳身姿，緩步上場，一唱一和，歌出一支調笑諢曲。

### （二）以滑稽動作為主的科諢

科，指動作，「相見、作揖、進拜、舞蹈、坐跪之類，身之所行，皆謂之
科。」〔註133〕而科諢之「科」是利用動作調笑，進而營造鬧熱氛圍，因此其
特指滑稽動作。

《竇娥冤》第二折，桃杌太守向前來告狀者下跪，就是以滑稽動作進行
調笑的典型情節：

> （祗候吆喝科）（張驢兒拖正旦、卜兒上，云）告狀告狀。（祗
> 候云）拿過來。（做跪見，**孤亦跪科**，云）請起。（祗候云）相公，
> 他是告狀的，怎生跪著他？（孤云）你不知道，但來告狀的，就是
> 我的衣食父母。〔註134〕

淨扮桃杌太守見到張驢兒前來告狀，就撲通一聲下了跪，這樣的反常之舉，
出人意料，難免會引人發笑。進而桃杌太守解釋說「告狀的，就是我的衣食
父母」，更讓人哭笑不得。如此諢科，不但人物形象得以躍然活現，而且也使
觀眾感到竇娥這一官司，實在難贏，都不由地爲她的命運捏了一把汗。

《幽閨記》傳奇第六齣《圖形追捕》，丑扮巡捕、末扮公使人、淨扮坊正，
三人插科打諢一番：

> 〔丑〕這狗骨頭，我倒替你官報私仇。叫左右拿下去打。〔末〕
> 稟老爹，打多少？〔丑〕打十三。〔**末打科丑**〕你方才打多少？〔末〕
> 打十三。〔丑〕狗骨頭，明明打得他三板，就說打了十三，壞了我的
> 法度。坊正起來，拿這狗骨頭下去打。〔淨〕六月債，還得快。稟老
> 爹，打多少？〔丑〕也打十三。〔**淨打科丑**〕我曉得人人如此，個個
> 一般。你打得他三下，也就哄我說打了十三。你每欺我老爺不識數。

---

〔註132〕〔明〕毛晉編《六十種曲》，北京：中華書局，1958 年版，第六冊，第 9 頁。
〔註133〕〔明〕徐渭《南詞敘錄》，載中國戲曲研究院編《中國古典戲曲論著集成》（三），
北京：中國戲劇出版社，1959 年版，第 246 頁。
〔註134〕王季思主編《全元戲曲》卷一，北京：人民文學出版社，1990 年版，第 194
頁。

左右的如今拿坊正下去打。打一下我老爺記一根簽，難道也哄得我
不成？〔**末打淨淨打丑譚科**〕〔註135〕

丑命末打淨，這是對宋雜劇中副末打副淨鬧熱形式的承繼，如此科譚，舞臺
「笑果」可謂「百發百中」。末打淨、淨打末，一來一回，臺下觀眾應是笑聲
連連。而丑怒，令淨、末重新開打，結果卻成了淨、末、丑，三人譚打一氣，
亂作一團。若將此段在舞臺上搬演，定將鬧熱無比。

　　總之，插科打譚是中國傳統戲劇固有的鬧熱形式之一。在戲曲時代，作
爲一種插入性表演，科譚具有更爲重要的戲劇功能，如塑造戲劇形象、調節
演出節奏與氣氛等。而其中最爲重要和恒定的是，科譚的戲劇鬧熱功能。王
驥德《曲律》「論科譚第三十五」條云：

　　　　插科打譚，須作得極巧，又下得恰好。如善説笑話者，不動聲
　　色，而令人絕倒，方妙。大略曲冷不鬧場處，得淨、丑插一科，可
　　博人哄堂，亦是劇戲眼目。〔註136〕

「曲冷不鬧場」的時候，科譚就顯出了非常重要的功用。李漁對科譚的認識也
十分深入，謂其「乃看戲之人參湯也」〔註137〕。可見，科譚之鬧熱，不能小覷。

## 三、鬧熱的動作爭鬥場面

　　舞臺表演中，最具視覺效果的除了華麗的戲服與漂亮的臉譜外，動作表
演，尤其是武打動作、各類絕活，以及戰爭場面，亦極具吸引力。究其原因，
主要是動作表演與戰爭場面，均可營造舞臺觀演的鬧熱氛圍——既能淋漓盡
致地表現劇作內容，又能很好地達到舞臺效果，吸引觀眾。因此，如果說，
科譚是觀劇之「人參湯」，那麼舞臺的動作演出，有著異曲同工之效。

### （一）伎藝出眾的動作表演

　　傳統戲劇的動作表演，有一般性的程式動作，也有較爲熱鬧的武打和對
打動作。這些都能體現鬧熱特點，因爲無論是什麼時候，只要這些招式亮出
來，總能博得現場觀眾的喝彩。

---

〔註135〕　〔明〕毛晉編《六十種曲》，北京：中華書局，1958年版，第三冊，第13頁。
〔註136〕　〔明〕王驥德《曲律》，載中國戲曲研究院編《中國古典戲曲論著集成》（四），
　　　　　北京：中國戲劇出版社，1959年版，第141頁。
〔註137〕　〔清〕李漁《閒情偶寄》，「詞曲部・科譚第五」，載中國戲曲研究院編《中國
　　　　　古典戲曲論著集成》（七），北京：中國戲劇出版社，1959年版，第61頁。

著名蒲劇藝人閻逢春以動作戲見長，民國時期他曾在西安參加賽戲表演。當晚的演出十分精彩，場面異常鬧熱：

> ……「晉風社」由閻逢春演出《出棠邑》，演出次序排在最後，人稱「壓座戲」。戲演至深夜十二時，觀眾還不顧疲勞，不看閻逢春飾演的伍員決不罷休。
>
> 大概時針已到十二時半，老閻的《出棠邑》，才從校場點兵開始。人未出場，臺下已掌聲雷動！戲演至伍尚對著伍員拆書，老閻那怒目欲裂，來了三個「蹲座」，臺下立即報之一陣掌聲。劇情發展至「回府殺妻」、「上馬逃國」時，老閻運用傳統的「三絕」表演——甩盔、揮劍、上馬，直看得觀眾目瞪口呆，叫好聲連連不絕。〔註138〕

川劇界德高望重的彭天喜彭大王，60 歲時還登臺表演《長阪坡》，扮長靠武生趙雲。該戲唱念做打並重，但更注重動作戲，何況舞臺上是 60 歲的「老趙雲」，因此，這樣的表演十分吸引人。《梨園憶舊》載「糜夫人投井」時的一系列動作表演：

> ……趙雲（彭天喜扮）見此情景，大驚地急呼「糜夫人」，然後一個箭步跳上井臺，伸手救人，卻只抓住衣服，向後猛拉，跌倒，然後擲衣，再次向井臺撲去。老師在這裡運用了一連串動作、技巧：蹉步至井邊，上椅（井臺）獨腳探身抓帔，順勢（不另起力）從椅上翻「倒碟子」落地，丟帔單腳膝行，拋靠、收靠亮相。這一組舞蹈做得神速敏捷，「倒碟子」翻的乾淨利落，合乎劇情戲理，展示了趙雲彼時的驚急心情。一下子把戲推向高潮，贏得了滿堂喝彩。〔註139〕

另外，猴戲也是傳統戲劇中最爲喜聞樂見的戲劇類型，其故事內容源自《西遊記》，因此也有諸多的「鬧」字戲，如《大鬧天宮》《鬧龍宮》《鬧地府》等。而表演方面，則主要以動作表演著稱，故場面鬧熱。擅長猴戲表演者，常被冠以「猴王」美譽。如北派崑劇的郝振基、南派京劇的鄭法祥，合稱爲「南鄭北郝」；還有京劇的蓋叫天、李萬春、李少春，紹劇的六齡童、六小齡童都被譽爲「一代猴王」。

---

〔註138〕崔浩、行樂賢、李恩澤著《坎坷人生——閻逢春評傳》，北京：中國戲劇出版社，1994 年版，第 132 頁。

〔註139〕曾祥明編著《梨園憶舊》，重慶：重慶出版社，2006 年版，第 19～20 頁。按，第一個括弧內文字爲筆者添加。

蓋叫天演《鬧天宮》，有三個動作絕活，可謂精彩絕倫。其一，在鬧龍宮，取兵器時，孫悟空「巧舞雙鞭」，這個舞鞭難度很大，據說十個指頭尖兒上都可以立鞭旋轉。另外蓋叫天爲了加大舞鞭的難度，加入了配合【四門子】曲牌的舞蹈身段，如此，觀眾可大飽眼福。其二，「捆仙繩」表演，是用於二郎神與孫悟空大戰的一段情節中。由於哮天犬咬不到孫悟空，於是四個天將拋出仙繩，欲捆縛悟空。四人分站四角，將繩子交叉，而孫悟空則在繩間空隙，隨著四人扯繩的節奏展開一些列動作表演：先用「雙飛燕」，再用「飛腳」，接著由於速度加快，又改用「鏇子」，並表現出猴子的神態動作。其三，「手彈琵琶、腳舞乾坤圈」，這段運用在孫悟空與四大金剛、哪吒的打鬥表演中。孫悟空搶來琵琶和乾坤圈，一邊彈奏，一邊舞蹈，是蓋叫天猴戲的創新之處〔註140〕。如此一來，不僅演員豐富了孫悟空形象的內涵，而且也將表演的鬧熱性呈現出來。演員演得精彩，觀眾也看得起勁兒。

### （二）彰顯氣勢的爭鬥場面

在動作戲中，能夠呈現整體性鬧熱氣氛的，非氣勢宏大的戰爭場面莫屬，而其中又有兩類呈現手段：其一是以動作表演，表現氣勢宏大的戰鬥場面，這是直接的鬧熱呈現；其二則是以文戲的形式，以角色的道白、唱段，加之探子來報，不斷爲觀眾構建一幅戰鬥畫面，其鬧熱性非視覺和聽覺的直接感受，而是各種感覺的交織，並投射於心理層面，即帶給觀眾以鬧熱的心理感受。

其一，武戲武演——鬧熱的鬥勇猛。

一般而言，武戲中的武打、動作效果是最爲人所津津樂道的，看著過癮、痛快。而且武戲也是地道的鬧熱戲，其沒有過多的臺詞、唱段，全部用動作語言來交代情節，因此，這般鬧熱就連老外都喜歡看，國人的熱情更不在話下。楊家將戲、岳飛戲等歷史戰爭題材，「西遊戲」、《泗水城》《白蛇傳》等神怪題材都是利用鬧熱的打鬥來構建劇作表演的主體。

武戲中大戰場面的鬧熱，以群體的「打出手」爲最。如京劇《虹橋贈珠》，就是以武旦爲主角的動作戲，該劇沒有太多對白和唱詞，僅依靠打鬥和群體「出手」戲來反映戰鬥的畫面。

《虹橋贈珠》講述了「一座神秘水城中美麗動人的女神——碧波仙子，

---

與人間翩翩公子白詠由相互愛慕到結成姻緣，他們的定情地點發生在彩虹搭成的橋上，而定情的信物，則是碧波仙子精靈凝聚成的一顆寶珠。以二郎神為首的天兵天將，對碧波仙子自由自主的婚姻選擇不能容忍，竟然以武力興師問罪，女神帶領著水裏的支持者——眾多蝦兵蟹將奮力抗爭，經過一番殊死搏鬥，寶珠發揮出無敵的魔力，終於取得最後的勝利。這是一齣由『中國工夫』構成的舞蹈化戲劇，所有格鬥廝殺中的兵器，在神話的境界裏，都成了令人目不暇接的流動飛揚的點與線，而為爭取愛情自由奮不顧身水中女神形象，正是在這點與線勾廓中，變成東方色彩的鮮活畫圖。」〔註141〕

該劇以全面的「出手」動作構成劇作的主體。其打鬥場面，不僅是群體登場的一一亮相，也並非簡單相互廝殺的混戰，其集合了各種武打程式動作，和各類戲用兵械，身懷絕技的演員們輪番上場，接受觀眾的「檢閱」。舞臺上，空中、地下、前後、左右各個方位，都有看點、都是亮點。投、拋、撇、掏、挑、閃、踢、打等動作程式，呈現出穩、準、巧、狠、快的特點，以此來描繪神仙鬥法時刀槍飛舞的激烈場景。既讓觀眾大飽眼福，也使觀劇場面的熱鬧程度高漲。可見，武戲的群體戰鬥場面，是傳統戲劇鬧熱性的最直接體現，也是觀眾最易理解的戲劇語言。

其二，武戲文演——鬧熱的鬥機鋒。

傳統戲劇藝術除了表現正面的戰鬥畫面，還可以從側面展示戰鬥場面的激烈，以及場上角色人物的微妙關係，所帶給觀眾的緊張、激烈、鬧熱之感。京劇《空城計》就是這樣一齣「武戲文演」的折子戲，其鬧熱的戰鬥場面，是通過角色之間的暗鬥、心理戰來體現的。

京劇《空城計》，與《失街亭》《斬馬謖》一起，並稱為《失空斬》，是一齣重要的三國戲，也是能夠全面反映諸葛亮這一神奇人物形象特點的劇目。該劇開場，便是一座空城，諸葛亮出場後，旗牌為其拿上地圖，打開地圖，諸葛亮便料定，馬謖一定會失掉街亭：

> 諸葛亮：啊？我把你這大膽的馬謖哇！臨行之時，老夫怎樣囑咐於
> 　　　　你，叫你靠山近水，安營紮寨。怎麼偏偏在山頂紮營？只
> 　　　　怕街亭難保！
> 〔探子上〕
> 探　子：報！馬謖失守街亭。

〔註141〕百度百科「虹橋贈珠」條：http://baike.baidu.com/view/736755.htm。

諸葛亮：再探！

探　子：得令。（下）

諸葛亮：唉！果然把街亭失守了！今日馬謖失守街亭，唉！乃亮之
　　　　罪也！

〔探子上〕

探　子：報！司馬懿帶兵直往西城而來。

諸葛亮：再探！

探　子：得令。（下）

諸葛亮：唔呼呀！司馬懿居然帶兵奪取西城來了！噯呀！先帝爺在
　　　　白帝城託孤之時，說道：馬謖言過其實，終無大用。悔不
　　　　聽先帝之言，今日錯用馬謖，失守街亭，悔之晚矣！

〔探子上〕

探　子：報！司馬大兵，離西城不遠。

諸葛亮：再、再、再探！

探　子：得令。（下）

諸葛亮：啊？司馬懿的兵，來得好快呀！人言司馬用兵如神，今日
　　　　一見，真真地令人可敬哪！令人可服！哎呀！這西城兵
　　　　將，俱被老夫調遣在外，城中盡是些老弱殘兵，倘若司馬
　　　　兵到，難道說叫我束手被擒，這束手被擒？這這這……（尋
　　　　思）〔註142〕

這一場面，雖然由諸葛亮的內心獨白和報子的三探三報構成，但卻是馬謖失守街亭的側面寫照。觀眾可以想像到，在不遠之處，蜀魏兩軍激戰正酣。因此雖是武戲，卻是通過文戲的形式來傳達，令觀眾「鬧熱在心」。

而後，諸葛亮使出「空城計」。司馬懿得報，西城是空城，欲要直接奪城。不料兵臨城下，卻發現城門大開，只見諸葛亮在城樓上撫琴彈唱，司馬心中頓時生疑：

〔四魏兵、司馬昭、司馬師引司馬懿上〕

司馬懿：（一望）啊？

　　　　（唱散板）

〔註142〕《空城計》，載中國戲曲研究院編《京劇叢刊》，上海：新文藝出版社，1953
　　　　年版，第一集，第21～22頁。

爲何大開兩扇門？

且住！適才探馬報導：西城乃是空城。老夫大兵到此，爲何城門大開？（一望）唔呼呀！看諸葛亮又在城樓弄鬼，不要中了他的詭計，待我先傳一令。——眾將官！

眾軍將：有。

司馬懿：聽本督一令！

（唱西皮流水）

坐在馬上傳將令，大小三軍聽分明：哪一個大膽把西城進，定斬人頭不徇情！

……

司馬懿：呀！

（唱西皮搖板）

左思右想心不定，城內定有埋伏兵。

司馬師：啓稟爹爹，兒聽城頭，琴音繚亂，何不趁此機會殺進城內，活捉孔明！

司馬懿：呀呸！你小小年紀，知道甚麼！那孔明出世以來，從不弄險；你我父子若殺進城去，必被他擒。不必多言，後隊改爲前隊，兵退四十里！收兵，收兵！

眾軍將：啊！

〔四魏兵、司馬昭、司馬師同下〕

司馬懿：待我說破與他。——諸葛亮啊，孔明！你這條計，只好是蒙哄旁人，焉能瞞得過司馬。……你實城也罷，空城也罷，老夫拿定主意，我不進去，你豈奈我何？請了，請了！

〔司馬懿下〕

諸葛亮：（一望）哎呀！

〔二老軍入城下。諸葛亮、二童下城〕

諸葛亮：（唱西皮散板）

人言司馬善用兵，到此不敢進空城：
諸葛從來不弄險，空城弄險顯才能。

……

諸葛亮：正是：虎在深山走獸遠，蛟龍得水由復還。唉，險哪！

〔諸葛亮抹汗下。二童隨下〕〔註143〕

經過一番心理激戰，最終司馬懿擔心中計，退卻了兵卒。而諸葛亮雖氣定神閒地撫琴，招呼著司馬去做他的「知音」，但其內心還是十分緊張。司馬退兵，諸葛方才大舒一口氣，一句「險哪」，一個「抹汗」動作，道出：孔明是人不是神！而觀眾們伴隨著劇情的推進，精神由緊到鬆，心情漸舒緩，解頤之感、痛快之情，不由生出，這就是鬧熱過後的別樣感受吧！

總之，鬧熱的動作爭鬥場面，是傳統戲劇舞臺上最耀眼的畫面，是其鬧熱性最直接的體現。

## 四、鬧熱的戲曲觀演活動

戲曲藝術從誕生之初，其觀演模式就是以舞臺為媒介發展起來的。我們可以將「整個戲劇演出看作創者和接受者在一定的交流結構中通過各種形式的戲劇符號展開的交流過程。而這個過程實際上也就是戲劇的傳播和接受過程。」〔註144〕換言之，一部戲劇史就是一部戲劇舞臺傳播接受的歷史，傳統戲劇的形成、成熟、發展就是在舞臺觀演中完成的。舞臺觀演以舞臺為媒介，這裡的「舞臺」泛指一切可供戲劇表演的場地或區域，不僅包括紅氍毹、露臺、勾欄、傳統戲臺、廳堂以及劇場等，甚至摺地為場「打野呵」式的演出，也是舞臺觀演的一種。《都城紀勝》記載：

> 此外如執政府牆下空地，諸色路岐人，在此作場，尤為駢闐。又皇城司馬道亦然。候潮門外殿司教場，夏月亦有絕伎作場。其他街市，如此空隙地段，多有作場之人。如大瓦肉市、炭橋藥市、橘園亭書房、城東菜市、城北米市。其餘如五間樓福客、糖果所聚之類，未易縷舉。〔註145〕

戲劇的最初呈現方式，是廣場表演，路岐人多聚在集市中摺地為場，這個表演時所圈之地便成為了一定意義的「舞臺」，觀演活動就在觀眾自發圍成的表演圈中完成。而城市商業區，過往人員相對集中，在此演出，場面必然熙熙

---

〔註143〕《空城計》，載中國戲曲研究院編《京劇叢刊》，上海：新文藝出版社，1953年版，第一集，第27～34頁。

〔註144〕施旭升《戲劇藝術原理》，北京：中國傳媒大學出版社，2006年版，第399頁。

〔註145〕〔宋〕灌圃耐得翁《都城紀勝》，北京：中國商業出版社，1982年版，第3頁。

攘攘、熱鬧非凡。

宋代勾欄瓦舍的演出形式相對於「打野呵」演出更爲進步，藝術演出有了固定場所，是商品經濟發展的直接產物。汴京城內瓦舍勾欄眾多，其中「街南桑家瓦子，近北則中瓦，次裏瓦，其中大小勾欄五十餘座。內中瓦子蓮花棚、牡丹棚，裏瓦子夜叉棚、象棚最大，可容納數千人。」〔註146〕而這樣的勾欄不止一兩處，演劇的鬧熱也帶動了汴京城市的繁華與喧囂。

元代是戲劇藝術第一次繁榮時期。城市勾欄瓦舍演劇亦十分火爆，杜仁傑《莊家不識構欄》記載了觀演的鬧熱情狀：

【耍孩兒】……正打街頭過，見弔個花碌碌紙榜，不似那答兒鬧穰穰人多。

【六煞】見一個人手撐著椽做的門，**高聲的叫**「請請」。道「遲來的滿了無處停坐」。說道「前截兒院本調風月，背後麼末敷演劉耍和」。**高聲叫**：「趕散易得，難得的妝合！」

【五煞】要了二百錢放過咱，入得門上個木坡。見層層疊疊團團坐。抬頭覷是個鐘樓模樣，往下覷卻是**人旋窩**。見幾個婦女向臺兒上坐，又不是迎神賽社，**不住的擂鼓篩鑼**。〔註147〕

從一個莊稼漢眼中，我們不難讀出元代勾欄觀演的大致情況，亦可見元代都市戲曲的演出要素：演出的各類廣告、熙熙攘攘的觀眾、招呼觀眾入場的服務員、日常性演出……且不論舞臺上的演出內容，僅這些有別於鄉村戲曲觀演的諸要素，就體現出城市戲曲舞臺觀演的鬧熱特點。

明清以來，隨著戲曲藝術的發展和資本主義經濟的萌興，戲曲舞臺觀演形式愈發多樣和完善，城鄉演劇活動頗多。崑曲的發源地——蘇州地區經濟發達，是當時全國最爲富足和繁華的地區之一，「實江南之大郡」〔註148〕。這裡演劇活動很多，且規模非常大，每年中秋，盛大的虎丘曲會就如期舉行。《陶庵夢憶》卷五「虎丘中秋夜」條載：「天暝月上，鼓吹百十處，大吹大擂，十番鐃鈸，漁陽摻撾，動地翻天，雷轟鼎沸，呼叫不聞。」〔註149〕曲會中有器

---

〔註146〕〔宋〕孟元老《東京夢華錄》，北京：中國商業出版社，1982年版，第15頁。

〔註147〕〔元〕杜仁傑《【般涉調・耍孩兒】〈莊家不識構欄〉》，載俞爲民、孫蓉蓉主編《歷代曲話彙編——新編中國古典戲曲論著集成》（唐宋元編），合肥：黃山書社，2006年版，第212頁。

〔註148〕《同治蘇州府志》卷二，「疆域」，光緒八年（1882）江蘇書局刻本影印，第5頁。

〔註149〕〔明〕張岱著、彌松頤校注《陶庵夢憶》，杭州：西湖書社，1982年版，第64頁。

樂伴奏、眾人同唱、分曹競唱等，袁宏道的《虎丘記》載：「布席之初，唱者千百，聲若聚蚊，不可辨識。分曹部署，競以歌喉相鬥，雅俗既陳，妍媸自別。」〔註150〕其中分曹鬥伎的演唱，是唐代熱戲形式的明代遺存，此番鬧熱，並非無本之木。

官宦、商賈、文人將把玩崑曲作爲時代風尚。養一班伶人進行演出，供自己消遣，成爲了當時獨特的文化現象。晚明萬曆之後，家班迅速崛起，北京、南京、揚州、蘇州、杭州、嘉興、湖州等地既是經濟發達的中心區域，又是戲曲活動集中的都市，活躍著眾多家班。到了清代康乾年間，一度在明清交替時期冷壓下去的家班再次熾熱起來，「康熙間，神京豐稔，笙歌清宴，達旦不息，眞所謂車如流水馬如龍也，是時養優班者極多。」〔註151〕曹雪芹《紅樓夢》也有諸多描寫，反映了賈府的家班狀況。如爲了迎接元妃歸省，賈府將早有的家班更換了新鮮「血液」：

> 此時王夫人那邊熱鬧非常。原來賈薔已從姑蘇採買了十二個女孩子——並聘了教習——以及行頭等事來了。那時薛姨媽另遷於東北上一所幽靜房舍居住，將梨香院早已騰挪出來，另行修理了，就令教習在此教演女戲。又另派家中就有曾演學過歌唱的女人們——如今皆已皤然老嫗了，著他們帶領管理。〔註152〕

另第二十二回，寶釵過壽，在賈母內院搭了一個小戲臺，請家班做戲，戲目中崑弋兩腔皆有；點戲時，寶釵點了一折《西遊記》，王熙鳳知道賈母喜歡鬧熱的科諢戲，點了一齣《劉二當衣》；到了上酒席時，寶釵點了一齣《魯智深醉鬧五臺山》〔註153〕。可見，戲曲演出在重大儀禮活動、節慶活動中具有重要用途，同時也是增添節日和儀禮喜慶鬧熱的重要手段。此外明清兩代許多小說，如《金瓶梅》《儒林外史》《品花寶鑒》《歧路燈》等，都反映了這一時期的戲曲狀況。

傳統戲劇觀演不僅在民間十分鬧熱，宮廷演劇更爲壯觀、熱烈。清乾隆

〔註150〕唐昌泰選注《三袁文選》，成都：巴蜀書社，1988 年版，第 127 頁。
〔註151〕〔清〕繆荃孫《雲自在龕隨筆》卷一，《論史》，北京：商務印書館，1958 年版，第 26 頁。
〔註152〕〔清〕曹雪芹著、無名氏續《紅樓夢》（上），第 17、18 回，北京：人民文學出版社，2008 年版，第 234 頁。
〔註153〕〔清〕曹雪芹著、無名氏續《紅樓夢》（上），北京：人民文學出版社，2008 年版，第 293～294 頁。

五十八年（1793），英國使節馬戛爾尼在熱河行宮觀看了皇室的戲劇演出：

> 至八時許戲劇開場，演至正午而止。演時，皇帝自就戲場之前設一御座坐之。其戲場乃較地面略低，與普通戲場高出地面者相反。戲場之兩旁則為廂位，群臣及吾輩坐之；廂位之後有較高之座位用紗簾障於其前者乃是女席，宮眷等坐之，取其可以觀劇，而不至為人所觀也。

> ……戲場中所演各戲時時更變，有喜劇、有悲劇，雖屬接演不停，而情節並不連貫。其中所演事實有屬於歷史的、有屬於理想的，技術則有歌有舞配以音樂，亦有歌舞、音樂，均屏諸勿用，而單用表情、科白以取勝者。論其情節則無非男女之情愛，兩國之戰爭以及謀財害命等，均普通戲劇中常見之故事。至最後一折則為大神怪戲，不特情節詼詭頗堪寓目，即就理想而論，亦可當出人意表之譽，蓋所演者為大地與海洋結婚之故事。開場時，乾宅坤宅各誇其富，先由大地氏出所藏寶物示眾，其中有龍、有象、有虎、有鷹、有鴕鳥，均屬動物；有橡樹、有松樹以及一切奇花異草，均屬植物。大地氏誇富未幾，海洋氏已盡出其寶藏，除船隻、岩石、介蛤、珊瑚等常見之物外；有鯨魚、有海豚、有海狗、有鱷魚以及無數奇形之海怪，均係優伶所扮，舉動、神情頗能酷肖。

> 兩氏所藏寶物既盡暴於戲場之中，乃就左右兩面各自繞場三匝，俄而金鼓大作，兩方寶物混而為一，同至戲場之前方盤旋有時，後分為左右兩部，而以鯨魚為其統帶官員立於中央，向皇帝行禮。行禮時口中噴水，有數頃之多，以戲場地板建造合法，水一至地即由板隙流去，不至湧積。此時觀者大加歡賞，中有大老數人，座與吾近，恐吾不知其妙，故高其聲曰：「好呀！好呀！」余以不可負其盛意，亦強學華語，連呼「好，好」以答之。

> 演戲時，吾輩所座廂位做通長之式，不似歐洲戲場，各廂互相分隔者，故座客盡可自由往來隨意談話。〔註154〕

可見，如此演劇，蔚為壯觀，也令觀眾倍感興奮，「鬧熱感」因此而生。

乾嘉之後，地方戲的崛起直接動搖了崑劇的國劇地位，隨之京劇登堂入

---

〔註154〕〔英〕馬戛爾尼著、劉半儂譯《乾隆英使覲見記》卷中，上海：中華書局，1916年版，第38～41頁。

室，也使「花雅之爭」畫上了句號。這期間的戲曲劇種可謂是「你方唱罷我登場」，鬧熱情形，可見一斑。不過，從聲腔的流佈到劇種的最終形成，再到被觀眾和戲曲界承認接受，這一過程始終是從民間自發而起，到都市確立而終。如山陝梆子沿汾河流域一路北上，形成了蒲州、中路、北路三大梆子，向東傳佈過程中經過了蔚縣，在這一地形成了民歌體和梆子腔相結合的蔚縣秧歌，而蔚縣秧歌最終被戲曲界接受，則是走出了蔚縣，在張家口大興園唱紅之時。當時張家口作爲商路上的一個重要貿易城市，戲曲活動繁盛，西部的各路梆子劇團進京，必先路過張家口。所以不管是哪路梆子「必先到張家口唱紅」〔註155〕，才能有更大的演出市場。由此可見，城市對於戲曲藝術的最終形成和接受，起到了至關重要的作用。

綜上，我們從古代都市戲曲的觀演情況中，可以窺見狂歡化的鬧熱品質。戲曲其實就是「民間詼諧文化」之一，是與正統的嚴肅文化相互對立的，非官方性的文化，其最大特點是具有狂歡性。這種狂歡性，表現爲鬧熱特點。如前所述，中國古代都市戲曲觀演的鬧熱特質主要有以下幾方面的表現：

第一，根據戲曲不同的舞臺載體，可將戲曲劃分爲三種形態：廣場戲曲、廳堂戲曲、劇場戲曲〔註156〕。而宋代摺地爲場「打野呵」的形式，就是典型的廣場戲曲形式。隨著經濟發展和戲曲觀演的變化，戲臺的形式也發生了變化，從四面通透的過廳式戲臺，到三面開口，再到單面觀；從不避風雨的露臺，到多種頂制的戲臺，再到完全遮蔽式的戲園；從高高在上的宛丘，到傳統高臺式戲臺，再到現代的劇場。戲曲舞臺觀演經歷從低到高的三個階段，而廳堂戲曲和劇場戲曲是舞臺觀演的兩個高級階段。但即便如此，戲曲的廣場藝術性質從未改變，其根本核心就是鬧熱特質。

第二，都市戲曲觀演的鬧熱還體現在觀演的各個環節。其一，廣告宣傳，如《莊家不識構欄》中有一個招呼著過往來客觀看演出的宣傳員，他的吆喝就是戲曲演出的「市聲」，給人以鬧熱之感。其二，演出中無論臺上的演劇內容怎樣，臺下的觀眾都有任何自由。如隨意離開座位、自由走動、隨意吃喝、叫好、喝倒彩……在戲曲觀演過程中，一成不變的是舞臺上的演出，而始終

〔註155〕劉文峰《山陝商人與梆子戲》，北京：文化藝術出版社，1996 年版，第 174 頁。

〔註156〕參見施旭升《中國戲曲審美文化論》，北京：北京廣播學院出版社，2002 年版，第 263～270 頁。

不一的卻是臺下觀眾的行動。甚至演員在臺上演到精彩之處，看得激動的觀眾，會立即衝到舞臺上，不惜中斷表演，爲自己喜愛的演員「披紅」，以示喜愛和鼓勵。

第三，傳統舞臺觀演的互動具有鬧熱性。其一，演出內容多是鬧熱劇目，這裡有鬧騰騰的金戈鐵馬，有鬧纏纏的兒女情長，有鬧嚷嚷的唱曲說白，有鬧哄哄的插科打諢……不僅臺上演出的熱熱鬧鬧，臺下觀眾看得也是熱情澎湃。其二，廳堂戲曲演出的劇目，可以由看戲或出資一方任意選擇，即「點戲」。其三，上門演出基本是由於節日、婚喪、壽誕、神誕等大日子，所以演出的戲曲內容多爲預定好的，且具鬧熱氣氛。

第四，戲曲觀演和節日的結合十分緊密。由於中國是傳統的農業社會，不僅在農村，即使是城市生活，節日都是一年中人們生活的重要環節。中國人講求節日的熱鬧，故在節日中也有各種各樣的活動爲其增添氣氛，戲曲的鬧熱性正符合了節日的需求，自然也爲節日增色。戲曲中有關節日的描述和演出非常多，一方面是對於中國人傳統生活的眞實記錄，另一方面也體現了戲曲和節日相互依存的關係。此外，和節日類似的是廟會活動，廟會多和節日相伴，其中還包括了神誕節日。

總之，戲曲的傳統舞臺觀演不僅在演出的內容和形式上具有鬧熱性，而且與節日、廟會等鬧熱活動「聯姻」，使其極具廣場藝術性質，娛樂性極強，鬧熱特點明顯。可以說，戲曲的傳統舞臺觀演充分彰顯了其鬧熱特質。

綜上所述，唐宋時期是傳統戲劇發展的一個重要階段，鬧熱性在這一時期也由民俗鬧熱性逐漸向戲曲鬧熱性發展過渡。由於鬧熱性是傳統戲劇的本質屬性，其可通過傳統戲劇的各個方面而呈現，故方式可謂多樣；而鬧熱性既可從傳統戲劇的整體效果呈現，如宋金笑劇的笑謔風格，亦可從微觀方面體現出來，如戲曲鬧熱性上述的四個方面。因此，戲曲時代，傳統戲劇鬧熱性的表現方式，呈現出多樣化、細緻化的趨勢和特點。

# 第三章 「鬧」字戲研究

　　進入戲曲時代，傳統戲劇的鬧熱性更顯綜合和立體──從縱向來看，原始鬧熱性、民俗鬧熱性、戲曲鬧熱性在此時期一併呈現；而橫向觀之，各類鬧熱要素在這一時期，又被整合於戲曲藝術的觀演活動中。

　　劇目與劇本方面的鬧熱性呈現，則以「鬧」字戲為代表。「鬧」字戲與其他戲目的明顯區別，就在於其名目「鬧」字當頭；內容方面雖與其他戲目大同小異，但卻更為集中地體現了傳統戲劇的鬧熱性──戲劇衝突或情節高潮的邏輯中心均圍繞著「鬧」字展開。可以說，「鬧」字戲是戲曲鬧熱性的直接體現，也是民族鬧熱心理在戲曲藝術中的綜合呈現。

## 第一節 「鬧」字戲概說

　　戲曲時代，傳統戲劇的成熟體現在方方面面，其中大量劇目、劇本的產生是其文學性成熟的重要標誌。因此，這一時期鬧熱性也可以在大量的劇目中尋到。其中有很多直接以「鬧」字標目的劇目──「鬧」字戲，成為傳統戲劇鬧熱性在文本方面的最直接呈現。

　　「鬧」字戲的出現，是傳統戲劇鬧熱性發展的特定產物，是鬧熱性在戲曲中最為直接與集中的表現。

### 一、何謂「鬧」字戲

　　「鬧」字戲，顧名思義，就是標目中含有「鬧」字的戲曲劇目及其劇本，如《神奴兒大鬧開封府》《鬧元宵》《鬧東京》《大鬧天宮》《鬧學》《書鬧》《一

夜鬧》等。這一類劇目，與「打」字戲，如《尉遲恭鞭打單雄信》《馬援撾打聚獸牌》；「殺」字戲，如《殺嫂》《殺廟》；「哭」字戲，如《孟姜女死哭長城》《漢元帝哭昭君》；「鬼」字戲，如《雙提屍鬼報汴河冤》《包待制判斷盆兒鬼》等；「醉」字戲，如《李太白醉寫定夷書》《呂洞賓三醉岳陽樓》等一樣，都在標目中反映出該劇作的關鍵核心詞。雖然這些戲均能反映出傳統戲劇的鬧熱特徵，即所體現的鬧熱爲打鬧（殺爲打的最高級）、哭鬧、鬼鬧（或鬧鬼）、醉鬧，然「鬧」字戲的特點則在於其「鬧」字當頭，內容方面雖與其他諸多戲目大同小異，但卻更集中地體現了傳統戲劇鬧熱性——戲劇衝突或情節高潮的邏輯中心均圍繞著「鬧」字展開。因此，可以說「鬧」字戲是戲曲鬧熱性的直接體現，也是民族鬧熱心理在戲曲藝術中的綜合呈現。

現有戲曲存目中，「鬧」字戲佔有一定比例，從宋金雜劇、院本，到南戲、元雜劇，再到明清雜劇、傳奇，以及地方戲，「鬧」字戲層出不窮。「鬧」字戲，也成爲傳統戲劇鬧熱性在文本方面最直接的呈現。

西方戲劇中，有鬧劇概念，「鬧」字戲與其有一定關係。鬧劇是喜劇的子概念之一，與諷刺喜劇、幽默喜劇、歡樂喜劇、正喜劇、荒誕喜劇等概念並列。《中國大百科全書·戲劇卷》云：

> 鬧劇來源於法文 farce 和拉丁文 farcio，前者意爲肉餡，或者意爲填餡，又可譯爲笑劇。它一般屬於粗俗喜劇之列，即通過逗樂的舉動和蠢笨的戲謔引人發笑，而缺少較深刻的旨趣意蘊。其中的人物只有一個被高度誇張的特點，而沒有較豐富的性格和心理分析。這種喜劇形式產生於法國中世紀廣爲流行的市民戲劇，多由城市手工業者演出。其主旨多爲反對宗教的禁欲主義，嘲弄僧侶和顯貴人物，讚揚世俗的歡樂。其中最有名的是《巴特蘭鬧劇》（1486），主要表現律師巴特蘭騙取布商的布匹，並幫助牧童同布商打官司勝訴，最後，牧童又擺脫了律師的勒索，並把他教訓一頓。莫里哀的喜劇，也包含著某些鬧劇的成分。在中國戲劇中，也往往穿插著以插科打諢引人發笑的場面，很能引發普通觀眾的興趣。後世往往把那些以插科打諢取勝、充滿粗俗的戲謔、人物漫畫化、忽視情節合理性、只追求外在喜劇效果的戲劇作品，稱之爲鬧劇。〔註1〕

〔註1〕 《中國大百科全書·戲劇卷》，北京／上海：中國大百科全書出版社，1989年版，第428頁。

由此可見，西方鬧劇主要具有如下特點：

第一，鬧劇是笑鬧外殼包裹下，具有狂歡精神（「肉餡」）的喜劇樣式。

第二，鬧劇以「逗樂」「戲謔」「嘲弄」和人物的「高度誇張」爲主要手段，來達到「引人發笑」的喜劇目的。

第三，鬧劇是市民階層的戲劇娛樂形式，「反對宗教的禁欲主義」，「讚揚世俗的歡樂」。

因此，西方鬧劇一般被視爲一種鄙俗的喜劇形式，「缺少較深刻的旨趣意蘊」；人物形象「漫畫化」，且「沒有較豐富的性格和心理分析」；情節缺乏合理性，而「只追求外在喜劇效果」。這些結論的得出，首先是源於西方傳統戲劇理論和美學理論所固有的看法——認爲悲劇較喜劇更崇高；其次是由於鬧劇發軔於市民階層，是底層大眾娛樂的產物，與作爲文學的戲劇在藝術層面上有一定差別。因此，鬧劇在西方被視爲「粗俗喜劇」。

然事實上，西方鬧劇並非完全如此。作爲代表作，《巴特蘭鬧劇》（又譯爲《巴特林的笑劇》，原名「*Pierre Patelin*」）充滿了幽默和諷刺，主人公巴特蘭不是乾癟的、符號式的人物，他是歐洲中世紀人民反對宗教禁欲主義的典型代表，是被歌頌的英雄人物。此外，作家通過對巴特蘭這一人物形象的塑造，「具體地體現了中世紀城市生活的興起和人們反宗教情緒的高漲」，其「所賦有的民主意識和戰鬥性」，「所賦有的現實主義和樂觀主義的精神以及生動活潑和滑稽笑鬧的藝術特徵等等」，對於文藝復興時期的戲劇有深遠的影響〔註2〕。可見，鬧劇也並非缺乏深刻的旨趣意蘊。

布羅凱特的《世界戲劇藝術欣賞——世界戲劇史》在討論「鬧劇」時，則將其視爲世俗劇。世俗劇主要有三種形式：民俗劇（Folk Play）、鬧劇和世俗插劇（Secular Interlude），其中鬧劇是「世俗劇諸種形式中最有趣最重要的」一種；作爲反對宗教禁欲主義的戲劇形式，「鬧劇缺乏宗教或說教的因素，但顯示人的劣根性之可笑面」〔註3〕。世俗插劇則更應值得注意，它在15世紀末出現，「是一種非宗教性的戲劇形式，有時嚴肅，有時輕鬆」，是通常於「慶祝會節目之間上演的」短劇〔註4〕。由此可見，其與宋金笑劇十分類似。宋金

〔註2〕　廖可兌《西歐戲劇史》，北京：中國戲劇出版社，1981年版，第70～72頁。

〔註3〕　〔美〕布羅凱特著、胡耀恒譯《世界戲劇藝術欣賞——世界戲劇史》，北京：中國戲劇出版社，1987年版，第129～130頁。

〔註4〕　〔美〕布羅凱特著、胡耀恒譯《世界戲劇藝術欣賞——世界戲劇史》，北京：中國戲劇出版社，1987年版，第130頁。

笑劇既是短劇，又屬世俗戲劇範疇，而且多在節慶等場合上演，並與其他藝術形式混搭、穿插演出。因此，在世俗劇方面，中國戲劇較之西方戲劇早出400 年之久。

綜上，中國的「鬧」字戲與西方鬧劇含義是有交叉、重疊之處的，並可推知「鬧」字戲的具體內涵如下：

第一，「鬧」字戲是含有「鬧」字的戲曲劇目，是綜合了鬧熱性的戲曲藝術形式。「鬧」字戲不僅與其他戲曲一樣，表演上有充分、全面的鬧熱呈現，如武打、科諢等形式，以及在廟會、節日等鬧熱場合的演出。而且也獨具特點——整個劇情結構圍繞「鬧」字展開，以「鬧」字為核心來展現該劇本身的鬧熱情節、戲劇衝突。

第二，「鬧」字戲是含有鬧熱成分的戲曲藝術形式，其鬧熱性主要體現為滑稽的情節、誇張的表演、熱鬧的場面等喜劇性的歡鬧、笑鬧特點。此一點，與西方鬧劇基本相同。

第三，「鬧」字戲也不同於西方鬧劇。鬧劇從屬於喜劇範疇，是喜劇的諸多類型之一；而「鬧」字戲則既不完全屬於喜劇，亦不完全從屬悲劇，因此，其中有喜劇，也有悲劇，如《牡丹亭》之《鬧殤》，及改編自《琵琶記》的《吵鬧》等。

第四，「鬧」字戲與鬧劇有交叉劇目，例如宋金雜劇、院本又可稱為「宋金笑劇」，因此其中的「鬧」字戲，《鬧五伯伊州》《鬧酒店》《滕王閣鬧八妝》等，就屬於鬧劇（笑劇）範疇。

第五，「鬧」字戲與西方世俗劇大體對應，多為「小戲」「短劇」，並與世俗劇形制和性質都大體相當。此外，由於宋金笑劇之鬧熱功用，故在後世戲曲中多以科諢、武打等插演形式呈現，這也與西方世俗插劇如出一轍。

第六，「鬧」字戲同鬧劇一樣，都是市民階層的戲劇娛樂形式。「鬧」字戲最早可見於宋金笑劇，而宋金笑劇產生的環境條件之一，即市民階層的崛起。另外，「鬧」字戲的鬧熱性特點，同樣展現了其對神聖、經典的嘲謔態度與「讚揚世俗歡樂」的雙重意義。前者如《三教鬧著棋》；後者則從各種節日、民俗活動之演劇得以體現。由此觀之，在意義層面上，「鬧」字戲與西方鬧劇亦十分相似。

總之，「鬧」字戲是以鬧熱性為基本審美特徵的戲曲藝術作品，是獨特的藝術內容與形式的統一，是基於中國傳統戲曲藝術的表演方式與觀眾的接受

方式而生成的傳統戲劇作品。因而，「鬧」字戲與鬧劇雖有交叉，但並不等同於西方鬧劇。

## 二、戲曲鬧熱性的集中體現

「鬧」字戲之特徵，即戲曲鬧熱性。可以說，「鬧」字戲是最能集中體現戲曲鬧熱性的一類作品。相對於其他作品的鬧熱性，其將「鬧」字體現於標目中，鬧熱特徵更為直接、明顯。

第一，「鬧」字戲之「鬧」，首先集中體現在標目中，這是與其他戲劇作品鬧熱性的明顯區別。有的劇作其正名中就有「鬧」字，一般在元雜劇中較為多見，如《神奴兒大鬧開封府》《十探子大鬧延安府》等。有的劇作則是單齣呈現「鬧」字，一般在明清的傳奇分齣或折子戲中十分常見，如《八義記》之《鬧朝撲犬》，《蕉帕記》之《鬧釵》《鬧婚》《鬧闈》《鬧題》，《玉簪記》之《鬧會》等。

第二，「鬧」字戲之「鬧」，不僅在標目中出現，而且是全劇的核心，是推動整部作品戲劇情節發展的動力，是戲劇性的集中體現。「鬧」字戲的情節發展，一般圍繞「鬧」來展開。如《鬧柬》〔註5〕，即《西廂記》第三本第二折的前半部分。該折戲文本不過千餘字，舞臺演出也不到一刻鐘（如越劇《鬧柬》），卻以紅娘和鶯鶯的對手戲為形式，圍繞一個小小的柬帖鬧熱展開，極富戲劇性。可以說，整齣戲一直未離開「鬧柬」二字，劇情充滿波瀾，富於張力，人物個性在戲劇性情節中盡顯無餘。其中可分為四個段落：「放柬帖」「鬧柬帖」「問張生」「回柬帖」──將該折戲完整地串聯起來，隨著情節的推進，戲劇效果在「鬧」中接續呈現，並且一「鬧」到底。反觀，則「鬧」字始終推動著情節的發展，也為本戲的下一環節埋下伏筆。

1、「放柬帖」。紅娘按鶯鶯的吩咐，探望張生後，帶回柬帖，思量著這帖兒如何交到小姐手上：

> 我待便將簡帖兒與他，恐俺小姐有許多假處哩。我只將這簡帖
> 兒放在妝盒兒上，看他見了說甚麼。〔註6〕

紅娘知道鶯鶯不會在她的面前表露心聲，因此她巧妙地將柬帖放在梳妝盒

---

〔註5〕按，「柬」通「簡」，「鬧柬」亦作「鬧簡」。
〔註6〕王季思主編《全元戲曲》卷二，北京：人民文學出版社，1990年版，第267頁。

上，鶯鶯起床後梳妝時候，定會發現。這是該折戲的鬧熱導火索，拉開了後面三段鬧熱情節的序幕。

2、「鬧柬帖」。鶯鶯順理成章地發現了柬帖，先是驚詫，再是歡喜，突然態度晴轉陰，怒叫紅娘：

> 小賤人，這東西那裡將來的？我是相國的小姐，誰敢將這簡帖
> 來戲弄我，我幾曾慣看這等東西？告過夫人，打下你個小賤人下截
> 來。〔註7〕

面對鶯鶯的嗔責，紅娘先託詞「我不識字」，又言：

> 姐姐休鬧，比及你對夫人說呵，我將這簡帖兒去夫人行出首去
> 來。……放手，看打下下截來。〔註8〕

紅娘以其人之道還治其人之身，變被動為主動，直戳鶯鶯的軟肋。在第一回合中，紅娘可謂「反敗為勝」，撕破了鶯鶯的偽裝。事實上，紅娘十分瞭解鶯鶯此時的想法。

3、「問張生」。鶯鶯見招架不過紅娘，只得如實詢問張生的情況，紅娘將張生相思成疾的實情，一一道來。鶯鶯卻又假模假樣地搬出了老夫人：

> 紅娘，不看你面時，我將與老夫人看，看他有何面目見夫人？
> 雖然我家虧他，只是兄妹之情，焉有外事。紅娘，早是你口穩哩；
> 若別人知呵，甚麼模樣。〔註9〕

鶯鶯裝腔作勢，所謂「兄妹之情」云云，完全是出於自己內心對於紅娘真實想法的不確定，不敢輕易露出真情。而紅娘則嚴厲地批評了鶯鶯：

> 你哄著誰哩，你把這個餓鬼弄的他七死八活，卻要怎麼？〔註10〕

紅娘直言不諱，一語道破鶯鶯的真情。在第二回合中，面對鶯鶯的咄咄逼人，紅娘又一次化解了劣勢，直言鶯鶯的真情。鶯鶯在無法確定紅娘真實想法前，實在不敢露出心聲，也是可以理解的。只不過如此一來，戲劇性凸顯，戲劇效果頗佳。

---

〔註 7〕 王季思主編《全元戲曲》卷二，北京：人民文學出版社，1990 年版，第 268 頁。

〔註 8〕 王季思主編《全元戲曲》卷二，北京：人民文學出版社，1990 年版，第 268 頁。

〔註 9〕 王季思主編《全元戲曲》卷二，北京：人民文學出版社，1990 年版，第 268 頁。

〔註 10〕王季思主編《全元戲曲》卷二，北京：人民文學出版社，1990 年版，第 268 ～269 頁。

4、「回柬帖」。鶯鶯知紅娘不識字，假意寫一封回絕帖兒與張生：

> 將描筆兒過來，我寫將去回他，著他下次休是這般。（旦做寫科）
> （起身科，云）紅娘，你將去說：「小姐看望先生，相待兄妹之禮，
> 非有他意。再一遭兒是這般呵，必告夫人知道。」和你個小賤人都
> 有話說。（旦擲書下）〔註11〕

鶯鶯矯情到了極點，拒不承認自己的真實想法，而且要起了小姐脾氣，寫罷回帖，往地上一扔，揚長而去。事實上，經過前兩個回合，鶯鶯也怕著實藏不住心聲，不如撂下「狠話」，躲開為妙。紅娘知道這是小姐要性子，又不免想到了可憐的張生，決定將崔、張之事管到底：

> 【么篇】似這等辰勾空把佳期盼，我將這角門兒世不曾牢拴，
> 只願你做夫妻無危難。我向這筵席頭上整扮，做一個縫了口的撮合
> 山。〔註12〕

紅娘的古道熱腸與鶯鶯的作假防範，形成了鮮明的對比，也構架了完整的矛盾衝突的兩極。如此一來，戲劇性才能在二者對手戲的「鬧」中展開。同時，鬧熱的矛盾衝突一環緊扣一環，同樣推動了劇情地鋪展。此外，紅娘與鶯鶯因「柬」而「鬧」，引出的回帖，也為下文張生的錯解和跳牆埋下了伏筆。

第三，人物形象的樹立，是隨著情節推動逐步完善和豐滿的。而「鬧」字戲中的人物形象樹立，是在鬧熱過程中完成的。戲劇作為表演藝術，根據舞臺演出的特點，戲劇人物主要依靠其語言和動作兩個方面來進行塑造。同理，傳統戲劇亦如此，下面以《春香鬧學》（《牡丹亭·閨塾》）為例，來看人物的語言和動作是如何體現人物性格、塑造人物形象的。

1、舞臺表演突出了春香的角色功能，作為文本，《閨塾》開場唱段，是由女主角杜麗娘完成的；而舞臺表演，則由小春香登場，開唱【一江風】：

> 小春香，一種在人奴上，畫閣裏從嬌養。侍娘行，弄粉調朱，
> 貼翠拈花，慣向妝臺旁；陪他理繡床，陪他理繡床，又隨他燒夜香。
> 小苗條吃的是夫人杖。〔註13〕

可見，這齣戲的主角並非全本戲之女主角——杜麗娘，反倒是春香。如此，

---

〔註11〕 王季思主編《全元戲曲》卷二，北京：人民文學出版社，1990年版，第269頁。
〔註12〕 王季思主編《全元戲曲》卷二，北京：人民文學出版社，1990年版，第269頁。
〔註13〕 按，引文錄自青春版《牡丹亭》第100場演出實況。本節的引文、圖片等均出自青春版《牡丹亭》第100場演出實況，江蘇省蘇州崑劇院演出，迪志（香港）文化出版。

一個活潑、伶俐、勤勞、聰敏的小丫頭形象，呈現在觀眾面前。

2、戲劇人物形象是通過其個性化語言完善的。《春香鬧學》中，春香形象主要是在與陳最良的對手戲中逐步豐滿起來的。

杜麗娘登場，向陳最良問安，而陳卻搬出教條訓誡之：「凡為女子，雞初鳴，咸盥漱櫛笄，問安於父母。日出之後，各供其事。如今女學生以讀書為事，須要早起。」杜麗娘答應著「以後不敢了」，但機靈的春香卻「以牙還牙」道：

> 春　香：啊，先生，今夜不睡了。
> 陳最良：卻是為何哇？
> 春　香：喏、喏、喏，等到三更時分，就請先生上書。
> 陳最良：哎，忒早了。
> 春　香：早也不好，遲也不好。
> 
> （對杜麗娘說）啊，小姐，這倒難了。

伶牙俐齒的小春香，十分機敏，言語中充滿了智慧，針對先生說「須要早起」，見招拆招，可謂「以子之矛，攻子之盾」。

人物的個性語言，亦富動作性。在講解《關雎》一段的表演中，不僅體現出春香的機敏，還表現了她天真可愛的一面，其語言富於動作性，在表演中呈現鬧熱的戲劇效果。陳最良解讀《關雎》，言：「『關關雎鳩』，雎鳩是個鳥，關關乃鳥聲也。」這下卻勾起了春香的好奇：

> 春　香：先生，這鳥聲是怎麼叫的？
> 陳最良：（想了想）關關、關關、關關。
> 春　香：（走上前）咕咕……

陳最良的鳩聲為「關關」，實在難以入耳，春香則咕咕地學鳥叫，課堂氣氛也被天真的小春香活躍起來。這一段在《牡丹亭》文本中有這樣的舞臺提示——「（末作鳩聲）」「（貼學鳩聲諢介）」，而舞臺表演則將提示具體化了，令人更覺有趣，也使演出更加鬧熱。臺上老少二人咕咕叫，臺下觀眾則幾近絕倒，掌聲不斷。

3、除語言外，舞臺表演動作也是成功塑造人物形象的重要手段，春香和陳最良、杜麗娘的對手戲，亦不乏動作表演。春香被「打」這一節中，則體現得最直接，三人的性格特徵一覽無餘。

春香被「打」一節，包含三個段落：其一春香「引逗」小姐，此為春香

的唱段。春香藉口出恭，逃出學堂，發現了大花園一座，便回來「引逗」小姐，她邊舞邊唱，以舞蹈和歌唱將場面鬧熱起來，也帶動了戲劇高潮的來臨。其二春香閃倒先生。陳最良氣不過春香「引逗」小姐，於是拿起荊條便要真打；小春香一閃一抓，兩個人握著荊條糾纏起來；杜麗娘在一旁勸不開，也只得眼看著春香把先生閃倒；一個四腳朝天的陳最良，引得觀眾笑聲不斷（見圖3-1左上和右上）。其三麗娘「打」春香。杜麗娘看春香惹惱了先生，於是無奈地要懲戒她，一面叫她跪下，一面又使眼色，將荊條打在地上；小春香配合著，哎呦地叫著；另一邊則是老先生解恨地說「打得好！」觀眾們看著主僕二人的雙簧戲，實在忍俊不禁（見圖3-1左下和右下）。這段鬧熱演出，也把整折戲推向了高潮。事實上，這段基本全是動作表演，如若只是乾巴巴的唱詞，無論如何也達不到如此的戲劇效果。

圖3-1　青春版《牡丹亭・閨塾》（《春香鬧學》）劇照

這段表演，陳最良的迂腐得到了最大化的「懲罰」，春香「鬧倒」了他，觀眾的笑聲便是印證。杜麗娘也並非一個「乖乖女」，其內心藏著「至情」的本我，這微微一瞥，也讓我們瞭解，爲何她能因情而死、死又復生。而春香的活潑、機靈、調皮，在這齣戲中一併爆發，她「鬧倒」了先生、「鬧亂」了課堂、「鬧動」了小姐的心，也鬧熱了舞臺。

總之，戲劇人物形象不同於一般文學形象，既不用文字來交代典型環境，也不必有多餘的細節描寫，刻畫人物則全賴語言與動作。戲劇動作從廣義上說，是包含語言功能的；而戲劇語言又是富含戲劇性、動作性的語言，因此，二者統一於戲劇形象的塑造中。正如黑格爾所言：「能把個人的性格、思想和目的最清楚地表現出來的是動作，人的最深刻方面只有通過動作才見諸現實，而動作，由於起源於心靈，也只有在心靈性的表現即語言中才獲得最大限度的清晰和明確。」〔註14〕

綜上所述，「鬧」字戲之「鬧」，體現於標目，也體現在表演的動作外現與情節的內在張力方面，同時個性鮮明的人物形象，可謂整部作品構架的核心要素。

# 第二節　劇目與劇本

本節對現存「鬧」字戲進行梳理，對劇目及其存本情況進行搜集整理、分類簡析，針對一些較重要的劇目進行考證。

歷史時間範圍自宋代（960），訖於中華人民共和國成立（1949），然藝術發展的時間不能以朝代的更迭時間爲閾限，因此本節也會提及與列舉1949年至今的「鬧」字戲劇目，只是這部分不做重點分析與說明，力求達到歷史延續性和藝術完成性的統一。

劇目類型包括宋雜劇、金院本、宋元南戲、元雜劇、明雜劇、明傳奇、清雜劇、清傳奇、雅部崑劇與花部地方戲等。劇目內容龐雜，涉及範圍廣泛。

## 一、存目與存本概況

根據《武林舊事》《南村輟耕錄》等歷史筆記資料，《六十種曲》《古本戲

---

〔註14〕〔德〕黑格爾著、朱光潛譯《美學》第一卷，北京：商務印書館，1996年版，第278頁。

曲叢刊》《水滸戲曲集》等劇作選本或合集，《元代雜劇全目》《明代雜劇全目》
《明代傳奇全目》《清代雜劇全目》《古典戲曲存目匯考》《中國劇目辭典》《中
國曲學大辭典》《中國崑劇大辭典》《京劇劇目辭典》《京劇劇目概覽》《中國
梆子戲劇目大辭典》《秦腔劇目初考》《蒲州梆子劇目辭典》《川劇劇目辭典》
《川劇詞典》《川劇劇目摭編》《中國豫劇大辭典》《豫劇傳統劇目匯釋》《粵
劇大辭典》《潮劇劇目匯考》《中國評劇劇目集成》《黃梅戲傳統劇目彙編》以
及各省市區地方劇目彙編資料等傳統戲劇目錄學著作，和《中國戲曲志》各
省市區分卷、《上海越劇志》等傳統戲劇方志，共搜集整理出「鬧」字戲劇目
471 個，現有元明清雜劇、傳奇「鬧」字戲存本劇目 76 個。

　　現將「鬧」字戲劇目以及存本情況以表格方式，依朝代和劇作類型分列
簡述。

## （一）宋金「鬧」字戲

　　根據《武林舊事》「宋官本雜劇段數」，及《南村輟耕錄》「院本名目」之
記載〔註15〕，現存宋金雜劇、院本，共計「鬧」字戲劇目 21 個，其中宋官本
雜劇段數 4 個，金院本名目 17 個，現今均無存本。

### 表 3-1　宋金「鬧」字戲一覽表

| 類別 | 序號 | 劇目名稱 | 備註 |
|---|---|---|---|
| 宋雜劇 | 1 | 鬧五伯伊州 | 和曲之劇，伊州為大曲名。 |
| | 2 | 鬧夾棒爨 | 爨體之劇，「爨」為一種表演形式。 |
| | 3 | 鬧八妝爨 | 爨體之劇，「爨」為一種表演形式。 |
| | 4 | 三教鬧著棋 | 雜體之劇，唐宋間關於「三教」的表演甚多。 |
| 金院本 | 5 | 鬧學堂 | 諸雜大小院本 |
| | 6 | 鬧浴堂 | 諸雜大小院本 |
| | 7 | 鬧旗亭 | 諸雜大小院本 |
| | 8 | 鬧酒店 | 諸雜大小院本 |
| | 9 | 鬧結親 | 諸雜大小院本 |

〔註15〕按，《武林舊事》卷十「官本雜劇段數」載宋雜劇劇目 280 個；《南村輟耕錄》
　　　　「院本名目」載金代院本劇目 713 個。參見〔宋〕周密《武林舊事》，北京：
　　　　中國商業出版社，1982 年版，第 181～185 頁。〔元〕陶宗儀《南村輟耕錄》，
　　　　「院本名目」條，載俞為民、孫蓉蓉主編《歷代曲話彙編——新編中國古典
　　　　戲曲論著集成》（唐宋元編），合肥：黃山書社，2006 年版，第 436～450 頁。

| 10 | 鬧巡捕 | 諸雜大小院本 |
|----|--------|-------------|
| 11 | 鬧平康 | 諸雜大小院本 |
| 12 | 鬧棚闌 | 諸雜大小院本 |
| 13 | 鬧文林 | 諸雜大小院本 |
| 14 | 鬧芙蓉城 | 諸雜大小院本 |
| 15 | 鬧元宵 | 諸雜大小院本 |
| 16 | 鬧夾棒六么 | 諸雜院爨 |
| 17 | 鬧夾棒法曲 | 諸雜院爨 |
| 18 | 滕王閣鬧八妝 | 諸雜院爨 |
| 19 | 截紅鬧浴堂 | 諸雜院爨 |
| 20 | 小鬧摑 | 衝撞引首 |
| 21 | 軍鬧 | 打略拴搐（卒子家門） |

　　劉曉明先生《雜劇形成史》修正了《宋金雜劇考》分類的矛盾狀況，在此基礎上，將宋官本雜劇 280 個劇目分為和曲之劇、爨體之劇、腳色之劇、酸體之劇和雜體之劇五大類型〔註16〕。本文四齣「鬧」字戲，分別屬於和曲之劇、爨體之劇和雜體之劇三種類型。其一，和曲之劇，「所和之曲主要為大曲」〔註17〕，是敘事表演，而和曲之劇所佔數量非常多，是宋雜劇之主體，體現了宋雜劇由「諧劇」向戲曲藝術的過渡狀態。其二，爨體之劇主要特點為爨體的表演，其形式有五種：足部的舞蹈動作、以歌伴舞、化裝扮演、表演幻術、念頌詼諧的詩詞歌賦〔註18〕。此五種形式的共性為動作性，因此，爨體之劇是動作性表演形式。其三，雜體之劇是雜類之總稱，「按照其伎藝特徵和題材排序，如醫類的、二郎類的、霸王兒類的」等〔註19〕。

　　金代院本名目類別，據《南村輟耕錄》載，共有十一類，其中 17 個「鬧」字戲劇目分佈於諸雜大小院本（11 個）、諸雜院爨（4 個）、衝撞引首（1 個）和打略拴搐（1 個）四類中。

〔註16〕 劉曉明《雜劇形成史》，北京：中華書局，2007 年版，第 295 頁。
〔註17〕 劉曉明《雜劇形成史》，北京：中華書局，2007 年版，第 299 頁。
〔註18〕 按，黃天驥先生在《「爨弄」辨析》中考證出前四種形式，劉曉明先生則又根據《莊家不識構欄》補充出末一種形式。分別參見黃天驥「爨弄」辨析——兼談戲曲文化淵源的多元性問題》，《文學遺產》2001 年第 1 期。劉曉明《雜劇形成史》，北京：中華書局，2007 年版，第 310 頁。
〔註19〕 劉曉明《雜劇形成史》，北京：中華書局，2007 年版，第 299 頁。

其一，諸雜大小院本共有 189 個院本劇目，是金代院本的主體，其表演形態以諧劇爲主。「鬧」字戲劇目共有 11 個，占諸雜大小院本的 1/20，蔚爲壯觀。從名稱來看，以生活、戰爭等故事性內容爲主，更接近於戲劇藝術「演故事」的本質。

其二，劉曉明先生認爲諸雜院爨和宋雜劇之爨體相類，是「以諢諧爲本體的」〔註20〕。筆者以爲，從名稱上說，「諸雜」取諸雜大小院本之意，「院爨」就是爨體之劇，因此其應爲院本名目之諸雜大小院本與宋雜劇的爨體之劇的交融，特點則以諢諧動作演故事。其中「鬧」字戲共有 4 個。

其三，衝撞引首，是正戲開場前所演出的院本，這是學界對於「引首」之意，頗爲一致的觀點〔註21〕。而關於「衝撞」的含義，卻分歧較大。鄭振鐸先生認爲「衝撞引首」是「院本」的「引首」，將「衝撞」當作「院本」解〔註22〕，並不妥帖。李嘯倉先生則認爲「衝撞」是「唐突、冒犯」之意，其表演內容大致都是「誠心挑剔別人毛病的」〔註23〕，從字面理解並無異議，只是較爲平淺，未能表現出金院本的特點。胡忌先生同意李嘯倉先生對於「衝撞」的解釋，並根據「衝撞引首」的內容分爲三類表演，即舞隊表演、語言表演和大多數的夾雜有滑稽的動作表演〔註24〕。劉曉明先生則認爲是「衝撞空場之意」〔註25〕，此意和「引首」的含義相互補足與統一，然這僅將「衝撞引首」之職能進一步確定，卻未言明具體含義。王寧先生根據《漢上宦文存》「市語彙鈔」，將「衝撞」理解爲「罵人」，並認爲：

> 「衝撞引首」是以說白和念誦爲主，通過嬉笑怒罵來使觀眾笑樂的簡短的滑稽性演出，具有較強的民間色彩，有時可能涉及一些並不高雅的內容，它可能附著於正式院本的表演之前，而又相對獨立，類乎後世的開場戲。〔註26〕

〔註20〕劉曉明《雜劇形成史》，北京：中華書局，2007 年版，第 449 頁。
〔註21〕分別參見馮式權《兩宋同邊的雜劇及金元院本的結構考》，《東方雜誌》第 20 卷第 21 期，1923 年 9 月。李嘯倉《宋元伎藝雜考》，上海：上雜出版社，1953 年版，第 11 頁。胡忌《宋金雜劇考》（訂補本），北京：中華書局，2008 年版，第 195 頁。劉曉明《雜劇形成史》，北京：中華書局，2007 年版，第 426 頁。
〔註22〕參見鄭振鐸《中國俗文學史》，北京：團結出版社，2006 年版，上冊，第 271 頁。
〔註23〕李嘯倉《宋元伎藝雜考》，上海：上雜出版社，1953 年版，第 12 頁。
〔註24〕參見胡忌《宋金雜劇考》（訂補本），北京：中華書局，2008 年版，第 194 頁。
〔註25〕劉曉明《雜劇形成史》，北京：中華書局，2007 年版，第 426 頁。
〔註26〕王寧《宋元樂妓與戲劇》，北京：中國戲劇出版社，2003 年版，第 26～27 頁。

這正體現了「衝撞引首」作爲金院本的笑劇內涵，因此筆者則認可此觀點。

其四，打略拴搐，是「拴搐」表演的一種（「院本名目」亦有「拴搐豔段」一類）。「拴搐」是指「一劇中可供加入的插演片段，或者說，是被綁縛在一劇中的插件」〔註27〕。「打略」，鄭振鐸先生認爲是戲謔表演的「打調」〔註28〕；胡忌先生認爲既有「一人所擔任的『數板』念詞」，也有「二人以上的演出情形」〔註29〕；劉曉明先生認爲「『打』即表演，『略』即概略」，「以數名打諢和笑耍戲樂爲主，基本沒有故事情節」，並進一步分其爲「『數名』形態」與「『以名敘事』形態」兩類〔註30〕。筆者以爲，毋庸置疑，這類院本也是戲謔性表演，然就故事情節來說，並非劉曉明先生所謂的「基本沒有故事情節」，應是故事性不強而已，是具情節性的表演，這從胡忌先生所發現的兩個院本可以看出。因此，這類院本不僅具有情節，且有一定的戲劇性，並以耍笑鬧熱爲主要特徵〔註31〕。

### （二）元代「鬧」字戲

元代「鬧」字戲劇目共計 27 個，其中雜劇 26 個，戲文 1 個。存本劇目 8 個，約占元代「鬧」字戲劇目的 30%。

表 3-2　元代「鬧」字戲簡表〔註32〕

| 類別 | 序號 | 劇目名稱 | 作者 | 存佚情況 | 備註 |
|---|---|---|---|---|---|
| 雜劇 | 1 | 村姑兒鬧元宵 | 無名氏 | 佚 | 簡名《鬧元宵》。疑與《一丈青鬧元宵》爲一劇，爲水滸故事。 |
| | 2 | 黑旋風大鬧牡丹園 | 高文秀 | 佚 | 水滸故事，簡名《牡丹園》。 |
| | 3 | 梁山七虎鬧銅臺 | 無名氏 | 存 | 水滸故事，簡名《鬧銅臺》。其名不見於《水滸傳》。 |
| | 4 | 劉盼盼鬧衡州 | 關漢卿 | 佚 | 簡名《鬧荊州》，金院本、宋元佚名作者戲文均有《劉盼盼》。 |

〔註27〕劉曉明《雜劇形成史》，北京：中華書局，2007 年版，第 392 頁。
〔註28〕參見鄭振鐸《中國俗文學史》，北京：團結出版社，2006 年版，上冊，第 280 頁。
〔註29〕胡忌《宋金雜劇考》（訂補本），北京：中華書局，2008 年版，第 201 頁。
〔註30〕劉曉明《雜劇形成史》，北京：中華書局，2007 年版，第 403～406 頁。
〔註31〕按，胡忌先生考證出院本「清閒眞道本」和「針兒線」兩種，參見胡忌《宋金雜劇考》（訂補本），北京：中華書局，2008 年版，第 198～199 頁。
〔註32〕分別參見傅惜華《元代雜劇全目》，北京：作家出版社，1957 年版。莊一拂《古典戲曲存目匯考》，上海：上海古籍出版社，1982 年版。

| | | | | |
|---|---|---|---|---|
| 5 | 魯智深大鬧消災寺 | 無名氏 | 佚 | 水滸故事，簡名《消災寺》。情節不見於小說《水滸傳》。 |
| 6 | 魯智深大鬧黃花峪 | 無名氏 | 存 | 水滸故事，簡名《黃花峪》。 |
| 7 | 羅李郎大鬧相國寺 | 張國賓 | 存 | 簡名《相國寺》或《羅李郎》。一作元末明初佚名作者作，一作張國賓（又作「寶」）作。 |
| 8 | 莽張飛大鬧石榴園 | 無名氏 | 存 | 三國故事，簡名《石榴園》。 |
| 9 | 莽張飛大鬧相府院 | 花李郎 | 佚 | 三國故事，簡名《相府院》。元花李郎作。劇情可能與脈望館本雜劇《莽張飛大鬧石榴園》相似。 |
| 10 | 鬧元宵 | 無名氏 | 佚 | 《一丈青鬧元宵》之簡名，疑與《村姑兒鬧元宵》為同劇。 |
| 11 | 鬧法場 | 無名氏 | 佚 | 《孝任貴救父鬧法場》《四顆頭任千鬧法場》之簡名。 |
| 12 | 孝任貴救父鬧法場 | 無名氏 | 佚 | 簡名《鬧法場》，與《四顆頭任千鬧法場》為同源劇目，京劇有《法場救父》 |
| 13 | 四顆頭任千鬧法場 | 無名氏 | 佚 | 簡名《鬧法場》，題材同《孝任貴救父鬧法場》。 |
| 14 | 鬧法場郭興阿楊 | 沈和 | 佚 | 簡名《郭興阿楊》《郭興河陽》《鬧法場興阿楊》。 |
| 15 | 秦從僧大鬧相國寺 | 無名氏 | 佚 | 簡名《相國寺》。 |
| 16 | 人不知大鬧雲臺觀 | 無名氏 | 佚 | 簡名《雲臺觀》。與《包待制智斬魯齋郎》雜劇相似。 |
| 17 | 阮提學鬼鬧森羅殿 | 無名氏 | 佚 | 簡名《森羅殿》。 |
| 18 | 神奴兒大鬧開封府 | 無名氏 | 存 | 又名《神奴兒鬼鬧開封府》，簡名《開封府》《神奴兒》。另有《神奴兒》戲文。其本事似脫胎於《搜神記》之《蘇娥訴冤》。 |
| 19 | 十探子大鬧延安府 | 無名氏 | 存 | 簡名《延安府》《十探子》。情節與雜劇《陳州糶米》相仿。 |
| 20 | 十八公子大鬧草園閣 | 張鳴善 | 佚 | 簡名《草園閣》。 |

| | 21 | 王矮虎大鬧東平府 | 無名氏 | 存 | 水滸故事，簡名《東平府》。本事不見於《水滸傳》。 |
|---|---|---|---|---|---|
| | 22 | 小二哥大鬧查子店 | 無名氏 | 佚 | 《永樂大典‧雜劇六》收此劇。本事未詳，疑王煥百花亭故事。 |
| | 23 | 小李廣大鬧元宵夜 | 無名氏 | 佚 | 本事見小說《水滸傳》第三十三回「花榮大鬧青風寨」。此戲為其藍本。 |
| | 24 | 一丈青鬧元宵 | 無名氏 | 佚 | 疑與《村姑兒鬧元宵》為一劇，為水滸故事。 |
| | 25 | 冤家債主鬧陰司 | 無名氏 | 佚 | 簡名《鬧陰司》。題材同元明佚名作者《崔府君斷冤家債主》雜劇。 |
| | 26 | 張君瑞鬧道場〔註33〕 | 王實甫 | 存 | 周憲王本《西廂記》第一本標目。 |
| 戲文 | 27 | 一夜鬧 | 無名氏 | 佚 | 又名《雷世傑》《雷世際》。《宋元戲文輯佚》存其殘曲一支。 |

　　元代雜劇，作為藝術戲劇的最早代表形式之一，是中國戲劇發展史的第一次高峰，是以戲曲為表現形式的傳統戲劇之重要類型，其大部分由專業劇作家創作而成，這也是元雜劇重要的文學特點。

　　元代戲文上承宋代戲文，一般認為戲文發生於北宋末年的溫州地區〔註34〕，故又稱「南曲戲文」，簡稱南戲。雖然元代的戲曲代表樣式是元雜劇，然戲文也同樣在其間暗流湧動，故而到元明之際才可以產生出南戲集大成之作——《琵琶記》。錢南揚先生《戲文概論》搜羅了宋元之際的戲文共計238種，其中絕大多數為元代戲文。

　　元代「鬧」字戲有如下特點：

　　首先，以水滸故事為代表的武打、動作或戰爭類題材的劇目，為主體部

〔註33〕按，《西廂記》現存最早的劇本為明代刻本，將《張君瑞鬧道場》置於元代「鬧」字戲列表中，原因有二：一是王實甫《西廂記》是元代作品已經成為學界共識；二是明刊本大多以「元本」冠名，蔣星煜先生則認為「是選擇了元代刊本為底本而重刻的」，「《西廂記》曲文仍有可能根據『元本』的曲文而翻刻的。」參見蔣星煜《明刊本西廂記研究》，北京：中國戲劇出版社，1982年版，第10頁。

〔註34〕按，祝允明《猥談》云：「南戲出於宣和（1119～1125）之後，南渡（1127）之際，謂之『溫州雜劇』。」徐渭《南詞敍錄》載：「南戲始於宋光宗朝（紹熙、1190～1194）。」錢南揚先生根據分析認為「戲文的發生，應遠在宣和之前。」參見錢南揚《戲文概論》，上海：上海古籍出版社，1981年版，第7、21～25頁。

分。其中有 8 個劇目為水滸故事，占全部劇目的近三成；亦有 2 個劇目是以張飛為主角的三國故事；此外還有 4 個有關「鬧法場」的戲目。有趣的是，無論是水滸戲，還是三國戲，其代表人物——李逵、魯智深和張飛在性格特徵上又都趨於相似。因此，「鬧」字戲或謂戲曲鬧熱性，與腳色人物之關係亦十分密切。

第二，以傳統節日——元宵節為代表的鬧熱劇目，在元代「鬧」字戲中亦十分醒目。元雜劇用演故事的形式，將元宵節的鬧熱與傳統戲劇的鬧熱一併在舞臺上呈現，是民俗鬧熱性和戲曲鬧熱性在戲劇藝術中的完美結合。

第三，《西廂記》第一本《張君瑞鬧道場》是元代「鬧」字戲的另類代表。內容上，是以男女情愛為主線；形式上，則是全本戲的一部分。可見，《張君瑞鬧道場》從形式和內容兩方面，開啟了明清以降之傳奇乃至地方戲「鬧」字戲的範式。值得一提的是，《西廂記》「鬧」字戲並非僅此一個，《張君瑞鬧道場》是元雜劇《西廂記》「鬧」字戲，明清之後還出現了其他「鬧」字戲，詳見下文。而且，《西廂記》之鬧熱也絕非只呈現於「鬧」字戲中。

元代「鬧」字戲存本劇目僅有 8 個，全部是雜劇，存本概況參見下表：

**表 3-3　元代「鬧」字戲存本概況一覽表** [註 35]

| 序號 | 劇名 | 存本情況 |
|---|---|---|
| 1 | 梁山七虎鬧銅臺 | 脈望館鈔校本、《孤本元明雜劇》本、《古本戲曲叢刊》劇脈望館本影印。 |
| 2 | 魯智深大鬧黃花峪 | 脈望館鈔于小穀本，題作《魯智深喜賞黃花峪》；《群音類選》本，題作《黃花峪跌打蔡疙瘩》；《孤本元明雜劇》本據脈望館本校印。 |
| 3 | 羅李郎大鬧相國寺 | 脈望館本、《新續古名家雜劇》宮集本、《元曲選》本、《元人雜劇全集》本、《元明雜劇》本。 |
| 4 | 莽張飛大鬧石榴園 | 脈望館鈔校本、《孤本元明雜劇》本據脈望館本影印。 |
| 5 | 神奴兒大鬧開封府 | 《元曲選》本。 |
| 6 | 十探子大鬧延安府 | 脈望館鈔校本、《孤本元明雜劇》本。 |
| 7 | 王矮虎大鬧東平府 | 脈望館鈔校本、《孤本元明雜劇》本。 |

---

〔註 35〕參見傅惜華《元代雜劇全目》，北京：作家出版社，1957 年版。莊一拂《古典戲曲存目匯考》，上海：上海古籍出版社，1982 年版。

| 8 | 張君瑞鬧道場〔註36〕 | 最早的完整的《西廂記》版本爲弘治岳刻本《新刊奇妙全相注釋西廂記》〔註37〕；天啓年間凌濛初校注《西廂記》則每本有劇名，其第一本則爲《張君瑞鬧道場》，該版本也被認爲是現存刊本中「唯一一部符合元雜劇體制的全本」〔註38〕。 |

## （三）明代「鬧」字戲〔註39〕

現存明代「鬧」字戲劇目共計 49 個，其中雜劇 13 個，傳奇 34 個，戲文與院本各 1 個；此外，存本劇目有 32 個（含殘存本劇目 1 個），占明代「鬧」字戲劇目六成多。

### 表 3-4　明代「鬧」字戲簡表〔註40〕

| 類別 | 序號 | 劇目名稱 | 作者 | 存佚情況 | 備註 |
|---|---|---|---|---|---|
| 戲文 | 1 | 宋公明大鬧元宵 | 無名氏 | 佚 | 水滸故事。故事同凌濛初《宋公明鬧元宵》雜劇、元明佚名作者《一丈青鬧元宵》雜劇。 |
| 院本 | 2 | 三枝花大鬧土地堂〔註41〕 | 李開先 | 佚 | 爲《一笑散》之第六種。本事未詳。明萬曆二年（1574）抄本《迎神賽社禮節傳簿四十曲宮調》中有《土地堂》 |

〔註36〕 按，這裡僅列出代表性版本，其他版本見蔣星煜《明刊本西廂記研究》，北京：中國戲劇出版社，1982 年版。

〔註37〕 參見蔣星煜《明刊本西廂記研究》，北京：中國戲劇出版社，1982 年版，第 26 頁。

〔註38〕 張人和《〈西廂記〉的版本系統概觀》，《社會科學戰線》1997 年第 3 期，第 221 頁。

〔註39〕 按，本部分主要以《明代雜劇全目》、《明代傳奇全目》、《古典戲曲存目匯考》以及《中國劇目辭典》中的明代傳統戲劇劇目爲參照，加之對《六十種曲》、《古本戲曲叢刊》等古典戲劇選本中明代傳統戲劇子目的搜集整理，而最終成型的。眾所周知，明代傳奇大部分由崑曲演唱，下文獨列崑劇部分，因此，二者的重複劇目不再列出，上述文獻中特別標出爲「崑劇」者，則不在本部分討論之列。

〔註40〕 分別參見傅惜華《明代雜劇全目》，北京：作家出版社，1958 年版。傅惜華《明代傳奇全目》，北京：人民文學出版社，1959 年版。莊一拂《古典戲曲存目匯考》，上海：上海古籍出版社，1982 年版。〔明〕毛晉編《六十神曲》，北京：中華書局，1958 年版。《中國戲曲志・江蘇卷》，北京：中國 ISBN 中心出版社，2000 年版。

〔註41〕 按，傅惜華《明代雜劇全目》中收該劇目，將其列爲雜劇；莊一拂《古典戲曲存目匯考》中亦收該目，並未提及其屬於何種體制，然云「錢謙益《初學集》，爲李作院本六種，總題《一笑散》。」故這裡將其列爲院本類之下。分別參見傅惜華《明代雜劇全目》北京：作家出版社，1958 年版，第 93 頁。莊一拂《古典戲曲存目匯考》，上海：上海古籍出版社，1982 年版，第 425 頁。

| | | | | | |
|---|---|---|---|---|---|
| | | | | | 院本，疑與其相類似〔註42〕。 |
| 雜劇 | 3 | 大鬧東嶽殿 | 楊景賢 | 佚 | 簡名《東嶽殿》。 |
| | 4 | 胡學究醉鬧湖心亭 | 無名氏 | 佚 | 本事見《野獲編》卷二十三。 |
| | 5 | 莽樊噲大鬧鴻門宴 | 無名氏 | 佚 | 《寶文堂書目‧樂府》著錄此劇正名。本事見《漢書》。 |
| | 6 | 鬧中牟 | 徐復祚 | 佚 | 本劇與元代周文質《敬新磨戲諫唐莊宗》雜劇題材相同。本事見《新五代史‧伶官傳》。 |
| | 7 | 鬧風情 | 無名氏 | 佚 | 本事未詳。 |
| | 8 | 鬧陰司 | 谷子敬 | 佚 | 《呂孔目雪恨鬧陰司》（誤作《昌孔目雪恨鬧陰司》）之簡名，又略作《雪恨鬧陰司》。 |
| | 9 | 慶豐年五鬼鬧鐘馗 | 無名氏 | 存 | 此為歲首吉祥之戲，亦屬內廷供奉劇。 |
| | 10 | 四鬼魂大鬧森羅殿 | 陶國瑛 | 佚 | 簡名《森羅殿》。本事未詳。 |
| | 11 | 宋公明鬧元宵 | 凌濛初 | 存 | 本事出自《水滸傳》。 |
| | 12 | 聞歌鬧歧 | 無名氏 | 佚 | 汪廷訥有《廣陵月重會姻緣》，一名《聞歌納妓》，殆即此劇。本事未詳。 |
| | 13 | 血骷髏大鬧百花亭 | 陸進之 | 佚 | 簡名《百花亭》。疑王煥、賀憐憐故事。 |
| | 14 | 趙子龍大鬧塔泥鎮 | 無名氏 | 佚 | 三國故事。本事未詳。 |
| | 15 | 藍采和長安鬧劇 | 來集之 | 存 | 《秋風三疊》之一，又名《冷眼》，簡名《藍采和》。事同雜劇有《漢鍾離度脫藍采和》。本事出於陸游《南唐書‧陳陶傳》。 |
| 傳奇 | 16 | 鬧烏江 | 朱英 | 殘存 | 演江都柳鴛戀女伶李蓮生之事。 |
| | 17 | 鬧樊樓 | 范文若 | 佚 | 本事出自《夷堅志》。《醒世恆言》有《鬧樊樓多情周勝仙》，亦見《情史》。 |
| | 18 | 鬧鴛鴦 | 無名氏 | 佚 | 又名《倒鴛鴦》。情節類似朱作《倒鴛鴦》。本事未詳。 |

〔註42〕參見廖奔、劉彥君《中國戲曲發展史》第三卷，太原：山西教育出版社，2003年版，第249頁。劇本見附錄二。

| 19 | 元宵鬧 | 李素甫 | 存 | 演水滸故事中盧俊義之事。本事見小說《水滸傳》第六十五回。 |
|---|---|---|---|---|
| 20 | 元宵鬧 | 夏樹芳 | 佚 | 又名《玉麒麟》。演水滸故事中盧俊義之事。其中又有「鬧」字戲兩齣：《鬧鬼》《鬧衙》。 |
| 21 | 鬧鬼〔註43〕 | 夏樹芳 | 佚 | 《元宵鬧》之一齣。 |
| 22 | 鬧衙〔註44〕 | 夏樹芳 | 佚 | 《元宵鬧》之一齣。 |
| 23 | 途中相鬧 | 馮夢龍 | 存 | 出自《雙雄記》。 |
| 24 | 村翁鬧妓 | 馮夢龍 | 存 | 出自《雙雄記》。 |
| 25 | 五鬧蕉帕記 | 單本 | 存 | 全劇凡三十六齣，其中「鬧」字戲目有四齣，分別為《鬧釵》《鬧婚》《鬧題》《鬧闈》。 |
| 26 | 鬧釵 | 單本 | 存 | 《蕉帕記》第九齣。 |
| 27 | 鬧婚 | 單本 | 存 | 《蕉帕記》第十七齣。 |
| 28 | 鬧題 | 單本 | 存 | 《蕉帕記》第二十一齣。 |
| 29 | 鬧闈 | 單本 | 存 | 《蕉帕記》第二十六齣。 |
| 30 | 鬧祠 | 汪廷訥 | 存 | 《獅吼記》第十三齣。 |
| 31 | 鬧會 | 高濂 | 存 | 《玉簪記》第十一齣「九天雷神降生會」。又名《村郎鬧會》。 |
| 32 | 鬧殤 | 湯顯祖 | 存 | 汲古閣《還魂記》定本第二十齣；又見碩園刪定《牡丹亭》第十三齣。 |
| 33 | 鬧宴 | 湯顯祖 | 存 | 汲古閣《還魂記》定本第五十齣；又見碩園刪定《牡丹亭》第三十九齣。 |
| 34 | 齋壇鬧會〔註45〕 | 王實甫 | 存 | 汲古閣《六十種曲》本《西廂記》第四齣。 |
| 35 | 鬧寺 | 汪廷訥 | 存 | 《投桃記》第十七齣。 |
| 36 | 鬧朝 | 汪廷訥 | 存 | 《義烈記》第九齣。 |
| 37 | 淑女鬧圍 | 編訂：馮夢龍 | 存 | 《墨憨齋重定夢磊傳奇》第四齣，原作為明代史槃的《夢磊記》傳奇。 |

〔註43〕按，該劇為 20 世紀 20～30 年代「傳」字輩演員的常演劇目。參見《中國戲曲志‧江蘇卷》，北京：中國 ISBN 中心出版社，2000 年版，第 258 頁。

〔註44〕同上。

〔註45〕按，此齣戲目源自汲古閣《六十種曲》本《北西廂記》，雖寫明作者為「元王德信著」，然此本係明人的改編本，為傳奇體制，並非元代雜劇，故屬於明代「鬧」字戲。

| 38 | 鬧捷 | 沈嵊 | 存 | 《綰春園》第三十齣。 |
|---|---|---|---|---|
| 39 | 鬧燈 | 孟稱舜 | 存 | 《貞文記》第二十九齣。 |
| 40 | 鬧婚 | 范文若 | 存 | 《花筵賺》第二十二齣。 |
| 41 | 邸鬧 | 范文若 | 存 | 《夢花酣》第二十六齣。 |
| 42 | 鬧祠 | 阮大鋮 | 存 | 《春燈謎》第三十一齣。 |
| 43 | 鬧勘 | 阮大鋮 | 存 | 《雙金榜》第二十一齣。 |
| 44 | 鬧旨 | 阮大鋮 | 存 | 《雙金榜》第三十九齣。 |
| 45 | 鬧媒 | 張楚叔 | 存 | 《詩賦盟》第二十六齣。 |
| 46 | 鬧亭 | 許恒 | 存 | 《二奇緣》第十三齣。 |
| 47 | 齋鬧 | 沈謙〔註46〕 | 存 | 《翻西廂》第六齣。 |
| 48 | 舟鬧 | 吳炳 | 存 | 《西園記》第二齣。 |
| 49 | 酒鬧 | 無名氏 | 存 | 《倒浣紗》第二十四齣。 |

明代是傳統戲劇的第二個高峰時期，不僅雜劇、戲文繼續發展，而且還開啓並進入了傳統戲劇的傳奇時代。

所謂「傳奇」，郭英德先生《明清傳奇史》在借鑒和參考前人研究成果基礎上，將概念釐清，並在與雜劇、戲文的對比中，給「傳奇」下了一個相對完整的定義：

> 傳奇作爲戲曲文學的共性，是在與詩、文、小說等文學樣式的參照中得以凸現的；而傳奇作爲一種戲曲體裁的個性，則需在與雜劇、戲文的參照中得到說明。相對於雜劇，傳奇無疑是一種長篇戲曲劇本，通例一部傳奇劇本由二十齣至五十齣組成；而雜劇則是一種短篇戲曲劇本，通例只有一齣至七齣。相對於戲文，傳奇具有劇本體制規範化和音樂體制格律化的特徵，而戲文在劇本體制和音樂體制上卻有著明顯的紛雜性和隨意性。因此，就內涵或本質而言，傳奇是一種劇本體制規範化和音樂體制格律化的長篇戲曲劇本。〔註47〕

可見，「傳奇」是戲曲劇本概念，是文學概念。然戲劇藝術原本就具有傳奇特

---

〔註46〕按，《古本戲曲叢刊三集》本標爲「周公魯」作，《古典戲曲存目匯考》云：「《戲曲叢刊》所收《翻西廂》，應是沈氏之作，原目作周公魯，誤。」另據《古典戲曲存目匯考》，周公魯有《錦西廂》，已佚。參見莊一拂《古典戲曲存目匯考》（中），上海：上海古籍出版社，1982年版，第1211、1007頁。
〔註47〕郭英德《明清傳奇史》，南京：江蘇古籍出版社，2001年版，第11頁。

徵，《〈鸚鵡洲〉序》言：「傳奇，傳奇也，不過演奇事，暢奇情。」〔註48〕李漁《閒情偶寄》也同樣道：「古人呼劇本為『傳奇』者，因其事甚奇特，未經人見而傳之，是以得名。可見非奇不傳。」〔註49〕總之，舞臺呈現方面，「奇」便是鬧熱的成分因素，是傳統戲劇達到鬧熱境界的一種體制特徵與方式，較之宋金以降之笑劇、趣劇，以傳奇手法呈現的鬧熱特點，是中國傳統戲劇鬧熱特徵的較高層次。

明代戲劇，上承元代，下起清代，是傳統戲劇發展的高峰，也是重要的銜接樞紐；遺存十分豐富，不僅劇目數量上保存較多，而且存本比例和數量也較為可觀。因而，明代「鬧」字戲亦具集大成之特點：

第一，明代「鬧」字戲，是傳統戲劇「鬧」字戲的主體部分之一，其完善了「鬧」字戲的基本形制。不僅繼承了宋元以來的戲文、雜劇等傳統戲劇類型，也開啓了新的類型——傳奇。而傳奇亦為清代「鬧」字戲的主體類型。

第二，明代「鬧」字戲，在題材方面大大豐富了「鬧」之內涵。民俗演藝階段，傳統戲劇的鬧熱主要體現為場面大、動作多，及插科打諢式的戲謔之「鬧」，具有嬉鬧、笑鬧、打鬧等特點。而明代以來，「鬧」字戲在題材上從兩方面完善了內涵。其一，「鬧」字戲隨著明代傳奇的創作，逐漸增加了以男女情事為主線的作品，因此「鬧」之內涵被賦予了婉約情愫，出現了「鬧性子」「鬧情緒」等男女之情，平衡了宋元以來以外在表現為手段的鬧熱，隱含性、暗含性更趨顯著。其二，宋元「鬧」字戲或鬧熱戲劇，主要是喜劇或鬧劇，而明代「鬧」字戲則突出了中國式特有的鬧熱特徵，即出現了悲劇之「鬧」——苦鬧、悲鬧特質凸顯出來，以《牡丹亭·鬧殤》為主要代表。這種讀起來、看起來使人揪心、鬧心的悲憫情懷，在「鬧」字戲中體現，將中國鬧熱戲劇與西方鬧劇的界限徹底劃清，其特點更鮮明，內涵也更豐富。

第三，明代「鬧」字戲最為突出的特徵，即劇作大部分由文人完成。這與明代戲劇的文人創作有密切關係。在全部44個劇目中，有36個劇目的作者名號俱全，是可考的文人作家，著名者甚多，亦不乏大家，如湯顯祖、孟稱舜等。文人創作「鬧」字戲，也使傳統戲劇的鬧熱內涵極大豐富，審美趣味漸次生成。

---

〔註48〕〔明〕陳與郊《鸚鵡洲》傳奇，卷首序言，載《古本戲曲叢刊》編刊委員會《古本戲曲叢刊二集》，上海：商務印書館，1955年版。

〔註49〕〔清〕李漁《閒情偶寄》，「詞曲部·結構第一」，載中國戲曲研究院編《中國古典戲曲論著集成》（七），北京：中國戲劇出版社，1959年版，第15頁。

　　明代「鬧」字戲中有存本的劇目為 33 個，包含《鬧烏江》之殘卷。其中雜劇劇目 3 個，傳奇劇目 30 個。存本概況參見下表：

### 表 3-5　明代「鬧」字戲存本概況一覽表〔註50〕

| 序號 | 劇名 | 存本情況 |
|---|---|---|
| 1 | 慶豐年五鬼鬧鐘馗 | 明萬曆四十三年（1615）脈望館鈔內府本，北京圖書館藏；《孤本元明雜劇》本。 |
| 2 | 宋公明鬧元宵 | 明代崇禎「尚友堂」刻《二刻拍案驚奇》所收本。 |
| 3 | 藍采和長安鬧劇 | 清順治年間倘湖小築刻本，國家圖書館、中國戲曲學院藏；據倘湖小築刻本抄本，傅惜華藏。 |
| 4 | 鬧烏江 | 殘存上卷。清順治刊本。 |
| 5 | 鬧鴛鴦 | 清順治「玉嘯堂」刊本。《古本戲曲叢刊三集》本據此影印。 |
| 6 | 元宵鬧<br>（李素甫作） | 清雍正抄本，別題《翠雲樓》，懷寧曹氏書藏；許之衡飲流齋抄校本，一名《玉麒麟》；《古本戲曲叢刊二集》本據飲流齋本影印。 |
| 7 | 途中相鬧 | 出自《雙雄記》，明墨憨齋刊本，清乾隆鐵瓶書屋印本，《古本戲曲叢刊二集》本據墨憨齋刊本影印。 |
| 8 | 村翁鬧妓 | |
| 9 | 五鬧蕉帕記 | 明萬曆間金陵文林閣刻本（國家圖書館和日本西京都帝國大學圖書館均有收藏。兩卷。）；明末汲古閣原刻初印本，兩卷；汲古閣刻《六十種曲》，申集所收本；1955 年《古本戲曲叢刊》編刊委員會所輯《古本戲曲叢刊》二集，第二十三種，據文林閣刻本影印。 |
| 10 | 鬧釵 | |
| 11 | 鬧婚 | |
| 12 | 鬧題 | |
| 13 | 鬧圍 | |
| 14 | 鬧祠 | 出自《獅吼記》。明萬曆間環翠堂刊本，明末汲古閣原刊本，《古本戲曲叢刊二集》本據汲古閣原刊本影印。 |
| 15 | 鬧會 | 出自《玉簪記》。明萬曆文林閣刊本、廣慶堂刊本、繼志齋刊本、世德堂刊本、長春堂刊本；明末汲古閣原刊本；明萬曆刻陳眉公評本；明末刻李卓吾評本；明末蘇州寧致堂刻一笠庵評本；《古本戲曲叢刊初集》本據繼志齋刊本影印。 |

〔註50〕分別參見傅惜華《明代雜劇全目》，北京：作家出版社，1958 年版。傅惜華《明代傳奇全目》，北京：人民文學出版社，1959 年版。莊一拂《古典戲曲存目匯考》，上海：上海古籍出版社，1982 年版。《古本戲曲叢刊》編刊委員會《古本戲曲叢刊初集》，上海：商務印書館，1954 年版。《古本戲曲叢刊》編刊委員會《古本戲曲叢刊二集》，上海：商務印書館，1955 年版。《古本戲曲叢刊》編刊委員會《古本戲曲叢刊三集》，上海：文學古籍刊行社，1957 年版。

| 16 | 鬧殤 | 出自《牡丹亭》。明萬曆玉茗堂刊本、文林閣刊本、石林居士刊本；明泰昌朱墨刊本；明天啓會稽張氏著壇校刊本；明末朱元鎮校刊本、蒲水齋校刊本、柳浪館刊本、汲古閣原刊本；明崇禎沈際飛刊本；清初竹林堂《玉茗堂四種》本；清雍正芥子園刊本；清乾隆冰絲館刊本；民國初暖紅室刊本；《古本戲曲叢刊初集》據泰昌朱墨本影印。 |
| 17 | 鬧宴 | |
| 18 | 齋壇鬧會 | 汲古閣《六十種曲》本。 |
| 19 | 鬧寺 | 明萬曆環翠堂刊本，《古本戲曲叢刊二集》據此本影印。 |
| 20 | 鬧朝 | 明萬曆環翠堂刊本，《古本戲曲叢刊二集》據此本影印。 |
| 21 | 淑女鬧園 | 馮夢龍重編本，《古本戲曲叢刊二集》據此本影印。 |
| 22 | 鬧捷 | 譚友夏、鍾伯敬評本，《古本戲曲叢刊二集》據此本影印。 |
| 23 | 鬧燈 | 明崇禎刊本、金陵石渠閣刊本，《古本戲曲叢刊二集》據崇禎刊本影印。 |
| 24 | 鬧婚 | 明崇禎博山堂刊本、山水隣刊本，明末烏衣巷刊本，清初《玉夏齋傳奇十種》收本。《古本戲曲叢刊二集》據博山堂刊本影印。 |
| 25 | 邸鬧 | 明崇禎博山堂刊本，《古本戲曲叢刊二集》據此本影印。 |
| 26 | 鬧祠 | 明刊本，董氏誦芬室《重刊石巢四種》本，《古本戲曲叢刊二集》據明刊本影印。 |
| 27 | 鬧勘 | 明刊本，董氏誦芬室《重刊石巢四種》本，《古本戲曲叢刊二集》據明刊本影印。 |
| 28 | 鬧旨 | |
| 29 | 鬧媒 | 明崇禎《白雪樓五種曲》刊本，《古本戲曲叢刊二集》據此本影印。 |
| 30 | 鬧亭 | 明崇禎刊本，《古本戲曲叢刊三集》本據此本影印。 |
| 31 | 齋鬧 | 明末刊本，《古本戲曲叢刊三集》本據此本影印。 |
| 32 | 舟鬧 | 明崇禎刊本、金陵兩衡堂刊本，民國初年暖紅室重刊兩衡堂本，《奢摩他室曲叢》據兩衡堂本排印本，《古本戲曲叢刊三集》本據兩衡堂本影印。 |
| 33 | 酒鬧 | 輟玉軒鈔本，《古本戲曲叢刊三集》據此本影印。 |

## （四）清代雜劇、傳奇「鬧」字戲〔註51〕

清代「鬧」字戲內容頗為複雜，既有傳統文學形態的「鬧」字戲，如雜劇、傳奇中的「鬧」字戲，也有藝術形態的「鬧」字戲——地方劇種「鬧」字戲；既有作為文學讀本的「鬧」字戲，也有呈現於舞臺表演本的「鬧」字戲，如雅部崑劇與各花部的演出本，可見花樣繁多。本小節中，主要討論清代雜劇、傳奇「鬧」字戲，歷史時間主要側重清代中前期，以中晚期為輔；內容主要以具有舞臺性的雜劇、傳奇為主，以案頭文本為輔。而舞臺藝術之雅部、花部表演本則不在討論範圍，另有下一小節專門探討。

現存清代雜劇、傳奇「鬧」字戲劇目共計48個，其中雜劇6個，傳奇42個；此外，存本劇目35個，占清代雜劇、傳奇「鬧」字戲劇目的七成多。

表3-6　清代雜劇、傳奇「鬧」字戲簡表〔註52〕

| 類別 | 序號 | 劇目名稱 | 作者 | 存佚情況 | 備註 |
|---|---|---|---|---|---|
| 雜劇 | 1 | 冥鬧（鬧冥） | 蔣鹿山 | 存 | 演小足女子在陰司大鬧，提倡天足，反對纏足，解放婦女。 |
| | 2 | 鬧館 | 蒲松齡 | 佚 | 清張元《柳泉蒲先生墓表》碑陰著述目錄「戲三齣」之第三種為該劇。本劇用十字句（三三四）唱詞寫成。 |
| | 3 | 鬧門神 | 茅維 | 存 | 演農曆除夕換桃符，新門神來上任，舊門神不肯離去，互相爭嚷。鍾馗等眾神勸說無效，遂由九天監察使來查辦，將舊門神謫遣沙門島。 |
| | 4 | 元夜鬧東京 | 無名氏 | 佚 | 疑演水滸故事，或演趙匡胤、韓素梅故事。 |

〔註51〕按，本小節只討論清代雜劇與傳奇中的「鬧」字戲，主要以《清代雜劇全目》、《古典戲曲存目匯考》以及《中國劇目辭典》中的清代傳統戲劇劇目為參照，加之對《古本戲曲叢刊》等古典戲劇選本中清代傳統戲劇子目的搜集整理，而最終成型的。這裡只列出清代雜劇與傳奇中的「鬧」字戲，花部「鬧」字戲則在下一部分中單獨討論。其中傳奇部分，亦與崑劇部分相重疊，然若上述文獻中特別標明為「崑劇」，則屬於下文獨列崑劇部分的討論範疇。因此，二者的重複劇目不再列出。

〔註52〕分別參見傅惜華《清代雜劇全目》，北京：人民文學出版社，1981年版。莊一拂《古典戲曲存目匯考》，上海：上海古籍出版社，1982年版。王森然遺稿《中國劇目辭典》擴編委員會擴編《中國劇目辭典》，石家庄：河北教育出版社，1997年版。

| | 5 | 焚書鬧 | 萬樹 | 佚 | 本事未詳。 |
|---|---|---|---|---|---|
| | 6 | 尋鬧 | 無名氏 | 存 | 本事未詳。 |
| 傳奇 | 7 | 大鬧餘慶堂 | 悵漢 | 不詳 | 託名上海名妓胡寶玉、胡玉梅母女事，實則諷刺清政府。 |
| | 8 | 鬧勾欄 | 邱園 | 佚 | 演趙匡胤大鬧御勾欄事。本事見明人《北宋志傳》第十四回、《警世通言‧趙太祖千里送京娘》《飛龍傳》第三、四回。 |
| | 9 | 鬧花燈 | 無名氏 | 佚 | 大略與清代李玉《麒麟閣》相仿。《倒銅旗》傳奇，亦與此劇相仿。本事見《隋唐演義》演羅成事。 |
| | 10 | 鬧虎丘 | 無名氏 | 佚 | 疑演張靈、唐寅事。本事不詳。 |
| | 11 | 鬧金釵 | 無名氏 | 佚 | 本事未詳。 |
| | 12 | 鬧荊鞭 | 薛旦 | 佚 | 又名《廬中人》。演伍子胥過昭關之故事。本事出自《吳越春秋》。 |
| | 13 | 鬧高唐 | 洪昇 | 佚 | 水滸故事。演周世宗後裔柴進之事。 |
| | 14 | 鬧酒店 | 無名氏 | 佚 | 水滸故事。演武松起解途中在十字坡打店，結識張青、孫二娘的故事，與清代唐英《十字坡》雜劇同一題材。本事見《水滸傳》第二十七回。 |
| | 15 | 鬧華州 | 吳震生 | 存 | 演唐德宗時，李國士在華州擊敗叛軍的故事。 |
| | 16 | 鬧揚州 | 毛季連 | 佚 | 本事未詳。 |
| | 17 | 元宵鬧 | 朱佐朝 | 佚 | 演方蓮英事。 |
| | 18 | 鴛鴦鬧 | 無名氏 | 佚 | 又名《泮宮緣》。演巫高謁泮宮歸，鄰女山衣雲見而悅之，以詩贈答，並以所繡鴛鴦裹之，得就姻緣。 |
| | 19 | 哪吒鬧海 | 張照 | 存 | 《混元盒》傳奇之一齣。整部傳奇演張節眞人與金花聖母鬥法，用混元盒收伏諸妖事。 |
| | 20 | 鬧宴 | 丁耀亢 | 存 | 《西湖扇》第二十九齣。本事出自《列子》。 |
| | 21 | 病鬧 | 嵇永仁 | 存 | 《雙報應》第二十一齣。 |
| | 22 | 鬧榭 | 孔尚任 | 存 | 《桃花扇》第八齣。 |
| | 23 | 鬧讌 | 孔傳鋕 | 存 | 《軟羊脂》第二十五齣。 |

| 24 | 鬧東籬 | 徐石麒 | 存〔註53〕 | 《珊瑚鞭》第四齣。 |
|---|---|---|---|---|
| 25 | 鬧堂 | 李應桂 | 存 | 《小河洲》第八齣。 |
| 26 | 鬧壺 | 徐沁〔註54〕 | 存 | 《芙蓉樓》第十九齣。 |
| 27 | 鬧戰 | 孫埏 | 存 | 《錫六環》第十六折。 |
| 28 | 鬧海 | 孫埏 | 存 | 《錫六環》第十八折。 |
| 29 | 鬧齋 | 孫埏 | 存 | 《錫六環》第二十四折。 |
| 30 | 鬧館 | 無名氏 | 存 | 《四合奇》第七齣。 |
| 31 | 鬧卜 | 范希哲〔註55〕 | 存 | 《四元記》第二十八齣。 |
| 32 | 鬧院 | 李玉 | 存 | 《風雲會》第十二齣。 |
| 33 | 醫鬧 | 李玉 | 存 | 《人獸關》第十三齣。 |
| 34 | 僞鬧 | 李玉 | 存 | 《眉山秀》第十二齣。 |
| 35 | 書鬧 | 李玉 | 存 | 《清忠譜》第二折。 |
| 36 | 鬧詔 | 李玉 | 存 | 《清忠譜》第二十一折。 |
| 37 | 鬧府 | 李玉 | 存 | 《麒麟閣》（二卷）第九齣。 |
| 38 | 妻鬧 | 朱素臣 | 存 | 《未央天》第二齣。 |
| 39 | 廷鬧 | 朱素臣 | 存 | 《龍鳳錢》第二十六齣。 |
| 40 | 鬧鴛鴦〔註56〕 | 朱英 | 存 | 又名《倒鴛鴦》。 |
| 41 | 鬧姻 | 朱英 | 存 | 《鬧鴛鴦》第二十九齣。 |
| 42 | 鬧烈〔註57〕 | 周杲 | 存 | 《玉鴛鴦》第十齣。 |
| 43 | 鬧索 | 陳二白 | 存 | 《稱人心》第十五齣。 |

〔註53〕按，《古典戲曲存目匯考》標注存本情況爲「佚」，然《古本戲曲叢刊五集》刊有劇本。

〔註54〕按，《古本戲曲叢刊五集》認爲作者爲「汪光被」。《傳奇匯考標目》別本謂：「雙溪鷹山，係汪光被，恐誤。」故而這裡標注作者爲「徐沁」。

〔註55〕按，《古本戲曲叢刊五集》標注該劇本爲佚名作者，《古典戲曲存目匯考》將其列在范希哲名下。

〔註56〕按，《古典戲曲存目匯考》將該作品列入明代，《古本戲曲叢刊三集》則將該作品列入清代，本文依照後者，將其列在清代「鬧」字戲中。

〔註57〕按，《古本戲曲叢刊三集》本該劇目錄作「鬧烈」，正文中則爲「閨烈」。

| 44 | 媒鬧 | 王鑨 | 存 | 《秋虎丘》第九齣。 |
|---|---|---|---|---|
| 45 | 家鬧〔註58〕 | 採芝客〔註59〕 | 存 | 《鴛鴦夢》第十五齣。 |
| 46 | 闍鬧 | 李漁 | 存 | 《蜃中樓》第十七齣。 |
| 47 | 鬧封 | 李漁 | 存 | 《奈何天》第三十齣。 |
| 48 | 婚鬧 | 李漁 | 存 | 又名《前親》,《風箏誤》第二十一齣。爲近代崑劇常演劇目之一。 |

　　清代,既是古典戲劇的集大成時期,又是傳統戲劇的變革階段。上承元明傳統戲劇之衣鉢,爲集爲盛;下啓「花雅之爭」、地方戲崛起之序幕,爲新爲變。傳統戲劇由此變革,並呈現出新的走向。清代雜劇、傳奇「鬧」字戲亦有如此特點:

　　第一,清代雜劇、傳奇「鬧」字戲是中國傳統「鬧」字戲的主體部分之一,是明代「鬧」字戲延續發展的結果。與明代「鬧」字戲一樣,清代雜劇、傳奇「鬧」字戲,尤其是中前期呈現了與明代相一致的特點——大量作品爲文人創作,鬧熱內涵豐富,傳奇是「鬧」字戲的主體——這顯然是延續明代之結果。明清之際是戲劇創作的高峰時期,「鬧」字戲也大量出現。從存本來看,有諸多版本都產生於明清之際,標明自明末崇禎到清初康熙之間的存本有12個,佔了全部存本的三成。此外,如果說明代「鬧」字戲形制類型屬於多樣的話,那麼清代「鬧」字戲則基本是傳奇的天下。

　　第二,清代雜劇、傳奇「鬧」字戲的兩極化發展與雙重性傾向:一方面文學與表演逐步分離,導致了案頭化與表演性兩極的產生;另一方面傳統承襲與戲劇新變也隨著戲劇發展的規律漸漸呈現出來。

　　清代雜劇、傳奇「鬧」字戲在延續明代「鬧」字戲發展的同時,其文學性與表演性的分野也越來越明顯,進而使劇本逐漸淪爲純粹的文學讀物,這是戲劇案頭化的表現和結果;同時,戲劇舞臺表演越顯重要,傳統戲劇進入了以表演爲中心的發展新階段〔註60〕。這是傳統戲劇進入清代以

〔註58〕按,《古典戲曲存目匯考》根據《曲海總目提要》將《鴛鴦夢》列入明代作品。本文根據《古本戲曲叢刊三集》,將其列在清代「鬧」字戲部分中。

〔註59〕按,採芝客,姓名、字號未詳,江蘇吳縣人。疑爲薛旦。參見莊一拂《古典戲曲存目匯考》(中),上海:上海古籍出版社,1982年版,第1116頁。

〔註60〕按,一般來說,戲曲史家認爲清代中後期是戲曲發展的一個轉型時期,最主要的特點是戲曲藝術從文學中心向表演中心轉換,如《中國戲曲發展史》云:

來的顯著特點。楊飛老師《乾嘉時期揚州文人雅集與戲曲繁盛》探討了乾嘉時期揚州文人雅集的情況，他認為，這一時期揚州群體性的文人觀劇評戲活動，一方面促進了戲曲活動的繁盛，另一方面「也有無法避免的局限性——案頭化傾向更趨嚴重。此時期的劇作家常常利用劇作抒情寫志，時而搬弄經史，堆砌典故。這樣做的一個結果便是戲劇性逐漸減弱，案頭化傾向卻越來越重。」〔註 61〕《清代戲曲發展史》則對「戲劇作品案頭化」的原因進行了分析，認為：一是劇作家疏於曲律，不嚴守曲律，「曲譜逐漸被輕視，出現了越來越多的不嚴格遵守曲律的作品」；二是劇作中「大量地融入非表演性內容」；三是社會文化背景所致，尤其是清代晚期，大量劇作都以「啟發蒙昧，鼓舞民氣，救國救民」為目標〔註 62〕。可見，從文學之於戲劇的作用來看，案頭與表演、文學與舞臺的相悖，似乎預示著戲劇文學和表演成為了分別獨立的藝術個體。

然與此同時，隨著花、雅二部的劇壇鬧熱之爭，以藝人表演為核心的地方劇種異軍突起，成為改變傳統戲劇潮流的重要角色。清代中期以來，日益盛行的花部亂彈，並不重視劇本創作與改編的文學性，「其詞曲悉皆方言俗語，鄙俚無文，大半鄉愚隨口演唱，任意更改，非比崑腔傳奇，出自文人之手，剞劂成本，遐邇流傳，是以曲本無幾，其繳到者亦係破爛不全抄本」〔註 63〕。而此時所流行的亂彈、灘簧、小調等新腔，「多搭小旦，雜以插科，多置行頭，再添面具，方稱新奇，而觀者如眾」〔註 64〕。可見，其鬧熱性不減，反而更勝，鬧熱方式則不以故事情節取勝，而轉為以生動的表演來吸引觀眾。要之，在經歷了清代前期傳奇創作最後的高峰之後，傳統戲劇的審美趣味也隨之開始改變，劇作家的中心地位逐漸被演員取代；傳統戲劇的故事性、情

---

「在經歷了傳奇創作的最後高峰乾隆時期之後，中國戲曲走入了藝人主導階段」。參見廖奔、劉彥君《中國戲曲發展史》第四卷，太原：山西教育出版社，2003 年版，第 217 頁。另見華生《中國戲劇文化的一大嬗變——從劇作家中心制到演員中心制》，《文藝研究》1991 年第 6 期。

〔註 61〕 楊飛《乾嘉時期揚州文人雅集與戲曲繁盛》，《南京師大學報》（社會科學版）2006 年第 1 期，第 148 頁。

〔註 62〕 秦華生、劉文峰主編《清代戲曲發展史》卷上，北京：旅遊出版社，2006 年版，第 190～191 頁。

〔註 63〕 故宮博物院文獻館編《史料旬刊》第二十二期，「查辦戲劇違礙字句案」，北京：京華印書局，1931 年版，第 793 頁。

〔註 64〕 〔清〕錢泳撰、張偉校點《履園叢話》，叢話第十二「藝能」，北京：中華書局，1979 年版，第 332 頁。

節性、戲劇性也多被表演的技藝性超越；舞臺表演本身則客觀上得到了長足發展，體現出較單純的形式美。舞臺表演中絢爛奪目的各種伎藝表現，以及樸素的道德倫理，成爲了吸引觀眾的最主要內容。

總之，一方面是傳統的以劇作家爲中心、戲劇文學爲本位的戲劇藝術形式，另一方面是發生新變、顛覆傳統之後以演員爲中心、以舞臺表演爲本位的戲劇藝術形式，這一轉變是在清代中晚期完成的。然筆者認爲，如此轉變並非一種藝術的斷裂，或完全、絕對的相悖，而恰是藝術發展的相反相成，是蛻變。新的流行趨勢並非完全脫離戲劇的文學性而獨立存在，而是大多借助傳統的故事情節與倫理旨意，採用更具舞臺效果的表演方式來呈現。可見，這看似是藝術之背離，實則是藝術的進一步發展，是藝術內在發展規律使然。傳統戲劇的案頭化與表演性，是傳統與新變在這一時期的突出特點。在這一轉化中，案頭戲劇徑直走向了單純的敘事文學，表演戲劇則又一次提升了舞臺藝術魅力，彰顯出鬧熱風格。總之，案頭化與表演性並行發展，傳統與新變是整個清代戲劇發展的基本特點。

第三，同清代戲劇發展的脈絡與潮流同步，清代雜劇、傳奇「鬧」字戲在晚期出現了社會問題劇，這是由社會文化背景所致。晚清時期戲劇作品對於社會問題的反映主要體現在兩方面：一是對於清政府腐敗的痛斥與諷刺；二是婦女解放運動〔註65〕。清代雜劇、傳奇「鬧」字戲亦表現於此。《冥鬧》（又叫《鬧冥》）是晚清雜劇，其主旨是反對婦女纏足，提倡天足，以小足婦女在陰司大鬧的形式，來呼喚婦女覺醒，表達晚清婦女渴望解放的要求。《大鬧餘慶堂》是晚清傳奇，全劇「託名上海名妓胡寶玉、胡玉梅母女事，實演日俄戰爭，攻擊滿政府之中立。以日本爲東雄，帝俄爲路雄，以胡寶玉影射西太后，胡玉梅影射載湉，婢妾阿蓮影射李蓮英，龜奴罄兒影射慶王奕劻，諷刺處頗見深刻。」〔註66〕可見，清代雜劇、傳奇「鬧」字戲與清代戲劇一樣，取得了舞臺表演成功的同時，也扛起了救亡救世之大旗，戲劇功能被進一步拓展。

---

〔註65〕按，《清代戲曲發展史》認爲：「晚清傳奇雜劇對社會問題的反映主要集中在兩個方面：一是鴉片對國人身心的毒害；一是婦女解放與婚姻自由。」參見秦華生、劉文峰主編《清代戲曲發展史》卷上，北京：旅遊出版社，2006年版，第176頁。

〔註66〕王森然遺稿、《中國劇目辭典》擴編委員會擴編《中國劇目辭典》，石家莊：河北教育出版社，1997年版，第65頁。

　　清代雜劇、傳奇「鬧」字戲存本劇目爲 35 個，其中雜劇劇目 3 個，傳奇劇目 32 個。存本概況參見下表：

表 3-7　清代雜劇、傳奇「鬧」字戲存本概況一覽表〔註 67〕

| 序號 | 劇名 | 存本情況 |
|---|---|---|
| 1 | 冥鬧（鬧冥） | 清光緒二十九年（1903）日本東京創刊之《小說林》月刊第一期登載本；有清光緒三十二年（1906）上海新小說社排印本，《警黃鍾》傳奇附錄第一種本。 |
| 2 | 鬧門神 | 《雜劇三編》第十卷收本，北京圖書館藏。 |
| 3 | 尋鬧 | 清咸豐「希葛齋」稿本，傅惜華藏。 |
| 4 | 鬧華州 | 清原刻《太平樂府》收本，第九種爲此劇，國家圖書館藏。 |
| 6 | 哪吒鬧海 | 《混元盒》有升平署鈔本和《古本戲曲叢刊九集》本，其中《哪吒鬧海》一齣爲升平署。 |
| 7 | 鬧院 | 清乾隆升平署鈔本，北京圖書館藏。舊鈔本，法國巴黎國家圖書館藏。《古本戲曲叢刊五集》據法國巴黎國家圖書館舊鈔本影印。 |
| 8 | 鬧宴 | 清順治原刊本，康熙煮茗堂刊本。《古本戲曲叢刊五集》據康熙本影印。 |
| 9 | 病鬧 | 清康熙刊本，《奢摩他室曲叢一集》本。《古本戲曲叢刊五集》據康熙本影印。 |
| 10 | 鬧榭 | 清康熙蘭雪堂刊本，民國初年暖紅室刊本。《古本戲曲叢刊五集》據康熙本影印。 |
| 11 | 鬧讟 | 舊鈔本，《古本戲曲叢刊五集》據此本影印。 |
| 12 | 鬧東籬 | 舊鈔本，上海圖書館藏。《古本戲曲叢刊五集》據此本影印。 |
| 13 | 鬧堂 | 清初刊本，上海圖書館藏。《古本戲曲叢刊五集》據此本影印。 |
| 14 | 鬧盎 | 雙溪原刊本，康熙叩缽齋刊本。《古本戲曲叢刊五集》據康熙本影印。 |
| 15 | 鬧戰 | 湖瀾書塾刊本，光緒孫氏家鈔本，此二本文字大異。《古本戲曲叢刊五集》據光緒本影印。 |
| 16 | 鬧海 | |

〔註 67〕分別參見傅惜華《清代雜劇全目》，北京：人民文學出版社，1981 年版。莊一拂《古典戲曲存目匯考》，上海：上海古籍出版社，1982 年版。《古本戲曲叢刊》編刊委員會《古本戲曲叢刊三集》，上海：文學古籍刊行社，1957 年版。《古本戲曲叢刊》編刊委員會《古本戲曲叢刊五集》，上海：上海古籍出版社，1986 年版。《古本戲曲叢刊》編刊委員會《古本戲曲叢刊九集》，上海：商務印書館，1964 年版。

| 17 | 鬧齋 | |
|----|------|---|
| 18 | 鬧館 | 舊鈔本，法國巴黎國家圖書館藏。《古本戲曲叢刊五集》據此本影印。 |
| 19 | 鬧卜 | 清康熙刊本。《古本戲曲叢刊五集》據此本影印。 |
| 20 | 醫鬧〔註68〕 | 明崇禎刊本。《古本戲曲叢刊三集》據此本影印。 |
| 21 | 僞鬧 | 清順治刊本。《古本戲曲叢刊三集》據此本影印。 |
| 22 | 書鬧 | 清順治刊本。《古本戲曲叢刊三集》據此本影印。 |
| 23 | 鬧詔 | |
| 24 | 鬧府 | 舊鈔本。《古本戲曲叢刊三集》據此本影印。 |
| 25 | 妻鬧 | 舊鈔本。《古本戲曲叢刊三集》據此本影印。 |
| 26 | 廷鬧 | 舊鈔本。《古本戲曲叢刊三集》據此本影印。 |
| 27 | 鬧鴛鴦 | 清順治「玉嘯堂」刊本。《古本戲曲叢刊三集》本據此影印。 |
| 28 | 鬧姻 | |
| 29 | 鬧烈 | 舊鈔本。《古本戲曲叢刊三集》據此本影印。 |
| 30 | 鬧索 | 舊鈔本。《古本戲曲叢刊三集》據此本影印。 |
| 31 | 媒鬧 | 清初刊本。《古本戲曲叢刊三集》據此本影印。 |
| 32 | 家鬧 | 清初刊本。《古本戲曲叢刊三集》據此本影印。 |
| 33 | 闈鬧 | 清初《笠翁十種曲》刊本。 |
| 34 | 鬧封 | 清初《笠翁十種曲》刊本。 |
| 35 | 婚鬧 | 清初《笠翁十種曲》刊本。 |

### （五）花、雅部「鬧」字戲

　　前四部分主要列舉了宋金笑劇之「鬧」字戲，及元、明、清三代戲文、雜劇、傳奇之「鬧」字戲。尤其是元、明、清三代「鬧」字戲，皆從文學形制角度切入。本小節主要觀照花、雅部「鬧」字戲，此部分則以舞臺表演的角度為主。

　　花、雅部「鬧」字戲包括兩方面內容，即雅部崑劇「鬧」字戲和花部各

---

〔註68〕按，李玉為明清之際的劇作家，故此版本為明刊本。另據《古典戲曲存目匯考》將李玉列為清代劇作家，也將其所有的劇作劃入清代作品。為了方便統計，本文依照慣例，保證作家作品的完整性，將同一作家不同時期的作品歸在一起。因此，將李玉的明代作品放在清代部分來論述。下文同。

劇種「鬧」字戲。在花部眾多劇種中，京劇「鬧」字戲由於數量較多，因此也單列出來。故本小節分三小部分：崑劇「鬧」字戲、京劇「鬧」字戲和地方劇種「鬧」字戲。歷史時間範圍從明代中期到 1949 年中華人民共和國成立，其中崑劇「鬧」字戲有些屬於明清傳奇，這裡不再贅述；京劇與地方劇種「鬧」字戲之間，有些劇目為重複出現，本文依照刪繁就簡原則——花部戲劇中以京劇為主體，而其他地方劇種之間的重複劇目則以備註形式標出。

1、崑劇「鬧」字戲

除前述傳奇本崑劇「鬧」字戲外，崑劇「鬧」字戲劇目還有 19 個。

表 3-8　崑劇「鬧」字戲簡表〔註 69〕

| 序號 | 劇目名稱 | 備註 |
|---|---|---|
| 1 | 春香鬧學 | 又名《學堂》，出自（明）湯顯祖《牡丹亭》第七齣《閨塾》。京劇中有此劇目，亦用崑曲演唱。1930 年梅蘭芳京劇團訪問美國時，帶去的崑曲劇目中就有《春香鬧學》。 |
| 2 | 大鬧天宮 | 西遊故事。又稱《鬧天宮》《安天會》。清代無名氏作。中國藝術研究院有鈔本。 |
| 3 | 鬧闕 | 西遊故事。《安天會》之一齣。為近代崑劇常演劇目之一。 |
| 4 | 鬧莊 | 明代徐復祚《宵光劍》傳奇之第十七齣《更計》。載《綴白裘》五集卷二。 |
| 5 | 鬧朝 | 明代徐元《八義記》傳奇之第十三齣《宣子爭朝》。載《綴白裘》七集卷三。為近代崑劇常演劇目之一。上海崑劇團 |
| 6 | 鬧學 | 演學生三人，通過「盤問天文地理」「捉迷藏」等情節，來捉弄缺乏學問的老塾師。安徽廬劇有此劇目。 |
| 7 | 鬧雞 | 又名《賽願》，出自無名氏南曲戲文《白兔記》，為《六十種曲》本第四齣《祭賽》。為近代崑劇常演劇目之一。 |
| 8 | 鬧釵 | 元代柯丹邱作南曲戲文《荊釵記》之一齣，《六十種曲》本中為第八齣《受釵》。有《六十種曲》本，《古本戲曲叢刊初集》據溫泉子編集、夢仙子校訂的鈔本影印。 |
| 9 | 鬧齋 | 出自明代崔時佩、李日華的《南西廂》傳奇，為《六十種曲》本第十齣《目成清醮》。雖然作者仍有異議，但崑曲舞臺上流行的是李日華的本子。 |

〔註 69〕分別參見吳新雷主編《中國昆劇大辭典》，南京：南京大學出版社，2002 年版。王森然遺稿《中國劇目辭典》擴編委員會擴編《中國劇目辭典》，石家庄：河北教育出版社，1997 年版。

| 10 | 鬧房 | 出自清代無名氏作《呆中福》傳奇。爲近代崑劇常演劇目之一。 |
|---|---|---|
| 11 | 鬧海 | 疑爲《哪吒鬧海》之一齣。《哪吒鬧海》又名《哪吒》《混元盒》，存升平署鈔本，《古本戲曲叢刊九集》本。爲近代崑劇常演劇目之一。 |
| 12 | 鬧賓館 | 出自清初李玉《永團圓》傳奇。載《綴白裘》初集卷二。 |
| 13 | 鬧花園 | 北方崑弋班傳統劇目，出於藝人俗創。原本無存。劇中《弈棋》《比武》《反目》《打擂》等四齣折子戲，是近代北方崑弋班常演劇目。 |
| 14 | 鬧江州 | 北方崑弋班傳統劇目，本事源自《水滸傳》，爲水滸戲。原本無存。其中《發配》《奪魚》《酒樓》《公堂》《送信》《法場》等六齣折子戲，是近代北方崑弋班常演劇目。 |
| 15 | 鬧崑陽 | 北方崑弋班傳統劇目，出於民間藝人俗創。又名《賈復下書》，演賈復事，與同名京劇演馬援故事不同。其中《下書》《盤腸》《激章》《擒霸》等四齣折子戲，是近代北方崑弋班的常演劇目。 |
| 16 | 鬧龍宮 | 單折武戲。本事出自《西遊記》。演孫悟空大鬧東海龍宮事。 |
| 17 | 孫悟空大鬧芭蕉洞 | 1981年北方崑曲劇院改編首演。劉毅根據元代楊景賢《西遊記》雜劇改編。此劇十分鬧熱，深受青少年觀眾的歡迎。 |
| 18 | 李逵鬧衙 | 又名《神州擂》。演李逵喬坐衙事。本事見小說《水滸傳》第七十四回。元代楊顯之雜劇《黑旋風喬斷案》，元佚名作者作雜劇《黑旋風喬坐衙》，明代李開先、張岱均有雜劇《喬坐衙》，清代葉承宗有雜劇《黑旋風喬坐衙》。 |
| 19 | 訪主鬧祝 | 爲1933年仙霓社來滬演出時，顧傳瀾的編排本《三笑姻緣》之一齣。《三笑姻緣》原本爲清代陳嘉言作《三笑緣》（《笑笑笑》）。演明代蘇州才子唐伯虎事。是近代崑劇常演劇目之一，也是仙霓社較賣座的劇目之一。 |

崑劇「鬧」字戲並非上述所列舉的19個劇目，其實還有很多，如《蕉帕記》之《鬧釵》《清忠譜》之《書鬧》等都是用崑曲演唱並演出的「鬧」字戲，然這些劇目已在前述明清傳奇中列出，故此不贅。此外，有些原本並不標「鬧」字，搬上崑曲舞臺後著一「鬧」字，使風格更爲鮮明，傳播更加久遠，如《鬧學》。由此來看，崑劇「鬧」字戲體現出一個明顯的特點，當然這也是崑劇本身的特點，即崑劇「鬧」字戲與明清傳奇「鬧」字戲相表裏——明清傳奇作爲戲劇的文學載體和文本表現，崑劇則作爲戲劇的藝術載體和舞臺表現，二者相得益彰。

2、京劇「鬧」字戲

現存京劇「鬧」字戲劇目共計57個。

表 3-9　京劇「鬧」字戲名目表〔註 70〕

| 序號 | 劇目名稱 | 序號 | 劇目名稱 |
|---|---|---|---|
| 1 | 白眉毛大鬧高家店 | 30 | 鬧江州 |
| 2 | 春香鬧學 | 31 | 鬧酒 |
| 3 | 大鬧蛇盤山鷹愁澗 | 32 | 鬧崑陽 |
| 4 | 大鬧桃花塢 | 33 | 鬧靈霄 |
| 5 | 大鬧天津漢口 | 34 | 鬧龍宮 |
| 6 | 大鬧陷空山無底洞 | 35 | 鬧松林 |
| 7 | 大鬧夜花園 | 36 | 鬧蘇州 |
| 8 | 大鬧御馬監 | 37 | 鬧天宮 |
| 9 | 大鬧忠義堂 | 38 | 鬧渭州 |
| 10 | 大鬧重陽節 | 39 | 鬧嚴府 |
| 11 | 二本鬧江州 | 40 | 鬧長亭 |
| 12 | 二鳥鬧蘇州 | 41 | 鬧中秋 |
| 13 | 瞽目鬧店 | 42 | 七雄鬧花燈 |
| 14 | 賀仁傑大鬧三清觀 | 43 | 三姑鬧婚 |
| 15 | 紅色衛星鬧天宮 | 44 | 神鬼鬧家宅 |
| 16 | 狐狸仙鬧書房 | 45 | 十僧鬧花堂 |
| 17 | 花榮大鬧清風寨 | 46 | 宋江鬧院 |
| 18 | 混江龍大鬧太湖畔 | 47 | 孫悟空大鬧荊棘嶺 |
| 19 | 蔣平鬧舟 | 48 | 太白鬧朝 |
| 20 | 哪吒鬧海① | 49 | 王熙鳳大鬧寧國府 |
| 21 | 哪吒鬧海② | 50 | 問樵鬧府 |
| 22 | 鬧朝撲犬 | 51 | 五龍鬧蘇州 |

〔註 70〕 分別參見王森然遺稿，《中國劇目辭典》擴編委員會擴編《中國劇目辭典》，石家庄：河北教育出版社，1997 年版。曾白融主編《京劇劇目辭典》，北京：中國戲劇出版社，1989 年版。許祥麟《京劇劇目概覽》，天津：天津古籍出版社，2003 年版。陶君起編著《京劇劇目初探》，北京：中國戲劇出版社，1963 年版。林淳鈞、陳歷明編著《潮劇劇目匯考》，廣州：廣東人民出版社，1999 年版。《中國戲曲志·遼寧卷》，北京：中國 ISBN 中心出版社，2000 年版。《大連市戲曲志》，大連：大連出版社，1991 年版。《洛陽市戲曲志》，洛陽市文化局，1988 年版。《錦州市戲曲志》，瀋陽：春風文藝出版社，1989 年版。《沁陽縣戲曲志》，沁陽縣文化局，1988 年版。按，同樣劇名分別標出①②者，屬於同名劇，但內容不盡相同。

| 23 | 鬧地府 | 52 | 五鼠鬧 |
|----|--------|----|--------|
| 24 | 鬧東京 | 53 | 五鼠鬧東京 |
| 25 | 鬧番菜館 | 54 | 五鼠鬧開封 |
| 26 | 鬧閨哭墓 | 55 | 小方朔大鬧尹家川 |
| 27 | 鬧花燈 | 56 | 新鬧天宮 |
| 28 | 鬧淮安 | 57 | 張老樂大鬧亳州 |
| 29 | 鬧江 | | |

　　從上表可以看出，京劇「鬧」字戲保存數量較多，涉及範圍廣泛，既有傳統故事、傳統戲，也有新編故事、現代戲。較之傳統雜劇、傳奇「鬧」字戲，以及崑劇「鬧」字戲，京劇「鬧」字戲的文學性更趨薄弱，而舞臺表現所佔比重則更大。可以說，京劇為代表的花部戲，都是以舞臺表演見長的，故這些「鬧」字戲之鬧熱，也大多從舞臺表演及其觀演互動中來體現。此外，還有一個十分有趣的現象，即花部戲出現了大量類似元雜劇「鬧」字戲的類型——以三國故事、水滸故事為題材的劇目居多，以武打及動作類的戲劇為主。這不僅是舞臺表現的需要，也是戲劇審美趣味變化的體現。這是傳統戲劇藝術的「回返」現象，是藝術自身進一步發展與上升的結果，是螺旋式上升發展的體現〔註71〕。

### 3、地方劇種「鬧」字戲

　　筆者搜集到地方劇種「鬧」字戲劇目共計 250 個。從數量看，清代中期以降是傳統戲劇最鬧熱的時期，地方戲則是最鬧熱的傳統戲劇藝術形態。

### 表 3-10　地方劇種「鬧」字戲名目表

| 序號 | 劇目名稱 | 劇種類型及其他 | 序號 | 劇目名稱 | 劇種類型及其他 |
|------|----------|----------------|------|----------|----------------|
| 1 | 安定鬧館 | 川劇（燈戲） | 126 | 鬧淮安 | 川劇、桂劇、高甲戲 |
| 2 | 八錘大鬧朱仙鎮 | 川劇（高腔） | 127 | 鬧黃府① | 黃梅戲 |
| 3 | 八仙鬧海 | 潮劇 | 128 | 鬧黃府② | 皖南花鼓戲、景德鎮採茶戲 |
| 4 | 辯冤鬧公堂 | 梨園戲 | 129 | 鬧皇宮 | 晉劇、北路梆子 |
| 5 | 吵鬧 | 川劇、湘劇、衡陽劇 | 130 | 鬧隍會 | 川劇（燈戲） |

| 6 | 沉香鬧學 | 豫劇、五弔腔、豫南花鼓。另秦腔有《秦官保鬧學》。 | 131 | 鬧家捨子 | 川劇（胡琴） |
|---|---|---|---|---|---|
| 7 | 程夫人鬧朝 | 川劇（高腔）、豫劇、曲劇 | 132 | 鬧監 | 川劇（燈戲） |
| 8 | 闖山鬧店 | 川劇 | 133 | 鬧簡（鬧束） | 評劇、越劇 |
| 9 | 春香鬧學① | 川劇（崑腔）、豫劇、東河戲 | 134 | 鬧江 | 川劇（彈戲） |
| 10 | 春香鬧學② | 黃梅戲、景德鎮採茶戲 | 135 | 鬧江州① | 蒲劇、秦腔、川劇、甌劇 |
| 11 | 打鬧歌 | 瀘州燈戲 | 136 | 鬧江州② | 涪陵燈戲 |
| 12 | 打宗鬧朝 | 川劇 | 137 | 鬧節 | 曲劇 |
| 13 | 大鬧第一樓 | 評劇 | 138 | 鬧節藏舟 | 贛劇（崑腔） |
| 14 | 大鬧東京 | 柳州彩調 | 139 | 鬧金降 | 漢劇 |
| 15 | 大鬧樊樓 | 柳州彩調 | 140 | 鬧金階 | 安徽廬劇、湖北漢劇、東河戲（彈腔） |
| 16 | 大鬧廣昌隆 | 粵劇 | 141 | 鬧金街 | 漢調二簧 |
| 17 | 大鬧廣州城 | 柳州彩調 | 142 | 鬧京方 | 秦腔、雲南梆子、貴州梆子 |
| 18 | 大鬧洪州 | 桂劇（彈腔） | 143 | 鬧井臺 | 蒲劇 |
| 19 | 大鬧花燈 | 秦腔、陝南道情 | 144 | 鬧酒店 | 懷梆 |
| 20 | 大鬧花府 | 高甲戲 | 145 | 鬧酒館① | 晉劇、蒲劇、皖南花鼓戲 |
| 21 | 大鬧淮安 | 桂劇 | 146 | 鬧酒館② | 樂昌花鼓戲 |
| 22 | 大鬧懷慶堂 | 豫劇 | 147 | 鬧九江 | 調腔 |
| 23 | 大鬧嘉興府 | 川劇（胡琴） | 148 | 鬧酒樓 | 贛南採茶戲 |
| 24 | 大鬧姜家營 | 越調、豫劇 | 149 | 鬧酒宴 | 上黨梆子 |
| 25 | 大鬧江州 | 蒲劇、川劇。 | 150 | 鬧考回表 | 東河戲（彈腔） |
| 26 | 大鬧金街 | 桂劇 | 151 | 鬧崑陽 | 秦腔、湖北漢劇、閩西提線木偶戲、河北梆子 |
| 27 | 大鬧金鑾殿 | 川劇（胡琴） | 152 | 鬧老漢 | 曲子戲 |
| 28 | 大鬧酒樓 | 桂劇、東河戲 | 153 | 鬧老爺 | 曲子戲 |
| 29 | 大鬧開封府 | 閩西漢劇、潮劇 | 154 | 鬧靈霄 | 懷梆 |
| 30 | 大鬧龍門鎮 | 豫劇 | 155 | 鬧龍宮 | 秦腔、豫劇、新疆曲子劇、桂劇 |

| 31 | 大鬧龍舟會 | 川劇（高腔） | 156 | 鬧龍棚 | 河北梆子 |
|---|---|---|---|---|---|
| 32 | 大鬧陸莊 | 桂劇 | 157 | 鬧龍舟 | 東河戲（彈腔） |
| 33 | 大鬧滿春園 | 川劇（高腔） | 158 | 鬧磨房 | 秦腔、眉戶。 |
| 34 | 大鬧秦府 | 潮劇 | 159 | 鬧碾房 | 拉場戲 |
| 35 | 大鬧清華府 | 豫劇 | 160 | 鬧齊庭 | 川劇（高腔、胡琴）、渭南跳戲、潮劇 |
| 36 | 大鬧青州 | 柳州彩調 | 161 | 鬧乾坤 | 瓊劇 |
| 37 | 大鬧青州府 | 河北梆子、秦腔。 | 162 | 鬧親 | 甌劇 |
| 38 | 大鬧商水縣 | 豫劇 | 163 | 鬧秦廷 | 川劇（胡琴） |
| 39 | 大鬧書房 | 桂劇、贛南採茶戲 | 164 | 鬧森羅 | 東河戲（高腔） |
| 40 | 大鬧天宮 | 秦腔、蒲劇、川劇、豫劇、潮劇、桂劇、漢劇、懷梆、東河戲（高腔）、贛劇（崑腔）、鄢陵羅戲等。 | 165 | 鬧沙河 | 桂劇、秦腔、甌劇、祁劇（彈腔）、東河戲（彈腔） |
| 41 | 大鬧屠行 | 柳州彩調 | 166 | 鬧山灣 | 懷梆 |
| 42 | 大鬧萬花樓 | 潮劇 | 167 | 鬧山窩 | 豫劇、曲劇、越調 |
| 43 | 大鬧烏龍院 | 贛劇（彈腔） | 168 | 鬧殤 | 蒲劇 |
| 44 | 大鬧陽春 | 柳州彩調 | 169 | 鬧社 | 川劇 |
| 45 | 大鬧長沙 | 川劇（高腔） | 170 | 鬧書房 | 黃梅戲、茂腔、柳腔、秦腔 |
| 46 | 大鬧忠義堂 | 川劇（胡琴） | 171 | 鬧書館① | 蒲劇、秦腔、豫劇民勤曲子戲。 |
| 47 | 二猴鬧天宮 | 秦腔 | 172 | 鬧書館② | 光山花鼓戲 |
| 48 | 飛龍鬧勾欄 | 晉劇、豫劇、宛梆 | 173 | 鬧水府 | 東河戲（高腔） |
| 49 | 夫妻鬧 | 潮劇 | 174 | 鬧松林 | 安徽廬劇 |
| 50 | 斧頭鬧店 | 贛劇（彈腔） | 175 | 鬧堂 | 晉劇、蒲劇、北路梆子、秦腔、河北梆子、川劇均有此劇。另京劇有《列女傳》，故事同。 |
| 51 | 公婆鬧地 | 潮劇 | 176 | 鬧團府 | 豫劇 |
| 52 | 狗保鬧學 | 柳州彩調 | 177 | 鬧渭州 | 蒲劇、上黨梆子。 |
| 53 | 官保鬧學 | 東河戲（彈腔） | 178 | 鬧五更① | 蒲劇、眉戶。 |
| 54 | 鬼鬧飯店 | 桂劇 | 179 | 鬧五更② | 瀘州燈戲 |
| 55 | 好醜鬧房 | 桂劇 | 180 | 鬧五更③ | 上黨樂戶戲（副末院本） |

| 56 | 賀其卷鬧館 | 川劇 | 181 | 鬧襄陽 | 川劇（彈戲） |
|---|---|---|---|---|---|
| 57 | 紅色衛星鬧天宮 | 川劇 | 182 | 鬧新房 | 秦腔。滑稽戲亦有此劇（見《杭州市戲曲志》） |
| 58 | 胡迪鬧釵 | 桂劇（齊如山《桂劇朝本節目》載）。潮劇亦有此劇目。 | 183 | 鬧繡房 | 曲子戲 |
| 59 | 狐狸鬧書館 | 隆德曲子戲 | 184 | 鬧選 | 川劇 |
| 60 | 狐狸仙鬧書館 | 曲劇 | 185 | 鬧學① | 安徽廬劇。崑劇亦有此劇目。 |
| 61 | 胡璉鬧釵 | 川劇、潮劇。東河戲亦有此劇目。 | 186 | 鬧學② | 傀儡戲 |
| 62 | 花鼓鬧廟 | 川劇（燈戲、崑腔） | 187 | 鬧學趕府 | 桂劇 |
| 63 | 花冠鬧營 | 川劇（彈戲） | 188 | 鬧嚴府 | 桂劇。祁劇彈腔、豫劇、柳州彩調、潮劇、評劇均有此劇目。另川劇名為《拾畫圖》，同此劇。 |
| 64 | 懷珠鬧吳府 | 蒲劇 | 189 | 鬧御園 | 漢劇 |
| 65 | 輝姬鬧房 | 蒲劇。秦腔亦有此劇目。 | 190 | 鬧元宵① | 越調 |
| 66 | 婚鬧 | 川劇 | 191 | 鬧元宵② | 楚雄州花燈戲 |
| 67 | 賈秀英鬧書館 | 豫劇。懷梆、二夾弦、曲劇亦有類此劇目。另越調有《周順逃難》，道情有《三紅傳》及《周天榜投親》，故事同。 | 192 | 鬧元宵③ | 二人臺 |
| 68 | 金翅雕大鬧潼關 | 秦腔 | 193 | 鬧元宵④ | 瀘州燈戲 |
| 69 | 金龍女大鬧水晶宮 | 潮劇 | 194 | 鬧齋 | 越劇 |
| 70 | 敬老院裏鬧洞房 | 潮劇 | 195 | 鬧齋堂 | 潮劇 |
| 71 | 九流鬧館 | 楚雄州花燈戲 | 196 | 鬧長安 | 山東梆子、蒲劇、漢調桄桄、秦腔。晉劇、萊蕪梆子、豫劇亦有此目。另潮劇有《薛剛鬧花燈》。 |

| 72 | 酒樓鬧館 | 東河戲（彈腔）。甌劇（亂彈小戲）亦有此劇目。 | 197 | 鬧鎮江 | 桂劇 |
|---|---|---|---|---|---|
| 73 | 九相公鬧館 | 楚劇 | 198 | 鬧株林 | 豫劇、山東平調。 |
| 74 | 卷席鬧府 | 曲劇 | 199 | 能幹鬧房 | 豫劇 |
| 75 | 孔瞎子鬧店 | 景德鎮採茶戲 | 200 | 皮秀英鬧花堂 | 蒲劇 |
| 76 | 梨花鬧營 | 東河戲（彈腔） | 201 | 貧子鬧院 | 東河戲（高腔） |
| 77 | 李逵大鬧二仙山 | 秦腔 | 202 | 品朝鬧府 | 桂劇 |
| 78 | 李逵鬧江 | 桂劇。東河戲彈腔亦有此劇目。 | 203 | 秦官保鬧學 | 秦腔 |
| 79 | 李逵鬧衙 | 山東梆子。另有崑劇《神州擂》、京劇《喬坐衙》等，為同一題材。 | 204 | 秦三鬧店 | 桂劇 |
| 80 | 鯉魚鬧東京 | 漢劇 | 205 | 青兒鬧西天 | 滇劇、川劇 |
| 81 | 羅瞎子鬧涼亭 | 寧都採茶戲 | 206 | 青蘋山鬧觀 | 懷梆 |
| 82 | 馬武鬧館 | 漢劇 | 207 | 三代鬧婚 | 潮劇 |
| 83 | 梅仲鬧堂 | 桂劇。東河戲（彈腔）亦有此劇目。 | 208 | 三姑鬧婚 | 晉劇、豫劇、潮劇 |
| 84 | 篾獨尼鬧店 | 彝劇 | 209 | 三花鬧嫁 | 豫劇 |
| 85 | 哪吒鬧海 | 秦腔、川劇、東河戲（彈腔）、贛劇（皮黃）、桂劇、潮劇等 | 210 | 三鬧親 | 柳州彩調 |
| 86 | 鬧貝州 | 川劇（高腔） | 211 | 三通鬧登州 | 秦腔 |
| 87 | 鬧荣園① | 蔚縣秧歌 | 212 | 神拳鬧 | 川劇 |
| 88 | 鬧荣園② | 雲南花燈戲 | 213 | 十八寡婦鬧江西 | 寧都採茶戲 |
| 89 | 鬧荣園③ | 泗州戲 | 214 | 雙猴鬧店 | 涪陵南戲〔註72〕 |
| 90 | 鬧朝撲犬 | 甌劇（崑曲小戲） | 215 | 雙女鬧花堂 | 豫劇 |

〔註72〕按，這裡的「南戲」並非宋元南戲，而是清代同治年間（1862）由鄂西傳入涪陵地區的小戲，所唱的腔調為當地南路腔調、北路腔調及南北雜調等地方小調。至20世紀90年代初，在黔江縣濯水鎮、馬喇等地，有兩個業餘劇團演出「南戲」。參見涪陵地區文化局編《涪陵地區戲曲志》，1991年版，第12頁。

| 91 | 鬧池州 | 淮北梆子 | 216 | 雙禿鬧洞房 | 曲劇 |
|---|---|---|---|---|---|
| 92 | 鬧磁州 | 豫劇、山東、懷調梆子、越調 | 217 | 雙猿鬧洞 | 東河戲（高腔） |
| 93 | 鬧大廳 | 隆堯秧歌 | 218 | 四敬鬧唐 | 秦腔 |
| 94 | 鬧大院 | 評劇 | 219 | 宋江鬧院 | 秦腔 |
| 95 | 鬧燈 | 梆子腔 | 220 | 蘇秦鬧考 | 東河戲（崑腔）、南劇。 |
| 96 | 鬧燈記 | 貴州花燈戲 | 221 | 孫武鬧三關 | 潮劇 |
| 97 | 鬧地府 | 秦腔、豫劇、川劇。 | 222 | 孫悟空六鬧蜘蛛精 | 潮劇 |
| 98 | 鬧店① | 梆子腔 | 223 | 禿子鬧房 | 秦腔。山東梆子、豫劇、平調、宛梆、河北榆林秧歌、呂劇亦有此劇目。 |
| 99 | 鬧店② | 河北梆子 | 224 | 頑皮鬧學 | 山東梆子 |
| 100 | 鬧店③ | 黃梅戲 | 225 | 王老爺勸鬧 | 楚雄州花燈戲 |
| 101 | 鬧殿 | 甌劇 | 226 | 王世寬大鬧相國寺 | 秦腔 |
| 102 | 鬧店認親 | 川劇（燈戲） | 227 | 王熙鳳大鬧寧國府 | 評劇 |
| 103 | 鬧東京 | 安徽盧劇、川劇、辰河戲、東河戲（彈腔）、桂劇 | 228 | 王瞎子鬧店① | 秦腔 |
| 104 | 鬧洞房 | 評劇 | 229 | 王瞎子鬧店② | 荊州花鼓戲 |
| 105 | 鬧都堂 | 川劇（高腔） | 230 | 王瞎子鬧店③ | 皖南花鼓戲 |
| 106 | 鬧督院 | 秦腔 | 231 | 王小二鬧店 | 遵義花燈戲 |
| 107 | 鬧渡 | 雲南花燈戲 | 232 | 五虎鬧店 | 漢調桄桄 |
| 108 | 鬧達州 | 川劇（高腔） | 233 | 五鼠鬧東京 | 桂劇、豫劇、柳州彩調、土二黃 |
| 109 | 鬧樊樓 | 評劇 | 234 | 武顯王鬧花燈・斬武 | 布依戲 |
| 110 | 鬧房 | 呂劇 | 235 | 檄文鬧宮 | 川劇（胡琴） |
| 111 | 鬧佛堂 | 潮劇 | 236 | 喜鵲鬧梅 | 川劇 |

| 112 | 鬧公堂 | 皖南花鼓戲、蒲劇 | 237 | 瞎子鬧店 | 桂劇、黃梅戲、楚雄州花燈戲、東河戲（彈腔）、贛南採茶戲、寧都採茶戲、贛劇（彈腔）、柳州彩調、睦劇 |
| 113 | 鬧瓜園 | 湖北打鑼腔 | 238 | 瞎子鬧館 | 楚雄州花燈戲 |
| 114 | 鬧瓜園 | 評劇 | 239 | 小鬧花燈 | 贛劇（彈腔） |
| 115 | 鬧官棚 | 黃梅戲 | 240 | 新鬧天宮 | 潮劇 |
| 116 | 鬧漢宮 | 晉劇、蒲劇。京劇、漢劇、秦腔、滇劇、湘劇、同州梆子、川劇、河北梆子、粵劇 | 241 | 新鬧學 | 秦腔 |
| 117 | 鬧黌學 | 皖南花鼓戲 | 242 | 薛剛鬧花燈 | 潮劇、贛劇。另川劇又名《鬧花燈》。 |
| 118 | 鬧花船 | 川劇（燈戲）。瀘州燈戲亦有此劇目。 | 243 | 楊八姐鬧館 | 山東梆子、漢調桄桄、豫劇、秦腔、河北梆子、雲南梆子、越調、山東東路梆子。另曲劇有《楊八姐鬧酒店》。 |
| 119 | 鬧花燈 | 黃梅戲。蒲劇、川劇、豫劇、甌劇均有類此劇目。 | 244 | 楊延昭大鬧法場 | 曲劇 |
| 120 | 鬧花楝 | 豫劇 | 245 | 瑤人鬧廣東 | 潮劇 |
| 121 | 鬧花堂① | 評劇 | 246 | 斬忠鬧殿 | 川劇（彈戲） |
| 122 | 鬧花堂② | 評劇 | 247 | 爭婚鬧堂 | 川劇（高腔、燈戲） |
| 123 | 鬧花園① | 漢調二簧。秦腔亦有此劇目。 | 248 | 鍾馗鬧鬼 | 未詳 |
| 124 | 鬧花園② | 光山花鼓戲、皖南花鼓戲 | 249 | 祝枝山大鬧明倫堂 | 揚劇 |
| 125 | 鬧花園③ | 道情 | 250 | 左慈鬧曹 | 秦腔。另川劇有《左慈戲曹》、京劇有《左慈罵曹》《左慈戲曹》 |

　　從上表可以看出，地方劇種「鬧」字戲在絕對數量上超過了之前任何一個歷史時期的戲劇類型，這也從側面反映出地方戲的繁榮狀況。地方劇種「鬧」字戲的一部分劇目仍是直接承襲崑劇而來，很多劇目內容則與京劇相似，如西遊戲、水滸戲、包公戲均如此。回溯發現，一些劇目本事多出自元明，如

越劇《鬧簡》《鬧齋》，蒲劇《鬧殤》，就直接源於《西廂記》和《牡丹亭》。因此，這部分「鬧」字戲，其實質是古老「鬧」字戲的新演繹。當然其中諸多劇作經過了全新的創作改編，有兩個明顯特點：其一，改編或新編劇目大多爲小戲，故事情節較單一，但十分逗趣，如《雙禿鬧洞房》《頑皮鬧學》《狗保鬧學》《大鬧屠行》等。其二，一些故事的原型極有可能是相同的，因此很多劇目抑或劇名稍有不同，抑或情節稍有變化，抑或人物稍作修改，但主體未變；其不同點，旨在劇種而已，如《孔瞎子鬧店》（景德鎮採茶戲）、《瞎子鬧店》（桂劇等）、《王瞎子鬧店》（秦腔、荊州花鼓戲、皖南花鼓戲）。可見，雖然地方劇種「鬧」字戲看上去繁複、龐雜，實際上是具有內在規律的，是有跡可循的。

## 二、劇目考證與舉隅

　　浩瀚曲海，百餘「鬧」字戲雖算不上多，但卻是一隻五臟俱全的「麻雀」，血肉豐滿地呈現了中國傳統戲劇的基本面貌，是傳統戲劇的縮影。因此，這是研究傳統戲劇的一個切入面。

　　如前所述，自宋金笑劇到清代地方戲，涉及的戲劇體制和版本，十分豐富、複雜。總的來看，數量情況，宋元古劇少，地方劇種多；存佚本情況，則是古劇佚本多；新劇演出本多。爲進一步展現「鬧」字戲形態，在此，筆者做一簡單梳理，一展部分散佚宋金古劇之鬧熱風采，二則對部分具有類屬性的劇作進行簡單地歸納和舉隅。

### （一）《鬧五伯伊州》

　　胡忌先生《宋金雜劇考》云：「《賓退錄》有蕭東夫所作的《吳五百傳》，可知『五百』是指癡呆之人的宋代語言。《董西廂》及元曲有『九佰』，含義也頗相似。」〔註73〕

　　譚正璧先生認爲，「『伯』通『佰』字，百的繁體」〔註74〕，雖然不能確定胡忌先生觀點是否正確，卻可作爲一說。

　　趙山林先生雖未言明其對於胡忌觀點的態度，卻提出了新看法。他認爲「『五伯』即『伍伯』，其故事當出於唐段成式《酉陽雜俎》續集卷7」所載《左

---

〔註73〕胡忌《宋金雜劇考》（訂補本），北京：中華書局，2008年版，第128頁。
〔註74〕譚正璧《話本與古劇》，上海：上海古籍出版社，1985年版，第174頁。

營伍伯》故事〔註75〕。

　　總之，胡忌與趙山林二位先生都不無道理，前者謂「五伯」為「癡呆之人」，因為早在南北朝時期就有弄癡的表演形式〔註76〕，唐代則有「高崔巍喜弄癡大」〔註77〕，「到宋代有『木大』，元代有『傻角』，可謂一脈相承。」〔註78〕後者認為出自《左營伍伯》故事，屬於一種神異、靈異之事。二者在鬧熱性上也說得通。然「五伯」究竟是什麼？或者是誰？前輩學者並未給出明確答案，而且「五伯」作為解決這一劇目問題的核心關鍵詞，則似乎被大家輕視了。

　　「五伯」與「伍伯」「伍佰」「五百」等通，《宋書‧百官志下》載：

> 　　諸官府至郡，各置五百者，舊說古君行師從，卿行旅從。旅，五百人也。今縣令以上，古之諸侯，故立四五百以象師從旅從，依古義也。韋曜曰，五百字本為伍伯。伍，當也；伯，道也。使之導引當道伯中以驅除也。〔註79〕

可知伍伯是一類品級十分低下官員的名稱。凍國棟《漢唐間「伍伯」淺識》則對這一官職的內涵進行了梳理，並認為：

> 　　自漢代以來，「伍伯」或「問事」的政治、社會地位均不高，充此役者甚至被目為「猥籍」，但由於它得以享有刑律上「輕於凡人」及免除其他役使的優待，還可假借權勢「量人生死」並據以活的「事例錢」之外的所謂「供待」，故頗有人樂而為之，甚至有不願為「官」而堅執此「微賤」之役者。……（並）可依其所執之「役」，魚肉百姓，中飽私囊。〔註80〕

可見，「五伯」中的許多人，極有可能利用職權，「魚肉百姓，中飽私囊」。對於此等官員入戲的，最著名的莫過於「參軍」。「參軍」因貪污腐敗，成為被戲弄、

---

〔註75〕趙山林《宋雜劇金院本劇目新探》，《南京師大學報》（社會科學版）2001年第1期，第132頁。

〔註76〕按，《魏書》載「有倡優為愚癡者」。參見劉曉明《雜劇形成史》，北京：中華書局，2007年版，第118頁。

〔註77〕按，《朝野僉載》卷六載。參見劉曉明《雜劇形成史》，北京：中華書局，2007年版，第118頁。

〔註78〕劉曉明《雜劇形成史》，北京：中華書局，2007年版，第119頁。

〔註79〕《宋書》卷四十，北京：中華書局，1974年版，第1258頁。

〔註80〕凍國棟《漢唐間「伍伯」淺識》，載《魏晉南北朝隋唐史資料》第17輯，武漢：武漢大學出版社，2000年版，第44頁。

諷刺、調笑的對象，甚至這一類戲劇作品被冠以「參軍戲」之名。而「五伯」與「參軍」同屬因濫用職權，而被民間百姓所不齒的低級官員。因此，將其納入戲劇作品，成爲大家調笑諷刺的對象，則順理成章。故作爲和曲之劇的《鬧五伯伊州》，應是利用「伊州」大曲來進行的代言體表演，是典型的「歌舞演故事」表演模式。根據參軍戲以及宋金笑劇的表演形制，其表演時的角色也極有可能爲兩個，「五伯」是其中之一，是被調笑、戲弄、諷刺的對象。

### （二）《小鬧摑》

《小鬧摑》是金代「院本名目」中「衝撞引首」目下之劇，與之相鄰的還有：《打三十》《打謝樂》《打八哥》《錯打了》等諸多以「打」字爲關鍵詞的類屬劇目。

譚正璧先生《金院本名目內容考》云：《夜半樂打明皇》《雪詩打樊噲》與《打王樞密》等劇目中的「打」字，均與「『打字謎』的『打』字同意」，「大概就是當時所謂『商謎』的一類，用譬喻、象徵、拆字等方法來演出一段故事的」〔註81〕。胡忌先生則將「打」字解釋爲「扮演」〔註82〕。劉曉明先生與胡先生持相同觀點，他在解釋《打青提》題目時，提出「『打』在此處應釋爲『表演』，官本雜劇段數中有許多以『打』爲名的劇目，皆作『表演』解」〔註83〕。這兩種解釋都各有道理。

「打」字原本就是一個含義豐富的詞彙，在生活中我們也常用這個字來表達很多含義。具體而言，「打」與「鬧」在日常用法功能上，頗爲相似。然譚先生的解釋雖將這一含義與宋金出現的「商謎」聯繫起來，具有一定參照性，也較有說服力，但卻未能涵蓋劉先生所指《打青提》之「打」的含義，而僅作「打字謎」之意，未免狹隘了些。反之，劉先生將「打」理解爲「表演」，倒是非常貼切，也解釋得通。然既是戲劇，便都是用作表演的，似乎不含「打」字的劇目，也都具有表演之意。顯然，劉先生將「打」字歸爲「表演」之意，未免又有些寬泛了。

因此，筆者以爲，「打」字在不同劇目中應有不同解釋，不應一概而論。「衝撞引首」之《打三十》《打謝樂》《打八哥》《錯打了》，此四劇目之「打」，都應按其本意解釋，即擊打、敲打。如《打三十》，李嘯倉先生《宋金元雜劇

---

〔註81〕譚正璧《話本與古劇》，上海：上海古籍出版社，1985年版，第215頁。
〔註82〕胡忌《宋金雜劇考》（訂補本），北京：中華書局，2008年版，第181頁。
〔註83〕劉曉明《雜劇形成史》，北京：中華書局，2007年版，第397頁。

院本體制考》云：「『衝撞引首』中的《打三十》一本，必是講一個人誤把『打
十三』說成『打三十』了，於是拿這說錯話的人來開玩笑」〔註84〕。他亦前
引一條關於「打十三」的俗語出處——清焦循《劇說》卷二載：

> 《琵琶》白有「打十三」之說，元人常用之，本宋制：徒刑有
> 五，徒一年者杖脊十三；杖刑有五，杖六十者折臀杖十三。〔註85〕

「打十三」在宋元戲劇作品中也有大量反映。如南戲《張協狀元》第三十五
齣：

> （末）推得沒巴臂。（生）門子打十三！（淨有介）〔註86〕

又如元代孟漢卿《魔合羅》楔子：

> （詩云）正是叔嫂從來要避嫌，況他男兒爲客去江南。你若無
> 事到他家裏去，我一準拿來打十三。〔註87〕

再如元末明初高明《琵琶記·琴訴荷池》：

> （淨因掉扇介，末）告相公，打扇的壞了扇。（生）背起打十三，
> 那廝不中用，只教他燒香。……（丑因減香介，淨）告相公，燒香的
> 減了香。（生）背起打十三，那廝不中用，只教他管文書。……（末掉
> 文書介，丑）告相公，管文書的亂了文書。（生）背起打十三。〔註88〕

可見，「打十三」已是宋元以來的俗語了，宋雜劇《打三十》極有可能如
李嘯倉先生解讀的那樣。這個「打」字顯然不能泛泛地理解爲表演之意，亦
不會是猜謎之意，只能表示擊打、敲打。而《打謝樂》《打八哥》《錯打了》
都是如此含義，這《錯打了》劇，也正像是《打三十》一樣，採取誤會手法，
體現出笑鬧的戲劇效果。

下面來說《小鬧摑》。胡忌先生《宋金雜劇考》云：「『鬧摑』應是『鬧聒』
異寫，鬧聒即聒噪、胡鬧之意」〔註89〕。「聒」與「摑」，雖然讀音相近，卻

〔註84〕 李嘯倉《宋元伎藝雜考》，上海：上雜出版社，1953年版，第13頁。
〔註85〕 〔清〕焦循《劇說》，載中國戲曲研究院編《中國古典戲曲論著集成》（八），
　　　　北京：中國戲劇出版社，1959年版，第112頁。
〔註86〕 《張協狀元》，載錢南揚《永樂大典戲文三種校注》，北京：中華書局，2009
　　　　年版，第161頁。
〔註87〕 王季思主編《全元戲曲》卷三，北京：人民文學出版社，1990年版，第677
　　　　頁。
〔註88〕 〔明〕毛晉編《六十種曲》，北京：中華書局，1958年版，第一冊，第87～
　　　　88頁。
〔註89〕 胡忌《宋金雜劇考》（訂補本），北京：中華書局，2008年版，第144頁。

是不同含義。「聒」從耳，指的是聲音的吵鬧；「摑」從手，本意指打耳光的動作。可見，《小鬧摑》之「摑」並非胡忌先生所言是「聒」之異寫，而是以動作的鬧熱來體現其戲劇性的。此外，「摑」字在北方方言口語中多讀作「guai」（音同「乖」），既可以表示打耳光的動作，如「耳摑子」，還表示了一些動作幅度較小的打鬧情況，如「你別摑我」，意思是「你別碰我」，是程度較輕、較小的接觸動作。因此，《小鬧摑》這齣戲，極有可能就是兩小戲，是以兩個腳色相互打鬧為主體的。劇目裏的「小」字，便體現了這齣戲並非戰爭題材，也非武打場面，而是一齣小打小鬧、糾纏不斷、趣味十足的鬧劇。可見，《小鬧摑》雖然未含「打」字，但實質上卻與《打十三》等「打」字戲同義，是同類劇目，表達了同樣的戲劇效果。

### （三）宋金雜劇、院本中的其他「鬧」字戲〔註90〕

#### 1、「鬧夾棒」系列、《鬧巡捕》與陝西韓城北宋墓葬雜劇演出壁畫

宋金雜劇、院本中，有關「夾棒」的「鬧」字戲有三，分別是《鬧夾棒爨》《鬧夾棒六么》《鬧夾棒法曲》。前者為宋代官本雜劇段數中的「爨體之劇」，後兩者則屬於金院本名目中的「諸雜院爨」。

關於「爨」之內涵的解析，前文已述，這裡需要說明的是，清代焦循《易餘曲錄》云：

> 蓋宋時以裝官者為孤，以傅粉墨者為爨。元以傅粉墨者裝官，故孤裝爨弄，混而為一。究之，官不必皆傅粉墨，故孤爨仍分兩目。觀其為鍾馗，為二郎變，則不特傅粉墨，並傅五采，故稱五花爨。今優人以五采塗面為鬼神魔魅，及武士賊寇者，皆爨也。……其稱爨者，則以五采塗面，俾刀夾棒相打鬧也。〔註91〕

可見，「夾棒」在此為演出道具，是以「相打鬧」，來鬧熱戲劇場面的。此外，由於《武林舊事》卷二「舞隊」條載「夾棒」名〔註92〕，因此《鬧夾棒爨》也被認為是與舞蹈有關的戲劇表演〔註93〕。可知，這應該是一種手持「夾棒」作為道具的舞蹈，舞者以相互打鬧來展開戲劇情節。

---

〔註90〕按，這裡所列之劇目，均是筆者有所創見、有所想法的，其他如《鬧旗亭》、《鬧芙蓉城》等，前輩學者均已考出，在此無新解，故不逐一列出。

〔註91〕〔清〕焦循《易餘曲錄》，載任中敏《新曲苑》第4冊，北京：中華書局，1940年版，第8頁。

〔註92〕〔宋〕周密《武林舊事》，北京：中國商業出版社，1982年版，第38頁。

〔註93〕參見王寧《宋元樂妓與戲劇》，北京：中國戲劇出版社，2003年版。第10頁。

　　《張協狀元》第八齣有一段表演，淨向末誇耀自己的棒法如何高超，不料遇到丑扮強人，卻無奈敗下陣後，灰溜溜地逃走。這一段情節應當與「鬧夾棒」表演十分接近：

　　　　（淨白）我物事到強人來劫去，你自放心！我使幾路棒與你看。
　　（末）願聞。（淨使棒介）這個山上棒，這個山下棒，這個船上棒，這個水底棒。這個你吃底。（末）甚棒？（淨）地，地頭棒。（末）甚罪過！（淨）棒來與它使棒，槍來與他刺槍。有路上槍，馬上槍，海船上槍。如何使棒？有南棒，南北棒，有大開門，有小開門。賊若來時，我便關了門。（末）且是穩當。（淨）棒，更有山東棒，有草棒。我是徽州婺源縣祠山廣德軍槍棒部署，四山五嶽刺槍使棒有名人。（末）只怕你說得一大丈。（淨）我怕誰！（丑走出唱）唯！不得要去。（末）尉遲問著單雄信。（淨）來！你喚做劫賊。（末）莫要道著。（丑叫）林浪裏五十個大漢，不得出來，我獨自一個奈何它！（末）好一對兒。（淨）你要對付誰？（丑）對付你！你來抵敵我。（淨）你來劫我物事。（末）我也知得。（丑）你要好時，留下金珠買路，我便饒你去。（淨）你抵得我一條棒過時，便把與你去。（丑）莫要走！（淨）我不走。一個來我不怕你！（丑）兩個來我也不怕你！（淨）三個來我也不怕你！（丑）四個來我也不怕你！（淨）五個來我也不怕你！（末）都說得一合。（淨）要打是便打。（丑）這裡狹，且打短棒。（淨丑呆立）（末）客長怎地不動？慚愧，我且擔擔走了。（丑）猜你那裡去。（末）卻又會說叫。（丑）我思量槍法。（淨）我思量棒法。（末）了得！孫子。（淨丑打）（有介）（淨倒）告壯士，乞條性命！（丑打）（末告）乞留性命！（丑）你也膽大！它要來抵敵我！我把你擔杖去，略略地高聲，我便殺了你！經過此山者，分明是你災。從前作過事，沒興一齊來。（丑下）（淨在地喚）（末）客長，你相誤！（淨）挨也！相救。（末）好！你說一和，大開門都使不得！（淨）我只會使雷棒。（末）又骨自說。苦！兩人查裏都把去了。（淨）查裏由鬧，可惜一條短棒。（末）隨身之寶。你且起來。（淨唱）
　　　　【福州歌】伊奪擔去，我底行貨，都是川裏買來底。我妻我兒，家裏望消息。（合）雪兒又飛，今夜兩人在那裡睡！（末）

【同前】它來打你，你不肯和順，好言告它去。使槍使棒，一心逞雄威。（合）擔兒把去，今夜兩人在那裡睡！（淨）

【同前】朔風又起，擔兒裏，紙被褥兒盡劫去。手兒腳兒，渾身悄如水。（合）雪兒又飛，今夜兩人在那裡睡！（末）

【同前】你莫打渠，苦必苦，廝打你每早先輸。你腰我腰，沒錢又無米。（合）擔兒把去，今夜兩人在那裡睡！

（末白）下山轉去休。（淨）上山去。（末）上山做甚麼？（淨）沒擔空手人最好上山。（末）卻來打諢。下山去。（淨）下山也好。（末）如何？（淨）下山去借一條棒，更相打一合。（末）你使不得。（淨）願你長做小嘍囉，自有傍人奈汝何！（末）百草怕霜霜怕日，惡人自有惡人磨。（並下）〔註94〕

可見，這一段如《雙鬥醫》《針兒線》《酒色財氣》等院本一樣，都是早期院本作為插演部分留存於宋元戲劇作品中的。

2009 年陝西省韓城市盤樂村發現了一座北宋墓葬，其中有雜劇演出壁畫。對於壁畫的演出內容和劇目，各位學者說法各異。山西師大延保全教授，在考察了該壁畫後，認為其所演出的內容，極有可能就是宋代官本雜劇中的《鬧夾棒爨》：

> 從副淨色腿夾細木杖且扮相愚賴，稱為整個表演的中心來看，演出宋雜劇《鬧夾棒爨》的可能性非常大；而從副淨色似乎要把椅子表面坐塌，好像似醉還醒的情態看，又像是演出《醉還醒爨》。〔註95〕

焦海民先生則認為「這幅壁畫為上演《雙鬥醫》的可能性最大」〔註96〕；姚小鷗教授認為「此圖所繪可能係演出《輟耕錄》『諸雜大小院本』中《鬧巡捕》之類的劇目」〔註97〕。

此外，對於這幅雜劇作場圖的戲劇腳色，大家也未能達成一致意見（如圖 3-2，從右至左，左上方四人為樂隊成員除外）。康保成、孫秉君先生認為

---

〔註94〕《張協狀元》，載錢南揚《永樂大典戲文三種校注》，北京：中華書局，2009年版，第43～45頁。

〔註95〕延保全《宋雜劇演出的文物新證——陝西韓城北宋墓雜劇壁畫考論》，《文藝研究》2009年第11期，第96頁。

〔註96〕焦海民《韓城盤樂宋墓雜劇壁畫初步考察》，《戲曲研究》第79輯，第319頁。

〔註97〕姚小鷗《韓城宋墓壁畫雜劇圖與宋金雜劇》，《文藝研究》2009年第11期，第104頁。

是裝孤、末泥、副淨、副末、引戲等五個腳色〔註98〕；延保全與焦海民先生
認爲是裝孤、副末、副淨、副淨、引戲等五個腳色，因此延先生稱其爲「雙
副淨」的腳色配置〔註99〕；姚小鷗先生則認爲是裝孤、副末、副淨、副淨、
副淨、外色等六個腳色，對參與表演的主要腳色稱爲「『一末三淨』與外色」，
其中外色（最左側立者）起著十分重要的作用〔註100〕。

圖 3-2　陝西韓城盤樂存 M218 北宋墓西壁壁畫「雜劇演出圖」

（錄自康保成、孫秉君《陝西韓城宋墓壁畫考釋》一文）

各位老師雖言之鑿鑿，然觀點並不完善，筆者以爲仍有可補正之處：

其一，正如各位專家所言裝孤色（最右側立者）未參與演出，但其是否
也是演出成員之一，不能絕對地予以否定。左下方頭戴簪花展腳襆頭的人是

---

〔註98〕 參見康保成、孫秉君《陝西韓城宋墓壁畫考釋》，《文藝研究》2009 年第 11
　　　　期。
〔註99〕 分別參見延保全《宋雜劇演出的文物新證──陝西韓城北宋墓雜劇壁畫考論》，
　　　　《文藝研究》2009 年第 11 期。焦海民《韓城盤樂宋墓雜劇壁畫初步考察》，《戲
　　　　曲研究》第 79 輯。
〔註100〕 參見姚小鷗《韓城宋墓壁畫雜劇圖與宋金雜劇》，《文藝研究》2009 年第 11
　　　　期。

外色，他參與了這場演出。那麼裝孤是否在該劇中也承擔了外色的腳色功能，會隨時伴著劇情的推進，而參與其中呢？

其二，不管中間四位腳色到底屬於哪一個，但坐在椅子上的腳色是副淨無疑（康先生等認爲是副末），然其他幾位腳色卻並未有統一的見解。延先生的判斷是以大多數宋金墓葬磚雕和壁畫的腳色遺存爲根據的，因此，在腳色判斷方面，較爲權威，觀點也具有說服力。然就畫面表現的劇情來看，包括所謂「外色」在內，共有五個角色參與表演。核心人物即坐在椅子上的副淨，雙腿蜷縮，雙手搭於膝蓋，頭枕手背，臉朝向外色一方。在椅子的左側有一長方形木板狀物體，極有可能是外色用以敲打副淨後掉落的。副淨將頭扭向外色一方，其表情雖已漫漶，但應該不是表達一種無奈之情，而是勝利的喜悅與挑釁式的得意神態。因爲要知道，此時他的「武器」——細長木杖還在手中。座椅後方，手持紅色物體（延先生認爲是引戲所持之團扇）的腳色，所持的並非傳統意義中引戲色擺在胸前的團扇，則更像「武器」，引戲色蓄勢待發，準備「攻擊」座椅上的副淨。而座椅右側的腳色摩拳擦掌，也作蠢蠢欲動攻擊狀。唯有右二著紅衣的腳色，打著呼哨，便知是副末。無論是延先生提出的「雙副淨」，抑或姚先生提出的「『一末三淨』與外色」，都已經突破了傳統宋雜劇表演的腳色配置。因此，筆者認爲，關於腳色，我們不能生硬地去解釋、理解。在實際演出中，有些腳色可能會臨時脫離本職，而去做他事。如《張協狀元》第十齣，末、丑客串門神，演了一回道具。再如，元雜劇通常一人主唱，或末或旦，卻也有諸多的插曲由淨、丑演唱。又如，後世有許多腳色功能臨時轉變或客串，演出一幕幕戲中戲等。這一切都是原有腳色，脫離了自身演職範圍，而他做，進而營造出鬧熱的戲劇效果。因此，我們可以將姚先生的「一末三淨」理解爲副末（末泥）、引戲逾越了腳色權利，與副淨一同做淨色，行使副淨的戲劇職責，如此表演一定會更爲鬧熱、精彩。

### 2、《鬧平康》《鬧棚闌》

譚正璧先生《金院本名目內容考》對《鬧平康》考證，認爲「疑敘趙匡胤大鬧御勾欄事」〔註101〕。「平康」據《辭源》載：「唐長安丹鳳街有平康坊，是妓女聚居的地方，也作平康里」〔註102〕，因此「平康」爲妓女聚居之所的

〔註101〕李嘯倉《宋元伎藝雜考》，上海：上雜出版社，1953年版，第207頁。
〔註102〕《辭源》，北京：商務印書館，1980年版，第二冊，第993頁。

泛稱，如《桃花扇‧訪翠》云：「盛誇李香君，妙齡絕色，平康第一。」〔註103〕而宋元時妓女多為優伶，其聚居之所便是勾欄。因而由《鬧平康》聯想到趙匡胤鬧勾欄事，順理成章。

　　胡忌先生《宋金雜劇考》對《鬧棚闌》做了一番考證，他引《張協狀元》中「要鬧卻是棚闌」句，以及高安道《哨遍‧嗓淡行院》套曲中「倦遊柳陌戀煙花，且向棚闌玩俳優」句，認為「『棚闌』亦即宋、元戲場的俗稱」，即為「勾欄」〔註104〕。因此，我們可以認為《鬧棚闌》即是《鬧勾欄》。那麼《鬧棚闌》是否也是趙匡胤大鬧御勾欄之事呢？這還需考證。不過筆者認為《鬧棚闌》與《鬧平康》相比，前者更可能演趙匡胤事，《鬧平康》似乎演他事，更為合理。

### 3、《鬧元宵》《鬧學堂》《鬧浴堂》《鬧酒店》

　　《鬧元宵》是以元宵節為題材的鬧熱戲，然具體內容無考。後世有多部與元宵有關的「鬧」字戲，如《一丈青鬧元宵》《小李廣大鬧元宵夜》《宋公明鬧元宵》《元宵鬧》等，但院本《鬧元宵》在故事內容上未必與之相同。元宵節作為最熱鬧的傳統節日，其所承擔的「鬧熱任務」十分繁重，因此後世戲劇作品但凡涉及元宵節的，一定是鬧熱的，這當與傳統節日的文化內涵有關。元宵節之「鬧」，既有純粹賞燈過節的喜慶鬧熱，如小戲《夫妻觀燈》等；亦有加入愛情元素的甜蜜鬧熱，如《紫釵記》等；也有反抗性、抗爭性的「鬧」，如水滸故事中的「鬧元宵」就屬於此範疇。

　　《鬧學堂》，應是演學堂故事，具體內容無考。後世有《牡丹亭‧春香鬧學》《金釵記‧春香鬧學》《秦官保鬧學》（《沉香鬧學》）、《狗保鬧學》《鬧學》《頑皮鬧學》等。其中以《牡丹亭‧春香鬧學》最為著名，其他劇作的故事情節構成也與之頗為相似，大多是以學生「鬧」老師、老師被戲弄為情節主線。然《秦官保鬧學》（《沉香鬧學》）是一例外，演秦官保在學堂被沉香用硯臺打死，這種「鬧」的程度在「鬧學」裏為孤例，這主要是由《寶蓮燈》整齣戲之故事情節發展要求所決定的。此外，「李逵戲」中有元代高文秀《黑旋風喬教學》雜劇，雖然不是「鬧」字戲，但是這裡的「喬」，原本就暗含鬧熱。該劇本雖已散佚，但卻是小說《水滸傳》第七十四回李逵闖入私塾一節的藍

〔註103〕〔清〕孔尚任《桃花扇》，載《古本戲曲叢刊》編刊委員會《古本戲曲叢刊五集》，上海：上海古籍出版社，1986年版。
〔註104〕胡忌《宋金雜劇考》（訂補本），北京：中華書局，2008年版，第175頁。

本〔註 105〕。

《鬧浴堂》《鬧酒店》也均是「有關市井雜類的」劇作〔註 106〕。宋代有「看盤」，是只能看不能吃的，即實物菜譜，食客們可以看著一個個實物來點菜。《東京夢華錄》載：「每分列環餅、油餅、棗塔為看盤，次列果子。惟大遼加之豬羊雞鵝兔連骨熟肉為看盤，皆以小繩束之。」〔註 107〕此類記載，《夢梁錄》《武林舊事》皆有，由此可見宋代飲食文化之風貌。這也影響到後世多以「鬧酒店」「鬧酒館」「鬧店」為名的劇作，如《鬧酒店》(懷梆)、《鬧酒店》(演武松事)、《楊八姐鬧酒店》(《楊八姐鬧酒館》)、《瞽目鬧店》、《瞎子鬧店》、《王瞎子鬧店》、《孔瞎子鬧店》、《闖山鬧店》、《斧頭鬧店》、《鬧店奪林》(演武松事)、《鬧店認親》、《鬧店》等。從劇名可知，演劇中「吃」的成分已然淡化，進而突出了「打鬧」。吃吃喝喝、打打鬧鬧的「吃打」文化，則是中國傳統戲劇鬧熱的常見形式。

## （四）其他〔註 108〕

### 1、水滸戲系列劇目舉隅

現存「鬧」字戲中有相當一部分是描寫水滸故事內容的劇作，劇目共有42 個，佔據全部「鬧」字戲劇目的 10%左右。

表 3-11 水滸故事「鬧」字戲一覽表

| 序號 | 劇名 | 類別 | 序號 | 劇名 | 類別 |
|---|---|---|---|---|---|
| 1 | 村姑兒鬧元宵 | 元代雜劇 | 22 | 二本鬧江州 | 京劇 |
| 2 | 黑旋風大鬧牡丹園 | 元代雜劇 | 23 | 花榮大鬧清風寨 | 京劇 |
| 3 | 梁山七虎鬧銅臺 | 元代雜劇 | 24 | 混江龍大鬧太湖畔 | 京劇 |
| 4 | 魯智深大鬧消災寺 | 元代雜劇 | 25 | 鬧江 | 京劇 |
| 5 | 魯智深大鬧黃花峪 | 元代雜劇 | 26 | 鬧江州 | 京劇 |
| 6 | 鬧元宵 | 元代雜劇 | 27 | 鬧渭州 | 京劇 |
| 7 | 王矮虎大鬧東平府 | 元代雜劇 | 28 | 宋江鬧院 | 京劇 |
| 8 | 小李廣大鬧元宵夜 | 元代雜劇 | 29 | 大鬧江州 | 川劇、蒲劇 |

〔註 105〕參見莊一拂《古典戲曲存目彙考》(上)，上海：上海古籍出版社，1982 年版，第 192～193 頁。
〔註 106〕胡忌《宋金雜劇考》(訂補本)，北京：中華書局，2008 年版，第 169 頁。
〔註 107〕〔宋〕孟元老《東京夢華錄》，北京：中國商業出版社，1982 年版，第 59 頁。
〔註 108〕按，以下兩表按照劇作數量的關係排列。

| 9 | 一丈青鬧元宵 | 元代雜劇 | 30 | 大鬧青州 | 柳州彩調 |
|---|---|---|---|---|---|
| 10 | 宋公明大鬧元宵 | 明代戲文 | 31 | 大鬧青州府 | 河北梆子 |
| 11 | 宋公明鬧元宵 | 明代雜劇 | 32 | 大鬧烏龍院 | 贛劇 |
| 12 | 元宵鬧（李素甫） | 明代傳奇 | 33 | 大鬧忠義堂 | 川劇 |
| 13 | 元宵鬧（夏樹芳） | 明代傳奇 | 34 | 斧頭鬧店 | 贛劇 |
| 14 | 鬧鬼 | 明代傳奇 | 35 | 李逵大鬧二仙山 | 秦腔 |
| 15 | 鬧衙 | 明代傳奇 | 36 | 李逵鬧江 | 桂劇 |
| 16 | 元夜鬧東京 | 清代雜劇 | 37 | 李逵鬧衙 | 山東梆子 |
| 17 | 鬧高唐 | 清代傳奇 | 38 | 鬧店 | 梆子腔 |
| 18 | 鬧酒店 | 清代傳奇 | 39 | 鬧江 | 川劇 |
| 19 | 鬧江州 | 崑劇 | 40 | 鬧江州 | 蒲劇、秦腔 |
| 20 | 李逵鬧衙 | 崑劇 | 41 | 鬧渭州 | 蒲劇 |
| 21 | 大鬧忠義堂 | 京劇 | 42 | 宋江鬧院 | 秦腔 |

由上表可知，水滸故事的戲劇演繹，分佈廣泛，縱向來說，從元、明、清時期均有涉及；橫向來說，戲文、雜劇、傳奇、崑劇、京劇，乃至地方劇種也都有此內容。可見，水滸戲既是舞臺的精品劇作，也是觀眾所喜好的藝術內容，形式上來看，「鬧熱」是吸引觀眾的一大利器。

### 2、西遊戲系列劇目舉隅

西遊故事也是民間藝術中喜聞樂見的內容之一。戲劇藝術中，元雜劇時代就出現了以西遊故事為本事的作品。「鬧」字戲中西遊戲共計 23 個，佔據全部作品的 5% 左右。

表 3-12　西遊故事「鬧」字戲一覽表

| 序號 | 劇名 | 類別 | 序號 | 劇名 | 類別 |
|---|---|---|---|---|---|
| 1 | 大鬧天宮 | 崑劇 | 13 | 新鬧天宮 | 京劇 |
| 2 | 鬧闕 | 崑劇 | 14 | 大鬧清華府 | 豫劇 |
| 3 | 鬧龍宮 | 崑劇 | 15 | 大鬧天宮 | 秦腔、川劇、潮劇等 |
| 4 | 孫悟空大鬧芭蕉洞 | 崑劇 | | | |
| 5 | 大鬧御馬監 | 京劇 | 16 | 二猴鬧天宮 | 秦腔 |
| 6 | 大鬧陷空山無底洞 | 京劇 | 17 | 鬧地府 | 秦腔、豫劇 |
| 7 | 大鬧蛇盤山鷹愁澗 | 京劇 | 18 | 鬧龍宮 | 秦腔、豫劇 |
| 8 | 鬧天宮 | 京劇 | 19 | 鬧森羅 | 東河戲 |

| 9 | 鬧地府 | 京劇 | 20 | 鬧水府 | 東河戲 |
|----|------------|------|----|----------------|--------|
| 10 | 鬧龍宮 | 京劇 | 21 | 雙猿鬧洞 | 東河戲 |
| 11 | 鬧靈霄 | 京劇 | 22 | 孫悟空六鬧蜘蛛精 | 潮劇 |
| 12 | 孫悟空大鬧荊棘嶺 | 京劇 | 23 | 新鬧天宮 | 潮劇 |

由上表可知，西遊戲中的「鬧」字戲基本是以「大鬧天宮」及其前後發生的故事為最常見，孫悟空則是西遊故事「鬧」字戲的核心人物形象。

綜上所述，「鬧」字戲不論數量、內容，還是戲劇類型，確是中國傳統戲劇的一支重要力量，是富於個性的部分，然至今還未有學者進行這一方面的搜集整理工作，即便部分劇目曾做分析考證，也並非從「鬧」字入手。因此，筆者按圖索驥，完成了這項初步工作，為中國傳統戲劇研究工作盡一份綿薄之力。當然，其系統性和深入性還有待提高。

# 第三節 「鬧」字戲的類型

本節主要以立體分類的方式，從形制類型、主題類型、風格類型和人物類型等四個方面，來對「鬧」字戲進行一次多維地劃分，使其更好地呈現出自身特點，以及傳統戲劇的鬧熱特徵。

## 一、形制類型

戲劇作品的形制，是其最外層的類型屬性，能夠給人以最直觀的感受，主要包括文學體裁、劇種類別和劇作容量三方面。

第一，從文學體裁來看，「鬧」字戲主要有戲文、院本、雜劇、傳奇等四個類別，這是傳統戲劇的文學性戲劇形態。

宋金、元、明、清「鬧」字戲的劃分（主要為前四個部分），是以文學體裁為標準的。其中戲文劇目有 2 個——元代戲文《一夜鬧》、明初戲文《宋公明大鬧元宵》，可惜兩部作品均已散佚。宋金雜劇、院本其實一也，這一類較為特殊，也是戲劇文學成熟前的劇作，因此，二者可以劃歸一類，為宋金笑劇，共計 21 個；宋雜劇 4 個，金院本 17 個。院本方面，除了金代院本名目所列 17 個「鬧」字戲之外，亦有明代李開先的散佚院本《三枝花大鬧土地堂》，共計院本數量 18 個。元、明、清三代分別有雜劇 26 個、13 個、6 個，共計雜劇 45 個。明、清兩代傳奇劇目共計 76 個。傳奇部分包含本戲和折子戲兩

部分，雜劇則主要以本戲標目爲準，元雜劇《張君瑞鬧道場》雖然是《西廂記》的一部分，但亦非單折戲。

第二，從劇種類別來看，覆蓋了崑劇、京劇以及各地方劇種，這是傳統戲劇的表演性戲劇形態。

上節中，「鬧」字戲分七個部分，其中最後三個部分，即崑劇「鬧」字戲、京劇「鬧」字戲和地方劇種「鬧」字戲，就是以傳統戲劇的表演來劃分的類別。當然戲文、傳奇與崑劇劇目多有重疊，但二者的區別十分明顯：前者是文學概念，是文本內容，後者是戲劇概念，是綜合藝術內容。因此，也只有能夠成爲「場上之曲」的戲文、傳奇「鬧」字戲，才能夠進入到崑劇「鬧」字戲的範疇。

京劇是清代中晚期崛起的劇種，與之相伴崛起的還有以梆子腔爲主體的各類地方大劇種，以及清末民初各地相繼產生的地方小戲。這些劇種均以表演爲本位，其劇本文學性不強，但表演的豐富性、鬧熱性大大地超過了崑劇之前的各類戲劇形態。因此，其中大多沒有文學劇本，有的則存有演出臺本；有的小劇種則僅有場上表演，臺本也已無考；甚至有的只有存目而已。從劇目內容來說，地方劇種大多承襲雜劇、傳奇的故事內容，用以搬演；抑或直接承襲崑劇的表演內容與形式，如京劇、川劇等劇種有些戲目直接用崑腔演出。此外，最明顯的特點，是劇種之間相互借鑒和移植劇目。

第三，從劇作容量來看，文學性戲劇形態，可以分爲本戲和單折戲兩大類；表演性戲劇形態，則可分爲大戲（袍帶大戲）和小戲（生活小戲）兩類。

宋金笑劇「鬧」字戲，雖然體制短小，但均爲獨立劇作。元代雜劇大多爲一本四折，每一折不設標目，故所列之「鬧」字戲劇作均爲本戲。《西廂記》是元雜劇的特例，有五本二十一折，其中每一本都有標目，第一本即《張君瑞鬧道場》。明、清雜劇體制同元雜劇，其「鬧」字戲均爲本戲。戲文一般有多齣，然「鬧」字戲所收的兩目，均已散佚，具體每一齣之標目情況則無從查考。傳奇承襲戲文之體制，齣目甚多，故「鬧」字戲，既有本戲，亦有單折戲。如《鬧烏江》《鬧樊樓》《鬧鴛鴦》《元宵鬧》（李素甫）、《元宵鬧》（夏樹芳）、《五鬧蕉帕記》等爲本戲；而《元宵鬧》（夏樹芳）之《鬧鬼》《鬧衙》兩齣，《蕉帕記》之《鬧釵》《鬧婚》《鬧題》《鬧圍》四齣等，均爲單折戲。清代傳奇「鬧」字戲亦如此，可參見前表。根據統計，文學性戲劇形態的「鬧」字戲共計本戲 89 個，單折戲 56 個。

表演性戲劇形態的「鬧」字戲，其存本基本是以舞臺腳本面世的，這些劇作均爲場上之曲。然根據劇種的藝術承載能力、表現能力，可以將其分爲大戲、小戲兩類。大戲主要是指連臺本戲、袍帶大戲，是劇情和演出都較爲複雜，且規模較大、演出時間較長的戲劇藝術作品。一個劇種或班社是否能夠演出大戲，是其藝術承載力和表現力的體現。一般來說，這與該劇種的唱腔、音樂、舞蹈、身段、武術等藝術要素，以及劇種發展規模，如班社的人員配備等方面的因素相關。小戲，則體制短小、精悍，是一類表現單一故事情節和內容的戲劇藝術作品。一般來說，清末民初產生了大量小戲劇種，它們都是當地人民喜聞樂見的藝術形式，因此劇種數目較多，發展迅速，多移植大劇種的優秀劇目，截取其中片段，進行改編演出。崑劇、京劇、山西四大梆子、豫劇、川劇、潮劇、梨園戲等大劇種既可以演出大戲、本戲，亦可以演出小戲、折子戲。如崑劇可以演出連臺本《牡丹亭》《長生殿》，也可以拿出折子戲《鬧朝撲犬》《鬧莊》等來演。而另外如花鼓戲、花燈戲、採茶戲等具有民歌性質的小劇種，則只能演出一些小戲。

## 二、主題類型

戲劇的主題，是指作品中所體現的核心思想，是作品內容的主體和中心，是藝術家、表演者對現實生活的認識與評價的反映。狹義上，戲劇的主題指戲劇作品的題材。

「鬧」字戲的主題屬於傳統戲劇主題的範疇，雖然題材十分豐富，卻集中體現著「鬧」的主題。大體看來，「鬧」字戲的主題主要有以下幾種：歷史戰爭故事、神魔鬼怪故事、才子佳人故事，以及生活趣事等。

### （一）歷史戰爭

歷史戰爭主題是傳統戲劇作品中最爲常見的一種，既表現了歷史，又能展開殺伐征戰的鬧熱場面。「鬧」字戲之水滸故事、三國故事、薛剛反唐故事、楊家將故事等題材作品大量存在，共計53個，約占全部「鬧」字戲的12%左右，另外含有歷史故事內容、征戰殺伐內容的作品還有很多，如演蘇秦出遊六國的《蘇秦鬧考》，演荊軻刺秦故事的《鬧秦廷》，演趙氏孤兒故事的《鬧家捨子》《鬧朝撲犬》，演《粉妝樓》故事的《鬧淮安》《大鬧淮安》，演趙匡胤故事的《飛龍鬧勾欄》，演岳飛故事的《八錘大鬧朱仙鎮》，演朱元璋故事

的《斬忠鬧殿》，演有劫法場情節的《鬧法場》《孝任貴救父鬧法場》《四顆頭任千鬧法場》《鬧法場郭興阿楊》《大鬧長沙》，以及《懷珠鬧吳府》《大鬧秦府》等。

歷史戰爭主題的作品，主要從兩方面體現鬧熱：其一，歷史題材劇作，大多故事曲折，情節多引人入勝，是以故事情節手段鬧熱場面的。如演趙氏孤兒故事的《鬧家捨子》，就以程嬰與妻子在是否為保護趙氏孤兒，而向屠岸賈獻出自己的親生骨肉為戲核，展開了情與義的內心糾葛和人物之間的矛盾衝突。其二，戰爭故事，以氣勢宏大的征戰對攻、單槍匹馬的武打炫技，來達到表演場面的鬧熱。

### （二）神魔鬼怪

神魔鬼怪故事是傳統戲劇作品中較為常見的主題之一，以神、魔、鬼、怪為主要人物形象，或包含有此類內容的劇作。「鬧」字戲的此類題材，一般以鬼戲為主，以神、幻、奇為審美特徵，以此來營造鬧熱效果。

鬼戲，是中國傳統戲劇的重要部分，許祥麟《中國鬼戲》認為：「惟有鬼魂形象出場的戲，方視為鬼戲，故鬼戲又稱作『出鬼的戲』」〔註109〕。楊秋紅《中國古代鬼戲研究》為鬼戲下了這樣的定義：「從廣義上說，凡是有鬼類形象出現的戲都可以稱為『鬼戲』；從狹義上說，『鬼戲』又稱為『鬼魂戲』，主要是指在戲劇時空中，以人的鬼魂作為主要角色或者其他重要角色出場的戲。」〔註110〕「鬧」字戲也有相當的鬼戲劇目，《阮提學鬼鬧森羅殿》《神奴兒大鬧開封府》《冤家債主鬧陰司》《呂孔目雪恨鬧陰司》《慶豐年五鬼鬧鐘馗》《四鬼魂大鬧森羅殿》《鬼鬧飯店》等。

除了鬼戲之外，還有不少奇幻的神怪劇。如《大鬧天宮》《鬧龍宮》《孫悟空六鬧蜘蛛精》《孫悟空大鬧芭蕉洞》等西遊系列戲，《哪吒鬧海》等哪吒系列戲，還有《金翅雕大鬧潼關》《金龍女大鬧水晶宮》《鬧池州》《鬧貝州》《八仙鬧海》等。這些奇幻劇作，在舞臺表演中，能夠呈現鬧熱的場面，不僅從形象、扮相上吸引觀眾，而且亦有武打效果，鬧熱異常。一直以來都是觀眾喜愛的戲劇形式。

---

〔註109〕許祥麟《中國鬼戲》，天津：天津教育出版社，1997年版，第1頁。
〔註110〕楊秋紅《中國古代鬼戲研究》，北京：中國傳媒大學出版社，2009年版，第7頁。

### （三）才子佳人、生活倫理、趣劇小戲等

第三類主要是用以區別前兩類，而歸併在一起的。這一類別的劇作既沒有神幻內容，也沒有鬼怪出現，即這些劇作描寫、敘說的都是「人事」。而這類「人事」劇作，也不是討伐、征戰的動作戲，更不是具有厚重感的歷史劇。這類劇作主要包含三種子類：才子佳人主題、生活倫理主題，以及趣劇小戲類型。

#### 1、才子佳人主題

傳統愛情劇在數量上佔有很高的比例，李漁有云：「傳奇十部九相思」。可見，愛情主題，既是傳統文人樂於創作和表現的內容，也是觀眾對劇作主題的渴求。許金榜《中國戲曲文學史》將愛情婚姻劇分爲「才子佳人劇」和「士子妓女劇」兩大類〔註 111〕，這是狹義的才子佳人劇之概念。事實上，才子佳人劇就是以愛情婚姻爲主題，反映才子與佳人戀愛故事的戲劇作品。一般而言，有三類主要的人物形象——才子、佳人、侍女，這是產生戲劇衝突的必要條件之一。「鬧」字戲也有這類作品，只不過並非有三者同時出現才算才子佳人主題。由於「鬧」字戲大多是單折、單齣呈現，因此只要有三者的任何一位、兩位登場，便是才子佳人主題的「鬧」字戲。如《西廂記》之《張君瑞鬧道場》，三個主要人物形象均出現；《西廂記·鬧柬》，則只有鶯鶯和紅娘兩位登場；《牡丹亭·鬧殤》則也僅有杜麗娘和春香兩個主要角色。此外，《鬧釵》《鬧婚》《鬧會》《舟鬧》《鬧鴛鴦》等均屬此類。才子佳人主題的「鬧」字戲，不以打鬥、搞笑、裝奇爲鬧點，而是通過情節的鋪展，以男女主人公之間的情感糾纏和牽絆、男女情思的激蕩爲手段，使場上角色在劇情展開過程中因情感而「鬧心」，同時也讓觀眾體會出這種「剪不斷、理還亂」的鬧熱情絮。

#### 2、生活倫理主題

生活倫理主題，是指以反映生活倫理道德爲主要內容的戲劇作品。新中國成立後，此類作品大多以「主旋律」題材面世。「鬧」字戲的生活倫理劇，主要是以「鬧」來達到說理之目的，劇情規律即要「鬧一通」之後，才能使人受到教育。因此這類劇作的特點是將「鬧」作爲手段，而非目的，其目的還在於說理。

---

〔註 111〕參見許金榜《中國戲曲文學史》，北京：中國文學出版社，1994 年版，第 71、74 頁。

「鬧」字戲的生活倫理劇雖然不多，但也佔有一定比例，尤其是民國初到建國後這段時期，相關劇作較多。有反對婦女纏足，提倡天足，解放婦女的作品《冥鬧》（《鬧冥》）。有反映教育問題，提倡採取新式教學方法的劇作《新鬧學》，其通過學生對私塾先生採取舊規的反抗——逃學、罷課，後經過他人的啟導，才最終使私塾先生徹悟。《鬧瓜園》則是演趙匡胤吃瓜耍賴不給錢，最終在瓜園主人劉老漢的耐心勸責下，承認了錯誤。《鬧磨房》《鬧碾房》均是講述愛占公家便宜的小角色，因貪圖公有財產，引起的風波，最後經過說服教育，認清了自己的錯誤，而終醒悟的故事。另外還有宣傳新時期敬老、養老方針的作品《敬老院裏鬧洞房》，以及展現新時期勞動生產為內容的劇作《鬧社》《鬧新房》等。

### 3、趣劇小戲

趣劇，又稱笑劇、鬧劇，前文已有解釋。「鬧」字戲之趣劇、小戲是純粹的調笑劇作，通過「鬧」來活躍舞臺效果，最終達到有趣之「笑果」。

「鬧」字戲中，這類趣劇小戲數量頗豐，主要以地方劇種為主，尤以花燈、秧歌、花鼓、採茶等小戲劇種為常見。如樂昌花鼓戲《鬧酒館》，演王賴皮好酒貪杯，在酒店喝酒後，耍賴胡鬧之事。黃梅戲《鬧花燈》（《夫妻觀燈》），講述夫妻倆元宵節觀燈賞燈，互相逗趣之事。皖南花鼓戲《鬧學》，演因小姐愛慕教書先生王春先，則命婢女送銀兩給王，不料婢女借機戲耍了王一番。雲南花燈戲《鬧渡》，演花相公在船上調戲兩位姑娘，最終船大媽和兩姑娘反將花相公戲弄之事。黃梅戲《鬧店》，演開肉店的蔡老三，與邱金蓮、老丑、小丑、聾子、剃頭人、啞巴、殷妹輪番調鬧之事。此外還有雲南花燈戲《鬧花園》、寧都採茶戲《羅瞎子鬧亭》、楚劇《九相公鬧館》、桂劇《好醜鬧房》等均是此類劇目。

可見，這類劇作，僅為調笑，並無其他目的，與宋金笑劇的藝術旨趣相似，是藝術發展規律的「回返」現象。

## 三、風格類型

風格，本意指品格、特色。戲劇藝術的風格，「不同於創作技法，也不同於一般的創作特徵，它是作家創作個性的集中體現，是其作品藝術特色的質的規定性。」〔註112〕總體來說，中國傳統戲劇的風格表現是多方面的。關於

〔註112〕朱萬曙《明代戲曲評點研究》第一輯，合肥：安徽教育出版社，2002年版，

此，歷代曲家都有過論說，明代朱權《太和正音譜》之「古今群英樂府格勢」對元代曲家的風格加以評說，這是真正意義上的曲學風格論〔註113〕。此外，明清戲曲評點中也多有涉及劇作家或作品的風格論。可見，戲劇藝術的風格，主要指戲劇藝術作品所能反映和表現出的作品本身或藝術家的格調與特點。雖然，不同作家、作品風格並非一致，這取決於多方面因素，然同類作品的風格，卻趨於相似。因此，「鬧」字戲的風格是具有相通性的，即以「鬧」為核心，體現一種鬧熱性。具體來說，不同的「鬧」字戲，也有不盡相同的風格特點。

「鬧」字戲的風格可從三方面來分析：根據戲劇作品所反映的感情色彩；根據戲劇作品所運用的不同鬧熱手段；根據戲劇演出所帶給受眾的感受。

1、根據戲劇作品所體現的感情色彩，「鬧」字戲的風格特點主要有兩種類型：歡鬧、笑鬧與悲鬧、哭鬧。

一般而言，戲劇作品可劃分為悲劇、喜劇兩大類。自然，其作品風格也呈現出或喜或悲的特點。「鬧」字戲也承襲這一風格特徵，其中有喜劇色彩的劇作，呈現出歡鬧、笑鬧的風格；悲劇色彩的劇作，則表達了一種悲鬧、哭鬧的特點。然既為「鬧」字戲，則多為歡快之「鬧」，此為主體。

「鬧」字戲中大量作品都表現為喜劇色彩，甚至鬧劇色彩，這類作品給人以歡樂之情，在觀看過程中，也不禁會笑出來，其風格是歡鬧、笑鬧的。水滸戲中以李逵為主要角色的劇目，多為喜劇性強烈的作品，如《黑旋風大鬧牡丹園》《李逵鬧衙》《大鬧忠義堂》《李逵鬧江》等。再如一些地方小戲中純粹以鬧劇形態出現的劇作，即趣劇小戲，均屬此類。

「鬧」字戲中另有一類作品，充滿了悲劇、悲情色彩，其風格與西方鬧劇截然不同。這類作品給人以悲哀、苦澀之感，或是內心充滿矛盾和掙扎，在觀看過程中，甚至有的觀眾會因劇情和主人公的命運，而潸然淚下，其風格是悲鬧、哭鬧的。當然相對於歡鬧風格的作品，其數目較少。如《牡丹亭》之《鬧殤》、《琵琶記》之《吵鬧》、《趙氏孤兒》之《鬧家捨子》等。

2、根據戲劇作品所運用的不同鬧熱手段，「鬧」字戲的風格特徵可劃分為情節性鬧熱和動作性鬧熱兩種類型。

第 139 頁。

〔註113〕參見〔明〕朱權《太和正音譜》，載中國戲曲研究院編《中國古典戲曲論著集成》（三），北京：中國戲劇出版社，1959 年版，第 16 頁。

　　一部戲劇作品，既包含故事情節，也會通過語言、動作來完成情節和故事的鋪敘，因此這兩種手段是合而難分的。然「鬧」字戲是以鬧熱爲核心的戲劇作品，一方面其產生鬧熱（製造鬧熱）的手法，主要依賴其中的某一方面，或運用講故事的方式引人入勝，催鬧、催熱整個表演；或運用逗笑的語言、滑稽的動作、打鬥的場面，鬧熱全劇。另一方面，「鬧」字戲之小戲，由於情節結構單一，故只能採取動作性手段來達到鬧熱的目的。因此，在「鬧」字戲中會出現二者分離的狀態，產生情節性鬧熱和動作性鬧熱兩種風格。

　　情節性鬧熱風格的劇作，是運用曲折離奇、引人入勝的故事情節來達到鬧熱目的，因此具有鬧熱性情節。這類作品大多文學性較強，因此元、明、清戲文、雜劇、傳奇作品一般屬於此類型。如《神奴兒大鬧開封府》《五鬧蕉帕記》《人獸關・醫鬧》《風箏誤・婚鬧》等。

　　動作性鬧熱風格的劇作，是運用調笑、逗笑的語言和誇張的動作來達到鬧熱目的，因此具有鬧熱性動作。鬧熱性動作在「鬧」字戲，乃至傳統戲劇作品中普遍存在，這也是傳統戲劇具有鬧熱特徵的體現之一。如戰爭題材的「鬧」字戲，在舞臺表演中展現宏大的征伐場面，用以製造鬧熱效果。再如一些趣劇小戲，運用葷語打諢、滑稽動作調笑，《鬧五更》《瞎子鬧店》《禿子鬧房》等均屬此類。

　　3、根據戲劇作品帶給受眾的感受，主要有愉悅輕鬆之感、熱血沸騰之感、緊張激烈之感、酣暢淋漓之感、刻骨銘心之感等。

　　其中「鬧」字戲帶給受眾的感受較爲強烈，或喜到極致之境，或哀到不能自己。這是給予受眾一個宣洩與釋放的途徑與過程，也是「鬧」字戲帶給受眾在觀演過程中的審美感受。

　　讓人有愉悅輕鬆之感的，大多是喜劇或輕喜劇。這種感受似乎只是讓受眾喜悅在心，不過真正達到心情一「鬧」的境界，就需要有一種力量能使受眾從心而悅。如《張君瑞鬧道場》，鶯鶯的美，十分動人，在齋堂上，連出家的和尚都一個個被迷得神魂顛倒，醜態百出，才真叫人捧腹。此爲悅動心靈，是爲一種鬧熱風格。

　　令人感到熱血沸騰、緊張激烈的，大多是戰爭類題材帶給大眾的審美感受。這種感受讓受眾緊緊跟隨著劇情的發展和場面的調度，場上場下達到統一。如《青兒鬧西天》，青兒爲救出白素貞，大鬧西天，其正義之感，衝擊著

觀眾的心靈；其冒死拼搏，也不由地讓觀眾隨著角色的情緒起伏。此為暢然心境，又為一種鬧熱風格。

此外，悲鬧作品，大多使人心懷悲憫，如《吵鬧》，趙五娘遭遇種種不幸，獨自扛起了家庭的重擔。面對饑荒，為保公婆，她吃糠咽菜，卻被質疑。她的悲苦、愁悶，又能說與誰知？此為痛徹心扉，是鬧熱的再一種風格。

總之，「鬧」字戲屬傳統戲劇的類型，本身具備著傳統戲劇的審美風格，然其又以「鬧」為核心，是其審美之效，無論是悅動心靈、暢然心境，還是痛徹心扉，較之一般的戲劇作品，更為鬧熱。這種鬧熱不僅表現在場面上、劇作中，更多地投射於觀者之心，「鬧」其心，銘其心。

## 四、人物類型

人物，即人物形象，在文學作品中，一般稱其為「典型人物」。「在敘事性作品中，典型人物是文學典型的涵義最集中、最常見的表現形態」，「是指文學作品中，特別是敘事性作品中，刻畫得最成功、具有典範性的審美藝術形象。」〔註 114〕典型人物具有特徵性和獨創性、概括性和普遍性、蘊藉性和審美性，三方面美學特徵〔註 115〕。「文學典型形象與一般文學形象區分的根本標誌，就在於其是否具有美學價值，能否滿足人們的審美需要，能否引起人們的美感。」〔註 116〕

而戲劇作品，一方面在人物的行動中講述情節故事，另一方面在故事的展開中逐漸樹立和塑造出典型的人物形象。「鬧」字戲的典型人物是與「鬧」字截然不分的，是「鬧」字戲之所以鬧熱起來的關鍵因素。「鬧」字戲中主要有以下幾類人物較為突出：鬧熱性喜劇式人物與悲劇式人物、鬧熱性漫畫式人物與臉譜式人物、鬧熱性英雄人物與生活小人物。而這幾類人物又並非截然對立，它們之間互相涵蓋，有時候一個人物，兼具幾類特徵，因此決不能絕對、孤立地去看待這個概念。

其一，鬧熱性喜劇式人物與悲劇式人物：以鬧熱性喜劇式人物為主。

根據「鬧」字戲所體現的風格類型，既有悲劇、也有喜劇、鬧劇，因此，

---

〔註 114〕趙連元《文學理論的美學闡釋》，北京：崑崙出版社，2007 年版，第 78 頁。

〔註 115〕參見趙連元《文學理論的美學闡釋》，北京：崑崙出版社，2007 年版，第 79 ～93 頁。

〔註 116〕趙連元《文學理論的美學闡釋》，北京：崑崙出版社，2007 年版，第 98 頁。

其人物也有悲、喜兩大類型。就數量而言，悲劇明顯少於喜劇、鬧劇，因此以鬧熱性喜劇式人物為主。

以喜劇、鬧劇為主要特徵的「鬧」字戲，其主導性人物形象，即鬧熱性喜劇式人物。如《大鬧忠義堂》之李逵，就是喜劇式人物形象。他的魯莽與正義感，成為了激發人物矛盾的「試劑」，而所發生的「化學效果」，則讓觀眾忍俊不禁；他越鬧，則知曉真相的觀眾越覺可笑。

以悲劇為主要特徵的「鬧」字戲，其主導性人物形象，即鬧熱性悲劇式人物。如《鬧殤》之杜麗娘，則是代表。雖然在這齣戲中，杜麗娘是一個悲劇符號，然其極具舞臺魅力，成為了「鬧」的核心人物，觀眾也因此感到了悲涼、悲哀、悲憫甚至悲痛。

其二，鬧熱性漫畫式人物與臉譜式人物：以鬧熱性漫畫式人物為主。

漫畫式人物（caricatures），是運用變形、誇張、象徵等藝術手法所描繪的人物形象，屬於鬧熱性喜劇式人物的範疇，然其更為誇張、變形。一般而言，鬧劇、「鬧」字戲多塑造此類人物，或嘲諷、或僅僅表現笑鬧。這一名詞，源自西方。福斯特在其《小說面面觀》中，稱其為「扁型人物」（flat characters）：

> 扁型人物在十七世紀被人叫作「體液性人物」（「幽默人物」），現在他們有時被稱作「類型性人物」，有時又被稱作「漫畫式人物」。這個類型裏的那些性質最最純粹的人物，是作者圍繞著一個單獨的概念或者素質創造出來的。〔註117〕

可見，漫畫式人物，也是一種符號化人物。傳統戲劇的符號化人物，一般可稱為「臉譜式人物」。臉譜式人物，是傳統戲劇人物臉譜化的結果，中國傳統戲劇所運用的臉譜，除了具有一般意義上的美學價值外，最主要的就是反映出人物的性格特點。

漫畫式人物與臉譜式人物，同為符號化人物，是類型化的一種體現，然也有些許不同。漫畫式人物側重人物的性格漫畫式，臉譜式人物側重內在性格的外現，即體現手法不同。但前者比後者更具特點，即漫畫式人物一則更誇張、可笑；二則更容易被觀眾辨認、銘記。不過，兩者也通常是統一的，

---

〔註117〕〔英〕E.M.福斯特著、朱乃長譯《小說面面觀》（「*Aspects of the Novel*」），北京：中國對外翻譯出版公司，2002 年版，第 175 頁。按，括號內文字由筆者根據原書中的注釋添加。

如戲曲藝術之丑腳、淨腳既是漫畫式人物、又是臉譜式人物。

「鬧」字戲，以鬧熱性漫畫式人物最爲常見。「鬧」字戲的主要腳色既有生、旦，也有丑、淨。而生、旦主要爲臉譜式人物——通過化妝來表現，動作、語言的誇張性、調笑性略弱；丑、淨則更側重誇張的動作和語言的諧趣，屬於鬧熱性漫畫式人物。而「鬧」字戲，甚至中國傳統戲劇，其鬧熱特徵的主角大部分由丑、淨腳色擔綱，故主「鬧」的人物形象也就非漫畫式人物莫屬了。如皖南花鼓戲《鬧黃府》，爲了達到鬧熱場面，全劇八個角色，除了一個旦色外，其餘七人均爲丑腳，故而有「七丑鬧臺」之稱〔註118〕。可見，丑腳的鬧熱能量之大，鬧熱作用之重要。

其三，鬧熱性英雄式人物與生活小人物：二者並舉。

英雄，乃出眾之非凡人物也。英雄人物在文藝作品中的存在，「極大地滿足了人們對奇蹟和成功的渴望和幻想，也鼓舞了人們繼續前行的勇氣。文學中的英雄人物，常常成爲時代的偶像，或某種民族精神的象徵。英雄的所作所爲所思，往往大大地超越常人所能達到的『境界』。英雄在許多時候，具有某種超自然的『神性』」〔註119〕，這也就產生了關於英雄人物的崇拜和信仰——英雄崇拜。傳統戲劇表現英雄人物的作品頗豐，元代關漢卿《單刀會》雜劇之關羽，就是典型的英雄人物形象。而後世對於關羽的崇拜也逐步達到了登峰造極之勢。

「鬧」字戲中也有如此英雄人物，他們爲民除害、扶危濟困、剛正不阿，是正義之化身。不過，這裡的英雄人物，筆者稱其爲「英雄式人物」，原因是此英雄並非神化之形象，乃民間之英雄，人情味更濃，有些人物並非完美，存在常人的性格小缺陷，顯得更加眞實，性格上亦體現鬧熱，故可稱爲「鬧熱性英雄式人物」。如水滸戲之李逵形象、西遊戲之孫悟空形象、鍾馗形象等，就是戲劇鬧熱性的主體形象、主要角色。當然還有一類人物形象，是正劇角色。如岳飛形象、楊門虎將等，這些英雄式人物，並非鬧熱主體，其劇作的鬧熱性主要通過戰爭武打場面、情節故事發展等手段完成，並得以表現。

鬧熱性生活小人物，在「鬧」字戲中比比皆是，一則多爲丑腳扮演的角

---

〔註118〕參見《中國戲曲志・安徽卷》，北京：中國 ISBN 中心出版社，2000 年版，第 411 頁。

〔註119〕南帆主編《二十世紀中國文學批評 99 個詞》，杭州：浙江文藝出版社，2003 年版，第 246 頁。

色；二則趣劇小戲大多爲此類人物擔綱主角，是劇作鬧熱的主體形象。

　　總之，「鬧」字戲的人物類型可以劃分爲如上幾種——以鬧熱性喜劇式人物、漫畫式人物爲主，以鬧熱性英雄式人物與生活小人物並舉。

　　綜上所述，「鬧」字戲與哭戲、鬼戲、打戲等一樣，均爲中國傳統戲劇中的特殊類型，是中國傳統戲劇鬧熱特徵的綜合、集中體現。